놀랍도록 독창적이며 섬뜩할 정도로 현실과 비슷한 무시무시한 세계를 창조해
냈다.

레베카 호크스Rebecca Hawkes,〈더 텔레그래프The Telegraph〉

자비 따윈 없지만 아름다운 이야기. 다음 내용이 궁금해 앉은자리에서 다 읽어
버렸다. 신화와 마법으로 가득 찬 이 책은 심장을 옥죄어 잠시도 눈을 뗄 수 없게
만든다. 계속해서 책장을 넘길 수밖에.

키란 밀우드-하그레이브Kiran Millwood-Hargrave,
《소녀의 잉크와 별들The Girl of Ink and Stars》의 저자

다채롭고 강력한 환상의 세계로 안내하는 책. 스릴 넘치고 극악무도하면서도 신
나는 모험이 교차한다. 우리가 사는 세상과는 사뭇 다른 것 같으면서도 오싹할
정도로 비슷한 세계를 정교히 만들어놓았다. 우리는 멀리서 들려오는 이 마법 같
은 주문에서 벗어나지 못할 것이다. 주인공 마레시의 이야기만큼이나 매력적이
고 훌륭한 서사가 이렇게 출간된 것은 우리에게 크나큰 행운이다.

조너선 스트라우드Jonathan Stroud,
《사마르칸트의 부적The Amulet of Samarkand》의 저자

영어덜트 판타지 소설 중 보기 드물게 잘 쓰인 책이다. 나는 완전히 빠져들었다.
이 책은 완전히 색다르다.

〈북리스트Book List〉 특별 추천 리뷰

어둡고 매혹적이며 독창적이다. 영어덜트 소설 중 단연 돋보인다. 스릴 넘치고
서스펜스 가득하며 페미니즘이 멋지게 녹아든 서사.

〈더 북셀러The Bookseller〉

누구도 따라 할 수 없는 아름답고 멋진 이야기. 이 이야기는 내 마음속에 아주 오랫동안 남을 것이다.

매혹적이고 가슴 시리며 오래도록 기억될 책. 이 책을 읽는 사람이라면 누구든 마레시의 조용한 마법에 걸려들어 이 독창적이고 박진감 넘치는 이야기에 흠뻑 빠지게 될 것이다.

어둠과 모험, 용기로 가득한 책. 이 책을 잡은 당신은 마지막 장을 덮을 때까지 일어나지 못할 것이다. 읽는 내내 다음 장에서 무시무시한 사건이 나타날 것만 같은 예감에 등골이 오싹하다. 그러다 뒷장으로 넘기면……

책을 읽고 그 책과 주인공에 마음을 완전히 빼앗기는 일은 인생에서 몇 번 일어나지 않는다. 이 책이 바로 그런 책이다. 마법과 환상의 세계가 마치 눈앞에 흐르고 있는 듯한 착각을 일으킨다. 이 책을 읽은 뒤 내가 여자라는 사실이 뿌듯해졌다.

경이로운 책. 당신이 만약 루이즈 오닐의 《오직 당신의 것Only Ever Yours》 팬이라면 이 책도 사랑하게 될 것이다. 놀랍도록 독창적이며 꼭 읽어야 하는 책.

투르트샤니노프는 고전적인 방법으로 여자들의 마법 세계를 훌륭히 연출해 냈다. 하지만 그보다 더 놀라운 건, 새들의 경고, 잔잔한 바다, 그 위를 떠다니는 나뭇가지를 통해 고요한 섬과 수도원 생활이 배경인 매혹적인 판타지 세계를 창조해냈다는 점이다.

대단히 훌륭하고 놀라우리만치 마음을 사로잡으며 읽는 재미가 가득한 책. 나는 완전히 매혹당해 이 책에서 벗어나고 싶지 않다.

원스 어폰 어 북케이스 *Once Upon a Bookcase*

아주 잘 쓰인 책이다. 주인공 마레시는 《헝거 게임》의 캣니스와 비슷한 매력을 지녔으며, 디스토피아 속 모험을 좋아하는 여성 독자들이 특히 환호할 만한 책이다.

〈더 스쿨 라이브러리언 *The School Librarian*〉

마리아 투르트샤니노프. 1977년 출생의 핀란드 작가로 다섯 살 때부터 동화 쓰기를 즐겼으며 지금은 여러 권의 책을 출간한 판타지 소설 작가이다. 핀란드-스웨덴 방송 YLE 문학상과 두 차례의 스웨덴 문학 협회상을 수상했으며, 2017년에는 세계적인 권위의 아스트리드 린드그렌상과 카네기상 후보에 오르기도 했다. 《레드 수도원 연대기 3 : 붉은 망토의 마레시》는 레드 수도원 연대기 3부작 시리즈 중 마지막 권에 해당하며 푸시킨 프레스에서 전권 출간되었다.

레드 수도원 연대기

마레시와 소녀들

나온델의 항해

붉은 망토의 마레시

레드 수도원 연대기

3부 붉은 망토의 마레시

마리아 투르트샤니노프 지음 | 김은지 옮김

김영사

그 어느 때보다 소중한
트래비스에게

로바스의
북동 지역 지도

보란네 여왕 재위 20년,
마레사 얀날스다욱테르가 작성하였다

묘지의 숲

케의 숲

쉬리강

왕의 숲

엔레스바카의 집

사루

하얀 집

나라에스와 얀날의 집

시냇가 집

방앗간

이 경전은 32대, 33대 원장 수녀 재임 기간 마레시 엔레스다욱테르가 고향 로바스에서 레드 수도원으로 보내온 서신을 엮은 것이다. 로바스에서 마레시는 붉은 망토의 마레시, 서리를 물리치는 자, 들짐승을 길들이는 자, 눈사태를 불러일으키는 자, 죽은 이들의 수호자, 정령을 불러오는 자로 불렸다.

기록 관리자이자 크론의 종인 오 수녀와 그의 후계자는 이 서신들을 레드 수도원 연대기에 덧붙였다. 모든 서신을 포함하지는 않았고 수도원과 관련된 사건을 추려내 문서로 만들었다. 잊혀선 안 되는 이야기들이기 때문이다. 마레시가 고향으로 돌아간 뒤 첫 두 해 동안 일어난 이 사건들은 로바스에 영원히, 소중히 기억될 것이다.

봄

봄

오 수녀님께,

지금 제 옆에선 모닥불이 타닥타닥 타오르며 희미하게 불을 밝혀주고 있어요. 오늘 저녁에는 불을 피우는 일이 쉽지 않았어요. 산길을 걷는 내내 비가 추적추적 내렸고 제 망토는 물론 나무도 모두 젖어 있었거든요. 함께 온 상인 무리의 소리로 주변이 떠들썩해요. 이야기 나누는 소리, 웃음소리, 말과 노새 목에 달린 방울 소리, 그 짐승들이 나뭇가지에 움튼 여린 잎사귀를 우적우적 뜯어 먹는 소리. 장작이 타는 냄새와 그 위에서 고기가 지글지글 익어가는 냄새도 나고요. 우리 일행을 호위해 주는 경비병들이 오늘 사냥 운이 좋았는지 저희에게 산양도 나눠주었어요.

이른 저녁이라 아직 하늘이 환하고 산꼭대기 위에는 하얀 달이 걸려 있어요. 오늘은 산마루에 도착했고 이제 이 산을 넘으면 북쪽에 있는 저지대 로바스로 이어져요.

집에 슬슬 가까워지니 이 편지들을 어떻게 수도원에 보낼 수 있을까, 그리고 답신은 어떻게 받을까 궁리하면서 저희가 약속한 편지를 쓰고 있어요. 여기저기 떠도는 상인 무리가 매년 마손과 남쪽 항구 마을 발레리아, 성벽 도시 나마르를 지난대요. 나마르는 로바스 북쪽 고원에 있는데 아카데 사람들이 살고 있어요. 제 생각에는 틈틈이 편지를 쓰고 모아뒀다가 1년에 두 번, 봄과 가을에 보내는 게 좋을 것 같아요. 그럼 편지가 몇 달 뒤 도착하겠죠. 여기 오는 동안 마주친 상인들에게 로바스에서 메노스로 서신을 전달할 사람을 찾고 있는데 삯을 아주 후하게 주겠다는 말을 퍼뜨려 놨어요. 삯의 일부는 서신이 메노스에 도착하고 나면 지불하는 게 좋을 것 같아요.

불의 집에서 식사하실 때 제 편지를 다른 수녀님들께 읽어주신다고 하셨죠? 제가 지금 세상에 이 지식들을 가지고 나올 수 있었던 건 수녀님들 덕분이니 그렇게 하는 게 옳은 것 같아요. 수녀님들께 배운 지식과 원장 수녀님께서 주신 은화로 로바스에 학교를 세우는 거니까요. 그런데 수녀님, 다른 수녀님들께 제 편지를 읽어주시기 전에 수녀님이 먼저 혼자 읽어주시겠어요? 저를 잘 아시잖아요. 두서없이 말하고 말도 너무 많죠. 제가 경험하는 모든 일을 기록해야 한다고 수녀님께서 그러셨잖아요. 당시에는 의미를 깨닫지 못하더라도 그 기록이 훗날 수도원에 중요한 도움을 줄 수 있다고요. 하지만 제가 정말 아무거나 되는대로 떠들 수 있으니 그러면 수녀님께서 어느 정도 가려서 읽어주시면 좋겠어요. 제가 수녀님만 읽어주셨으면 하는 이야기를 쓸 수도 있고요. 그런 건 수녀님께서 보시면 아실 거라 믿어요.

지금 쓰는 이 글은, 4년 전 남자들이 야이를 데려가려고 섬에 침입했을 때 제가 썼던 글의 연장선이라고 생각하며 쓰고 있어요. 지금은 제가 그때처럼 강하다고는 느껴지지 않아요. 하지만 그때와 마찬가지로 부족하더라도 최선을 다할게요. 제 글을 수련 수녀들과도 함께 읽어주시길 바라요. 저처럼 세상 밖으로 나가 수도원에서 배운 지식을 나누고 싶은 사람이 있다면 도움이 될 거예요.

제가 집으로 돌아가는 길에 다치거나 강도를 만날까 봐 모두 걱정하고 있다는 걸 알아요. 하지만 다행히도 그런 일은 없었어요. 저는 약간의 사례를 하고 북쪽으로 이동하는 상인 무리에 합류했어요. 그들은 늘 무장한 경비병들을 두고 있어 강도나 다른 위험을 맞닥뜨릴 일이 거의 없어요. 도적 떼를 만난 적은 없지만 늑대 울음소리를 들은 적은 있어요. 그 소리가 너무 멀리서 들려 제 노새조차 놀라지 않았지만요. 사실 처음 얻어 탄 마차 행렬에 제가 지나치게 많은 삯을 내긴 했더라고요. 그 뒤에 만나 친구가 된 발레리아 출신 보부상 아야니에가 제가 처음 낸 돈의 절반이면 충분하다고 조언해 줬어요. 여전히 배우는 중인데 은화가 아직 많이 남아 있어 다행이에요. 아야니에는 제게 은화를 머리 아래 베고 자라고 말해줬어요.

처음 만났던 상인들은 서쪽 데벤란드로 향하고 있던 터라 얼마 뒤엔 그들과 헤어져 며칠간 혼자 걸어야 했어요. 그러다 한 상인을 만나 노쇠한 노새 한 마리를 샀는데, 넓은 등이 무척 안락해요. 길고 부드러운 귀가 쫑긋 서 있어 제가 올라타면 앞을 가리죠. 상인이 노새 이름을 알려주지 않은 걸 보니 이름을 지어준 적이 없는 것 같아요. 그래서 제가 그레이레이디라는 이름을 붙여줬어요. 메노스섬에 있는 우리 화이트레이디산 이름을 딴 거예요. 노새는 차나 소금을 등에 싣고 로바스와 아카데 사람들이 사는 곳을 오가는 일을 했어서 이 길을 아주 잘 알아요. 하지만 그렇게 멀리 이동하기에는 이제 나이가 들었어요. 로바스와 아카데 사이에 있는 산들은 몹시 높아서 늙은 노새가 오르기는 힘들거든요. 제 여행길은 그처럼 험하거나 멀지 않지만, 늙은 노새에 게는 로바스 남쪽의 작은 언덕조차 버거울 것 같아 걱정이에요. 여기까지 오는데도 산길이 가파른 데서는 노새가 발을 내디딜 때마다 뒤로 미끄러지는 바람에 저도 노새 등에서 내려 걸어야 했어요.

제가 지금 가는 길은 말의 길이라고 알려져 있는데, 뛰어나다고 소문난 아카데 말들을 높은 값에 사주는 남쪽으로 이동시킬 때 지나는 길이기 때문이래요. 제가 오는 동안에는 말을 만나지 못했어요. 겨울비와 눈, 폭풍이 지나간 후라 봄은 말들이 이동하기에 좋지 않거든요. 하지만 북쪽으로 가는 상인들은 봄에 움직여요. 춥고 긴 겨울을 난 사람들에게 남쪽에서 난 향신료와 달콤한 간식, 사치품 같은 것을 가져다주죠. 아야니에도 마손에서 산 은 장신구를 보여줬어요. 그것들을 가지고 나마르로 간대요. 먼 길이긴 하지만 그래도 성벽 안에 사는 사람들이 이린디불 귀족들은 수수해서 쓰지 않는 장신구들에 꽤 후한 삯을 쳐준다고 해요. 나마르에 가서 은 장신구를 양털로 바꾸고 그 양털을 가지고 남동쪽에 있는 라고라로 가요. 아야니에 말이, 라고라는 바다 옆에 있는 모자이크의 도시인데 그곳에서 양털을 실과 태피스트리로 바꾼대요. 그리고 발레리아로 돌아가 그것들을 순금으로 바꾸고요.

아야니에는 세상 곳곳을 구경했어요. 뿔이 아주 긴 소들이 사는 서쪽, 아카데 평원이 있는 북쪽, 라고라가 있는 동쪽까지 가봤대요.

시시각각 달라지는 풍경을 보며 길을 걷는 일은 근사해요. 점점이 흩어진 섬들 주변에 무지개 빛깔 배들이 떠 있는 발레리아 군도, 광활한 염전이 펼쳐진 습지, 올리브나무와 포도나무가 울창한, 활기 넘치는 수도 마손을 지나왔어요. 서쪽에 있는 데벤란드에도 가보고 싶지만 여기서는 너무 멀어요. 저는 머릿속으로 비탈진 산에 펼쳐진 드넓은 차밭을 상상해요. 발레리아를 떠날 때 데벤란드 사람들의 마차에 합류한 적이 있는데 진한 차 향기가 굉장했어요. 그 차는 데벤란드의 차만 마시는 아카데 사람들에게로 가는 중이었지요.

제가 오면서 만난 사람들 중에는 로바스에 대해 알고 있는 사람이 거의 없었어요. 아야니에도 로바스에 가본 적은 있지만 우룬디엔의 북서쪽 지역이라고만 알고 있었지 이름이 있는 독립적인 땅인지는 몰랐다는 거예요. 아야니에에게 로바스에 대해 얘기해 줘야 할 것 같은 책임감이 들었어요. 모닥불 불씨가 아직 조금 남아 있으니 제가 아야니에에게 말해준 것들을 여기에 적어볼게요. 로바스의 역사가 수도원 문서에도 남을 수 있게요.

원래 로바스는 독립적인 나라였어요. 그런데 남동쪽에 있는 이웃나라 우룬디엔이 막대한 부를 쌓으며 영토를 확장해 갔죠. 그들의 군대가 곧 로바스를 점령했고 우룬디엔의 왕과 로바스 수장의 딸이 결혼함으로써 동맹이 맺어졌어요. 그 후로 우룬디엔의 왕은 로바스에 나도르, 즉 '다루기 힘든 숲 원주민'을 다스릴 총독을 임명했어요. 나도르는 세금을 걷고 거래세까지 내게 했죠. 로바스 사람들은 농사를 짓고 나무를 베어서 먹고살아요. 땅이 척박한 탓에 아무리 열심히 땅을 일궈도 금세 덤불이 자라나 황폐해지고, 늘 식구들이 겨우 먹고살 만큼만 수확해 근근이 살고 있어요. 나무꾼과 뗏목꾼, 사냥꾼의 삶도 만만치 않아요. 그들은 깊은 숲속에 외따로 살면서 일거리나 사냥감이 있을 만한 곳을 찾아 떠돌아다녀요. 로바스에 노예는 없고 모두 자유로이 살죠. 농부들은 자기 소유의 밭과 숲이 있고요. 하지만 큰 짐승은 오로지 우룬디엔의 왕만 잡을 수 있고 왕이 허락한 자들만 때때로 사냥을 할 수 있어요. 그래서 가을이 되면 우룬디엔 사람들이 저희 숲으로 몰려오죠.

저희 로바스는 가난과 무지, 고된 노동으로 제대로 된 자유를 누리지 못하고 있어요. 더군다나 나도르가 요구하는 세금은 극악무도해요. 사람들은 큰 병이나 영양실조로 고통을 겪고요. 미신이나 잘못된 신념도 만연해서 고향 사루에 도착해 학교를 세우면 제일 먼저 그걸 바로잡고 싶어요. 처음엔 보잘것없이 작은 학교로 시작하겠지만 시작한다는 것이 중요해요. 아야니에 말로는 발레리아와 데벤란드에도 학교가 많이 생기기 시작했는데 부유한 집안의 아들들만 갈 수 있대요.

여기까지 오는 내내 제가 세우고 싶은 학교에 대해 생각해 봤어요. 수녀님은 제게 인내심을 갖고 기다려야 한다고, 제가 학교를 세운다고 해서 마을 사람들이 당장 딸을 학교에 보내지는 않을 거라고 몇 번이나 말씀하셨지만, 저는 사람들이 배움의 이득을 깨닫고 나면 금방 마음을 바꿀 거라고 생각해요.

지금 함께 있는 아야니에의 일행은 북서쪽으로 가는 중이라 내일이면 헤어져야 해요. 날씨에 따라 다르겠지만 평지를 계속 따라가다 보면 그들은 아마 이레에서 여드레 후쯤 로바스와 아카데의 경계인 산자락에 도착할 거예요. 산을 오르는 데는 오래 걸리겠지만 완만한 비탈길을 내려가고 나면 로바스와는 아주 다른 날씨를 가진 고지대 평원, 아카데를 만나게 되겠죠.

이만 줄여야겠어요. 집에 가까워지면 다시 쓸게요.

― 당신의 수련 수녀, 마레시

사랑하는 야이에게,

너와 엔니케에게 따로 편지를 쓸 생각이야. 그렇다고 해도 내가 특별히 부탁하지 않는 한 서로 편지를 보여주지 말라는 뜻은 아니야. 편지를 언제 보낼 수 있을지 모르니 한 번에 죽 쓰기보다는 시간이 나거나 쓸 얘기가 있을 때마다 틈틈이 쓸게. 그렇게 하면 편지를 보낼 기회가 생겼을 때 곧장 보낼 수 있을 거야.

믿어지니? 내가 고향 로바스로 돌아오다니! 음, 정확히는 로바스 남쪽 외곽이야. 내가 살던 마을은 여기서 한참 더 내려가 산 깊은 곳까지 들어가야 있어. 함께 왔던 상인 일행과 오늘 아침 갈림길에서 헤어져 온종일 혼자 로바스의 이른 봄을 한껏 즐기며 걷고 있지. 동무라고는 노새뿐이고 주변의 모든 것이 다르게 보여. 겨울잠에서 깨어나 시원하게 흐르는 계곡을 건널 때면 모험을 하는 듯한 기분이 들고, 모퉁이를 돌 때, 혹은 멀리서 사람들이 사는 집의 지붕이 보일 때면 오늘은 누굴 만나게 될까 하는 마음에 뱃속이 간지러워. 눈앞에 보이는 곳이 우리 마을이길 바라지만, 여긴 전혀 알지도 못하는 동네인 데다 집에 도착하려면 북동쪽으로 이레는 더 가야 한다는 사실은 알고 있어. 하지만 내가 떠나 있는 몇 년 동안 바뀌었을 수도 있잖아, 안 그래? 마을 전체가 이사를 했을 수도 있고!

오늘 밤 묵을 나무 아래에 이제 막 불을 피웠어. 곧 그레이레이디와 바람을 벗 삼아 잠이 들 거야. 오늘은 하늘에 구름이 가득하네. 그렇지 않으면 별을 보다 잠들 텐데. 내 눈엔 보이지 않지만 하늘에는 여전히 별이 반짝이고 있다는 사실이 위안이 돼.

내 머리 위에 있는 달과 별이 네가 있는 곳에서도 널 비추고 있겠지, 사랑하는 내 친구 야이.

집에 도착하면 또 쓸게.

- 너의 친구, 마레시

오 수녀님께,

벌써 이레째 비가 내리고 있어요. 도무지 그칠 것처럼 보이지 않아요.
부지런히 내리는 빗줄기에 저도 그레이레이디도 짐도 죄다 젖어버렸
어요. 야이의 망토 덕분에 다행히 몸은 젖지 않고 따뜻하지만 너무 오
랫동안 축축한 빗속에서 지내고 있어요. 나뭇가지에서는 빗방울이 똑
똑 떨어지고 길에 있는 돌도 미끄러워요. 그나마 오늘은 지붕이 비교
적 멀쩡한 버려진 외양간을 발견해서 밤에 비를 피할 수 있을 것 같아
요. 마른 장작을 구하기가 힘들어 며칠째 불을 피우지 못하고 있어요.
이미 해가 지고 있으니 오늘은 짧게 쓸게요.

그레이레이디와 함께 오는 길에 고향 사루와 닮은 마을을 많이 만났
어요. 변소를 바깥에 둔 집들이 원이나 초승달 모양으로 모여 있고 그
주위를 들판과 초원, 숲이 둘러싸고 있죠. 남쪽에 있는 마을은 집집마
다 밭에 울타리를 쳐 두었지만, 로바스 최북단인 제 고향에 가까워질
수록 밭들이 한 울타리 안에 모여 있어요.

밤에는 그야말로 대자연에서 잠을 자요. 어릴 때 여름이면 어머니와
언니와 함께 산딸기를 따러 숲으로 갔는데, 그때 어머니에게 나뭇가지
로 비바람을 피할 수 있는 피난처를 만드는 법을 배웠어요. 그 덕에 매
일 밤 작은 쉼터를 지어 자고 있죠. 겨우내 얼었던 물이 콸콸 흘러가는
계곡 옆에서, 봄비가 흐르는 시냇가에서, 고요한 숲속 호수 옆에서, 산
너머 피어오르는 연기를 바라보다 잠이 들어요.

숲속에서 길을 찾는 건 쉽지 않아요. 하지만 전 여기서 자란 데다 태어나 걷기 시작하자마자 숲을 누비며 자랐으니 숲을 잘 알아요. 숲이 때로는 얼마나 위험한지도 잘 알고요. 나무도 자라지 못하는 일부 척박한 바위투성이 지역만 빼면 로바스에 있는 대부분의 땅은 나무가 우거져 있어요. 상인들과 방랑자들이 다니는 길은 북서쪽에서 남동쪽으로 흐르는 강을 따라 나 있는데 저는 남서쪽에서 올라가고 있으니 그 길은 이용할 수가 없어요. 제가 떠나기 전에 말씀드렸던 것처럼 그 길이 더 쉽고 빠를 거예요. 제가 따라온 말의 길은 로바스 서쪽을 관통해 남서쪽에서 북쪽으로 이어져요. 마을 사이를 연결하는 작은 샛길이 있기는 한데 이웃 마을끼리 왕래할 때만 편리해 장거리 여행자들은 잘 이용하지 않고요.

길이 갈라지거나 덤불 사이로 사라져버릴 때면 저는 당황해요. 하지만 그때마다 그레이레이디가 태연하게 앞장서고 저는 곧 노새가 옳았다는 걸 알게 되죠. 제 노새는 저보다 훨씬 더 영리해요. 그레이레이디가 없었다면 길을 찾을 수 없었을 거예요.

연둣빛 잎이 싹을 틔우고 새가 노래하는 모습에 봄이 왔음을 물씬 느껴요. 하지만 새싹을 끝내 틔우지 못하는 싸늘한 봄처럼 보이기도 해요. 북쪽으로 갈수록 기온이 낮아져 봄이 늦게 도착하니까요. 비가 추적추적 내리는 로바스의 봄은 메노스의 온화하고 거닐기 좋은 봄과는 딴판이에요.

8년 전 제가 로바스를 떠나 온 그 길과 같은 길을 거슬러 올라가고 있다고 생각했는데, 이제 잘 모르겠어요. 그때는 모든 게 낯설고 무서워서 주위를 살피지 않았거든요. 그때 어린 저는 그저 마차 안에 실려 우두커니 앉아 있었죠. 남쪽 산에 도착한 뒤에는 당나귀 등 위로 옮겨져 이동했고 산길을 지나고 나서는 다시 마차로 옮겨져 발레리아까지 갔어요. 제가 살던 마을을 찾지 못할까 봐 걱정이에요. 사루는 별다른 특색이 없는 곳이라 만나는 사람들에게 물어도 고개만 저어요.

오 수녀님, 제가 걱정하는 일은 사실 따로 있어요. 수녀님께만 털어놓는 건데, 저는 배고픔이 두려워요.

수도원에서는 늘 배불리 먹었잖아요. 가끔은 소박하게 간단히 먹을 때도 있었지만 지난 8년 동안 배를 곯은 적은 단 한 번도 없었죠. 그런데 여기 와보니 배고픔이 뭔지 아는 사람들의 얼굴이 보여요. 제 기억 속에 있는 그 얼굴들요. 예전에 저희 집에서 마지막으로 돼지를 잡았던 일이 떠올라요. 그 뒤로 저희 가족은 너무 오랫동안 굶어 배가 고프지 않은 느낌이 어떤 건지도 까맣게 잊었었지요. 나뭇잎, 풀, 썩어 문드러진 씨앗, 동물 사체, 푹 끓인 가죽, 톱밥으로 만든 빵 등 사람이 먹을 수 없었던 것까지 닥치는 대로 먹었어요. 제 배가 부어오르고 안네르의 팔다리는 가늘어졌어요. 안네르는 설사 때문에 하루하루 약해져 갔고요.

최근엔 풍년이 들었던 것 같아요. 길을 가다가 만나는 사람들이 제게 빵을 주기도 하고 집으로 저를 초대해 포리지며 호밀빵, 심지어 소금에 절인 생선까지 내어줬거든요. 로바스 사람들은 연달아 풍년을 만났을 때만 고기를 먹어요. 지나치는 마을마다 암탉과 양 떼가 있었고 버들피리 부는 남자를 따르는 포동포동한 돼지들도 봤어요. 저도 어릴 때 갯버들을 꼬아서 피리를 만들었는데 아직도 그때 혀에 닿은 버들 맛이 생각나요. 그래서인지 피리 소리를 들으면 마음이 따뜻해져요. 오래전 굶주림의 겨울이 닥쳤을 때 저희 마을은 키우던 가축들을 전부 도축해야 했거든요.

상황이 이렇게 나아졌는데도 이 사람들은 굶주림이 어떤 건지 잘 알고 있는 얼굴을 하고 있어요. 우리 어린 수련 수녀들의 동그랗고 장밋빛 도는 뺨과는 달리 홀쭉하고 군살이라고는 없는 얼굴이에요. 마을 규모에 비해 가축 수도 많진 않아요. 수녀님, 전 무서워요. 수도원에서의 삶과는 다를 거라고 예상하고 있었지만 제 기억 속에서 옅어진 것들이 많아요.

그중 가장 두려운 건 제가 마을에 도착했을 때 다들 무사한 모습으로 만날 수 있을지 모르겠다는 사실이에요. 모두 잘 있겠지요?

마음을 굳게 먹으려 애쓰고 있어요, 수녀님. 용감해지려고요. 하지만 가끔은 제 축축한 망토처럼 마음도 무겁고 어두워질 때가 있어요.

– 당신의 수련 수녀, 마레시

사랑하는 야이에게,

오늘 어둑어둑해질 때쯤, 문득 내가 서 있는 곳이 어디쯤인지 깨닫게 됐어. 눈앞에 흐르는 개울이 바로 내가 어릴 때 뛰놀던 곳인 거야! 나뭇잎 배를 띄워 경주를 하던 개울과 각자의 배를 응원하며 달리던 징검다리가 보였어. 나와 그레이레이디는 몹시 지쳐 자리를 잡고 불을 피우려던 참이었는데 그 개울을 보니 갑자기 팔다리에 힘이 솟고 가슴이 뛰었지. 고집 센 내 노새조차 날 막지 못했어. 그레이레이디에게서 짐을 덜어 몸을 가볍게 해주고는 징검다리를 건너 이제 막 쟁기로 갈아놓은 들판을 가로질러 걸어갔지. 길이 있는 게 아니라서 배수로를 따라 걸어야 했는데 희미한 어둠 속에서도 내 발이 저절로 움직여 길을 찾아냈어. 내 발이 알아서 장애물을 폴짝 뛰어넘고 미끄러운 곳은

25

살금살금 걸었어. 가을에는 이곳에서 버섯이 자라거든. 그레이레이디는 내 설렘을 느꼈는지 평소와 달리 고집 부리지 않고 순순히 따라와 줬어.

나는 이웃 마을 욜라와 우리 마을 사이에 있는 서쪽 숲이 아니라 남쪽 숲을 통해 우리 집으로 가는 중이었어. 언덕에 서니 검은 밭 두 개와 옹기종기 모여 있는 집들, 그리고 그 뒤로 짙은 땅거미가 내리는 풍경이 보였어. 마을 앞쪽에서는 방앗간의 물레방아가 간밤에 내린 봄비 덕에 세차게 돌며 물보라를 일으키고 있었지. 방앗간 뒤에는 외양간과 창고가 딸린 집 네 채가 전과 다름없이 중앙에 뜰을 두고 빙 둘러서 있었어. 그리고 울창한 숲이 검은 커튼처럼 우리 마을을 둘러싸고 있었지. 집집마다 굴뚝에서 연기가 피어오르고 있었는데 밖에 나와 있는 사람은 없고, 창 덧문 밖으로 희미한 불빛이 새어 나오고 있었어. 밤이라 동물들도 모두 외양간에 들어가 쉬고 있었나 봐. 수도원 지하실에서 그 일이 있은 뒤로 그렇게 심장이 빠르게 뛰었던 건 처음이야.

그레이레이디가 한번 푸드덕대고는 들판을 터벅터벅 걷기 시작했고 나도 노새를 따라갔어. 계곡의 물살이 빨라 징검다리 위로 물이 찰랑거리고 미끄러웠지. 시원하게 쏟아지는 계곡물 소리를 들으며 나는 낮은 회색 집들 사이를 천천히 걸어갔어. 공기 중에는 거름과 연기, 축축한 흙의 냄새가 감돌았어. 나는 숨을 깊게 들이마시며 그 냄새를 맡았지. 먼저, 우리 집을 수호해 주는 나무에 그레이레이디를 묶었어. 바로 거기, 내 눈앞에 어머니와 아버지의 작은 집이 예전 모습 그대로 서 있었어. 문 앞에 서서 문을 두드리려고 손을 드는 순간, 달이 숲우듬지 위로 떠올라 낡은 문 위로 빛을 비췄어. 나는 주먹을 펴 닳고 닳은 우리 집 문을 쓰다듬으며 수도원에 있는 문들을 생각했어. 늘 빵 냄새를 풍기던 불의 집의 갈색 문, 장미 문양이 새겨진 로즈 사원의 대리석 문, 꿀처럼 반짝이는 지식의 집의 도서관 문. 나는 우리 집 문에 다가가 냄새를 맡았지. 물에 젖은 나무 냄새가 났어.

로바스에서는 낮 동안 서로의 집을 자유롭게 드나들지만 밤이 되면 문을 걸어 잠가. 나는 문을 똑똑, 두드렸어.

"누구시오?"

맞은편에서 남자의 낮은 목소리가 들려왔어. 아버지의 목소리였지. 나는 겨우 입을 열어 대답했어.

"이 집에 축복을. 저예요, 아버지."

잠시 침묵이 흘렀고 안에서 걸쇠를 푸는 소리가 들렸어. 문이 열리고 갑자기 밝은 빛이 쏟아지니 잠시 정신이 아득해졌지. 키가 크고 야윈 형체가 내 앞에 서 있었고 나를 본 아버지가 두 팔로 날 꼭 안으셨어.

"내 딸, 내 딸아, 내 딸. 정말 내 딸이구나."

어머니의 목소리도 들렸어. 눈이 밝은 빛에 적응하고 나자 아버지 어깨 너머에 서 있는 어머니의 모습이 보였지. 어머니는 벽난로 앞에 앉아 뜨개질을 하고 있다가 놀라셨는지 가슴을 쥐고 계셨어.

"마레시, 정말 너니?"

나를 껴안은 아버지의 팔을 풀고 얼굴을 봤어. 기억하고 있는 그 모습 그대로였어. 다정한 갈색 눈, 크고 평평한 코, 납작하고 툭 튀어나온 귀. 바뀐 거라곤 주름이 는 것과 수염이 하얘진 것뿐이었어.

어머니가 일어나 손을 뻗으며 내게 오셨어. 여전히 두껍게 땋아 내린 갈색 머리가 불빛에 반사돼 윤이 났지. 어머니도 변한 게 없어 보였어. 내가 떠날 때보다 더 여위신 것 같았는데 그게 가능하기나 한지 모르겠어. 우리는 손을 잡고 한참을 서로 바라봤어. 어머니는 무슨 말을 하려다 고개를 젓고 눈물만 흘리셨지. 어머니도 나를 꼭 안아주셨어.

"널 다시는 볼 수 없을 줄 알았단다, 영영. 내 아기, 이제 집에 돌아온 거니?"

"네, 어머니. 집에 왔어요."

어머니에게서 밀가루, 양배추, 털실 같은 익숙한 냄새가 났어. 그제 야 울음이 터졌어. 아홉 살, 부모님과 사랑하는 사람들을 떠나야 했던 그때처럼 나는 엉엉 울었어. 다시는 어머니와 떨어지고 싶지 않아.

어머니의 앙상한 어깨가 내 뺨에 닿았고 어머니의 두 손이 내 머리 를 쓰다듬었어. 나는 목이 메었지.

"어머나, 내 정신 좀 봐. 몸이 완전히 젖었잖니! 그럼 안 되지. 그을음 이 다 묻겠어!"

어머니가 내게 마른 옷을 찾아주시는 동안 나는 난로 앞에 서서 옷 을 벗고 작고 낡았지만 사랑스러운 우리 집을 둘러보았어. 모든 게 그 대로였어. 단단히 다져놓은 흙바닥과 그 위에 두껍게 깔아놓은 깨끗한 지푸라기, 난로 앞에 놓인 테이블과 벤치, 한쪽 벽에 나란히 난 부모님 과 아키오스의 침실, 복도에 놓인 작은 우리까지. 비가 오거나 밤이 되 면 우리는 문을 닫고 장작을 땠고 그러면 집 안에 온기가 돌았지.

"이거면 되겠구나."

어머니는 소매가 짧은 상의와 꽃 장식이 있고 끝단이 해진 줄무늬 치마를 주셨어. 내가 옷을 갈아입는 동안 어머니는 축축하게 젖은 내 바지와 셔츠를 난롯가에 널어놓으셨는데 어쩐지 좀 놀라신 눈치였지. 그러고는 빨강, 검정, 하얀 실로 짠, 허리띠를 내게 내미셨어.

"이걸 뜨면서 널 생각했단다. 네가 살아 있기를, 그래서 언젠가는 다 시 만나게 되기를 기도하는 마음으로 만들었어."

내가 허리띠를 매보고 있는데 그때 마침 아키오스가 돌아왔어. 문 앞에서 부츠에 묻은 진흙을 쿵쿵 털어내다가 나를 보고는 눈이 동그래진 채로 동작을 멈추었지.

"마레시!" 아키오스가 소리쳤어. "누나!"

남자가, 그것도 내 동생이 나를 '누나'라고 부르니 기분이 이상했어. 내가 환히 웃으며 그를 맞았지.

"아키오스! 수염이 자랐구나!"

그 애가 수염이 복슬복슬한 자기 턱을 쓰다듬으며 웃었어.

"수염도 없이 농부가 될 순 없지."

나는 달려가 동생을 꼭 안았어. 하지만 아키오스가 날 더 꽉 안았지. 그러고는 바람에 엉킨 내 머리카락을 한 가닥 잡아당겼어.

"머리가 산발이야."

동생이 놀리듯 말했어.

"땅꼬마 주제에."

내가 받아치며 아키오스의 배를 쿡 찔렀지만 어린 시절의 별명이 더 이상 그 애에게 어울리지 않다는 걸 깨달았어. 아키오스는 나보다 두 살 어리지만 이젠 머리 하나는 더 큰 데다 헐렁한 상의로도 넓은 어깨와 단단한 팔이 가려지지 않았거든. 언니와 나처럼 밤색이던 머리카락은 색이 밝아지고 어깨까지 자라 있었어.

"쪼그맣던 녀석이 다 컸구나!"

우리는 마주 보고 크게 웃었지.

밀린 이야기를 하기에는 밤이 너무 늦어 있었어. 우린 피곤했고 그저 함께 앉아 사그라드는 난롯불 앞에서 서로의 얼굴을 보고 있는 것만으로도 행복했어. 어머니는 저녁 식사 때 먹고 남은 포리지와 빵을

가져다주시면서 내 옆에 앉아 계속해서 내 머리카락과 뺨, 손을 쓰다
듬으셨어.

"내일은 맛있는 음식을 해주마. 네가 돌아온 걸 축하해야지."

"네, 내일요."

내가 눈을 반짝이며 믿기지 않는다는 듯 어머니의 말을 되뇌었어.

얼마 지나지 않아 몸이 다 마르고 따뜻해졌어. 아키오스는 난로 위
선반에서 자면 된다며 자기 방을 내게 양보했어. 나는 얼른 어머니가
뜨개질해 만든 이불 속으로 들어가 얇은 나무 지붕 위로 떨어지는 빗
방울 소리를 들으며 잠들고 싶었어. 기억이 흐려지긴 했지만 여전히
친숙한 그 소리. 하지만 먼저 확인해야 할 것이 있었어.

"나라에스는요? 언니는……."

아버지가 무슨 말인지 모르겠다는 표정으로 나를 보다가 웃으며 내
손을 잡았어.

"나라에스는 살아 있단다. 아주 잘 있어. 이제 자기 가정을 이뤄 살
고 있지. 내일 볼 게다."

난 지금 작은 방에 앉아 더 작은 초를 하나 밝히고 네게 편지를 쓰고
있어. 곧 새벽이 밝아올 테고 다들 내일 할 일이 있어서 잠자리에 들었
어. 나도 눈이 감기려고 해. 하지만 네게 얼른 소식을 전하고 싶기도 했
고 따뜻하고 보송보송하고 안전한 보금자리에 있는 지금 이 감정을 글
로 남겨두고도 싶었어. 이게 집이구나 싶어.

집에 오니 정말 좋아, 야이.

- 너의 친구, 마레시

사랑하는 로즈 엔니케에게,

난 어젯밤 무사히 집에 도착했어. 아침에 일어나니 머리가 무겁고 입 안이 말라 있었어. 내가 어디 있는지 모른 채 잠시 멍하게 누워 있다가 깨달았지. 나는 여행 내내 익숙해진 흙바닥이 아니라 우리 집 침대 위에 누워 있었어! 깨끗한 이불과 옷 향기도 났어. 두런두런 이야기하는 소리, 나무 지붕 위로 비가 후두두 떨어지는 소리도 들렸고. 난 잠시 내가 수련 수녀의 집에 있는 줄로만 알았어. 그런데 소리와 냄새가 완전히 달랐지.

코끝에 감도는 마가목 포리지 냄새에 눈을 떴어. 에르스 수녀님도 불의 집에서 갖가지 맛있는 음식들을 만들어내시지만 꿀을 넣고 푹 끓인 어머니의 마가목 포리지를 이길 요리를 만들 사람은 아무도 없을 거야. 나는 자리에서 벌떡 일어나 앉았어. 내가 집에 있다니! 부모님이 계신 집에서 어머니가 뜨신 이불을 덮고 있다니! 나는 서둘러 블라우스와 치마, 겉옷을 입고 머리를 얌전히 정리한 뒤 방문을 열었어.

아버지와 아키오스가 식탁에 앉아 있었고 그 옆에는 밤색 머리카락을 굵게 딴 낯선 여자도 함께 앉아 있었지. 여자의 무릎 위에 아기가 한 명, 그리고 아버지의 무릎 위에도 어린아이가 한 명 있었어. 어머니는 난로 앞에 서서 커다란 솥 안을 휘휘 젓고 계셨는데 그 솥은 내가 아주 어릴 때 아버지가 어느 보따리장수에게서 산 거였지.

"저기 왔구나." 아버지가 말했어. "이리 와서 조카들에게 인사하렴."

밤색 머리 여자가 바로 우리 언니였지 뭐야! 언니는 아이를 아키오스에게 안기고는 일어나 나를 꼭 안았어.

"살아 있었구나. 살아 있었어! 아침 일찍 어머니가 오셔서 네가 왔다고 하셨는데 도무지 믿을 수가 있어야지."

언니는 날 안았던 팔을 풀고 내 얼굴을 한참 들여다봤어.

"꿈에서 널 봤어, 마레시. 네가 죽음의 그림자 속을 걷고 있었어."

"거의 근처까지 다녀온 건 맞아. 그래도 문턱은 넘지 않았지."

그렇게 대답하며 나도 언니 얼굴을 유심히 들여다봤어. 내가 알던 언니의 모습은 거의 남아 있지 않았어. 언니는 나보다 세 살이 많은데, 내가 로바스를 떠날 때만 해도 지금의 헤오보다도 어렸거든. 언니는 이제 나이가 들었어. 뺨에는 생기가 사라졌고 얼굴이 홀쭉해져 눈이 더 커 보였어. 여전히 굵고 윤이 나는 머리카락을 등 뒤로 길게 땋아 내렸는데 그래도 이마 앞에는 잔머리가 제멋대로 삐죽 빠져나와 있었어. 나는 늘 네가 나라에스와 닮았다고 생각해 왔는데, 이제 언니는 어엿한 성인 여성이 됐지 뭐야. 넌 장밋빛 생기를 가득 띤 로즈지.

그리고 언니에게는 아이가 생겼어.

"이리 와, 조카들을 만나봐야지. 아버지 무릎 위에 있는 요 작은 망아지 같은 녀석은 마레사야."

아이가 부끄러워하며 날 봤어.

"네 이름을 딴 거야. 네 마음에 들면 좋겠는데."

나는 내 앞에 있는 작은 여자아이를 보았어. 얼굴을 살짝 덮은 곱슬거리는 금발이 뭉게구름 같았어. 이제 막 세 살이 된 아이는 호기심 많은 갈색 눈으로 나를 진지하게 관찰하고 있었어. 나는 언니의 손을 잡았어.

"고마워."

"그리고 요 작은 아이는 둘란이야. 지난봄에 태어났어. 이제 막 이가 나고 있지."

둘란은 아키오스의 무릎 위에서 손을 쪽쪽 빨며 침을 흘리고 있었어. 둘란의 크고 밝은 눈동자는 예야를 닮았고 홀쭉한 뺨과 다리는 닮지 않았지.

"셋째는 언제 태어나는 거야?"

내가 물었어.

언니는 자기 배를 잠깐 내려다보더니 웃으며 대답했어.

"가을. 수확 철이 끝나갈 무렵 나올 것 같아. 농장에 일이 제일 많을 때 몸이 무겁게 됐어. 타우에르 아저씨 말로는 남자래."

타우에르는 이웃 마을에 사는 아저씨인데 마을 사람들은 아프거나 아이를 낳을 때면 아저씨에게로 가.

"이리 와서 앉으렴." 어머니가 포리지를 가져오며 말씀하셨어. "늦었어. 남자들은 이제 밭으로 다시 나가봐야지."

아버지와 아키오스의 머리카락이 젖은 걸 보니 벌써 일을 다녀온 듯했어. 문득 부끄러운 마음이 들었어.

"여기 오느라 몸이 고됐나 봐요. 너무 피곤해서 그만. 평소에는 절대……."

어머니가 내게 와 이마에 입을 맞췄어.

"걱정 말거라. 이해한단다. 아무도 널 나무라지 않아, 마레시."

"화장실에 다녀올게요."

나는 조금 주눅 든 목소리로 말했어.

난 어머니가 문 옆에 걸어둔, 이제 바짝 마른 내 붉은 망토를 두르고 아버지의 커다란 부츠를 신고 밖으로 나갔지.

아침이 다 지나 있었어. 비가 추적추적 내렸고 새소리도 자취를 감추었어. 모퉁이를 도니 화장실은 여전히 같은 자리에 있었지. 거긴 마을이 가장 잘 내려다보이는 자리이기도 해. 주위를 둘러보니 계곡엔

물이 흐르고 마을 주변에는 검은 진흙 밭이 펼쳐져 있고 조용히 내리는 빗속에 마을을 둘러싼 어둡고 적막한 숲이 있었어. 집마다 굴뚝에서 연기가 피어올라 지난밤과는 달리 생기를 띠었지. 어떤 여자아이가 외양간 앞에 서서 달가닥거리며 먹다 남은 음식을 던지자 닭들이 그걸 쪼아 먹는 소리가 들렸어. 아이는 나를 보지 못했고 나도 그 아이가 누군지 몰랐지만 나이를 헤아려보니 내가 여길 떠날 때 아직 걷지도 못하는 아기였던 렌나 아돈스다욱테르 같았어. 시냇가에는 갈색 치마를 나풀거리며 물을 긷는 여자도 있었는데 너무 멀어 누군지는 알 수 없었지.

화장실에서 나오는데 그제야 그레이레이디 생각이 나는 거야. 달려가 보니 내가 묶어둔 자리에 그대로 서 있었지. 순잎이 막 돋은 풀을 입 안 한가득 우물거리던 그레이레이디가 나를 발견하고 매섭게 쏘아보지 않겠어? 나는 노새의 귀 사이를 쓰다듬으며 사과한 다음 물가로 데려가 목을 축이게 했어. 다행히 우리는 아무도 마주치지 않았어. 난 어머니의 마가목 포리지를 먹을 생각에 입안 가득 침이 고여 최대한 빨리 노새를 몰았지.

집 안은 숟가락이 부딪치는 소리, 이야기 소리로 가득했어. 아버지의 부츠를 아무렇게나 벗어 던지고 망토를 팽개친 뒤 머리에서 물기를 털고 앉았어. 내 자리는 벌써 마련돼 있었고 곧이어 어머니가 김이 모락모락 나는 포리지를 가져와 내게 주셨지. 내 진짜 가족이 눈앞에서 실제로 말을 하고 웃는 모습을 보는데 믿을 수가 없었어. 하지만 난 앞에 놓인 음식을 먹는 데 정신이 팔려 대화에 끼지도 못했어.

"누구랑 결혼한 거야?"

내가 입안에 음식을 가득 욱여넣은 채로 입을 열었어. 나라에스가 웃었지.

"얀날."

내가 고개를 들었어.

"우리 집 옆에 사는?"

"응, 나도 이제 거기 살고 있어."

어릴 적 언니와 곡식을 빻으러 방앗간에 갈 때마다 언니에게 재밌는 얘기를 해주곤 했던, 얼굴이 울긋불긋한 금발 소년이 떠올랐어. 난 새삼 언니 얼굴을 유심히 들여다봤어. 언니가 벌써 결혼을 했고 두 아이의 엄마인 데다 이제 셋째까지 생길 거라는 사실이 이상하게 느껴졌어. 매일 밤 어떤 남자와 한 침대를 쓰고 더 이상 부모님의 집에 살지 않는다는 사실도. 얀날의 아버지는 꽤 괜찮은 농장과 우리 집보다 큰 집을 가졌어. 이제 언니는 우리 가족을 떠나 얀날의 집으로 가 그들의 가족이 된 거지. 언니와 얀날의 어머니가 그 집의 집안일을 함께 돌본대.

"마로스도 아직 여기 살아?"

내가 물으니 언니가 고개를 끄덕였어. 마로스는 얀날의 남동생인데 언니와 나이가 비슷해. 마로스, 나라에스, 나와 가장 친했던 산날, 하얀 집의 마르게트, 이렇게 다섯 명이 어릴 때 함께 놀곤 했어. 마로스는 귀가 안 들리지만 우리는 온갖 종류의 몸짓과 표정을 개발해 서로의 말을 알아들었지.

"자, 마레시. 이제 네 얘기를 해주렴. 하나도 빠트리지 말고."

어머니가 이마에 흘러내린 머리카락을 뒤로 넘기며 내 접시에 포리지를 더 덜어주셨어. 그러고는 숟가락을 입에 문 채 내게서 눈을 떼지 못하는 마레사에게도 포리지를 주며 아버지 옆에 앉으셨어.

"그동안 어디에 있었던 거니? 어떻게 지냈고? 어떻게 다시 오게 된 거야?"

"노새를 타고요."

모두가 와르르 웃음을 터뜨렸지만 마레사만 진지한 표정으로 내게 물었어.

"그럼 이모 노새야?"

"그래, 내 노새야. 이름은 그레이레이디란다."

아버지가 놀란 표정을 지으며 말씀하셨어.

"밖에 있는 노새 말이니? 혹시 안에 들이고 싶다면 우리에 자리가 있단다."

"나중에요, 엔레." 어머니가 참지 못하고 말했어. "마레시 얘기 좀 듣자고요!"

어머니가 뜨개바늘을 집어 들며 말씀하셨어. 그러고는 뜨개질을 시작하셨는데 나는 어머니가 손을 놀리고 있는 모습을 본 적이 없어.

그래서 난 모든 걸 이야기했지. 8년 동안 있었던 일을 짧은 이야기로 간추리기는 어려웠지만, 메노스에 쳐들어왔던 남자들 앞에서 크론의 문을 열어 그들을 죽인 이야기를 하려니 그보다 훨씬 더 어려웠어. 그 이야기는 나중에 적절한 때가 되면 꺼내기로 했어. 대신 메노스섬이 얼마나 아름다운지, 마차와 배를 타고 집까지 오는 길에 어떤 일들이 있었는지, 처음 길을 나섰을 때 얼마나 막막했는지를 얘기했어. 산과 올리브나무, 끝도 없이 펼쳐진 바다, 수도원의 생활, 회색 돌로 지어진 수도원 건물의 생김새, 그런 얘기들. 로바스 사람들은 그런 집을 본 적이 없거든. 여긴 모두 나무로 집을 지어. 나는 각 수도원 건물들의 쓰임새와 역사, 수녀님들이 지닌 방대한 지식들, 핏빛 달팽이를 채집해 은화를 벌어들이는 일에 대해서도 얘기했지. 물론 친구들 이야기도 빼

놓지 않았어. 너와 야이, 헤오. 우리가 각지에서 저마다의 이유로 메노스섬에 오게 된 이야기, 지식의 집과 보물의 방 이야기, 그리고 내가 책을 얼마나 사랑하게 되었는지도. 하지만 우리 가족들은 글을 읽는 법도 쓰는 법도 모르니 설명하기가 쉽지 않았어. 이곳에 학교를 세우고 내가 배운 지식을 나누고 싶어 돌아왔다고 말씀드렸어. 그리고 그렇게 결심하기까지 아주 힘들었다는 사실도 털어놓았지.

"학교라……." 어머니가 의아한 표정으로 입을 떼셨어. "거기서 뭘 하는 거니?"

"우선, 아이들에게 읽기와 쓰기를 가르치려고요. 그게 제일 중요하니까요. 그리고 셈법이랑 이웃 지역의 역사 같은 것도요."

"흠…… 그걸 어디에 쓸 수 있을까?"

어머니는 여전히 이해하지 못하겠다는 표정으로 뜨개바늘을 움직이셨어.

"여기선 읽을 일도 없고 아이들은 크자마자 농장 일을 도와야 하는데. 어릴 때 너도 그랬잖니. 게다가 다른 마을 사람과 결혼하지 않는 한 이 마을을 떠날 일도 없고."

나는 글을 읽거나 쓰지 못하는 어머니의 감정을 상하지 않게 하면서 대답할 말을 떠올려 보려고 애썼지만 어머니의 다정한 두 눈을 보니 할 말을 찾을 수가 없었어.

"좋은 생각 같구나." 아버지가 말씀하셨어. "넌 어릴 때부터 늘 특별한 아이였지. 아키오스에게 별별 이야기를 다 꾸며내 들려주곤 했어."

아버지의 말에 어머니의 표정이 굳었어. 어머니를 흘깃 보니 미간을 찌푸리고 입을 굳게 다물고 계셨지. 어렸을 적에는 어머니에게서 보지 못했던 표정이야.

나라에스가 둘란을 안고 일어나며 말했어.

"이제 가서 식사 준비를 해야겠다. 얀날이 곧 점심을 먹으러 들어올 시간이거든."

"노새를 보고 싶어."

마레사가 고집스럽게 말했어.

"나가는 길에 보자. 이리 와."

언니가 손을 내밀자 마레사가 의자에서 내려갔고 아버지가 그들에게 겉옷과 모자를 챙겨주었어.

나라에스가 떠나자 아버지와 아키오스도 옷을 챙겨 입고 남은 일을 마저 하러 빗속으로 나갔지. 나는 어머니를 도와 식탁을 치우고 문 옆에 있는 커다란 물통에서 물을 떠 난로 위에 놓인 주전자를 채웠어. 어머니는 난로에 장작을 몇 개 더 넣은 뒤 앞치마에 손을 닦았어.

가족들은 변했어. 아버지는 수염이 하얘졌고, 아키오스는 건장한 성인이 됐고, 언니가 가장 큰 변화를 겪었지. 어린아이에서 여자가, 그리고 어머니가 되었어. 하지만 내 어머니는 그대로셨어. 굵은 갈색 머리카락, 따뜻하고 다정한 눈동자, 건조하고 갈라진 손, 단단히 땋아 정수리 위로 둥글게 말아 올린 머리, 끝단에 로바스 전통 문양인 꽃을 수놓은 치마, 그 위에 걸친 줄무늬 앞치마. 전부 그대로였지. 전보다 더 야위고 더 엄해지신 것 같아. 내 기억 속 어머니는 웃음이 많으셨는데.

안네르가 죽기 전의 일이야.

"머리가 정말 많이 자랐구나! 네 굵은 머리칼을 보니 우리 어머니가 생각나."

어머니가 내 머리를 쓰다듬으며 말씀하셨어.

"어머니처럼 너도 이제 이곳 말투를 쓰지 않는구나."

"메노스에서는 다른 말을 써요. 제 혀가 아직 우리말에 익숙해지지 않았나 봐요."

"배우기 힘들지 않았니?"

어머니가 묻자 내가 메노스에 처음 도착했을 때 사방에서 모르는 말이 들려오던 게 생각났어. 집이 너무 그리워 죽을 것만 같았지. 그때 내게 유일한 위로는, 엔니케, 다정한 너뿐이었어. 내가 고맙다고 말한 적이 있던가? 이제야 말해. 네가 날 그렇게 잘 돌봐주지 않았다면, 그렇게 친절하고 참을성 있게 메노스의 말을 가르쳐주지 않았다면, 베개에 얼굴을 묻고 눈물 흘리던 밤에 네가 날 안아주지 않았다면 난 그곳에 적응하지 못했을 거야.

"네," 내가 나직한 목소리로 대답했어. "정말 힘들었어요."

어머니가 가슴에 손을 얹은 채 잠시 조용히 서 계셨어. 그러고는 내게 손을 내밀려다가 뭔가가 생각난 듯 황급히 몸을 돌리며 말씀하셨어.

"빗을 가져와야겠다."

어머니가 방에 들어가시더니 잠시 후 내가 어릴 적부터 쓰던 반질반질하게 윤이 나는 빗을 가지고 나오셨어.

"언니가 그 빗으로 제 머리를 빗겨줄 때마다 머리카락이 한 뭉텅이씩 빠졌었어요."

내가 얼굴을 찌푸리며 말했어.

어머니가 내 어깨에 손을 올리며 웃으셨어.

"이젠 안 그럴 거야, 돌아보렴."

어머니가 내 엉킨 머리카락을 한 줌 쥐셨어. 나는 눈을 감고 머리에 닿는 어머니의 손길을 느꼈지. 난로에서 피어오르는 연기가 코끝을 맴돌았고 마가목과 꿀맛이 아직 혀끝에 남아 있었어.

"머리 땋기 의식을 치러야 할 때 네가 여기에 없었구나."

어머니가 생각에 잠겨 말씀하셨어.

"여길 떠날 때 넌 너무 어렸는데 이젠 다 커버렸어."

"이제 월경도 하는걸요."

"그래, 그렇겠지. 벌써 열일곱 살이구나."

어머니는 간단한 수는 셀 줄 아셔. 이곳 사람들은 대부분 저녁이면 가축들 수를 세어야 하고 바구니에 든 달걀과 밭에서 거둔 곡식 단 수를 세어야 하니 그 정도는 할 수 있어. 하지만 스물 이상을 셀 수 있는 사람은 거의 없어.

머리 땋기 의식은 여자아이가 초경을 시작하면 치르는 의식이야. 초경을 시작한 지 나흘째 되는 날, 머리를 땋아서 여자가 되었다는 표시를 하는 거야. 나는 머리를 땋고 싶지 않아. 메노스에서 하지 않았으니 여기서도 하지 않을 거야. 그래서 나는 슬며시 다른 이야기를 꺼냈어.

"어머니 이야기 좀 들려주세요."

"나 말이니?" 어머니가 어쩐지 자조적으로 웃으셨어. "난 들려줄 이야기가 없단다."

"그럼 시나 노래요. 어머니가 좋아하시는 거면 뭐든 좋아요."

어머니는 잠시 말이 없으셨어. 내 머리를 빗어주시던 어머니가 생각에 잠기셨는지 차가운 빗이 목에 닿아 나는 순간 어깨가 움츠러들었어. 어머니가 노래를 시작했어.

부드럽고 힘이 센 커다란 발
꿀을 들었지 혼자서
까만 하늘 위에서

더 힘이 센 신랑을 찾는다네……

꿈을 꾸는 것 같았어. 어렸을 때처럼 어머니 목소리를 듣고, 내 머리에 닿는 어머니의 손길을 느끼고, 어머니가 불러주는 노래를 들으니 정말 그랬지. 어머니는 모르는 노래가 없어. 입을 열려다가 목이 메어서 잠시 기다렸어.

"어머니, 최근에 무리크에 계신 고모께 다녀온 적 있으세요?"

"아니, 가본 지 오래됐구나. 농장 일이 얼마나 바쁜지 너도 잘 알잖니. 시간이 남으면 나라에스 애들도 봐줘야 하고. 겨울에 눈이 많이 와서 봄에 길도 무척 안 좋았단다. 이젠 말이 없어서 예전처럼 썰매를 탈 수 없고 길도 안전하지 않아. 그래도 카룬 에이민손에게서 그들이 잘 지내고 있다는 소식을 들었단다. 카룬 기억하니? 욜라 근처 작은 오두막에 사는. 나무와 사냥을 하러 다니니 사람들 소식을 많이 안단다."

나는 고개를 저었어. 카룬이라는 사람은 기억나지 않아. 그동안 내 기억에서 사라진 것들이 많은 것 같아.

"그럼 이제 돌보는 가축은 없어요?"

"없어. 이젠 없단다. 지난번 굶주림의 겨울이 닥쳤을 때 모두 잡아야 했지."

"하지만…… 그 이후에 돼지를 사시지 않았나요? 제가 떠나기 바로 직전에요."

어머니의 빗질이 멈췄어.

"굶주림의 겨울이 또 왔었단다, 마레시. 3년 전에 가뭄이 들어 호밀까지 말라버렸어. 그래서 새로운 나도르에게 씨앗과 식량을 빌렸지."

"나도르가 새로 왔어요?"

"그렇단다. 두 번째 기근이 닥치고 난 뒤 우룬디엔의 왕이 나도르를 갈아 치웠어. 그들이 이유 같은 걸 알려준 적은 없으니 이유는 몰라."

나도르 이야기가 나오자 어머니는 누가 우리 이야기를 듣기라도 한다는 듯 목소리를 낮추셨어.

"기근 때문에 아무도 세금을 내지 못해서 그랬을 수도 있고. 이번에 온 나도르는 이전 나도르들과는 달라. 이전 나도르들은 세금을 거둘 때만 빼고는 성 안에 머물며 우리를 내버려 뒀는데 지금은……."

어머니는 벽에 귀라도 달린 것처럼 작은 목소리로 말씀하셨어.

"우리는 모두 그에게 빚을 졌단다."

내가 고개를 홱 뒤로 돌리는 바람에 내 머리카락을 빗던 빗이 뚝 부러져버렸어.

"아버지 빚이 얼마나 되는데요?"

"적지는 않단다. 하지만 넌 그런 건 걱정하지 않아도 돼."

어머니가 내게 몸을 가까이 숙이며 내 어깨를 꼭 잡으셨어.

"우린 네가 집에 온 것만으로도 정말 기쁘단다, 마레시. 집에 돌아온 첫날 그런 무거운 이야기는 하지 말자꾸나."

어머니가 몸을 일으키며 한 가닥 삐져나온 내 머리카락을 정리해 주자 이제 내 머리는 완전히 단정해졌어.

"특별히 의식은 치르지 않고 그냥 머리를 땋는 건 어떠니? 언제가 됐든 곧 해야 하니. 한 갈래로 땋고 싶니? 아님 두 갈래?"

나는 몸을 돌려 조심스레 어머니 손에서 내 머리카락을 뺐어.

"저는 머리를 땋지 않을 거예요, 어머니. 메노스에서도 그렇게 지냈고요."

어머니는 잠시 나를 가만히 바라보시더니 손을 내려놓으셨어.

"물이 끓는구나. 씻고 싶니?"

우리는 더는 그 얘기를 꺼내지 않았지만, 머리를 땋지 않겠다는 내 선언 때문에 어머니는 걱정하시는 듯했어. 아니면 모기에 물린 것처럼 언짢으신 것 같기도 했고.

이제 자야겠어.

– 너의 친구, 마레시

사랑하는 야이에게,

내가 집에 온 지도 벌써 며칠이 흘렀어. 아직도 뭘 해야 할지 모르겠어. 그냥 피곤해. 혹시 내가 좀 못되게 굴고 있다면 이해해 줘.

첫째 날은 어머니를 도와 집안일을 하면서 집에서 쉬었어. 피곤하고 예민한 상태였거든. 사람들의 호기심 어린 눈빛을 피하고 싶었어. 대신 집에 머물며 마을 사람들이 그간 어떻게 지냈는지 물었지. 어머니는 그저 모든 게 똑같다고 하셨어.

"여기에 별다른 일이 뭐가 있겠니?"

하지만 어머니가 틀렸어. 어머니 눈에는 아무것도 변하지 않았는지 몰라도 내게는 아주 많은 게 달라진 것으로 보였어.

어릴 때 나와 거의 매일 함께 놀았던 내 친구 산날은 내가 로바스를 떠난 직후 죽었대. 산날의 아버지는 나무꾼이라 그와 가족들은 농지가 없었고 마을 밖에 있는 작은 오두막에서 살았거든. 그런데 굶주림의 겨울이 닥치고, 이른 서리가 호밀을 앗아가 버리고, 폭우가 남은 작물마저 휩쓸어 가자 그들에게 음식을 나눠줄 수 있는 사람이 없었어. 가을이 되자 온 가족이 길거리로 나와 구걸을 했고 어머니와 산날의 어린 여동생만 살아남았대. 연로한 내 할머니도 내가 로바스를 떠난 해에 돌아가셨어.

할머니가 그리워. 할머니의 부드럽고 주름진 뺨과 우리에게 말을 건네던 다정한 목소리도.

마을에는 새로운 생명들이 계속해서 태어났어. 마을은 그대로고 집들도 그대로야. 이곳의 집들은 아버지가 어렸을 때부터 변하지 않았지. 얀날의 아버지는 얀날과 나라에스, 손주들을 위해 다른 방을 보태지었지만, 다른 집들은 더 낡기만 했을 뿐 변한 게 거의 없어. 가축의 수는 내가 어릴 때보다는 줄었지만, 내가 떠날 때보다는 많아졌어. 나와 함께 놀던 친구들은 다 어른이 되었고 친구들의 부모님도 늙으셨어. 하지만 해가 뜨고 질 때까지 고된 노동을 하는 생활은 달라지지 않았지.

둘째 날 저녁, 식사를 마치고 어머니가 테이블에서 포리지 냄비를 치우며 내게 이제 이웃들에게 인사를 해야 하지 않겠느냐고 하셨어.

"이웃들에게 우리 딸이 무사히 집에 돌아왔다는 소식을 알려야지."

이 일이 어머니에게 중요한 일이라는 걸 알아. 어머니는 지금까지 내가 호기심 많은 이웃들을 피해 쉴 수 있게 해주셨지만 이제 나를 자랑하고 싶으신 거야.

"빈손으로 갈 수는 없어요."

그러자 어머니와 아버지도 고개를 끄덕이셨어. 평소에 이웃집에 들를 때는 선물을 가져갈 필요가 없지만 특별한 날에는 작은 선물을 교환하거든.

"그럼 내일 가는 게 좋겠구나. 선물을 준비할 시간도 필요하니까."

어머니가 말씀하셨어.

그날 밤, 나는 발레리아에서 산 소금과 수도원을 떠나기 전 원장 수녀님께서 내 가방 안에 넣어주신, 양털로 만든 빨간 천을 꺼냈어. 그러고는 그 천을 네 조각으로 잘라 작은 주머니를 만들고 간단한 문양을 수놓았지. 어머니의 실 꾸러미에서 까만 실과 하얀 실을 꺼내 처음에 머릿속에 떠오른 장미, 사과, 조개껍데기의 문양을 떴어. 지금 너 눈을 동그랗게 뜨고 내 형편없는 바느질 실력을 생각하고 있지? 다 보여. 하지만 자수는 로바스의 유서 깊은 전통이라는 걸 알아줘. 어머니와 언니는 내가 아주 어렸을 때부터 수놓는 법을 가르쳐줬어. 아무튼 주머니를 만들어 그 안에 소금을 넣었지. 이곳에서는 소금이 아주 비싸고 귀한 물건이거든. 모든 소금 거래는 우룬디엔을 통해야 하고 우룬디엔과 그 속국에 있는 모든 광산은 왕에게 귀속돼 있어. 나도르의 성이 있는 칸드팔부터 우리 마을 동쪽까지 흐르는 쉬리강을 소금강이라고도 하는데, 산에서 나는 소금이 그 강을 따라 이린디뷸까지 이동해서 다들 그렇게 불러.

다음 날, 나는 주머니를 들고 집을 나섰어. 먼저 우리 집 바로 옆에 있는 집부터 갔지. 익숙한 곳부터 가야 그나마 쉬울 것 같아서. 나는 여기 풍습대로 문을 두드리고는 곧장 이웃집 안으로 들어섰어. 처음 환영해 준 건 마로스였지. 그 애는 우리가 어릴 적 함께 놀던 때처럼 나를 맞아줬어. 마로스는 어린 시절 고열을 앓아 청각을 잃었지만 그게 우리가 함께 노는 데 문제가 된 적은 한 번도 없었어. 우린 늘 방법을 찾아냈지.

마로스의 집은 변한 게 거의 없었지만 언니의 가족들이 사는 새로운 방이 생겼고 새 문도 달려 있었어. 흙바닥은 단단하게 다져져 있고 새로 바꾼 지 얼마 안 된 듯 바스락대는 지푸라기가 그 위에 깔려 있었지. 난로에서는 불이 타닥타닥 타올랐고 긴 테이블 위에는 화려한 자수가 장식된 테이블보가 보기 좋게 씌워져 있었어. 얀날의 어머니인 페이라 아주머니는 바느질 솜씨가 좋기로 유명하거든.

"드디어 왔구나. 우리 특별한 손님."

난롯가에 앉아 바느질을 하던 페이라 아주머니가 나를 반겨주셨어. 아주머니는 단정히 땋아 올린 회색 머리카락에 어느 때보다 야윈 얼굴, 리넨 블라우스와 갈색 줄무늬 치마, 자수 놓인 앞치마, 팔목과 발목에 두른 로바스식 밝은 실 장식까지 내가 기억하던 그 모습 그대로셨어. 아주머니가 미소를 지으며 말씀하셨지.

"여보, 뿔잔을 가져와요."

마레사가 자기 방에서 뛰어나왔어. 제 부모에게서 잘 떨어지려 하지 않는 둘란은 할아버지인 하이만 아저씨 무릎 위에 앉아 있었는데, 아저씨가 둘란을 잠시 내려놓고 벽에 걸린 뿔잔을 가져오셨어. 그러곤 선반에서 독주가 담긴 병을 꺼내 잔을 채운 뒤 절뚝절뚝 걸어와 내게 건네셨지. 얀날이 어렸을 때 써레에 다치셨다던가, 하이만 아저씨는 내가 아저씨를 처음 알았을 때부터 다리를 저셨어.

나는 격식을 차린 어색한 분위기 속에서 뿔잔을 들고 독주를 마셨어. 새로운 경험이었어. 아버지도 우리 집에 손님이 올 때면 뿔잔을 내어 대접하곤 했는데 내가 그 귀한 손님이 된 거야! 잔이 사람들에게로 차례차례 건네졌고 나는 마레사에게도 향을 맡게 해줬지. 냄새를 맡은 아이가 얼굴을 찌푸렸어.

"으으!"

내가 소금을 넣은 주머니를 페이라 아주머니께 드리자 아주머니는 짐짓 태연한 척 받았지만 언니는 두 눈이 휘둥그레졌어. 아주머니는 독주 옆에 주머니를 올려놨어.

봄 파종이나 월동 이야기를 하기에는 지나칠 정도로 격식을 차린 분위기였어. 아주머니는 내가 머리를 땋지 않았다는 사실을 의식하고 있는 듯했지만 별다른 말은 하지 않으셨지. 마로스가 계속해서 나를 보고 있었고 나도 옛 친구에게 내 여행담과 메노스 생활을 속속들이 이야기하고 싶었지만, 내가 손으로 '섬'이라는 단어를 설명하려는 순간, 우리가 공유했던 암호가 부족하다는 사실을 깨달았어. 평생 이 마을과 숲을 벗어나 본 적 없는 사람에게 한 번도 보지 못한, 물로 둘러싸인 땅을 어떻게 설명할 수 있을까? 마로스가 가장 멀리 가본 곳이 제의 숲이야. 그 애는 나무와 숲에 관해서라면 누구보다 잘 알았지만 우리에게는 바다를 설명할 수 있는 단어가 없었어.

잠시 후 나는 그들에게 감사하다고 인사한 뒤 하얀 집이라고 부르는 집으로 갔어. 제의 숲에 있는 진짜 은빛 나무로 문틀을 만든 집이라 다들 그렇게 불러. 우리는 제의 숲에 있는 새하얀 은빛 나무에는 절대 칼이나 도끼를 대지 않는데, 그렇게 하면 가족이나 후손들이 불운을 겪는다고 믿거든. 하지만 간혹 솜씨 좋은 조각가가 우연히 폭풍으로 땅에 떨어진 나뭇가지를 줍거나 하면 그 눈부시게 하얗고 돌처럼 매끈한 나무를 깎아 멋진 칼자루나 촛대 같은 물건을 만들지. 나는 하얀 집 말고는 은빛 나무로 문틀을 만든 집은 한 번도 본 적이 없어.

문을 두드리는 순간 마르게트가 문을 열고 나와 나를 안았어.

"마레시!" 그 애가 내 귀에 대고 외쳤어. "마레시!"

나는 몸을 뗄 때 옛 친구의 어깨를 잡고 얼굴을 바라봤어. 이제 친구보다 내가 머리 하나는 더 컸어. 나를 쳐다보는 친구의 눈이 엔니케의 것처럼 반짝거렸지. 마르게트는 넓고 고집 있어 보이는 턱에 큰 코와 짙은 눈썹을 가졌어.

"네가 돌아왔다고 어머니가 알려주셨는데 믿을 수가 있어야지."

내가 마르게트를 유심히 보는 만큼 친구도 나를 관찰했어.

"머리를 안 땋았네?" 마르게트가 내 갈색 머리카락을 가리키며 놀라워했어. "게다가 이렇게 멋진 망토도 입고!"

순간 그런 망토를 입고 있다는 게 부끄러웠어. 여기 사람들은 이렇게 값나가고 좋은 물건을 볼 일이 없으니까.

"이제 그만 친구를 들어오게 해줘야지."

안에서 나이가 지긋한 여자의 목소리가 들리자 마르게트가 나를 안으로 안내했어. 집 안에 들어서니 온 가족이 빨간 테이블에 둘러앉아 나를 기다리고 있었어. 마르게트의 여동생 렌나, 어머니 세레사, 실드 할머니가 있었지. 아돈 아저씨만 그 자리에 없었어.

"아버지는 가축을 돌보고 계셔." 내가 묻지도 않았는데 마르게트가 변명하듯 말했어. "소와 돼지가 한 마리씩 있거든."

친구가 자랑스럽게 말했지.

"빚을 내서 산 거란다."

할머니가 중얼거렸지만 아무도 노인의 말에 귀를 기울이지 않았어.

세레사 아주머니가 독주가 든 뿔잔을 내게 주셨고 나는 그 잔을 마신 뒤 다음 사람에게 건넸어. 그러고는 아주머니께 선물을 드렸지.

"세상에!" 아주머니가 놀라며 소리쳤어.

"그 큰 세상에 나가서도 잘 자랐구나. 우린 널 다시는 보지 못하는 줄로만 알았단다, 마레시. 그랬지, 그랬어."

렌나는 잔을 내려놓고 다시 편하게 앉아 바느질감을 집어 들었어.

"아니면 우린 네가 명예롭게 돌아오지 못할 거라고 생각했지. 할머니가 그렇게 말씀하셨어."

어린 렌나가 순진한 얼굴로 말했어.

"마레시, 그래? 명예는 잘 지킨 거야?"

렌나는 자기가 무슨 말을 하고 있는지도 알지 못했지만 다른 여자들은 그게 무슨 뜻인지 정확히 알고 있었고 세레사 아주머니는 나를 위아래로 훑어보기까지 했어. 마르게트가 화난 얼굴로 동생에게 입을 다물라는 손짓을 했지만 나는 렌나의 눈을 똑바로 보며 대답했어.

"그래, 렌나. 내 명예는 잘 지켰어. 네 기준에서도, 내 기준에서도."

테이블에 앉아 있는 여자들을 둘러보니 전부 손에 뭔가를 들고 있었어. 렌나는 간단한 바느질을 하고 있었고 마르게트는 아름다운 무늬를 수놓고 있었고 세레사 아주머니는 실을 잣고 계셨지. 이제 시력이 나빠진 실드 할머니만 손을 놀리고 계셨어. 다른 사람들은 전부 일하고 있는데 나만 손님으로 가서 아무 일도 하지 않으니 기분이 이상했어.

"그래서 그 여자에게 제가 이렇게 말해줬어요. '당신네 달걀은 그렇게 좋지도 않아.'"

세레사 아주머니는 내가 와서 끊긴 대화를 다시 이어가기 시작했어.

"치즈를 조금 주고는 그거면 될 거라고 말했지요!"

할머니가 고개를 끄덕였어.

"그 여잔 늘 값을 비싸게 부른다니까. 본성이야. 흥정에 선수지."

"마레시, 네가 있었다는 수도원에서는 어떤 옷을 입었어?"

마르게트가 물었어.

"네가 예쁘다고 생각할 만한 옷은 아닐 거야. 우린 소박하게 입고 지내거든. 바지에 리넨으로 된 셔츠를 입고 머리에 스카프를 써. 수련 수녀들은 흰 스카프를 쓰고 수녀님들은 푸른 스카프를 쓰셔."

"거기 사람들은 다 너처럼 좋은 망토를 입고 다녀?"

마르게트는 아까 내게서 받아 옷걸이에 직접 걸어준 내 망토를 탐내는 듯한 눈길로 바라보며 물었어.

"아냐. 그건 야이라는 내 친구가 작별 선물로 만들어준 거야. 내가 먼 길을 떠나니 비와 추위를 피할 수 있는 옷이 필요할 거라며 줬어. 친구 말이 옳았지."

"어떻게 그렇게 먼 길을 혼자 왔어? 무섭진 않았고?"

렌나가 바느질에 집중하느라 옷감에 얼굴을 파묻은 채로 물었어.

"무서울 때도 있었지. 하지만 그렇게 무섭진 않았어. 결국 난 무사할 거라는 믿음이 있었거든."

나는 크론의 길이라든가, 그분께서 내게 문을 열어주실 때가 되면 내가 알게 될 거라는 이야기는 꺼내지도 않았어. 더는 이곳 사람들과 다르게 보일 만한 그 어떤 행동도 하고 싶지 않았거든. 나는 화제를 돌렸어.

"마르게트, 뭘 만드는 거야?"

마르게트는 뺨이 발그레해지더니 수줍은 목소리로 대답했어.

"신부용 보닛이야."

"마르게트는 아키오스랑 결혼하고 싶대." 렌나가 짓궂게 말했어. "엔레스바카 집안의 부인이 되고 싶나 봐."

내가 깜짝 놀라 친구를 보았는데 그 애가 바느질감 위로 얼굴을 푹 숙이는 바람에 하얀 정수리만 보였어.

"아키오스는 이제 겨우 열다섯인걸! 결혼하기엔 너무 어리지 않아?"

"그렇지." 마르게트의 어머니가 단호하게 말했어. "더구나 아키오스가 청혼을 한 것도 아니고."

아주머니가 철없이 웃는 막내딸을 나무라듯 쏘아보셨어.

"렌나, 잘 모르는 일에 끼어들지 말거라."

그러고는 마르게트를 돌아보았지.

"하지만 여자 혼자 신부용 의상을 만드는 일은 해가 될 게 없지. 어차피 몇 년 뒤에나 일어날 일이야. 그 전에 많은 일이 있을 거란다."

"저…… 괜찮지?"

마르게트가 내게 물었어.

"응, 당연하지."

나는 친구가 그렇게 물은 이유를 한참 뒤에야 이해했어. 그러니까 무슨 말이냐면, 아키오스가 마르게트나 다른 사람과 결혼하게 되면 결혼하지 않은 누나로서의 내 지위는 내 어머니와 아키오스의 아내보다 더 낮아진다는 뜻이야. 나는 집안의 대소사를 결정하거나 할 때 결정권이 거의 없게 되는 거지.

"마르게트, 창고에 가서 렌나가 만든 월귤을 좀 가져오려무나."

"지난가을에 내가 월귤을 따서 저장해 뒀거든!" 렌나가 자랑스럽게 말했어. "게다가 클로베르 젖으로 크림도 만들어놨으니 같이 먹자!"

나는 겨우 인사를 하고 하얀 집을 나와 마지막 집인 시냇가 집으로 향했어. 농장이 시냇가에 있어서 다들 그렇게 부르는데, 그 집에는 과부 베루 아주머니와 아들 아르반 둘이서 살고 있어. 나는 그 집에 가는 일이 가장 걱정됐어. 시냇가 집에는 가본 적도 별로 없고 아르반은 얀날, 마로스를 빼면 마을의 유일한 젊은 남자거든. 나는 남자를 만나는 게 여전히 불편해. 아버지와 남동생도 남자긴 하지만, 지하실에서 크론이 우리 섬을 침입한 남자들을 마지막 한 명까지 집어삼킨 뒤로는 남자들 목소리를 듣는 것도 무서워졌어. 내가 지난 8년 동안 본 남자라고는 야이 너를 잡으러 온 그 남자들밖에는 없었는걸. 그 짧게 깎은 머리카락과 문신으로 뒤덮인 손, 번득이는 칼, 잔인한 웃음소리가 여전히 머릿속을 떠나지 않아. 네 아버지의 싸늘한 목소리와 크론의 문으로 빨려들어 가는 남자들이 풍기던 지독한 피 냄새도.

마을 남자들은 섬을 공격해 온 남자들과는 완전히 다른 사람들인데도 남자라는 사실 때문인지 자꾸 그때 일이 생각나. 남자들 목소리는 다들 비슷비슷한 데다 몸도 그렇잖아. 이런 생각을 하는 건 그들에게도 부당하고 나도 부끄럽지만 남자가 근처에 오거나 하면 여전히 몸이 움츠러들어. 저녁 무렵 남자들이 집 밖에서 비나 날씨, 퇴비 이야기를 주고받는 목소리를 들으면 내용은 들리지 않고 붉은 피나 에오스트레 수녀님이 로즈였을 때 사원에서 일어났던 일, 그런 무서운 것들이 떠올라. 심장이 마구 뛰기 시작하고 숨을 쉴 수가 없어져. 너무 무서워.

시냇가 집은 우리 마을에서 제일 커. 그 집 바닥은 나무판자로 만든 진짜 마루로 되어 있고 양털로 만든 러그도 깔려 있어. 침실도 세 개나 되고 응접실에는 벽돌로 지어진 커다란 난로도 있어. 베루 아주머니는 남편이 죽기 전에 아르반을 임신했대. 난 아르반을 잘 몰라. 나보다 나이도 많고 일찍부터 어머니 일을 돕느라 우리랑 놀지 않았거든.

어릴 때 난 베루 아주머니를 무서워했는데, 아주머니는 날 환영해 주셨어. 예전 모습 그대로 갈색 머리카락을 땋아 돌돌 말아 올린 채 짙은 색의 근엄한 눈동자로 내게 뿔잔을 건네주셨지.

"마레시 엔레스다욱테르, 네 여정에 축복을."

그러고는 별다른 말 없이 하얀 회반죽으로 된 난로 앞 흔들의자로 가서 앉으셨어. 베루 아주머니는 늘 멋지게 차려입으셨는데, 오늘도 회색 블라우스에 회색 줄무늬 치마, 끝단에 단정한 자수가 놓인 앞치마를 입고 계셨어. 창문에는 진짜 커튼이 걸려 있고 벽에는 외풍을 막아주는 두꺼운 러그도 달려 있었지. 아르반은 벽 앞에 놓인 벤치에 앉아 부츠 밑창을 갈고 있었는데 기척이 없어 알아보지도 못할 뻔했어. 그는 내게 고개를 끄덕이긴 했지만 나와 시선을 마주치지는 않았어. 나는 테이블 끝에 어색하게 앉은 채로 내어주신 음식 그릇만 만지작거렸지.

대화는 뚝뚝 끊겼어. 아르반은 아무 말도 안 했지만 이따금 내 쪽을 힐끔거렸고 아주머니와 나 사이의 대화는 대화라기보다 거의 일방적인 질문 세례에 가까웠지. 아주머니는 수도원에서 내가 뭘 배웠는지, 실도 잣고 뜨개질도 잘하는지, 주스는 잘 만드는지, 식물로 천을 염색하거나 피클을 담글 줄 아는지 같은 것들을 물으셨어. 나는 최선을 다해 대답했지만 아주머니의 질문과 아들의 침묵은 당혹스러웠어. 그래서 예의에 벗어나지 않는 만큼만 머무르다가 소금 주머니를 드리고 감사 인사를 한 뒤 서둘러 집으로 돌아왔지.

난 지금 무척 피곤해. 새로운 사람들을 만나는 일이 익숙하지 않아. 그들은 내 어릴 적 이웃이긴 하지만 이제는 낯선 사람들처럼 느껴져. 이제 밤이 늦었으니 초를 꺼야겠어. 이렇게라도 내 생각을 적어 보내. 네가 지금 옆에 누워 있다면 피곤함 따윈 잊은 채 밤새 떠들 텐데! 하지만 내 말을 들어줄 네가 여기 없으니 혼자 웅크리고 자야겠지.

                                                                    - 네 친구, 마레시

존경하는 오 수녀님께,

집에 돌아온 지도 벌써 한 달이나 되었어요. 슬슬 이곳의 일상에 적응해 가고 있지만 한때는 그렇게 익숙했던 일들이 지금은 무척 낯설게 느껴져요. 실내 바닥이 흙으로 되어 있는 점이 특히 그래요. 축축하고 춥고 깨끗하지 않은 것 같아 몸이 간지러운 느낌이 들어요. 수도원의 아침 목욕이 상상했던 것 이상으로 그리워요! 이곳 사람들은 손과 얼굴만 가끔 씻거든요. 아이들은 여름이 되면 시냇가나 계곡으로 나가 목욕을 하고요. 이곳의 냄새에 도저히 적응이 되지 않아요. 그래서 문을 조금 열어두는데, 어머니는 모욕당한 듯 제게 조용히 물으셨어요.

"이제 우리 냄새를 못 참겠니?"

시원한 봄밤이었지만 저는 하는 수 없이 창문을 닫았어요. 어머니 생각이 맞아요. 저는 이제 이곳의 냄새를 참기가 힘들어졌어요. 몸에서 나는 냄새뿐만이 아니에요. 집에 암탉이 몇 마리 있는데 닭들의 분뇨 냄새가 집 안 구석구석 배어 있어요. 동물의 똥오줌, 양배추, 아버지가 부츠에 바르시는 산패한 기름, 난롯불 연기 냄새가 한데 뒤섞여 퀴퀴한 냄새를 풍겨요. 어머니는 깔끔한 분이어서 늘 가족들 옷을 깨끗이 빨고 마루에 까는 밀짚도 최소 한 달에 한 번은 바꾸시죠. 냄비와 팬은 늘 깨끗이 닦아 먼지 하나 없이 보관해 두고 이불도 햇볕에 말리고 가을이면 침대의 짚도 새로 바꿔요. 하지만 그럼에도 습하고 찌든 냄새가 나는 건 어쩔 수 없어요. 이곳은 바다에서 상쾌한 바람이 불어오지도 않고 따뜻한 물에 몸을 담갔다 차가운 물로 씻을 수 있는 생명의 샘 같은 곳도 없으니까요.

저는 매일 아침 마당에 나가 빗물로 몸을 씻고 동쪽 숲을 향해 서서 태양에 경배를 드려요. 여기 온 뒤로 해를 보기가 무척 어려워졌지만요. 지난해 로바스는 가뭄으로 힘들었다는데 지금은 비가 너무 많이 내려 농작물이 피해를 입고 있어요. 땅속에 심은 씨앗들이 썩어가고 있다고 사람들이 말하는 걸 들었어요. 굶주림의 겨울 이후에 사람들은 모두 빚에 허덕이고 있대요. 씨앗이나 밀가루를 저장해 두는 건 꿈도 꿀 수 없고 그저 당장 쓸 만큼만 가지고 있어요. 어머니와 아버지가 이번에 뿌리는 씨앗이 마지막이라고 말씀하시는 걸 이른 아침 우연히 들었어요. 부모님은 제게 말한 것보다 훨씬 더 많은 빚이 있고 그것마저 제때 갚지 못하고 있는 것 같아요. 그런데 씨앗이 썩어버린다면……아버지가 어떻게 하실지 모르겠어요. 게다가 예상치 못하게 저까지 왔으니 먹여야 할 식구가 늘어난 셈이죠.

원장 수녀님께서 제가 수도원을 떠날 때 주신 은화가 생각났어요. 제 가방 가장 깊숙한 곳, 책 밑에 고이 놓아둔 은화요. 하지만 그 돈으로는 학교를 지어야 해요.

헤오가 제게 준 조개껍데기 목걸이는 마레사에게 줬어요. 마레사는 그 목걸이를 무척 좋아해서 밤이고 낮이고 목에 걸고 다녀요. 헤오에게 전해주세요. 헤오 기분이 상하지 않으면 좋겠어요. 조개껍데기는 이곳에서는 대단히 귀한 물건이라 아름다운 장신구로 여겨져요. 저는 수녀님이 주신 뱀 모양 반지를 끼고 다니는데 사람들이 말은 안 해도 모두 이 반지를 힐끔거려요.

이곳에 오니 가족들과 친구들이 있어 혼자 있을 일이 없어요. 마르게트와도 매일 만나고요. 하지만 저희 우정은 이제 더 이상 전처럼 자연스럽지가 않아요. 제가 태초의 어머니나 그의 삼부(三部), 크론, 크론의 문 같은 얘기들을 꺼내면 마르게트는 처음에는 예의를 차리느라 잘 들어주다가도, 이내 저의 어머니에게로 가 이웃들 얘기로 수다를 떨거나 언니와 기저귀 발진이나 배앓이 치료법 같은 얘기들을 하기 시작해요. 저는 더 이상 이들과 같지 않아요. 완전히 외따로 떨어진 이방인인 데다 관찰 대상일 뿐이죠. 이웃마을 욜라에도 인사를 가야 하는데 계속 미루고 있어요. 사람들은 나쁜 의도가 없겠지만, 머리를 땋지 않고 그들처럼 말하지 않는다는 이유로 호기심의 대상이 되고 싶지도 않고 그 당혹감을 또다시 겪고 싶지도 않거든요.

메노스섬에 도착한 첫해만큼이나 종종 외로워요. 하지만 친구들에게는 말하지 말아주세요. 걱정시키고 싶지 않아요. 곧 괜찮아질 거라는 사실도 알고 있어요. 수도원에서도 결국 잘 지냈잖아요. 엔니케와 금세 친구가 되고 말도 새로 배우고 새로운 생활 방식도 금세 익혔죠.

이제 곧 학교를 지을 거예요. 하지만 봄, 여름에는 농사일로 바쁘니 아무도 자기 아이들을 학교에 보내지 않을 거예요. 아무리 어린아이라도 채소에 붙은 해충은 뗄 수 있으니 농장 일을 도와야 하거든요. 가을철 수확이 끝나고 나서 학교를 여는 게 좋겠어요. 이제 가족들은 제가 일을 해주길 바라고 있어요. 저도 성인이니 제 밥벌이는 해야겠죠.

아직은 잘 먹고 있어요. 배를 곯거나 하는 일은 없었어요. 그래도 먹을 게 아주 많지는 않아요. 어머니는 지난가을에 수확한 양배추로 스튜를 끓여주시는데 싱싱하지도 않고 맛도 없어요. 가끔 콩이나 순무, 양파 같은 것도 넣어주시지만 고기는 없고요. 아키오스가 잠깐 틈을 내 물고기를 잡아 오면 그제야 신선한 생선을 먹을 수 있어 집안 분위기가 들떠요. 저도 아키오스와 함께 나가고 싶은데 어머니가 집안일을 도와주길 원하셔서 그렇게 하고 있어요. 이제 막 집에 돌아왔으니 벌써 어머니 기분을 상하게 하고 싶지 않아서요. 사냥이 허락되는 겨울 동안에는 아버지와 아키오스가 작은 짐승을 잡으러 숲으로 갔지만 지금은 동물들이 새끼를 돌보는 시기라 덫을 놓지 않아요. 참, 가끔 배의 흉터 부위가 욱신거리는데 나르 수녀님이 주신 페퍼민트가 무척 도움이 된다고 수녀님께 전해주세요. 아키오스가 도와줘서 집 남쪽 담벼락 아래 작은 허브 정원도 만들었어요. 수도원에서 가져온 씨앗들을 심었는데 어머니는 식용도 아닌 것에 아까운 힘을 낭비한다며 이해하지 못하셨지만요.

저녁 메뉴는 스튜예요. 아침에는 호밀과 밀가루로 만든 포리지를 먹고 빵이나 다른 먹을 건 없어요. 암탉들이 최근에 알을 낳지 못하고 있거든요. 봄이 되면 알을 많이 낳아주길 바라고 있어요.

얼마 전에 있었던 달의 무도에는 아무것도 하지 않고 그냥 넘어갔어요. 그래도 되나요? 수녀님들 없이 혼자 밖으로 나가 춤을 춘다는 게 너무 어색하게 느껴졌거든요. 메이든 댄스도, 그 뒤에 열리는 축제도 없는 데다 메노스에 계신 신에게까지 제 노래가 닿을지도 모르겠고요.

그날 밤, 화장실을 가려고 밖으로 나갔는데 하늘이 청명한 거예요. 제가 이곳에 온 뒤로 그런 날은 손으로 꼽을 정도였어요. 하늘에 뜬 보름달이 그 어느 때보다 둥글고 컸어요. 저는 마당에 서서 달을 향해 깊이 고개를 숙이고 절을 했어요. 옷도 다 입고 있었고 노래를 부르거나 춤을 추지도 않았지요. 그런데도 어둠 속에서 솔개의 울음소리가 들리자 그 소리에 전율이 스치며 으스스 추워졌어요. 크론의 문에서 새어 나오던 얼음처럼 차가운 한기가 느껴졌어요.

크론이 그리워요. 지하실의 서늘함도 그립고요. 수녀님 방문에 붙어 있던 뱀 형상과 보물의 방에서 했던 우리만의 수업도요. 수도원에서는 크론께 말을 걸 수도, 가끔은 그분의 대답을 들을 수도 있었어요. 저는 더 이상 크론이 두렵지 않아요. 오히려 그분께 선택받았다는 사실이

기쁘기도 해요. 크론께서 수녀님께만 알려주신 비밀을 저도 아주 조금은 알 수 있으니까요. 이곳에서는 새로 배우는 것이 없고 그래서인지 두려워지고 있어요. 아직 겨울이 되려면 멀었지만 매일 조금씩 가까워지는 겨울을 생각할 때마다 숨이 막히기도 해요.

이곳의 숲에도 병사들이 있어요. 그들이 여기서 뭘 하는지는 모르겠어요. 아무도 그들에 대해 감히 말하지 않아요. 사람들은 그저 제게 마을에서 너무 멀리 떨어진 곳까지 혼자 어슬렁거리지 말라고만 해요. 사람들이 목소리를 낮추고 병사들 이야기를 할 때, 그 잠깐 동안 저는 우리 섬에 쳐들어왔던 남자들의 쨍그랑거리는 무기 소리, 험악한 목소리, 크론의 속삭임이 겹쳐 들려요. 그럼 겁에 질려 몸을 움직일 수 없게 되죠.

여기선 이런 말을 털어놓을 수 없어요.

이 얘긴 아무에게도 말하지 말아주세요. 그래주실 거죠?

– 당신의 수련 수녀, 마레시

사랑하는 야이에게,

집에 돌아온 지 딱 한 달이 되었어. 내가 여기 잘 도착했다는 사실도 알려줘야 하니 지금까지 쓴 편지들을 수도원으로 보내려 해. 지긋지긋하게 내리던 비도 그쳤어. 이제 길이 마르고 사람들도 오가기 시작할 거야. 편지들은 이린디불을 통해 보내는 것이 가장 좋을 것 같아. 1년에 몇 차례, 로바스 물건들이 쉬리강을 따라 이린디불로 가거든.

그레이레이디는 잘 있어. 이제 더는 걷지 않아도 되는 생활을 무척 즐기고 있지. 여긴 그레이레이디가 좋아할 풀이나 덤불, 지푸라기도 많아. 닭 우리 안에 노새가 지낼 공간이 있는데도 그레이레이디는 비가 오는 날에 밖에 있는 걸 좋아해. 지붕 아래나 나무 아래 서서 커튼처럼 자기를 둘러싸고 내리는 비를 바라보는 걸 좋아하지. 가끔은 그레이레이디가 물통이나 나무를 실어 옮기는 일을 도와주기도 해.

어제는 계속 미뤄왔던 일을 드디어 했어. 이웃 마을 욜라에 다녀왔지. 학교를 세우기 전에 욜라에 여자아이가 몇 명이 사는지도 알아야 했으니 필요한 일이었어. 처음에는 우리 마을과 욜라에 있는 여자아이들을 가르쳐보고 틀이 잡히고 나면 다른 마을의 아이들도 받을 생각이야. 욜라로 가는 길은 안개가 자욱해 망토가 축축해졌지만 몸은 젖지 않았어. 내 부츠를 만들 시간이 없어 아버지의 낡은 부츠를 신고 나왔더니 진창에 부츠가 푹푹 빠져서 그레이레이디를 붙잡고 발을 빼내며 걸어야 했어.

가는 길에 허름한 오두막을 지났는데 어머니 말씀이 그곳은 카룬의 집이래. 그 남자가 누군지 모르지만 집은 기억이 나. 계곡에서 멀지 않은 곳에 있던, 창문이 하나 달린 회색 오두막. 굴뚝에서 연기가 나지 않는 걸 보니 카룬은 나무를 베러 갔거나 나무하는 사람들이 하는 그런 일들을 하러 나갔을 거야. 녹색 이끼가 낀 지붕에서 물이 똑똑 떨어지고 있었고 채소를 키우거나 하는 텃밭은 없었어. 그 남자는 뭘 먹고 사는 걸까?

욜라는 우리 마을에서 가까워. 들판을 지나고 언덕을 올라 숲을 지나면 다시 들판이 펼쳐지지. 그 들판을 지나면 바로 욜라가 있어. 진흙길에 발이 빠져 좀 늦긴 했지만 금세 도착했어. 그레이레이디를 타지 않고 함께 걸어온 건 잘한 일이었어. 노새를 타고 왔다면 더 오래 걸렸을 거야. 드디어 내가 일을 시작했어! 집에 돌아온 진짜 목적을 실행할 때가 된 거야! 우중충한 날이었는데도 새들이 노래하며 봄을 알렸고 건너편에서는 뱀 한 마리가 꿈틀거리며 지나가는 모습도 봤어. 겨울잠에서 깨 이제 막 일어난 듯 느릿느릿 움직이고 있었어. 나는 경의를 담아 뱀에게 인사를 건네며 크론께 내 안부를 전해달라고 말했어. 그때만큼은 너희들과 함께 수도원에 있는 기분이었지.

욜라는 우리 마을과 비슷하게 생겼는데 조금 더 커. 중앙 뜰을 중심으로 집 네 채가 빙 둘러 마주 서 있고 다른 건물도 몇 개 더 있어. 마을 사람들에게 소금 주머니를 선물했더니 다들 기뻐하며 큰 길조로 여겨주었어. 나는 각 집에 여자아이들이 몇 명이나 있는지 속으로 세어본 뒤 가을에 아이들을 학교에 보내줄 수 있는지 물었어. 그들은 놀라며 예의 바르게 중얼중얼 둘러댈 뿐 확답을 주진 않았어. 맞아, 그들도 생각할 시간이 필요할 거야.

"좋구나. 글도 읽을 수 있게 되고 많이 배웠다니 멋지구나, 마레시."

꽤 젊은 편에 속하는 레키 아저씨가 머리카락이 짙은 아리따운 부인 옆에 서서 말했어. 그들에게는 자식이 세 명 있는데 그중 얀노린은 학교에 갈 나이였지.

"네가 꼬마였을 때부터 네 아버지는 늘 네가 특별하다고 자랑스러워하셨어. 읽고 쓰는 법을 배우는 일이 해가 될 건 없지. 하지만 로바스에서 나도르와 필경사들을 빼면 누구에게 그런 것이 필요하겠니? 그 학교에서 얀노린이 좋은 아내가 되는 법을 배울 수 있을까? 아니면 사람들을 많이 먹일 수 있는 요리법 같은 건? 아이를 돌보는 일은 어떻고. 아무튼 소금은 고맙다, 얘야. 신성하신 곰께서 부디 네게 그녀의 발과 눈과 심장이 지닌 힘과 재간과 용기를 주시길 비마."

나는 아저씨가 말한 모든 것과 그보다 더 많은 것을 가르칠 수 있다고 대답하고 싶었어. 나르 수녀님과 에르스 수녀님이 내게 적은 식재료로 최대한 많은 사람을 먹일 음식을 준비하는 법과 아이들을 치료하는 법, 약초학 같은 것을 가르쳐주셨으니까. 하지만 나는 이웃들의 신뢰를 얻는 법은 몰랐지. 여기 사람들은 지식과 배움이 실생활과는 아무런 상관이 없다고 믿어. 책에 나오는 내용이나 숫자는 성에 있는 사람들에게나 필요하다고 믿어. 교육은 권력을 가진 사람들이나 받는 것이고, 그래서 어딘가 사악한 구석이 있다고까지 믿고 있어.

레키 아저씨의 집을 나와 어릴 적 친구 페라네 집으로 향했어. 페라는 부모님과 에오스트레 수녀님을 닮은 언니와 함께 살고 있지. 그 다음에는 형제만 셋인, 마을에서 제일 작은 집에도 들렀어. 그 집에서는 어색함을 참을 수 없어 금세 자리를 떴어. 수도원 일 이후로는 잘 모르는 남자들 틈에 있는 게 어려운데, 나보다 몇 살 어린 예로스라는 둘째가 싱글벙글 웃는 얼굴로 빤히 나를 쳐다봐서 무척 불편했어. 마지막으로는 타우에르 아저씨의 아들 부부 집에 갔어. 아이들이 넷이나 있어 시끌벅적했고 내가 학교 얘기를 꺼내자 부부는 다른 집처럼 예의바른 미소와 얼버무리는 말로 대답을 대신했지.

가는 집마다 내게 독주를 권해서 달의 무도 때처럼 취하고 말았어. 술은 포도주와 비슷해서 그렇게 독하진 않지만 아침에 포리지를 먹고는 아무것도 먹지 않았거든. 밖으로 나오니 봄이라 저녁 공기가 시원하고 그레이레이디에 기대어 걸을 수 있어서 좀 나았어. 입에서 노래도 흥얼흥얼 나왔지. 이제 집으로 돌아가고 싶었는데 마지막 집이 남아 있었어. 그래서 길을 돌아 타우에르 아저씨와 그의 아버지가 사는 집으로 향했어. 나이 든 아저씨는 농장 일을 할 수 없게 된 뒤로 아들에게 농장을 넘기고 이 집으로 가서 살고 있어. 나는 가는 길에 축제나 행사가 있을 때마다 로바스 사람들이 부르곤 하는 '곰의 노래'를 흥얼거렸지. 우리를 보살펴 주시는 곰을 찬미하는 노래야. 내 입에서 자연스레 그 노래가 흘러나오지 뭐야. 지금 당장은 이방인이 된 기분이 들지만 내가 이 마을과 사람들을 얼마나 사랑하는지 새삼 깨달았어. 마을 사람들은 나를 좀 다르거나 이상한 존재로 여기는 것 같긴 하지만 내가 여기 온 뒤로 내내 친절했어. 그래서 그들이 힘들게 사는 모습이 더 마음이 아파. 어릴 땐 이곳 생활이 그렇게 고되다고는 생각하지 않았는데, 내가 잊은 걸지도 모르겠어. 어디로 눈을 돌려도 다들 힘들어 보여. 사람들은 뺨이 홀쭉하고 열 살도 채 안 된 아이들이 성인만큼 힘든 노동을 하는데, 난 이 아이들에게 더 나은 것을 주고 싶어. 내가 볼 때 가장 나쁜 건 체념이야. 사람들은 인생은 원래 힘든 거라고, 늘 힘들 것이고, 그래야만 한다고 믿고 있어. 이 사람들에게 다른 삶도 있다는 걸 보여주고 싶어. 이 사람들이 사는 세상에 작은 창을 하나 열어주고 싶은데 도무지 방법을 모르겠어.

나는 페인트칠이 되지 않은 문 앞에 서서 문을 두드리고 집 안으로 들어갔어.

타우에르 아저씨 집에 가본 건 처음이야. 욜라에서 내가 가본 집은 어릴 때 함께 놀던 페라의 집뿐이거든. 그래도 타우에르 아저씨에 대해서는 잘 알고 있었어. 마을 사람들은 다들 그를 잘 알지. 상처가 낫지 않거나 무사마귀가 끈질기게 없어지지 않거나 어디가 아프거나 아이를 낳을 때가 되거나 심지어 남편이 침대에 오지 않을 때조차 사람들은 아저씨를 찾아. 아저씨는 어떤 문제든 그에 대한 약과 자기만의 처방을 갖고 있는데, 이 모든 게 미신에 기대어 있는데도 사람들은 아저씨를 맹신해. 가령 사람들은 무사마귀가 나면 보름달이 뜰 때 갈림목에 서서 소금물에 담근 들쥐 가죽을 문지르고, 자기 마을이 아닌 다른 마을에 가서 그렇게 하면 더욱 효과가 좋다고 믿어. 무지개가 떴을 때 그 아래를 걸으면 배 속에 있는 아이의 성이 바뀌고, 또 호밀, 옥수수, 소금, 꿀로 별 모양 빵을 구워 흐르는 물과 연기, 먼지를 조금 뿌린 뒤 밭에 묻으면 풍년이 든다고도 믿지.

그야말로 미신이 난무해서 어디서부터 알려줘야 할지 모르겠어.

타우에르 아저씨의 집은 내가 상상했던 것과는 달랐어. 천장 아래에는 말린 허브와 호밀빵이 가지런히 매달려 있고 바닥에 깔린 지푸라기도 방금 간 듯 깨끗했어. 집 안에는 작은 테이블과 나무 의자 두 개, 벽에 고정된 침대가 있고 창에는 수를 놓은 커튼도 걸려 있었어. 또 벽에 걸린 구리 냄비는 윤이 났고 선반 위에는 내용물을 알 수 없는 항아리와 그릇이 열을 맞춰 놓여 있었지. 여느 평범한 농장과 다름없었어. 아저씨의 아버지는 마치 구겨진 채로 말라버린 빨랫감처럼 주름이 짙은 얼굴로 침대에 누워 계셨고 검은 머리의 여자아이가 테이블 아래에서 암탉 두 마리와 함께 냄비와 나무 숟가락을 달가닥거리며 놀고 있었지. 타우에르 아저씨는 맞은편 스토브 옆에 서서 뭔가를 하느라 바빠 보였어. 아저씨는 내 아버지보다 나이가 많지만 등도 곧고 흰 수염도 거의 없고 매무새도 훨씬 더 깔끔했어. 땅딸막한 체구인데 뚱뚱하지는 않아서 아저씨를 보면 작은 곰이 생각나.

나는 독주를 연거푸 마신 탓에 졸음이 밀려왔고 배도 고팠어. 독주를 한 잔만 더 마시고 나면 이제 집에 갈 수 있어, 그레이레이디를 타고 반쯤 자면서 가야지, 머릿속으로는 이런 생각을 했지.

"오, 드디어 왔구나!"

아저씨의 목소리가 마치 여름 산처럼 건조하고 따뜻했어.

"드디어요?"

"그래."

아저씨가 손을 닦으며 말했어. "널 기다리고 있었단다, 안 그래요, 아버지?" 아저씨가 침대를 향해 묻자 그쪽에서 바스락대는 인기척이 들렸어.

"곧 네가 올 거라고 생각했단다. 하지만 네게도 일이 많았겠지. 머리카락을 풀었구나. 그래, 그게 그렇게 놀랄 일은 아니지."

내 입에서 한숨이 푹 새어 나왔어. 타우에르 아저씨에게까지 머리카락 얘길 들어야 하다니. 머리 좀 안 땋는다고 대체 왜들 그렇게 호들갑인지 모르겠어.

아저씨가 허브 한 다발을 가져와 난로 위에 놓인 작은 냄비 안에서 바스러뜨렸어. 금세 방 안에 상쾌한 향이 퍼졌지. 테이블 아래에서 놀던 아이가 냄비를 갑자기 쾅쾅 내리치는 바람에 닭들이 놀라 꼬꼬댁 울었어. 아저씨는 나와 대화를 하는 중에도 노련하게 선반 위에 있는 병과 꾸러미에서 뭔가를 꺼내 냄비 안에 또 넣었어.

"독주를 마셔야 한다는 규율이 있는 건 아니란다. 손님에게 마실 것을 대접하고 주인이 손님의 잔을 받아 마시기만 하면 되지."

아저씨가 허브차를 나무 그릇에 따라 내게 주셨어.

"마셔라. 도움이 될 게다."

나는 아저씨가 준 따뜻한 차를 한 모금 마셨어. 단맛과 쓴맛이 동시에 나는 차였지.

"꿀이에요?"

"그래, 벌꿀이다. 민트, 스파락시스, 전나무 가지, 그리고 이것저것을 넣었지."

나르 수녀님과 수녀님이 만드시는 차들이 생각났어. 아저씨가 닭들을 쫓으며 내게 의자에 앉으라고 권했어.

"사실 저 닭들은 바깥 우리에 있어야 하는데. 다른 염소랑 손녀딸의 암탉들이 있는 곳 말이다."

아저씨가 걱정스레 닭을 보았어.

"닭들이 내게서 떨어지려 하질 않아. 아버지가 달걀을 드셔야 하는데 다른 곳에선 알을 낳질 않거든. 안 그래요, 아버지?"

아저씨가 목소리를 낮추고 말했어.

"요즘 아버지가 날달걀만 드신단다."

아저씨에게 잔을 건네는데 아저씨가 허공에 대고 코를 킁킁대길래 무슨 냄새가 나나 싶어 나도 주의 깊게 냄새를 맡아봤지.

"아, 라벤더예요. 메노스섬에서 가지고 온 거예요."

네가 준 라벤더를 옷 사이에 넣어서 침대 발치에 있는 궤 안에 두었거든.

"라벤더?" 아저씨는 묘한 표정으로 나를 보셨지. "그렇구나. 생각지도 못했구나."

아저씨가 만들어준 차를 마시니 머리가 맑아졌어.

"따님에게는 차를 안 주세요?"

"오, 딸이 아니야, 저 아이는 손녀딸이란다. 그 애 집이 어찌나 소란스러운지 내가 종종 여기로 데려오거든. 나에리는 조용하고 평화로운 분위기를 좋아해. 안 그러니, 얘야?"

아이가 간간이 냄비를 두드리고 닭들이 다시 꽥꽥거리자 침대 위에 누운 노인이 투덜거렸어.

"내게 손주가 몇 명이나 있는 줄 아니, 마레시? 자그마치 열 명이란다! 그중 일곱 명이 이 마을에 살아. 난 셋만 있어도 충분한데 계속해서 애를 낳아대지 뭐니. 어쨌거나 이 차는 아이에겐 너무 독해."

내가 소금 주머니를 선물로 드리자 아저씨는 기뻐하셨어.

"좋은 선물이구나. 좋아. 다른 사람들도 뱀이 그려진 주머니를 받은 건 아니겠지?"

"네, 다른 사람들에게 준 주머니에는 조개껍데기나 사과, 장미, 그런 것들이 수놓아져 있어요."

"좋구나. 헌데 나라면 소금보다는 더 오래가는 것을 선물로 택했을 텐데. 어쨌거나 다들 유용하게 쓸 게다."

나는 아저씨를 가만히 보았어.

"나도 그렇고."

아저씨가 서둘러 덧붙였지.

나는 당황해서 뭐라고 말해야 할지 몰랐고 그래서인지 나도 모르게 아무 말이나 튀어나와 버렸어.

"가을에 학교를 열려고 해요."

아저씨가 뒤로 기대어 앉으며 미간을 찌푸렸어. 닭 한 마리가 그의 무릎 위로 뛰어올랐지.

"다른 일도 많을 텐데, 괜찮겠니?"

나는 불쑥 짜증이 났어. 학교가 얼마나 중요한지 아무도 이해하지 못하고 있어. 이건 나보다도 마을 여자아이들을 위한 일인데! 사람들은 씨를 뿌리고 수확하고 자수나 놓고 이런 일만 중요하게 생각하지. 나는 자리에서 일어났어.

"잘 쉬었어요. 감사해요. 차도 감사하고요. 이제 늦었으니 집에 가봐야겠어요."

"걸어가니?"

화가 나서 노새를 타고 갈 거란 말은 하지 않았어. 피곤함은 온데간데없이 사라져버리고 그저 분노만 남았지. 짧게 인사하고는 아저씨 집을 나와 그레이레이디를 불렀지만 당연히 노새는 나타나지 않았지. 마당을 찾아다녔더니 그레이레이디가 털이 덥수룩한 회색 염소 옆에 서서 지푸라기를 오물거리며 먹고 있는 거야. 새로운 친구와 떨어지기 싫은지 발을 떼지 않아서 울타리까지 겨우 끌고 갔어. 타우에르 아저씨가 문 앞에 서서 나를 지켜보는 바람에 노새 등에 올라타지는 못했어. 나는 그레이레이디를 떠밀어 문밖을 나섰지.

"곧장 가거라, 씩씩하게."

아저씨가 내 등에 대고 소리쳤어.

나는 분을 못 참고 발을 쿵쿵 구르며 길을 걸었어. 학교가 얼마나 중요한지 사람들은 몰라! 내가 자기들을 위해 애쓰고 있는데 그것도 몰라주고!

뒤에서 '곰의 노래'를 흥얼거리는 아저씨 목소리가 들려왔어. 노여움에 휩싸인 곰이 나오는 구절을 부르고 계셨지.

곰의 발톱이 악령을 낚아채네
악령의 살점을 갈기갈기 찢었지
그녀의 걸음은 땅을 울리고
그녀의 굴엔 누구도 얼씬대지 못해

집에 오는 내내 나도 그 사나운 구절을 흥얼거렸고 나중에는 크론의 얼음처럼 차가운 분노, 무시무시한 복수 운운하며 새로운 가사까지 만들어 덧붙였어. 그렇게 걷다 어느새 정신을 차리고 보니 벌써 집에 도착했지 뭐야. 그레이레이디에게 여물을 주고 나도 포리지를 한 그릇 먹고는 침대로 갔어. 그대로 꿈도 꾸지 않고 깊이 잤는데도 오늘은 몸이 나른하고 무기력해. 감기는 아니면 좋겠는데. 봄 감기는 늘 너무 오래가거든.

내일은 기분 전환도 할 겸 숲에 가서 아키오스가 베어놓은 나무를 집으로 옮겨 올 거야. 또 금방 편지할게! 예야가 날 잊지 않도록 내 얘기 해주는 것 잊지 마.

- 네 친구, 마레시

사랑하는 로즈 엔니케!

오늘 나무를 구하러 아키오스랑 숲에 갔다가 이상한 남자를 만났어.

동이 트자마자 일어나 어제 먹다 남은 차가운 포리지를 먹었고 그동안 어머니는 우리의 점심을 싸주셨지. 나는 마음이 들떠 아키오스보다 먼저 나가 그레이레이디 등에 짐을 실었어. 숲에 갈 날을 얼마나 기다렸는지 몰라! 어머니가 나를 꼼짝없이 집에만 있게 해서 나무와 상쾌한 공기, 숲속의 고요함이 정말이지 그리웠거든. 아키오스도 곧 도끼를 챙겨 나와 우리는 동쪽 숲을 향해 길을 나섰지.

새벽 공기를 듬뿍 마시며 동생과 숲을 걸으니 기분이 좋았어. 아키오스는 예나 지금이나 변함없이 나를 대해주는 몇 안 되는 사람이야. 내 느낌인지는 모르겠지만 아버지는 나를 지나치리만큼 칭찬하시고 어머니는 무슨 생각을 하시는지 잘 모르겠어. 가끔은 예전처럼 한없이 다정하고 유쾌하시지만 내가 수도원 이야기를 꺼내면 좋아하시지 않고 말도 없어지셔. 언니는 상냥하지만 우리는 이제 같이 살지 않는 데다 아이들을 돌보고 자기 일에 신경 쓰는 것만으로도 충분히 바쁘지. 언니의 삶은 이제 완전히 달라졌으니 우리가 예전과 똑같이 지낼 수는 없을 거야. 난 달라진 게 없는 것 같지만 아마 나도 많이 변했을 테지. 하지만 조금만 생각해 보면 변한 게 없는 게 오히려 이상한 일일 거야. 나는 크론의 문을 열었고 크론의 갈망을 달래기 위해 내 피도 바쳤어. 이곳 사람들은 상상도 할 수 없는 신비와 지식도 알게 되었지. 그런데도 지금 난 메노스에 처음 발을 들였던, 아무것도 모르고 하는 일마다 사고를 치던 그때로 돌아간 것만 같아. 혼란스럽고 길을 잃은 기분이야. 이곳의 생활 방식은 태어날 때부터 피에 새겨진 듯 익숙한데, 내 몸이 사루에서 살던 방식을 다 잊은 모양이야. 나는 이곳 사람들과 다르고, 그 사실을 매번 사람들이 상기시켜 줘. 사람들은 자기들끼리 말할 때와 나랑 말할 때가 달라. 나를 학자처럼 대하다가도 진짜 중요한 건 아무것도 모르는 사람으로 치부해 버리지. 난 이국에서 온 낯알도 아니지만 로바스의 호밀도 아닌 거야. 난…… 아니야, 나도 내가 어떤 사람인지 모르겠어. 엔니케, 난 지금 너무 힘들어.

하지만 아키오스는 날 변함없이 대해줘. 예전처럼 날 놀리기도 하고 내게 질문도 하고 걱정을 털어놔. 동생은 이제 막 성인기에 들어선 나이인데도 행동은 여전히 소년 같아. 대단히 열심히 일하는 소년이라 해야겠지. 우리는 새벽과 저녁 무렵에만 들려오는 새들의 노래를 들으며 그레이레이디 옆에서 나란히 걸었어. 들짐승도 봤어. 귀가 긴 산토끼, 굴 밖으로 얼굴을 빼꼼 내민 흙여우, 노새의 발굽 사이를 쏜살같이 달려가는 들쥐. 하늘에서는 북쪽으로 날아가는 두루미들이 서로를 찾는 고독한 울음소리가 허공에 퍼졌지. 전에 본 솔개의 새된 울음소리도 들은 것 같아.

"우리가 흙여우를 잡아 쥐 잡는 법을 가르치려고 했던 거 기억나?"

아키오스의 말에 내가 웃었어.

"온 마을이 여우를 고용하게 해서 부자가 될 생각이었지!"

"누나가 피를 보기만 해도 벌벌 떨지 않았더라면 우린 부자가 될 수 있었을 거야."

"네 엄지손가락이 떨어져 나갈 뻔했잖아! 우리 꼬락서니를 보고 언니는 거의 기절할 뻔했다고."

"내 손가락은 문제없었어."

아키오스가 자기 왼쪽 손을 내 얼굴 앞에 흔들며 웃는데 손가락 아래쪽에 남은 하얀 흉터가 보였어.

"누난 별것 아닌 일에 너무 쉽게 겁을 먹는다니까."

"말은 어떻고! 말 모양 나무 인형 기억나? 어머니가 그 인형을 태워 버리신 줄 알고 네가 얼마나 고래고래 소리를 질러댔는지. 기억나지?"

"그건 사소한 일이 아니었어! 내가 몇 달이나 열심히 키운 건데. 그 기백 넘치는 말을 진정한 내 말로 길들이는 게 쉬운 일은 아니었다고."

"네가 뭐라고 불렀더라? 무쇠 꼬리?"

"은빛 꼬리야. 누나 말이 바보 같은 이름이었지. 사과 소스였던가."

"사과 꽃이거든."

옛 일을 떠올리니 저절로 미소가 지어졌어. 그때 내가 가장 아름답다고 생각한 것을 내 말 인형에게 이름으로 지어준 거였어. 우린 아버지가 만들어주신 말 인형을 가지고 재밌게도 놀았어. 옛 추억에 잠겨 있는데 아키오스가 불쑥 물었어.

"누나, 가끔 안네르…… 생각해?"

"그럼, 물론이지." 나는 동생을 흘깃 보았어. "자주 해. 매일은 아니지만 거의 매일 그 애를 생각해."

"나도 늘 그 앨 생각하는데, 가끔은 아무도 안네르를 기억하지 못하고 나만 기억하는 것 같은 기분이 들어."

"다른 가족들은 안네르 이야길 안 해?"

아키오스가 고개를 끄덕였어.

"아버지가 너무 슬퍼하시거든."

"내 생각엔…… 죄책감이 드시나 봐. 자기 탓이라고 생각하시는 것 같아. 가장으로서 먹을 걸 충분히 구해 오지 못하셨다고. 하지만 나도르가 우리에게 준 씨앗은 이미 상태가 좋지 않았는걸. 그 냄새 기억나? 색깔도 거무칙칙했고. 그걸 먹고 우리 다 배탈 났잖아. 안네르는 너무 어리고 약했어."

"난 늘 내 탓이라고 생각해 왔어."

"그게 어떻게 네 탓이야?"

"어머니가 치즈를 숨겨두셨거든. 알고 있었어?"

나는 고개를 저었어. 아키오스는 허공을 응시했고 그 애의 시선 끝에서 떠오르는 해가 숲에 첫 아침 햇살을 비추었지.

"어머니가 샛노랗고 동그란 치즈를 부엌 제일 높은 찬장에 숨기시는 걸 봤어. 어디서 구하셨는지는 모르겠어. 마을에선 그런 걸 구할 수 없었는데. 난 너무 배가 고파서 어느 날 밤 식구들이 모두 잠들어 있을 때 몰래 나와 치즈를 한 입 먹었어. 처음엔 아주 조금만 먹을 생각이었는데 그 맛있고 짭조름한 치즈를 한 입 베어 무는 순간 멈출 수가 없었어."

아키오스는 그 치즈가 지금 입안에 있기라도 하듯 침을 삼켰어.

"어머니는 한 번도 그 이야기를 꺼내지 않으셨지만 나는 가끔 생각해. 그 치즈가 있었다면 안네르가 살 수 있었을지도 모른다고."

나는 당장 대답을 하지는 못했어. 대신 생각했지.

"음…… 그게 언제야?"

"안네르가 죽기 며칠 전 일이야."

나는 아키오스의 어깨를 감싸 안았어.

"아키오스, 안네르는 그때 이미 장염으로 몸이 약해져 있었어. 뭘 먹어도 소화를 시키지 못했는걸. 수도원에서 기아와 영양에 관해 배웠어. 그때 우리 식구는 아무것도 몰랐지. 어쨌든 그땐 이미 크론이, 아니 죽음이 안네르에게 닥쳐온 뒤였어."

그 무렵 우리 집에 나타났던 크론의 은빛 문이 생각났어. 난 그때 크론이 날 원하는 거라고 생각했었지. 하지만 크론이 기다리고 있던 건 바로 안네르였어. 안네르는 죽어가고 있었어.

"정말이야?"

아키오스는 내 눈을 쳐다보지 못했지만 딱딱하게 굳어 있던 동생의 어깨에 조금 힘이 풀렸어.

"응, 확실해."

안네르 일은 이제 그만 생각하고 싶었어. 동생의 죽음에 내 책임은 얼마나 될까? 하는 생각도 그만하고 싶었지. 어린 동생 대신 날 데려가라고 했다면 크론은 날 데려갔을까? 크론은 나중에 나를 불렀잖아. 강요하진 않았지. 그분은 나를 초대했어.

이윽고 숲에서 가장 큰 나무 아래에 이르자 빛과 소리가 바뀌었어. 더 습하고 더 어두웠지. 귓가를 스치는 휘파람 같던 바람이 나무 꼭대기의 이파리들을 스산히 흔들었어. 발아래 닿는 이끼가 부드러웠어. 이곳에선 활엽수와 침엽수가 둘 다 자라는데, 이 시기의 전나무는 무척 아름다워. 아키오스는 모자를 벗고 나무 앞에 서서 고개 숙여 절을 했어. 우리 로바스 사람들은 숲을 신성시하고, 축제를 하거나 제사를 지내거나 의식을 치를 때도 늘 성스러운 숲으로 가. 어렸을 때부터 그렇게 배워서 그런지 나도 모르는 사이에 내 몸이 나도 모르게 움직여 숲에 인사를 드렸어. 신께서 이 일로 화가 나시진 않겠지, 로즈? 집에 오니 예전에 몸에 익었던 것들이 다시 돌아오고 있어.

우리는 풀숲을 헤치며 아키오스가 며칠 전 다져놓은 길을 따라 걸었고 해가 중천에 뜨기 전에 목적지에 다다랐지. 우리 마을과 쉬리강 사이에 있는 땅은 전부 공유지라서 집을 짓거나 불을 피울 장작이 필요할 때면 언제든 그곳에서 나무를 가져갈 수 있어. 소가 있다면 풀을 먹여도 되고 베리 종류와 식물도 전부 자유롭게 따도 돼. 하지만 강 반대편에 있는 숲은 우룬디엔 왕의 소유야. 일반 사람들은 작은 짐승만 사냥할 수 있고 큰 짐승은 잡으면 안 돼. 하지만 굶주림의 겨울 동안 마을 사람들을 먹여 살린 건 사슴 고기였지. 우리가 도착한 곳은 쉬리강에서 조금 떨어져 있었는데도 물 흐르는 소리가 들려왔어. 알고 보니 옆에 작은 시내가 흐르고 있었지. 아키오스가 바짝 경계하는 눈빛으로 주위를 살폈어.

"뭐야, 아키오스?" 내가 씩 웃으며 물었어. "오브란이 와서 널 데려가기라도 할까 봐 그래?"

로바스엔 오브란이라는 요정이 숲에 산다는 얘기가 전해져. 기다란 새 같은 다리를 가진 그 요정은 혼자 있는 남자를 발견하면 날카로운 발톱을 휘두른다고 알려져 있지.

내 말에 아키오스가 인상을 찌푸렸어.

"숲은 이제 정말 위험해졌어, 누나. 나 혼자 있을 땐 걱정하지 않지만 누나가 있으니…….”

아키오스가 말끝을 흐리다 불안한 기색으로 말을 이었어.

“나도르의 남자들…… 그자들은 멀리까지 순찰을 나오거든. 침입자나 강도들에게서 우리를 지켜준다는 명목인데, 실은 자기들 욕심을 채우고 있어.”

동생은 어머니처럼 목소리를 낮췄어.

“가축, 음식, 은화…… 그리고 여자, 뭐든 빼앗아 가.”

심장이 빠르게 뛰기 시작했어. 지하실에서 남자들이 헤오와 다른 아이들을 해치려고 했을 때처럼 입술이 바짝 마르고 입안에서는 쇠 냄새가 나고 몸이 움직이지 않았어. 주먹을 너무 세게 쥐는 바람에 반지가 살을 파고들었지. 그자들은 여기 올 수 없어. 내 가족이나 마을을 침범할 수 없어.

아키오스는 내 낯빛이 변한 걸 알아차렸어.

“하지만 한동안 여기까진 오지 않았어. 그리고 나한텐 도끼도 있잖아. 내가 누나를 지켜줄게. 걱정하지 마.”

도끼를 든 열다섯 살짜리 소년이 말을 탄 노련한 병사들에 맞서겠다니, 가당치도 않지.

하지만 걱정도 잠시, 부드러운 바람이 불어와 나뭇가지를 흔들자 마음이 가라앉았어. 숲에 가면 늘 마음이 평안해져. 불안감도 곧 수그러들어 꽉 쥐고 있던 주먹도 스르르 풀렸지. 지난번에 아키오스가 먼저 와서 해놓은 나무 양이 꽤 돼서, 그것들을 전부 노새 등에 싣기까지 시간이 한참 걸렸어. 우리는 묵묵히 일을 했고 나무를 다 옮긴 뒤, 어머니가 싸주신 삶은 달걀을 꺼내 바닥에 앉았어.

내 손은 여기저기 긁혀 있었어. 미간을 잔뜩 찌푸린 채로 엄지에 박혀 있는 긴 나무 가시를 뽑아내는데 아키오스가 웃으며 자기 손을 보여줬어. 동생의 손은 거칠고 반질반질했지.

"내 손엔 이제 가시도 안 박혀. 누나는 앉아서 책만 보니까 손이 그렇지."

"내가 집에 와서 책 읽는 거 본 적 있어?"

사실이야. 나는 집에 온 뒤로는 책도 읽지 않고 다른 가족들과 똑같이 일만 했어.

"아니, 없어. 그런데 수도원에서 책도 가지고 왔으면서 왜 안 읽어?"

나는 대답하지 않았어.

"난 누나가 책 읽는 걸 무척 좋아하는 줄 알았는데. 수도원 얘길 할 때마다 그런 인상을 받았거든. 그 보물의 방이며 하는 것들 있잖아."

"좋아해. 난 책 읽는 게 제일 좋아. 하지만…… 지금도 사람들은 나를 이상한 여자라고 생각하잖아. 그런데 한술 더 떠서, 전 다른 사람들이 못 하는 걸 할 줄 알아요, 하고 떠들고 싶진 않아."

"하지만 누나가 학교를 열면 어차피 다들 알게 될 텐데. 그리고 아이들을 가르치려면 다른 사람들이 모르는 걸 누나는 알아야만 하기도 하고. 그렇지 않고서야 누나가 가르칠 것도 없겠지."

나는 다시 입을 다물었어. 동생 말이 맞아. 예상했던 것 이상으로 훨씬 더 책이 그리워, 엔니케. 다시 책 읽는 시간을 만들어야겠어. 그 순간, 무슨 소리가 들렸어. 일순 몸이 굳어버렸지만 주변을 살피며 달아날 준비를 했어. 아키오스도 도끼를 집어 들고 신경을 곤두세웠어. 노래를 부르는 남자의 목소리가 들렸지. 그러자 아키오스가 긴장을 탁 풀고 안심하며 웃었어.

"카룬이야. 자기가 적이 아니라 친구라는 걸 알려주려고 노래를 부르는 거야. 가끔 날 보러 여기 오는데 근처에 오면 저렇게 노래를 불러. 카룬은 나무도 하고 뗏목도 타. 숲에 관해서라면 뭐든 다 알고, 강물에 나무를 띄워 이린디불까지 보내는 법도 알아. 나도 그렇게 살아보고 싶어."

잠시 후 노래의 주인공이 나타났어. 카룬이라는 남자가 등에 도끼를 둘러메고는 성큼성큼 걸어왔지. 카룬은 사루 남자들보다 작아서 나와 비슷한 키에 어깨가 떡 벌어진 사내였어. 평범한 갈색 바지에 줄무늬 조끼를 입고 긴 생머리를 하고 있었지만 이곳 남자들과는 달리 수염이 없었어. 어느새 노래를 멈춘 카룬이 우리 앞에 서서 아키오스를 내려 다봤어.

"새로운 노래네?"

카룬이 고개를 끄덕였어.

"응! 저 위쪽에서 만난 나무꾼들에게 배웠지."

그는 우리가 쌓아놓은 장작더미를 보았어.

"일을 열심히 했군."

아키오스가 일어서 카룬을 내려다보았지.

"아직 도끼는 잘 들고?"

"그럼. 네가 날을 가는 걸 도와주고 나선 무척 잘 들어."

카룬이 나를 흘깃 보았어.

"그런데 누구야? 그새 여자친구라도 생긴 거야?"

나는 인상을 찌푸렸어. 역시 낯선 남자를 만나는 좋지 않아.

"누나야. 마레시. 몇 년간 떠나 있다가 집에 돌아온 지 얼마 안 됐어. 곧 여자아이들을 위한 학교를 열어 글을 가르칠 거야."

나는 아키오스가 학교 얘기는 꺼내지 않았으면 했어서 안 그래도 굳은 인상을 더 찌푸렸어.

"그렇구나." 카룬은 탐색하는 눈빛으로 나를 봤어. 두껍고 짙은 눈썹 아래 눈동자는 밝은 갈색이었지. "학교는 왜 세우려는 거야?"

"지식을 아는 게 중요하니까."

대답을 망설이던 내가 말했어. 입안에 다시 감도는 익숙한 두려움을 내쫓으려고 침을 꿀꺽 삼켰어.

"세상에는 이곳 사람들이 알지 못하는 것들이 아주 많아. 그리고 글을 읽고 쓸 줄 아는 사람은 자기 삶을 스스로 만들어갈 수 있지."

카룬은 내 앞에 앉더니 관심을 보였어.

"그렇겠군. 그런데 왜 여자아이들만 가르치는 거야?"

"그럼 왜 안 되지?"

내 안에서 분노가 불쑥 솟아나 나는 그에게 맞서듯 그의 두 눈을 빤히 보았어. 내 앞에 앉아 있는 남자는 그렇게 위협적으로 보이지는 않았어.

"여자아이들이 지식과 기술을 배우면 왜 안 되냐고?"

나는 그 남자가 날 그냥 내버려 두었으면 했어. 나는 오 수녀님과 에르스 수녀님, 나르 수녀님, 원장 수녀님 그리고 다른 사람들에게 많은 걸 배웠지만 남자에 대해서는 아무것도 배우지 못했어. 남자들의 농담, 몸짓, 행동도 낯설기만 하고 그들과 어떻게 말해야 하는지, 그들이 무슨 생각을 하는지 전혀 모르겠어.

하지만 아키오스는 달라. 그 애가 아무리 수염이 덥수룩하게 나고 걸걸한 목소리로 말해도 여전히 내겐 남자라기보다는 동생이니까. 아키오스의 몸은 내 몸의 일부이기도 하고. 내 말이 무슨 말인지 알겠어?

이 카룬이라는 남자는 이제 막 소년티를 벗은 걸 보니 언니와 비슷한 나이인 것 같았어. 그런데도 자기는 다 큰 어른인 것처럼 내 눈을 똑바로 쳐다보며 내가 자기 질문에 대답할 의무가 있다는 듯 학교에 관해 물었어.

나는 자리에서 일어나 치마에 묻은 달걀껍데기를 털었어.

"숲 좀 걷고 올게."

그러고는 눈도 마주치지 않은 채 선언하듯 말하고는 자리를 떠났지. 그 둘이 후들거리는 내 다리를 보지 못했길 바라면서. 등 뒤에서 아키오스가 뭔가를 묻고 카룬이 답하는 소리가 들렸어. 나는 카룬의 목소리가 남자치고도 눈에 띄게 낮다는 생각을 했어.

문득 나르 수녀님이 유용하다고 알려주신 숲가시 풀을 찾아봐야겠다는 생각이 들었어. 아주 작은 풀인데 피를 멎게 하고 이제 막 출산한 여자에게는 기운을 주기도 한대. 언니가 아이를 낳을 때 도움이 될 거야. 타우에르 아저씨가 떠드는 미신을 난 믿지 않아. 나는 머리에 쓴 스카프를 벗어 그 안에 숲가시 풀을 담았어. 숲은 새들이 부르는 노랫소리로 가득했고 온갖 이끼와 풀, 꽃이 싹을 틔우며 저마다의 향기를 뿜어 봄을 알리고 있었지. 빠르게 뛰던 맥박이 차츰 잦아들었어.

이내 아키오스가 날 찾으러 왔어.

"그렇게 가버리면 어떡해? 카룬은 학교에 대해 궁금했던 것뿐이야."

"아니, 그 남잔 궁금했던 게 아니야."

나는 숲가시를 담은 스카프를 챙겨 일어섰어.

"학교는 이렇게 운영해야 한다, 훈계를 하고 싶었던 거지. 내 학교야."

"누나가 그렇게 가버리고 나서 카룬이 이것저것 물어봤어."

"어떤 걸 물었는데?"

"학교는 어디서 열 건지, 뭘 가르칠 건지, 건물을 따로 지을 건지, 사루 아이들만 갈 수 있는 건지 아니면 다른 마을 아이들도 갈 수 있는지. 다른 마을의 여자아이들 말이야."

나는 아키오스의 얼굴을 보았어. 슬프면서도 언짢은 표정이 서려 있었지.

"나도 남자야. 만약 내가 어린 꼬마였다면 누나는 내게도 글을 가르쳐주지 않았겠구나."

"네가 무슨 남자야!" 나는 장난치듯 동생의 팔을 주먹으로 살짝 쳤지만 아키오스는 웃지 않았어. "글을 배우고 싶어?"

"나 같은 사람이 글을 읽어봤자 어디에 쓰겠어. 어차피 아버지 농장을 물려받을 테고 농사를 지을 텐데. 하지만……."

아키오스는 꿈을 꾸듯 허공을 응시했어.

"누나가 책에서 읽은 얘기들을 들려주거나 종이 위에 있는 까만 글자 속에 담긴 세상에 대해 얘기할 때면 부럽긴 해. 나도 그런 기분을 느껴보고 싶어."

동생이 잘 모르겠다는 듯 웃었어.

"여긴 아름답지, 안 그래? 누나가 살던 섬에도 이런 숲이 있었어?"

나는 고개를 들어 주위를 보았어. 우리를 둘러싼 커다란 나무들이 끝도 없이 펼쳐졌지.

"아니. 메노스섬에서 가장 키가 큰 나무도 여기 있는 나무의 반 정도밖에 안 될 거야. 가는 몸통에 키가 큰 사이프러스나무, 회색 잎이 달린 가지를 제멋대로 뻗는 하른나무, 올리브나무, 레몬나무도 있긴 한데, 넌 아마 그것들을 보면 나무도 아니라고, 덤불이라고 할 거야. 메노스의 흙은 커다란 나무를 지탱할 수 있을 만큼 강하지 않거든."

"난 나무가 좋아. 숲에서 도끼 하나만 들고 혼자 일하는 것도 좋고.

내게 남자 형제가 있었다면 나도 카룬처럼 뗏목 타는 일을 했을지 몰라. 카룬은 지난 몇 년 동안 날 많이 도와주고 좋은 나무를 고르는 법이나 나무를 베는 법도 알려줬어. 시냇가 옆에 있는 오두막 알아? 카룬의 아버지가 직접 지은 거래. 그 옆에 새로운 집도 지을 생각인데 항상 다른 일이 생겨서 아직 시작하지 못했대. 카룬은 자기가 원할 때 원하는 일을 해. 나도 그럴 수 있다면…….”

아키오스가 말끝을 흐렸어.

“하여튼 좋은 인생 같아.”

아키오스는 힘없이 말을 끝냈어.

“할머니는 뗏목꾼의 삶이 가장 고되다고 하셨잖아. 농사를 짓지 않으니 음식을 구하려면 물건을 교환하거나 사냥을 해야 한다고. 더구나 벌목한 나무를 강에 띄우려면 바람과 물때를 기다리다가 그때가 오면 밤낮없이 일해야 하지. 그리고 급류도 위험하잖아. 나무가 어디에 걸리기라도 하면 빼내다가 죽는 뗏목꾼들도 가끔 있고. 대부분 수영을 할 줄 모르니까.”

“카룬은 수영도 할 줄 알아. 여름이 되면 내게도 가르쳐준댔어. 뗏목 만드는 일을 하지 않을 때는 사냥을 해서 모피를 내다 팔거나 산딸기를 따서 성에 좋은 가격으로 팔기도 하지. 숲을 누비고 다니니 모르는 것도 없어. 뗏목을 띄우면 그 길로 이린디불에 가서 몇 달씩 머물며 일을 하는데, 카룬이야말로 진정한 자유를 누리며 사는 것 같아.”

우리는 일하던 곳으로 다시 돌아갔어. 나는 동생에게도 꿈이 있다는 걸, 아니, 최소한 자기에게 요구되는 일 외에 다른 것을 해보고 싶은 마음이 있을 수 있다는 걸 전혀 생각하지 못했어. 이곳에서 그런 생각은 평범하지 않아. 수도원에서 우리는 자기가 잘하는 일을 찾고 그 길을 따라가도록 독려받잖아. 하지만 여기서는 태어나는 순간 모든 게 정해지지. 남자들은 아버지의 농장을 이어받고 결혼을 하고 아이를 낳고 그의 아들이 다시 농장을 물려받아. 아니면 성에서 일하는 아버지나 어머니의 직업을 물려받아 설거지, 빨래, 요리, 경비, 아니면 소나 말을 돌보는 일을 하지.

아무도 꿈같은 건 생각하지 않아. 아마도 그래서 내가 학교를 열겠다는 걸 이해하지 못하는 것 같아. 로바스 사람들은 인생은 원래 고된 것이니 넋두리하거나 투덜거려 봐야 소용없다, 그게 누구든 간에 어릴 때부터 부단히 일해도 인생이 바뀌지 않는다, 죽을 때 시간을 질질 끌거나 너무 고통스럽게 떠나지만 않아도 운이 좋은 거다, 이렇게 생각하며 삶을 살고 있어.

세상 사람 모두가 운이 좋은 건 아니니까.

혼자 이런 생각에 잠겨 있는데 아키오스가 불쑥 말했어.

"있잖아, 누나. 학교에 관심을 보이는 사람한테까지 그렇게 적대적이고 불친절하게 굴면 학생을 찾는 데 꽤 고생하게 될 거야."

아키오스의 말이 맞아. 나는 남자들과의 대화에도 익숙해져야 해. 모든 질문을 공격이나 위협으로 단정 짓는 버릇도 고쳐야겠어.

동생은 잠시 말을 멈췄다 다시 입을 뗐어.

"안네르가 죽고 나서 얼마 되지 않았을 때 사슴 고기가 생겼었잖아. 기억나? 그거 카룬이 가져다준 거야."

나는 고개를 저었어.

"카룬의 아버지도 막 세상을 떠난 직후였지. 그때 카룬은 지금 내 나이 정도였는데, 동네 사람들에게 가져다주려고 자기 목숨을 걸었어. 사슴 사냥을 한 것이 나도르에게 발각되면 사형이었으니까."

우리는 그레이레이디의 양옆과 위에 나무를 가득 실어 단단히 묶었어. 짐을 너무 많이 지운 것 같아 미안한 마음이 들었는데, 정작 그레이레이디는 며칠 동안 아키오스와 일하며 단련되었는지 큰 불평은 하지 않았어. 그보다는 아키오스가 나무를 벨 때마다 떨어지는 이파리에 더 큰 관심을 보였지. 우리는 집으로 향했어. 해가 뉘엿뉘엿 넘어가는 늦은 오후였고 비가 그친 지 며칠이 지난 터라 땅은 말라 있었지.

"아키오스, 난 글을 가르쳐본 적이 없잖아." 내가 말을 꺼내자 아키오스가 궁금한 얼굴로 나를 봤어. "연습을 해야 하니 네가 도와줄래?"

아키오스는 처음에 영문을 몰라 의아해하다가 내 진지한 표정을 보더니 웃으며 대답했어.

"누나는 교활한 구석이 있다니까. 누나가 도와달라는데 내가 어떻게 거절하겠어?"

"어머니와 아버지도 반대하지 못하실 거야."

아키오스가 웃으며 팔꿈치로 나를 가볍게 밀쳤는데 나는 거의 도랑에 빠질 뻔했어. 어리기만 한 줄 알았는데 그동안 이렇게 자라서 힘도 세지다니. 너도 아키오스를 만나면 좋아할 거야. 너처럼 다정하고 태양을 닮은 아이거든.

아키오스와 함께 있으면 네가 그리운 마음이 조금은 달래져.

– 너의 친구, 마레시

오 수녀님께,

수녀님, 학교로 쓰기에 적당한 공간을 찾았어요. 마을에서 가까운 초원인데 지금은 마을에 가축들이 거의 없어서 제가 쓸 수 있어요. 학교가 너무 멀면 아이들이 농장 일에서 빠지는 시간이 길어지니 부모들이 좋아하지 않을 거예요. 그래서 마을에서 가까운 장소를 찾고 있었거든요. 초원은 마을 서쪽에 있어서 나중에 욜라에 사는 아이들이 오기에도 편할 거예요. 수확철이 지나고 나서 학교를 시작하려고요. 원장 수녀님께서 주신 은화로 일꾼을 고용하고 종이나 필기구 같은 것도 살거예요. 목재는 숲에서 가져다 쓰면 돼요. 처음에는 판판한 나무판자 위에 글씨 연습을 하면 되고 책도 당분간은 없어도 괜찮아요. 몸을 녹일 난로랑 장작은 필요해요. 구해야 할 것들이 많지만 제가 가진 은화면 충분할 거예요.

구체적인 계획을 세워뒀어요. 수도원에 있던 마지막 해에 수녀님과 의논해서 꼼꼼히 계획을 세워둔 건 정말 잘한 일 같아요. 시간을 두고 천천히 마을 사람들의 신뢰를 얻어 학교에 다니는 것이 아이들에게 얼마나 도움이 되는지 보여줄 거예요. 처음에는 사람들이 저를 이해해주지 않더라도 실망하지 않으려고 마음을 단단히 먹고 있어요. 저에게 끈기와 힘을 달라고 크론께 매일 저녁 기도하고 있어요.

저를 괴롭히는, 하지만 아무도 도와줄 수 없는 문제가 또 하나 있는데요. 수도원의 일상이 너무나 그리워요. 아침이면 모두 함께 태양 경배를 하며 얻는 평안과 친근함, 즐거운 축제들, 우리의 수업, 이 모든 게 그리워요. 여기가 저의 집이라는 걸 알지만 아직은 집처럼 느껴지지 않아요. 가끔은 불쑥 메노스를 '집'이라고 부르기도 하는걸요. 정박할 항구도 닻도 없는 배가 언제라도 육지에 닿을 준비를 하고 낯선 물 위에서 삐걱삐걱 흔들리고 있는 기분이에요.

수녀님, 제 임무를 수행해 나가는 일이 생각보다 어렵네요. 시간은 계속해서 흐르는데 진척이 느려서 걱정이에요. 사람들이 제게 기대하는 게 뭘까 고민하고 가족들과 마을 안에서 제 자리를 찾아가는 일에 너무 많은 에너지를 쏟고 있어요. 생각지도 못한 일에서 진이 빠져요.

- 당신의 수련 수녀, 마레시

나의 사랑하는 로즈 엔니케에게,

이번 봄에는 메이든을 부쩍 자주 생각했어. 봄이 오니 씨앗이 터지고 새싹이 움트고 모든 게 새로 나고 쑥쑥 자라. 메이든의 계절이야. 그래서 얼마 전엔 밤에 혼자 계곡으로 가 땅 위에 미로 모양의 메이든 댄스를 그리고는 춤을 췄어. 달의 무도는 한참 전에 지난 데다 난 달의 종도 아니고 제대로 된 의식도 아니었지만. 달의 무도는 달이 선택한 사람이 이끌어야 하잖아. 누가 볼까 봐 옷을 벗을 수도 없었어. 그래도 내 나름의 방식으로 메이든과 봄, 새로 피어나는 것들을 위해 춤을 췄지. 그런데 기분이 이상했어. 잘못을 저지르는 듯한 기분까지 들었어.

난 정식으로 오 수녀님의 수련 수녀가 된 적은 없지만 크론을 섬기고 있잖아. 크론은 메이든의 정반대 편, 끝과 죽음, 쇠퇴를 주관하지. 그래서 그런가, 봄이 오면 여러모로 이상하고 어딘가 어긋난 듯한 기분이 들어. 하지만 사실은 그냥 봄을 탓하는 것일 뿐, 이상하고 어긋난 건 그냥 나 자신인지도 모르겠어.

내가 춤추는 걸 본 사람이 있대. 당연히 그랬겠지. 초승달이 떠 있어 완전히 어둡지는 않았으니 좀 더 조심했어야 하는데. 사람들이 얼마나 수군대는지 넌 모를 거야. 내가 사람들이랑 잘 어울리기라도 했다면 모르겠지만 내가 입는 '남자 옷'이며 풀어헤친 머리카락, 불타는 듯한 붉은 망토, 학교, 그런데 이젠 한밤중에 춤까지! 마레시 엔레스다욱테르가 깜깜한 밤에 혼자 장관을 연출했다지! 세레사 아주머니와 페이라 아주머니는 내가 지나가자 등 뒤에서 수군거렸어. 어머니도 이웃집에 들렀다가 무슨 얘기를 들으셨는지 표정이 좋지 않으셨는데 내게 별다른 말은 안 했지만 딸이 괴짜라는 사실에 속상해하시는 것 같았어. 내가 집에 돌아온 뒤 따뜻하게 환대해 주던 어머니의 모습은 차츰 사라져가고 있어. 대화도 줄어들었고 어머니가 가끔 알 수 없는 표정으로 나를 지켜보다가 눈이 마주치기도 해. 한번은 내 망토를 가만히 만져보다 나를 보더니 재빨리 몸을 돌려 자리를 피하셨어.

하지만 어머니 눈에 맺힌 눈물을 숨길 만큼 빠르진 않으셨지.

수도원에서는 뭐든지 함께했으니 모든 게 단순했어. 같은 일을 하고 같은 의식을 행하고 어떤 역할을 맡든 이상하거나 눈에 띄지 않았지. 난 로바스에서도 그렇게 살 거라고 생각했나 봐.

하지만 여기서는 단순하고 자연스러운 일이 하나도 없어. 내가 하는 모든 행동이 별나고 그릇된 것으로 여겨지지.

그래서 나는 밤마다 마을을 걷기 시작했어. 한때 내가 살았고 세상의 전부라고 생각했고 그래서 편안했던 이곳에서 예전의 느낀 기분을 되살려 보려고 말이야. 나는 마을 주변을 빙 돌며 숲과 들판 사이로 난 길을 걸어. 그러면 축축한 흙, 이끼, 습지, 침엽수 향기가 나. 새의 노랫소리, 수풀 뒤에 숨은 수사슴 소리, 시냇물이 졸졸 흐르는 소리, 여린 잎이 바람에 가만히 흔들리는 소리도 들려오지. 어린 시절에는 보지 못했던 꽃을 발견하기도 하고, 진흙탕 속에 부츠가 푹푹 빠지고 발 아래에서 나뭇가지가 툭 부러지는 것도 느끼며 이 작은 마을에 살았던 꼬마 마레시를 떠올려 보려고 해.

하지만 난 이제 세상이 우리 마을 사루보다, 아니 로바스 전체보다도 더 크다는 걸 알아. 사람들은 모르겠지만 내 세상도 그만큼 커졌지.

오늘 새벽에 산책을 다녀오다가 정말 기분 나쁜 일이 있었어. 카룬을 만났어. 난 가끔 이른 아침에 산책을 나서는데, 사람들의 시선에서 자유로울 수 있는 건 그때가 유일하거든. 게다가 낮에는 할 일도 많고 저녁에는 아키오스에게 수업을 해주고 있으니 시간이 없어. 나도 어머니에게 좋은 딸이 되고 싶고 수도원에는 어머니를 잃었거나 어머니를 다시 볼 수 없는 친구들도 있으니 불평을 늘어놓긴 싫지만, 어머니는 자기 방식을 지나칠 정도로 내게 강요해서. 나도 그동안 수도원에서 배운 것들이 있고 가사에 관련된 일도 꽤 많이 해봤잖아. 나도 나름의 방식이 있는데 어머니 방식과 다르다고 해서 그게 틀린 게 아니라는 사실을 이해하지 못해서. 가령 수프를 만들고 난 뒤엔 냄비와 국자를 늘 같은 자리에 두라고 하시고 향신료도 어머니가 쓰는 방식대로만 사용해야 하고 맛도 어머니와 똑같이 내야 해. 설거지도 어머니 식대로 해야 하고 에르스 수녀님이 가르쳐준 방식으로는 절대 하면 안 돼. 그러다 보니 모든 일이 필요 이상으로 오래 걸려. 내가 조금이라도 어머니와 다르게 하면 바로 꾸짖으시지. "냄비를 왜 여기에 두었니?", "나라면 처빌을 그렇게 많이 넣진 않을 거야." 말에 가시가 돋아 있어.

이런, 내가 너무 횡설수설하고 있지? 이해해 줘. 오늘 아침에 일어난 일을 얘기하려고 했는데 말하기가 부끄러운가 봐. 아무튼, 아침에 산책을 하고 돌아와 마당에 들어서니 카룬이 우리 집 뒤쪽에서 걸어오고 있는 거야. 나는 안개 속을 걷고 온 뒤라 온몸이 축축하고 땀이 나고 피곤했지. 더구나 이건 산책 전에 있었던 일인데, 일어나서 침대를 정리하고 나왔더니 어머니가 내 침대를 다시 정리하신 거야. 그래서 씩씩

대는 마음을 진정시키려고 나갔던 터라 집에 막 돌아왔을 때도 기분이 최상은 아니었어.

카룬의 긴 머리카락도 안개에 젖어 축 늘어져 있었지. 며칠 동안 면도를 하지 않았는지 턱이 거뭇거뭇했어. 카룬을 본 나는 걸음을 멈추고 뒤로 물러섰어.

"춤을 추고 온 거야?"

그의 말에 나는 얼굴부터 머리끝까지 빨갛게 타올랐어.

"네가 상관할 일이 아니야."

나는 붉게 달아오른 얼굴로 카룬을 쏘아보았어. 내 기분이 어땠을지 상상이 돼? 밤에 춤을 춘 일로 또다시 놀림을 받은 거야. 누가 카룬에게 말했을까? 아키오스? 어쩌면 카룬이 직접 봤을지도 몰라! 나는 그 순간 땅속으로 사라져버리고 싶었어.

"사람들이 상관할 일도 아니지."

카룬의 표정은 진지했고 그의 눈에는 비웃음이나 경멸의 기미 같은 건 서려 있지 않았어.

"사람들은 자기랑 다르거나 다른 길을 가는 사람을 보면 떠들기 시작해. 무시하는 법을 배우는 게 좋아."

"넌 배웠고?"

내가 턱을 치켜들며 물었어.

카룬이 부드러운 미소를 지었지.

"뭐, 가끔은."

"여기서 뭘 하고 있는 거야?"

나는 그렇게 불쑥 내뱉고 나서야 또다시 불필요하게 적대감을 드러냈다는 생각이 들었어.

"하얀 집돼지가 새끼를 낳는대서 도와주고 왔어. 지난번에 새끼를 낳을 때 문제가 있었거든. 이번엔 다행히 별일 없었어."

카룬은 그렇게 말한 뒤 떠났어. 그의 넓은 등이 아침 안개 속으로 사라지는 모습을 지켜보았지.

이제 잘 시간이야, 엔니케. 푹 자고 좋은 꿈 꿔. 어서 이 편지들을 네게 보낼 방법을 찾아야겠어.

- 마레시

사랑하는 야이에게,

어제 일어난 일을 어떻게 얘기해야 할지 모르겠어! 웃다가 배가 아파질 만큼 재밌는 일이 있었거든. 기분이 조금은 좋았다는 걸 인정해야겠어.

이제 날이 따뜻하고 바람도 부드러워져서 우리는 저녁을 먹고 나면 마당에 둘러앉아 시간을 보내. 어머니는 바느질을 하거나 실을 잣고 아버지는 연장을 고치거나 다른 일들을 하시지. 언니도 그 시간쯤 우리 집에 들르곤 하는데, 마레사가 이모, 삼촌의 정신을 쏙 빼놓는 동안 어머니와 아버지가 둘란을 돌봐주셔. 셋째를 품고 있는 언니는 마레사와 둘란이 아니어도 무척 힘이 들어 보여. 언니의 남편인 얀날도 종종 함께 와서 조용히 있다가 가는데, 말수는 많지 않지만 다정한 사람이야. 처음에 나는 그가 마음에 들지 않았어. 남자를 잘 몰라서기도 했지만 그가 언니를 데려간 남자인 데다 언니가 결혼해서 힘들게 아이를 키우는 일들이 전부 형부 탓 같았거든. 하지만 얀날은 너무 착하고 상냥한 사람이라 그를 미워하는 건 불가능해. 아마 언니도 그래서 형부와 결혼했을 거야. 잘생겨서 결혼한 건 분명 아니야! 여전히 어릴 때처럼 얼굴이 울긋불긋하고 볼품없이 말랐거든. 조용한 성격에 이야기를 재밌고 흥미롭게 하는 재주는 없지만 묵묵히 맡은 일을 처리하는 사람이야. 언니가 남편에게 이것저것 부탁하면 형부는 다정하고 참을성 많은 태도로 아이들을 챙기지. 형부를 보면 아버지가 생각나. 둘은 똑같이 다정하고 표정은 느긋하고 언성을 높이거나 다른 사람을 험담하는 모습을 한 번도 보지 못했어. 아버지가 비난하는 사람은 딱 한 명, 나도 르뿐인데 그조차 자주 있는 일은 아니야.

어제 저녁에는 언니가 형부 없이 아이들만 데리고 우리 집으로 왔어. 아키오스와 나는 마당 벤치에 앉아 나무판자 위에 석탄 조각으로 글씨를 쓰고 있었지. 아키오스는 벌써 알파벳을 꽤 많이 배웠어. 마레사가 다가와 아키오스에게 뭘 하고 있는지 물었지. 마레사는 활달해서 가만히 앉아 있는 법이 절대 없는데 우리를 유심히 보더니 자기도 해보고 싶다는 거야. 하지만 알파벳 세 개를 배우고는 이내 흥미가 떨어져 그림을 그리기 시작했어. 이제 아장아장 걷기 시작한 둘란은 마당을 휩쓸고 다니며 이파리와 나뭇가지, 그리고 손에 잡히는 것은 뭐든 입에 넣었지. 어머니가 둘란을 따라다니며 입안에서 그것들을 꺼냈어. 시원한 저녁 공기에 연기 냄새가 자욱이 배어 있었지.

저녁에는 사람들이 서로의 집을 방문하기도 해서 우리 집 마당에 누군가 나타났을 때만 해도 우리는 별로 놀라지 않았어. 그런데 그가 어머니와 단둘이 사는 시냇가 집의 아르반이라는 사실에는 조금 놀랐어. 예전에 쓴 편지에 아르반 이야길 한 적이 있는데 누군지 기억나지 않으면 한번 찾아봐.

어머니와 아버지는 잠시 눈빛을 교환하셨어. 언니는 아르반과 나를 차례로 보더니 미간을 찌푸렸지. 나는 나중에야 그 표정의 의미를 알았어.

"이 집에 축복을 빕니다."

아르반이 인사했어.

"당신의 여정에 축복을." 아버지가 대답했어. "여기 앉거라, 아르반."

아버지는 회색 벤치 위에 늘어놓았던 연장들을 옮기며 아르반이 옆에 앉을 수 있도록 자리를 만들어주셨어.

"뭘 좀 줄까? 저녁을 먹고 남은 수프가 있단다."

어머니가 아르반에게 물었지.

"감사하지만 괜찮아요."

아르반은 잠시 하늘을 본 뒤 땅바닥으로 시선을 돌렸는데 아키오스와 내가 앉은 쪽은 쳐다보지도 않았어. 아르반의 머리카락은 로바스에서 흔치 않은 옅은 갈색이고 눈동자 색도 옅어. 오뚝한 코 위에는 봄볕에 생긴 주근깨가 가득했어. 언니가 둘란을 안은 채로 내 앞을 가로막고 섰어.

"그래, 농장에는 별일 없고?"

언니가 거의 화를 내듯 물었어. 내가 놀라서 언니를 쳐다보았는데 내게 등을 돌리고 서 있던 터라 얼굴은 보이지 않았어.

아르반도 놀란 얼굴로 언니를 보았지.

"아, 뭐, 늘 똑같아. 씨 뿌리기는 겨우 끝냈어. 어머니 등도 이제 좀 나아진 것 같고."

"타우에르 아저씨한테는 다녀왔어?"

"응. 연고를 받았어. 어머니는 연고를 매일 밤 바르시는데 바르고 나면 다음 날 아침까지는 앓는 소리를 안 하셔. 정말 큰 도움이 돼."

나는 속으로 코웃음을 쳤어. 그 아저씨는 이런 식으로 사람들을 현혹한다니까. 아주머니가 앓는 소리를 안 하는 거랑 등이 낫는 건 아무 상관도 없는데!

"어머니 등이 어디가 안 좋으셔?" 나는 아르반의 얼굴을 보기 위해 언니를 피해서 몸을 옆으로 내밀어야 했어.

"어쩌면 내가—"

"참, 며칠 전에 얀날이 물레방아 손잡이를 고쳐야 한다고 했는데. 도와줄 수 있어?" 언니가 불쑥 끼어들며 말했어. "도와줄 사람이 필요하댔거든."

"응, 내가 도와줄게. 내일 들를까? 어머니가 낮잠 주무시는 동안엔 잠깐 자리를 비워도 괜찮아."

"나라에스." 어머니가 언니에게 주의를 시키듯 이름을 부르고는 아르반을 향해 몸을 돌리셨어. "할 말이 있니, 아르반?"

언니는 더는 말하지 않았지만 딱딱하게 굳은 어깨를 보니 원해서 입을 다문 게 아니었어.

아르반이 갈색 바지에 손바닥을 문지르며 말했어.

"아, 음, 말씀드릴 게 하나 있어요. 마레시에 관한 얘기예요."

"나?" 나는 언니 반대편에 있는 아르반을 보려고 자리에서 일어났어. "어머니 등 문제 말이야? 나한테 효과가 있을 만한 허브가 있어."

"어머니?" 아르반이 고개를 들어 나를 보았고 나와 눈이 마주친 그는 목까지 얼굴이 보랏빛으로 물이 들었어.

"어머니 얘기는 아니야. 아, 음, 어머니 생각이긴 해. 내가…… 그러니까 내가 이제……."

아르반이 목을 가다듬었어.

"음…… 우리 집에는 집안일을 돌볼 여자가 없거든. 어머니가 집안 일을 하시기는 힘들고 난 농장 일로 바빠서 다른 일을 할 틈이 없어. 식사나 옷, 가축을 돌볼…….'

넋이 반쯤 나간 아르반이 마른침을 삼켰어.

그제야 나는 그 말의 끝이 어딜 향해 가고 있는지 깨달았지. 난 경악했어.

"아르반."

내가 그를 그만두게 하려고 입을 떼는 순간 아르반도 자기 말을 끝냈지.

"음…… 나는 혹시 네가 나와 결혼하고 싶은지 물어보려고 왔어."

마당에는 쥐죽은 듯한 침묵이 내려앉았어. 그림을 그리고 있던 마레사가 고개를 들고 말했어.

"왜 마레시랑 결혼하려는 거야? 이모는 예쁘지도 않은걸."

"아, 음…… 마레시는 건강하고 튼튼하고 보기에도 그렇게 나쁜 얼굴이 아니고…….'

아르반의 얼굴은 이제 완전히 불타오르고 있었지.

"그럼 이모 결혼하는 거야?"

마레사가 나를 보며 물었어.

"아니, 난 결혼 안 해."

내가 얼마나 직설적으로 불쑥 내뱉었는지, 나 스스로도 놀라 두 손을 들고 말았어. 나는 곧이어 말했어.

"아니, 내 말은, 아르반, 네 청은 고마워. 하지만 받아들일 수는 없어."

"우리 집은 꽤 좋아."

아르반의 눈길이 다시 땅을 향했지만 턱에는 단호함이 서려 있었어.

"그렇게 크진 않지, 나도 알아. 하지만 단정하고 좋은 집이야. 작은 식구가 살기에도 딱 맞고. 곧 빚도 다 갚을 거야."

"넌 좋은 남자야. 모두들 알고 있다."

아버지가 어색하게 아르반의 등을 쓰다듬으며 말했어. 아버지는 다른 사람이 슬퍼하거나 낙담하는 모습을 두고 보지 못하는 분이셔.

요엠이 헤오를 혼냈을 때 기억하지? 헤오가 그랬던 것처럼 나도 어딘가로 도망가 숨고 싶었어.

"있잖아, 난 결혼할 생각이 없어. 하지만 정말 고마워."

그러고 나서 나는 벤치 위에 털썩 앉아 아키오스가 알파벳을 쓰던 판자를 주워 들고는 세상에서 가장 재밌는 물건을 보듯 뚫어져라 그것만 봤어.

아르반은 예의 바르게 고맙다는 인사를 하고는 자리를 떠났고 그동안 나는 손에 얼굴을 파묻고 있었어.

"정말 최악의 사건이에요." 내가 훌쩍이며 말했어. "아르반은 어떻게 그런 생각을 할 수 있는 거죠?"

"아르반은 미혼의 젊은 남자잖니. 돌봐야 할 농장과 아픈 어머니도 있고. 이상할 게 없는 일이야."

어머니가 말씀하셨어.

"마을 여자들이 아르반 마음에 들려고 얼마나 공을 들이는데." 아키오스가 내 옆구리를 쿡 찌르며 말했어. "누난 기회를 놓친 거야!"

나는 동생을 사납게 노려보았지.

"내가 결혼할 생각이 없다는 걸 이해하는 사람이 이 마을에 한 명이라도 있는 거야? 난 하고 싶은 일이 있어. 학교를 만들 거라고. 처음부터 그렇게 말했잖아!"

어머니가 진지한 표정으로 나를 보셨어.

"평생 결혼하지 않고 살겠다는 말이니, 마레시? 그럼 누가 널 돌봐주지? 어떻게 먹고살려고 그래? 어디서 살고? 아이가 없으면 늙어서는 누가 널 돌보니? 불가능한 일이야. 이제 현실을 깨달아야 해. 처음 청혼한 남자와 결혼할 필요는 없어. 하지만 아르반과 결혼하면 그의 집이 우리 집과 가까우니 자주 볼 수 있을 거다. 오랫동안 떨어져 있었으니 네가 가까이 살면 좋겠구나."

"그럼, 애초에 마레시는 왜 보내신 거예요?"

언니가 둘란을 고쳐 안으며 물었어. 그제야 언니의 얼굴이 보였는데 언니가 그렇게 화난 모습은 처음 보았지. 언니는 몸까지 부들부들 떨었어.

"8년이에요. 마레시가 집에서 나가 있었던 게. 8년 동안 전 동생이 죽었는지 살았는지도 몰랐어요. 그동안 마레시는 여기 사람들은 꿈도 꾸지 못할 교육을 받았다고요. 그런 기회가 주어진다면 저도 뭐든 했을 거예요. 그런데 그 모든 걸 물거품으로 만들겠다고요? 결혼을 하고 아이를 낳고 건강 염려증에 폭군인 시어머니를 모시며 살라고요? 그럼 애초에 마레시를 그곳에 보내지 말지 그러셨어요. 이럴 거면 마레시를 왜 보내셨냐고요."

자기 어머니의 성난 목소리를 듣자 둘란이 울기 시작했어.

어머니와 아버지는 멍하니 언니를 보았지.

"사랑하는 내 딸아."

아버지는 자리에서 일어났지만 그저 두 팔을 아래로 축 늘어뜨리고는 어쩔 줄을 모르셨어.

"너도 떠나고 싶었던 줄은 꿈에도 몰랐구나."

"제게 물어본 적 없으시잖아요. 아무도 제게 묻지 않았어요. 그냥 어머니와 아버지가 결정하셨죠. 그리고 마레시가 가는 게 옳았어요. 한 명만 갈 수 있었으니 늘 더 큰 세상을 경험하고 싶어 했던 마레시가 가는 게 맞았죠. 마레시는 늘 호기심도 많고 모험심도 강했으니까요. 반대로 전 집에 있는 걸 좋아했고요."

언니의 눈에서 조용히 눈물이 떨어졌어. 나는 일어나 언니를 꼭 안았지.

"어차피 전 용기 있게 떠나지는 못했을 거예요. 전 새로운 것에 겁을 내는 사람이니까요. 하지만 마레시는 여태껏 노력해 힘들게 얻은 것을 버리면 안 돼요. 그건 우리가 함께 얻은 것이기도 해요."

어머니는 언니에게서 둘란을 받아 어르고 달랬어. 어머니는 언니와 내게 다른 말씀은 하지 않으셨지만 얼굴이 차갑게 굳어 있었고 아버지를 보는 눈빛도 서늘했지.

내가 언니를 꼭 안자 언니에게서 익숙한 냄새가 풍겨왔어. 아기 냄새, 음식 냄새가 섞인 연기 냄새, 밀가루와 달콤한 설탕 냄새.

"포기하지 않을 거야. 약속해." 내가 언니의 귀에 대고 말했지. "겁내지도 않을 거야."

"나를 위해서라도 꼭 그래줘."

"응, 언니를 위해서. 그리고 마레사와 둘란을 위해서."

＊

언니가 날 부러워했다는 건 전혀 알지 못했어. 난 내 생각만 하느라 8년 전 나 대신 언니가 떠날 수도 있었다는 가능성에 대해선 생각도 안

해본 거야. 이제야 알겠어. 그날 저녁 난 아키오스에게 그 애도 떠나고 싶었는지 물었어. 동생은 내 질문을 듣더니 골똘히 생각했어. 그 애의 그런 점이 좋아. 우리는 종종 다투고 아키오스가 심술궂은 장난을 칠 때도 있지만 그 애는 늘 나의 진심을 알아줘.

"아니, 그렇지 않았던 것 같아."

아키오스가 대답했어.

"난 그때 너무 어려서 아마 어머니와 헤어지기 싫었을 거야. 게다가 선택권도 없었는걸. 이곳에 전해지는 레드 수도원에 관한 노래며 이야기, 전설들이 전부 오직 여자아이와 여자만 그곳에 갈 수 있다고 분명히 말하고 있잖아. 그래서 자연스레 그런 생각은 안 했던 것 같아."

"남자아이들을 위한 곳도 있잖아. 이린디불에 있는 수도원이나 도제식 학교 같은."

"농가의 외아들이 부모님을 떠나 학교에 간다고? 불가능한 일이야, 알잖아."

동생 말이 맞아.

"남자도 메노스섬에 온 적이 있대. 도움을 구하러. 오래 머물지는 못했지만."

나는 아키오스를 한참 바라봤어. 동생이 세상에 나갈 기회가 단 한 번도 없었다는 건 불공평한 일이야. 이 문제에 대해 더 생각해 봐야겠어, 야이. 예전엔 미처 몰랐는데 생각할 거리가 너무 많아.

아무튼 누가 내게 청혼을 했다니! 믿어지니? 너무 웃기지? 그 얘기가 나올 때마다 아키오스와 나는 웃음을 터뜨려. 불쌍한 아르반! 다른 여자에게 청혼할 용기가 생길 때까지 꽤 오래 기다려야 할 거야. 우리가 좀 더 예의를 갖춰서 그를 대해야 했어. 이제 내게 구혼하는 사람은 없으면 좋겠는데, 어머니는 다른 사람이 또 나타날지도 모른다고 하셔. 이웃 마을에도 미혼인 청년이 많대. 나이 많은 남자들까지 치면 더 많고. 적어도 이제 한 번은 겪어봤으니 누가 또 청혼을 하러 우리 엔레스바카의 집에 나타 나면 한결 품위 있게 대처할 수 있을 거야.

그런데 야이, 나 초를 끄고 이불 안에 들어가기 전에 고백할 게 하나 있어. 가끔 남편이 있다면 어떤 기분일까 궁금하긴 해. 밤이 되면 내 침대에 함께 눕는, 나를 기다리는 사람이 곁에 있는 기분 말이야. 어떤 느낌일까? 무섭기도 하고 좀 설레기도 해.

하지만 그건 내 길이 아니야. 그러니 그 문제에 관해서는 더 생각해 볼 필요가 없겠지. 난 교육자로 살기로 결심했으니까. 그게 얼마나 가치 있는 일인지 내가 증명해 보일 거야.

- 너의 친구, 마레시

오 수녀님께,

수녀님, 예상하지 못한 문제가 생겼어요. 지금 제가 동생에게 알파벳을 가르치고 있는데요, 저는 로바스에서 사용하는 언어가 아니라 수도원에서 쓰는 언어로 읽고 쓰는 법을 배웠잖아요. 제가 배운 글자가 로바스의 언어와 정확히 대응되지가 않아요. 어떤 로바스 단어는 제가 배운 글자로 정확히 표현할 수가 없어요. 아키오스를 가르치다가 깨달은 문제예요. 정식으로 학교를 열기 전에 미리 알게 돼서 다행이에요. 수녀님, 혹시 좋은 생각이 나면 꼭 알려주세요! 예를 들면 이런 식이에요. 로바스 말에는 짧게 발음하는 u가 있는데 수도원에서 쓰는 u는 길게 발음을 하니까 이 둘은 다르잖아요. 이런 로바스 말을 글자로 쓸 땐 어떻게 표현하는 게 좋을까요?

– 당신의 수련 수녀, 마레시

사랑하는 로즈 엔니케에게,

여름이 왔어. 마을 사람들 말이, 근래 들어 보기 드물게 아름다운 여름 날씨래. 거의 매일 햇빛이 반짝거리고 비도 충분히 내려 곡식이 부쩍 자랐어. 식물들이 무서울 정도로 쑥쑥 자라고 있어. 내 작은 허브 정원도 무성해졌지. 새로운 이랑을 만들고 숲에 있는 식물들을 옮겨 와 심을 생각이야. 그렇게 하면 숲가시나 개박하를 따려고 숲에 가지 않아도 돼. 난 요즘 틈나는 대로 밖에서 시간을 보내고 있어. 메노스에 있을 때 로바스의 초여름이 무척 그리웠거든. 감미로운 초록빛 잎사귀, 여기저기서 터지는 꽃망울, 공기 중에 가득한 짙은 향기, 붕붕 날갯짓하는 벌들. 벌을 키우고 있는 나라에스는 지금 기분이 무척 좋아. 별다른 문제가 생기지 않는 한 꿀 수확량이 기록적일 거래. 사과나무도 꽃을 틔웠는데 내 기억 속 모습 그대로 정말 아름다워. 투명할 정도로 얇은 꽃잎들이 함박눈처럼 흩날리고 있어. 나는 기회가 될 때마다 사과나무 아래 앉아 머리 위로 떨어지는 꽃잎을 흠뻑 맞지.

어머니는 여전히 내 머리 모양을 못마땅해하셔. 머리 모양은 법으로 규제되는 게 아니라 관습적으로 내려오는 거거든. 그래서 어머니는 이따금 내게 머리를 푸니 예쁘지 않다든가, 내 목선이 예쁘니 머리를 묶으면 보기 좋을 거라든가 하는 얘기들로 나를 설득하시지. 난 지금 수도원에서처럼 머리를 풀고 스카프를 써서 머리카락이 흘러내리지 않게만 하고 있거든. 이게 좋아.

시간이 지날수록 어머니와 나는 서로를 불편해하고 있어. 처음에 집에 왔을 땐 나도 어머니의 보살핌을 다시 받게 되어 무척 행복했지. 어머니가 너무 그리웠으니까. 그리고 어머니도 지나칠 정도로 날 챙겨주고 싶어 하셨어. 그런데 이젠 어머니가 바라는 딸 역할에 순응하는 일이 점점 힘들어. 나도 내 생각과 계획이 있는데 그걸 말하기만 하면 어머니는 입을 다무시지. 절대 깨뜨릴 수 없는 침묵 속으로 들어가 며칠 동안이나 말씀이 없으셔.

참, 며칠 전엔 숲에서 카룬을 만났어. '여자들의 말다툼' 풀을 구하러 숲에 갔는데, 그 풀의 뿌리가 밀가루의 양을 불려주고 오래가게 해주는 효능을 가졌거든. 최근에 우리 가족은 수확이 신통치 않아서 밀가루가 부족해. 그래서 빵을 만들지는 못하고 얼마 전에 내가 그 풀의 뿌리를 갈아 밀가루와 섞어서 덤플링을 만들었어. 아버지는 내가 요리한 음식을 기뻐하며 드셨는데 어머니는 거의 먹지도 않고 아무 말도 안 하시는 거야. 어머니가 원래 이 정도로 속이 좁으셨던 걸까? 옛날에는 내가 어려서 몰랐던 건지 어머니의 이런 모습이 정말 낯설어.

요즘 아키오스는 농장 일로 바빠. 그래서 나 혼자 그레이레이디를 데리고 숲에 갔지. 위험할 때 그레이레이디에게 도움이나 보호를 받기 위해서라기보다는 친구가 필요해서였어. 찾는 풀이 보이지 않아 점점 더 깊은 숲속으로 들어가야 했지만 그 기분이 싫지는 않았어. 어차피 난 숲을 걷는 걸 좋아하니까. 숲에서라면 온종일 질리지 않고 보고 들을 수 있어. 메노스섬에서 먼 바다를 가만히 바라보고 있을 때 그랬던 것처럼 숲에서도 신의 존재를 느낄 수 있어. 숲에 있으면 학교나 어머니의 기침 같은 걱정거리들을 잊을 수도 있지. 내가 고민한다고 해서 해결되지 않는 그런 문제들 말이야. 그런데 어머니의 기침은 라즈베리 차로도 차도가 없어. 여하튼 숲에 있으면 숨도 편히 쉴 수 있고 내 마음을 차분히 들여다보기도 좋아. 다른 사람들, 그러니까 남자들 때문에 숲을 산책하는 게 위험하다는 사실에 정말 화가 나.

강가에 도착해 드디어 내가 찾던 풀을 찾았어. 다가오는 여름 축제를 생각하면서 풀을 뜯어 주머니에 담고 있었지. 내 손을 스치며 바스락거리는 이파리와 흙의 냄새를 느끼며 축제 때 먹을 맛있는 음식들을 상상하느라 정신이 팔려 있었어. 그래서 카룬이 눈앞에 나타날 때까지 그가 다가오는 줄도 완전히 모르고 있었던 거야.

"숲에서는 소리를 잘 듣고 있어야 해."

난 화들짝 놀라 자리에서 거의 뛰어 오르다시피 하며 비명을 질렀어.

"늑대나 살쾡이는 조심하고 있어. 가까이 오지 말라고 인기척을 내고 있었다고."

내가 떨어트린 가위를 집으며 톡 쏘아붙였어.

"짐승 얘길 한 게 아니야. 곧 나도르가 사람들을 보내 여름 사냥감을 찾을 거야. 그들은 눈에 보이는 건 뭐든 가져가."

고개를 들어 카룬을 보니 그 옅은 갈색 눈이 사뭇 진지했어. 나는 마른침이 꿀꺽 넘어갔지.

"고마워. 알아둘게."

카룬은 강 건너편을 살피며 물었어.

"학교는 시작했어?"

놀란 마음이 진정되지 않아 축축한 땅 위에 그냥 앉았는데 카룬도 내 옆에 앉지 뭐야.

"아직. 농장에 일도 많고 곧 수확 철이니까. 가을에 시작할 생각이야."

"음."

카룬은 별다른 이야기는 하지 않았어. 내가 결혼을 해야 한다든가, 여기에 학교는 필요 없다든가, 내가 환상에 젖어 있다든가 하는 얘기들 말이야. 나는 그를 힐끔 보았지. 그날은 가죽 끈으로 머리카락을 묶어 까무잡잡하고 단단한 턱과 목이 드러나 보였는데 어째서인지 무섭지 않았어.

우리는 잠시 가만히 앉아 있었어. 최근에 비가 내리고 얼음이 녹아내려 불어난 강물이 세차게 흐르는 소리만 들려왔어. 나는 무심히 손가락과 치마에 묻은 흙을 털어냈지.

"며칠 후에 강 아랫동네에 다녀올 거야. 그쪽에 큰 벌목지가 있거든. 이제 급류가 흐르기 시작했으니 때가 좋아. 여름이 끝나기 전에 벌목한 나무들을 이린디불로 보낼 거야."

"그런 다음에는 어떻게 돌아와?"

"보통은 한동안 이린디불에서 일을 하다가 와. 겨울이 오기 전에 돈을 벌어둬야 하니까. 거기서 일을 하다가 가을에 열리는 장에 맞춰 북쪽으로 올라가는 상인들과 함께 돌아오지."

"그렇구나." 나는 달리 뭐라고 말해야 할지 알 수 없었어. "그럼 나중에나 다시 보겠네."

"아마도." 자리에서 일어서면서 대답하는 카룬을 올려다보자 햇살에 그의 밤색 머리카락이 반짝거렸어.

"가끔 시간 될 때 하얀 집에 들러서 어미 돼지랑 새끼들 좀 봐줄래? 그럼 정말 고맙겠어. 좋은 어미 돼지이긴 한데, 종종 새끼들 위에 눕는 바람에 새끼돼지들이 깔릴 때가 있거든. 그리고 숲에 혼자 있을 때는 귀를 활짝 열어두는 것 잊지 마."

카룬은 그렇게 말한 뒤 나무 사이로 사라졌어.

내가 왜 이 얘기를 하고 있는지 모르겠네. 그건 정말 뜻밖의 만남이긴 했어.

아무튼 여름 사냥 철 동안에는 혼자 숲에 가지 말아야겠어.

- 너의 친구, 마레시

원장 수녀님께,

제가 끔찍한 일을 저질렀어요. 전혀 생각지도 못한 일이 일어나고 말았어요. 이 일 때문에 원장 수녀님께서 노여워하지 않으시길 기도하고 있어요. 부디 절 용서해 주세요. 저도 저 자신을 용서할 수 있을지 모르겠어요. 그렇게 되길 빌 뿐이에요. 저는 제가 해야만 하는 일을 했다고 믿고 있지만 사실 잘 모르겠어요. 그저 제 이기심일지도 모르죠.

무슨 일인지 말씀드리기 전에 우선 제가 태어났고 돌아온 이 로바스라는 곳에 대해 설명해야 할 것 같아요. 로바스는 독립국이 아닌 우룬디엔의 속국이에요. 지금까지는 우룬디엔의 왕이 무엇을 하든 저희와 별 상관이 없었는데, 새로운 왕이 왕위에 오르고 그 왕이 뽑은 새로운 나도르, 그러니까 로바스를 다스리는 총독이 새로 온 뒤에는 아주 많은 게 바뀌었어요. 우룬디엔에게 로바스는 그저 작은 속국일 뿐, 좋은 사냥터와 목재를 가졌다는 점 외에는 크게 중요하지 않은 곳이었거든요. 가끔 마차를 이용하지 않고 저희 로바스의 강을 따라서 아카데에서 물건을 들여올 때도 있긴 했죠. 하지만 그것 말고는 별다른 간섭을 받지 않고 저희 나름의 생활을 영위하고 있었어요.

최근까진 그랬죠. 그런데 몇 년 전 새로 부임한 나도르는 집행관들

이 거둬들이는 세금에 만족하지 못하는 것 같아요. 마을 사람들의 수
군거림에 따르면 그자는 재물을 끝도 없이 원하고 만족할 줄을 모른대
요. 굶주림의 겨울에 식량이 모자란 틈을 타 로바스 사람들에게 판 씨
앗에 터무니없이 높은 이자를 붙이고, 난폭한 병사들을 보내 사람들을
짐승처럼 다뤄요. 아버지는 그 어느 때보다 힘들게 일하고 계시지만
매번 이자를 제때 갚지 못해 얼굴에 수심이 가득하시죠. 겨울을 나고
봄에 뿌릴 곡물 씨앗을 사려고 빚을 지셨거든요.

그러던 중 닷새 전 저녁, 그 일이 일어난 거예요. 빛이 어스름하게 남
아 있는 이른 저녁이었어요. 온종일 밭에서 일하던 남자들이 집으로
돌아오는 동안 여자와 아이, 노인과 개, 고양이, 닭들은 늘 그렇듯 마당
에서 아버지와 남편, 아들을 기다리고 있었어요. 남자들이 마당에 들
어서자 아내들은 계곡에서 떠 온 시원한 물을 내주었어요. 전날엔 가
벼운 여름비가 내려서 저는 제 허브 정원에 무릎을 꿇고 앉아 잡초를
뽑고 있었고요. 제 허브들은 잘 자라고 있어요.

그런데 갑자기 땅이 울리기 시작했어요. 말발굽 소리였어요. 그땐
그게 무슨 소린지 몰랐지만 그 진동만은 분명히 느낄 수 있었어요. 제
몸 위로 개미 수백만 마리가 기어가는 것처럼 몸이 부르르 떨렸어요.
벌떡 일어나 손발을 털어봤지만 진동은 사라지지 않았어요. 온몸에 소
름이 돋았죠. 사과나무 아래서 한가롭게 놀던 그레이레이디도 갑자기
귀를 파닥이더니 북동쪽 숲을 향해 귀를 쫑긋 세우는 거예요. 그러더
니 앞발을 구르기 시작했고 노새가 땅을 구르는 진동과 마을에 점점
가까워지는 진동이 합쳐져 제 몸에 전해졌어요. 저는 당장 뭘 하긴 해
야 할 것 같은데 어쩔 줄을 모르고 있었어요.

농장에서 돌아온 남자들은 옷에 묻은 먼지와 진흙을 털어낸 뒤 저녁

식사를 하러 집 안으로 들어가려던 참이었어요. 그레이레이디와 저는 숲을 응시하고 있었죠.

마당에서 닭들을 쫓아다니던 마레사도 고개를 들더니 외쳤어요.

"누군가 오고 있어요."

마레사는 주위를 살폈어요.

그 순간, 숲에서 말 탄 남자들이 나타났어요. 모두 네 명이었고 남자들이 허리에 찬 물체가 저녁 햇살에 번뜩였죠. 저는 심장이 멎는 줄 알았어요, 수녀님. 그걸 보니 수도원을 향해 돌진해 오던 배 위에서 무기가 번쩍였던 일이 생각나서요. 저는 당장 흙을 파고 땅속으로 들어가 사라지고 싶었어요. 저리 가. 저는 숨을 깊이 들이마셨어요. 가버리라고. 속으로 외쳤지요. 남자들이 탄 말이 서서히 속력을 늦추었고 그중 한 마리가 머리를 흔들었어요. 그레이레이디도 사납게 발을 굴러 그 소리가 제 귀를 웅웅 울렸고 마을 사람들도 병사들이 온 것을 알아채 중앙 뜰이 고요해졌지요.

병사들이 탄 말들은 멈추지도, 방향을 바꾸지도 않고 그대로 돌진했어요. 저는 가까스로 몸을 일으켜 저희 집 벽 뒤로 숨었는데 사실 그 길로 제 몸이 회색 판자 속에 녹아버렸으면 했어요. 말이 쓴 굴레와 병사들의 칼이 부딪쳐 달가닥거리는 소리가 가까워지더니 그들이 마당 안으로 들어섰어요. 마을 사람들은 불안에 떨며 양쪽으로 갈라져 병사들에게 길을 터주었지요. 여자들은 어린아이들을 안아 올렸고 남자들은 조금 큰 아이들을 등 뒤로 숨겼어요. 병사는 세 명이었는데 우룬디엔을 상징하는 검은색, 흰색, 금색이 섞인 옷을 입고 있었고 상의에는 황실을 상징하는 탑이 새겨져 있었어요. 근육질의 갈색 말들은 입에 거품을 물고 있었고요. 병사들은 모두 우룬디엔 사람답게 키가 컸고 검은 수염은 짧게 다듬었더군요. 로바스 사람들은 우룬디엔 사람들에 비해 키가 작아요. 병사들이 칼을 뽑아 들지는 않고 칼자루에 손을 올린 채 서늘한 얼굴로 마을 사람들을 내려다봤어요. 그리고 네 번째 남자, 그는 병사가 아니었어요. 화려한 옷을 입고 입은 그는 칼도 없었고 살집 많은 손가락에는 무거운 반지를 잔뜩 끼고 있었죠.

그 남자가 망토 안에서 두루마리를 꺼내어 큰 소리로 읽었어요.

"아돈, 얀날, 하이만, 엔레."

남자는 대단히 권위적인 목소리로 사람들의 이름을 차례차례 불렀어요.

이름이 불린 남자들이 조용히 앞으로 나갔어요. 자기 아버지인 아돈 뒤에 마르게트와 렌나가 서로 손을 꼭 잡고 있었고 나라에스는 둘란을 감싸듯 안고 어머니도 마레사를 품에 데리고 있었죠. 망토를 입은 남자는 이름이 불려 나온 남자들을 내려다봤어요.

"너희는 모두 이자를 제때 내지 않았다. 그런데도 무한히 자비로우신 나도르께서는 추운 겨울에 너희가 집 밖으로 쫓겨나지 않도록 상환 기한을 늘려주셨지. 그러나 벌써 3년이나 지났으니 유예 기간은 끝났어. 이제는 빚을 갚아야 한다."

"저희도 온 힘을 다해 일하고 있습니다." 아돈 아저씨가 지친 목소리가 말했어요. "한데 날씨가 도와주질 않으니 어쩔 도리가 없어요."

그 남자는 아저씨의 말을 듣고 있지 않았지만 병사 하나가 아돈 아저씨를 뚫어져라 보고 있었어요. 그의 시선은 아저씨 뒤에 있는 딸들에게로 가 멈췄고요. 그 순간 저는 숨이 막혔어요. 입안에서는 쇠와 얼음 맛이 났고요. 크론의 문이 보이지는 않았지만 저는 그분의 존재를 느낄 수 있었어요, 수녀님.

수장으로 보이는 남자가 계속해서 읽어 내려갔어요.

"얀날과 그의 집안, 우룬디엔 은화 열 냥. 하이만과 그의 집안, 다섯 냥. 아돈과 그의 집안, 일곱 냥. 엔레와 그의 집안, 열세 냥."

그러고는 고개를 들어 남자들을 봤어요.

"이제 값을 치러야 할 때가 왔다."

남자들은 고개를 숙인 채 땅만 보았고 그들의 어깨에는 수치심과 체념이 무겁게 내려앉아 있었어요. 열세 냥은 거금이에요, 수녀님. 나도르는 그저 그렇게 할 수 있다는 이유로 말도 안 되는 이자를 요구하고 있는 거예요. 누가 그를 막을 수 있을까요? 아버지를 포함한 남자들은 자신이 빌린 돈에 붙은 이율을 계산하는 법도 알지 못할 거예요. 글을 읽는 법도 모르니 자신들이 서명한 종이에 뭐라고 쓰여 있는지도 모를 거고요.

남자들은 자기 이름이 불릴 때마다 차례로 고개를 저었어요.

"그렇다면 너희의 빚을 면제해 주는 대신 재산을 전부 몰수할 수밖에 없다. 이는 인자하신 나도르의 공명정대한 정의에 따르는 것이다."

"몰수라니요?" 얀날이 조심스레 물었어요. "가축도요?"

"가축, 연장, 농장, 전부 해당한다."

"그러면 저희는 어디에서 살라는 말이죠?"

얀날의 어머니인 페이라 아주머니가 울며 말했어요.

"남편 아버지의 아버지가 직접 지으신 농장이에요. 황폐하기만 했던 땅을 오랫동안 일궈 만든 곳이라고요. 이 농장은 저희 거예요."

"이제는 총독님의 것이지." 남자는 관심 없다는 듯 바닥에 침을 탁 뱉었어요. 가래침이 아버지에게 거의 닿을 뻔했지만 아버지는 움직이지 않으셨죠.

"저희는 어디로 가야 하죠?"

하얀 집 세레사 아주머니도 물었어요. 감히 질문을 하는 건 여자들이었고 남자들은 가족을 지키지 못했다는 죄책감에 짓눌려 아무 말도 하지 못한 채로 멍하니 서 있었어요.

"이제 집 없는 걸인처럼 거리에 나 앉으라는 말인가요?"

아주머니는 턱을 쳐들고 병사들의 눈을 똑바로 쳐다보았어요.

"난 명령을 따를 뿐이다." 남자의 그 무관심한 태도는 얼굴을 후려치는 것처럼 가혹했어요. "채무는 갚아야지. 이제 더는 늦출 수 없다."

병사들이 말을 탄 채로 사람들을 향해 곧장 다가섰고 마을 사람들은 마레사의 닭들처럼 병사들을 피해 흩어졌어요. 그 바람에 아버지가 밀쳐져 바닥에 넘어지셨고 둘란이 울음을 터뜨렸어요. 동시에 병사 하나가 마르게트와 렌나를 향하자 실드 할머니가 그 앞을 막아섰어요. 병사는 그대로 말을 몰아 할머니를 짓밟은 뒤 마르게트를 끌어 올려 자기 앞에 태웠어요.

마르게트를 앞에 태운 병사를 보자 제 다리가 움직이지 않았어요. 수도원 지하실에서 그런 일이 있고 나서 또 그런 공포를 맞닥뜨리리라고는 생각하지도 못했어요, 수녀님. 그때 그레이레이디가 앞발을 구르는 바람에 저도 정신을 차렸어요. 저는 그림자처럼 미끄러지듯 벽을 따라 이동해 집 안으로, 제 방으로 달려갔어요. 침대 발치에 놓인 궤를 열어 원장 수녀님께서 주신 주머니를 꺼냈죠. 은화가 몇 개 있는지 확인한 뒤 두 개는 벽 틈에 숨겨두고 그 무거운 주머니를 가슴에 꼭 안고 방을 나갔어요.

집 밖으로 나오니 매캐한 연기 냄새가 났어요.

"달리 방법이 없군." 수장이 외쳤어요. "이런 고집스러운 태도는 나도르의 노여움을 불러올 것이다."

남자가 홰에 불을 붙여 헛간 위로 던졌어요. 나무로 된 지붕은 순식간에 불길에 휩싸였죠. 여자들이 비명을 지르고 헛간 안에 있던 돼지들이 꽥꽥 울었어요. 병사 하나가 말에서 내려 헛간 문을 열자 돼지와 소가 밖으로 달려나갔어요. 내다 팔면 돈이 되는 가축들은 구한 거죠. 하지만 저희 집과 헛간은 그들에게 아무런 쓸모가 없었어요.

"멈춰요!"

제가 소리쳤지만 마을 사람들과 병사들, 그 누구도 제 목소리를 듣지 못했어요. 그레이레이디가 발을 굴렀어요. 저는 몸이 덜덜 떨렸고요. 마음을 가라앉히려고 손에 낀 뱀 반지를 쓰다듬으며 차가운 금속의 감촉을 느꼈어요. 제 허리에 묶은, 어머니가 만들어주신 묵직한 허리띠를 생각했고요. 저는 세차게 한 번, 발을 쿵 굴렀어요. 그러고는 다시 외쳤어요.

"멈춰요!"

이번엔 제 목소리가 뜰을 뒤흔들었고 이에 깜짝 놀란 말들이 일제히 앞발을 쳐들며 날뛰었어요. 수장이 날 선 눈빛으로 주위를 둘러보았죠. 저는 은화 주머니를 높이 들었어요.

"여기 돈이 있어요. 은화 서른다섯 냥. 마을 빚을 다 갚을 수 있는 돈이에요."

저는 남자를 향해 주머니를 던졌어요. 그는 갑옷과 한 벌인 장갑을 낀 손으로 주머니를 홱 낚아채서 서둘러 열어보더니 은화를 세었어요. 저는 마을 사람들과 눈을 마주치지 않았어요. 병사 앞에 앉아 있는 마르게트, 렌나와 세레사 아주머니, 땅바닥에 쓰러져 계신 실드 할머니, 절망에 빠진 언니와도요. 말을 탄 남자만 뚫어져라 처다보았어요.

"이 돈이 어디서 났지?"

남자가 주머니 끈을 천천히 당기며 물었어요.

"사람들을 가르치는 일을 해서 받은 돈이에요."

"돈을 아주 두둑이 쳐주는 자리군." 남자의 입에 조소가 걸렸어요.
"넌 셈을 할 줄도 알고."

"우리가 빚을 다 갚았다는 사실을 서면으로 남겨주세요. 그렇지 않
으면 당신들은 또다시 와서 더 많은 은화를 내놓으라고 하겠죠."

제가 얼마나 당당하게 말했는지 저조차 놀랐어요. 크론께서 대신 말
해주신 게 아닐까 하는 생각이 들 정도였어요.

남자는 경멸하는 표정으로 저를 보며 코웃음을 치더니 말에서 내려
와 안장에 달린 주머니를 열었어요. 그리고는 깃펜과 종이를 꺼내 말
위에 종이를 대고 몇 글자를 휘갈겨 썼어요.

"나도르께서 자기 백성을 속일지도 모른다는 말은 절대 다시 입 밖
으로 꺼내지 말아라."

남자가 제게 종이를 내밀며 말했어요.

마을 사람들이 숨죽이며 이를 지켜보는 가운데 저는 천천히 남자
를 향해 걸어갔어요. 그에게 가까이 가자 달콤한 향기와 말과 쇠 냄새
가 났죠. 어쩌면 쇠 냄새는 제 입에서 난 건지도 모르겠어요. 종이를 받
아 남자가 쓴 글씨를 읽는데, 남자의 필체를 알아보기 힘들었고 저는
아직 모국어인 로바스어를 읽는 데 익숙하지 않아 시간이 조금 걸렸어
요. 저는 수도원에서 쓰는 해안 지역의 글을 먼저 배웠으니까요. 잠시
후 저는 고개를 들었어요.

"우리가 빚을 갚지 않아서 다음 달에 다시 오겠다고 적혀 있잖아요."

남자가 눈을 가늘게 뜨고 저를 보았어요. 그 눈가에는 주름이 져 있

었죠. 그러니까 그자가 웃기도 하는 사람이라는 건데, 상상도 되지 않았어요.

헛간 지붕이 삐걱대며 불에 타들어 갔고 까만 재가 허공에 흩날려 사람들 머리 위에 앉았어요. 종이를 남자에게 다시 건네는 제 손이 덜덜 떨렸어요.

남자는 새로운 종이를 꺼내 휘갈기고는 제게 던졌어요. 그러고는 말에 올라타면서도 제게서 눈을 떼지 않았죠. 앞으로 널 지켜보겠다, 그 눈은 그렇게 말하고 있었어요. 내게서 도망갈 수 없을 것이다. 남자는 말을 돌려 남쪽으로 향했고 다른 병사들도 주춤거리다 수장을 따라갔어요. 마르게트를 붙잡고 있던 남자는 끝내 그 애를 놓아주지 않았어요. 제가 빚을 다 갚았고 그 사실을 증명하는 문서까지 받았는데도 저희가 할 수 있는 게 없었어요, 수녀님. 아무것도 할 수 없었어요.

저희는 서둘러 불을 껐지만 새 지붕을 만들어야 해요. 실드 할머니는 말에 밟혀 꽤 심각한 부상을 입으셨고요. 마르게트는 다음 날 치마가 찢어진 채 텅 빈 얼굴을 하고 마을로 돌아왔어요. 저희는 무슨 일이 있었는지 짐작하지만 아무도 그 일을 입 밖에 내지 않아요.

저는 남자가 제게 왜 문서를 써줬는지 모르겠어요. 그가 꼭 그럴 수밖에 없었던 건 아니잖아요. 어쩌면 그런 문서를 쓰든 안 쓰든 다를 게 없다고 생각했는지도 모르겠어요. 원하면 언제든 다시 올 수 있으니까요. 그자는 원하는 건 뭐든 할 수 있고 저희는 할 수 있는 게 아무것도 없어요. 제가 은화를 포기한 일이 어쩌면 아무 소용없는 일이었을지도 모르겠어요, 수녀님. 하지만 가족들과 마을 사람들을 도울 수 있다면 설령 아주 작은 희망만 남아 있다 해도 매달려 봐야 하잖아요, 그렇죠?

저희는 집을 떠나지 않아도 되고 가축과 밭도 지켰어요. 수녀님께서 저번에 그러셨죠? 제가 어린 수련 수녀들을 돌보고 지켜줘야 한다고요. 저는 제가 이번에 한 일이 그것과 같다고 생각해요. 수녀님, 그런데 이제 학교는 어떻게 세워야 할까요? 저희는 어떻게 해야 하고요? 저를 지켜보던 남자의 그 표정…… 널 지켜볼 것이다, 네가 사는 곳을 알고 있다, 넌 내게서 숨을 수 없다, 이렇게 말하던 그 눈빛을 잊을 수가 없어요.

- 존경을 담아, 마레시

에오스트레 수녀님께,

수녀님, 수녀님은 메이든의 종인 로즈셨으니 도움을 청하고 싶어요. 현재 로즈인 엔니케에게 도움을 구할 수도 있지만 그 애는 로즈라기보다는 제 친구에 가깝고 어려서 경험이 적기도 하니까요. 그러니 이 편지는 엔니케에게는 비밀로 해주시면 좋겠어요. 수녀님께서 아이를 낳으신 뒤로는 신의 마더, 하바의 모습에 더 가까우시다는 걸 알고 있어요. 하지만 남자들이 로즈 사원에 침입했을 때 수녀님은 신과 연결되어 있으셨잖아요. 신께서 수녀님을 도구로 삼아 우리 모두를 구하셨죠.

마을에 비슷한 시련을 겪은 친구가 있어요. 저와 비슷한 나이의 아이인데 남자들이 친구를 마을 밖으로 데려가 모욕했어요. 정확히 무슨일이 있었는지는 모르겠어요. 아무도 몰라요. 그 아이는 이제 입을 열지 않고 집 밖으로 나가지도 않아요. 사람들이 친구 집을 찾아가도 얼굴을 보이지 않는데, 이 일이 그 아이를 갉아먹고 있는 것 같아요. 마을 사람들은 그 애에 대한 말을 아끼고 이름도 꺼내지 않지요. 어쩌다 그 애 이름이 나오기라도 하면 고개를 돌리고 침묵해요. 저희는 뭐라고 해야 할지, 어떻게 해야 할지 모르겠어요.

그런데 다른 마을에 이상한 소문이 돌고 있어요. 여자가 원했다더라, 병사들에게 웃음을 흘렸다더라, 저항하지 않았다더라, 아니 저항을 거세게 안 했다더라 따위의 얘기들요.

친구를 돕고 싶어요, 수녀님. 방법이 있겠죠? 알려주세요. 그 남자들이 친구의 운명을 결정하게 두어선 안 돼요. 제가 뭘 해야 친구에게 도움이 될 수 있을까요?

매일 저녁 수녀님께서 주신 여신의 빗으로 머리를 빗어요. 그리고 흘러내린 머리카락을 모아 머리를 땋아요. 아직 몇 가닥 되지 않아 얇지만 길고 강해요. 머리를 땋으면서 마르게트를 다치게 한 병사들을 생각해요. 그들이 다시 돌아오지 않길 바라며 머리카락을 아주 꽉 묶어요. 밤이 오면 제 베개 밑에 땋은 머리카락을 놓아두고요. 그게 거기 있다는 사실만으로도 얼마간의 위안이 돼요.

남자가 저를 노려보던 눈빛이 머릿속에서 떨쳐지지 않아요. 언제든 다시 와서 원하는 걸 가져갈 것만 같아요, 수녀님. 그 사람들은 저희를 짐승 대하듯 다뤄요. 다시 이곳에 와서는 아버지에게 여전히 빚이 남아 있다며 제 희생을 헛된 것으로 만들지도 모르죠. 저는 매일 밤 머리를 땋으며 신께 저희를 보호해 달라고 기도해요. 수녀님도 저희를 위해 기도해 주시겠어요?

- 존경을 담아, 마레시

두 번째 서신 모음

여름

사랑하는 야이에게,

에오스트레 수녀님께 마지막 편지를 쓰고 난 뒤 얼마 지나지 않아 첫
번째 편지 꾸러미를 보냈어. 그게 한 달 전 무렵의 일이야. 그리고 벌써
다음 편지를 쓰고 있지. 소중한 종이를 낭비하면 안 된다고 생각하면
서도 너희와 가까이 있다고 느끼고 싶어서 어쩔 수가 없어.

　지식의 뜰 레몬나무 아래에 우리가 함께 앉을 수 있는 날이 과연 다
시 올까? 너와 엔니케, 우리 셋이 바닷새가 한가롭게 노니는 모습을 보
며 시원한 샘물을 마시고 마음껏 재잘거릴 수 있는 날 말이야. 우리는
아무것도 아닌 얘기들, 그리고 모든 얘기를 함께 나눴지. 눈을 감으면
나무 아래 너희와 함께 있는 모습이 그려져. 이상하지? 마치 내가 그곳
에 있는 것처럼 아주 생생해. 내가 지금 있는 이 집의 벽이 허물어지고
짠 바다 냄새를 풍기는 바람이 부드럽게 내 얼굴을 스쳐. 레몬나무의
반짝거리는 검은 잎사귀가 내 얼굴 위에 그늘을 드리우고 나는 나무에

내 뺨을 살며시 기대지. 산비탈에서 염소들이 풀을 뜯으며 매애 하고 우는 소리가, 중앙 뜰에서는 돌길 위를 타닥타닥 뛰어가는 샌들 소리가 들려와. 내 무릎 위에는 고양이가 잠들어 있어. 너와 엔니케는 내 옆에 있지. 막 점심을 먹고 난 뒤라 내 입에선 니른베리 소스 맛이 나.

니른베리 소스가 얼마나 그리운지 몰라!

내가 보낸 편지는 아직 닿지 않았겠지만 그 꾸러미가 메노스에 점점 가까워져 가는 여정을 상상해 보곤 해. 밤이 가장 짧은 하지가 오기 직전, 앙상한 당나귀의 등 위에 양털을 쌓아 올린 상인들이 꼬불꼬불한 북쪽 산길을 지나왔어. 그들이 사루 근처에 도착해 목을 축이며 쉬고 있다는 소식을 오후에 듣고는 하던 일을 내팽개치고 그동안 모아둔 편지와 이날을 위해 준비해 둔 동전을 챙겨서 달려나갔지. 너무 빨리 달리는 바람에 머리에 쓴 스카프가 날아가고 머리카락이 이마 위로 흘러내리고 심장이 방망이질 쳤어. 상인 행렬을 놓칠까 봐 걱정했거든. 하지만 상인들이 있는 곳에 도착해 보니 그들은 하룻밤을 묵고 가려고 모닥불을 피워두고 편히 앉아 노래까지 부르며 시끄럽게 떠들고 있었어. 나도 수도원을 떠날 때 비슷한 상인 일행과 함께 이동한 적이 있잖아. 그래서 나는 무리에서 혼자 떨어져 있는 여자를 찾았어. 아는 얼굴은 아니었지만 야영지 구석에서 버새 세 마리와 함께 있는 여자를 발견했어. 머리카락을 여러 갈래로 땋아 머리 위로 둥글게 말아 올리고 산호, 호박, 청석으로 된 목걸이를 걸고 있었는데, 그 여자가 잘 돌봐주는지 버새들도 깨끗했어. 난 그 여자에게 다가갔지. 여자는 데벤란드 출신이라 말이 통하지 않았지만 참을성 있게 몸짓을 나누다 보니 서로의 말을 어느 정도는 이해할 수가 있었어. 내가 아야니에라는 이름을 대자 여자는 자기 친구라며 친근하게 대해줬어. 여자는 내 편지를 마손에 가져가, 무에리오에서 다시 메노스까지 배로 실어줄 믿을 만한 사람을 찾아주겠다고 약속했지. 편지의 종착지가 레드 수도원이라는 이야기를 들은 여자는 갑자기 진지한 표정이 되어서는 내가 농담을 하는 건 아닌지 나를 유심히 관찰했어. 그러고는 내 옷과 풀어헤친 머리카락을 살폈어. 내가 손을 들어 오 수녀님의 뱀 모양 반지를 보여주자 여자가 웃으며 고개를 끄덕였어.

"이건 신을 상징하는 거예요. 장미, 사과, 뱀."

내가 제대로 이해한 게 맞다면 여자의 할머니도 어린 시절을 메노스섬에서 보냈대. 수녀님들께 다킬라라는 수련 수녀 이야기를 들은 적 있어? 아무튼, 그 여자가 편지를 배달해 주는 대가를 한사코 받지 않겠다길래 나는 그녀가 파는 것 중 아카데 사람들이 사지 않을 듯한 물건들을 조금 샀어. 요리에 풍미를 더해주고 감염을 막아주는 시나몬 껍질, 나르 수녀님이 유용하다고 알려주신 생강, 그리고 마침 잉크가 다 떨어져 가서 잉크도 샀어. 마레사와 둘란에게 줄 생강 사탕도 조금 샀지. 이제 내겐 은화 한 닢, 동화 몇 닢 정도만 남아 있어.

네가 이 편지를 읽을 때쯤이면 여기서 무슨 일이 있었는지 원장 수녀님께서 다 말해주셨을 텐데. 그럼 수도원 사람들 모두 내가 바보처럼 지내고 있다는 걸 이미 다 알고 있겠지. 그렇게 생각하면 부끄러워 참을 수가 없어서 생각하지 않으려 애쓰고 있어.

내가 보낸 편지 꾸러미는 지금 데벤란드 상인의 보따리에 담겨 남쪽으로 가고 있어. 나는 밤이 오면 침대에 누워 머릿속으로 그 여정을 따라가. 메노스에서 로바스로 올 때 상인들과 함께 잠시 앉아 쉬었던 작은 호수가 떠올라. 어쩌면 데벤란드의 여자 상인도 그 호숫가에서 목을 축일지도 몰라. 물살이 빠른 강을 건널 때는 얼마나 무섭던지! 지금

쯤이면 여자가 마손에 도착해 다음 사람에게 편지를 건넸을지도 모르겠어. 내 편지를 가져다주는 뱃사람에게 두둑한 삯을 쳐달라고 오 수녀님께 부탁해 뒀어. 북쪽 어느 작은 마을에서 보내는 편지를 남쪽의 어느 바위투성이 외딴 섬에 가져다주면 후한 값을 받는다는 소문이 널리 퍼지길 바라고 있어.

아아, 야이, 내가 쓸데없는 말을 너무 많이 주절거렸지? 이해해 줘! 오늘 쓴 내용 중에 중요한 내용은 하나도 없어. 내가 종이와 잉크, 네 시간까지 낭비해 버렸네. 지금 네가 어디서 뭘 하고 있을지 눈에 선해. 지식의 정원에서 네가 제일 좋아하는 자리에 앉아 나르 수녀님이 가꾸시는 허브 향기에 둘러싸여 있겠지. 넌 햇살에 눈이 부셔 고개를 숙이고 눈을 가늘게 뜬 채 내 편지를 읽고 있을 거야. 안 그래도 금색인 네 머리카락은 여름 햇살에 더욱 눈부시게 빛날 테지. 나비들과 마레아네 수녀님의 벌들이 네 주위를 맴돌며 날개를 파닥일 테고. 내 말이 맞지? 그렇다고 말해줘!

이렇게 편지를 쓰고 있으니 네가 가까이 있는 것 같아. 이게 내 주절거림에 대한 변명이 되었길 바라.

나도 이제 펜을 내려놓고 침대로 가야겠어. 밖에서 아버지가 코 고는 소리가 들려오고 아키오스는 자면서 중얼중얼 잠꼬대를 하고 있어. 날이 따뜻해져서 동생은 이제 벽난로 위에서 내려와 그 앞에서 잠을 자. 부드러운 여름 바람이 사과나무를 흔들어 꽃비가 내리고 있어.

나의 친구 야이, 니른베리 소스 말고도 그리운 것들이 무척 많아.

— 마레시

오 수녀님께,

제게는 이제 은화가 없어요. 이제 학교는 어떻게 해야 할까요? 일을 해서 돈을 벌 수도 있겠지만 그러면 집안일을 도울 수 없어요. 저는 성인이니 부모님께 기대는 건 옳지 않고요. 사실 온종일 고되게 일하느라 다른 일을 할 시간도 체력도 남아 있지 않아요. 저한테 실망하셨죠? 계획했던 일들을 하나도 이루지 못했어요. 마을 사람 중 자기 아이들을 학교에 보내려는 사람도 없고요. 여름이 되니 어른이고 아이이고 할 것 없이 모두 농장 일에 매달리고 있어요. 결국, 사람들 말이 맞을지도 모르겠어요. 이곳에 교육 같은 건 필요 없을지도 몰라요.

— 당신의 수련 수녀, 마레시

사랑하는 로즈 엔니케에게,

어제저녁 이곳에선 큰 축제가 열렸어. 1년 중 밤이 가장 짧은 날 저녁이 되면 우리는 제의 숲에 모여 여름 의례를 행해. 사람들은 저녁 내내 춤을 추고, 불을 피워 악령을 쫓고, 제물을 바쳐 풍년을 기원하지.

난 지금 사과나무 아래 앉아 이 편지를 쓰고 있어. 너무 어두워서 글씨가 잘 보이지 않는데, 네가 읽기에는 무리가 없길 바라. 네가 정말 이 편지들을 받게 된다면 말이야. 이 편지는 네게 보내지 않을지도 모르겠어. 진짜 중요한 이야기들은 쓰지 않고 있으니까. 중요한 일 몇 가지만 간단히 말해볼게. 마음이 너무 아파서 깊고 자세히는 얘기하지 못하겠어. 수중에 있던 은화는 모두 사라져버렸고 난 이제 평범한 농장 소녀에 지나지 않게 돼버렸어. 수도원에서 그렇게 많은 지식을 배우고도 아무것도 이루지 못했지. 수녀님들이 나에게 지식을 가르쳐주려고 그렇게 애쓰시고 나도 그렇게 노력했는데, 힘들게 얻은 지식을 그저 낭비만 하고 있는 거야. 난 지금 머리가 아니라 몸만 움직이며 일하고 있어.

사실 내가 지금 하려는 얘기도 내 몸에 관한 거야. 넌 로즈이기도 하고 내 친구이니 너에게만 털어놓을게. 이런 이야기를 글로 전해야 하다니, 우리가 마주 보고 얘기할 수 있다면 얼마나 좋을까! 지금 당장 로즈 사원으로 가 로즈인 네게 이 얘길 꺼낼 수 있다면 정말 좋을 텐데. 밤색 곱슬머리 내 친구이자 로즈인 너는 귀를 세우고 내 얘길 들어주겠지.

지금 내 안에는 전에 알지 못했던 이상하고 새로운 감정이 요동치고 있어.

그날 아침, 우리는 남녀노소 할 것 없이 전부 중앙 뜰로 나왔지. 언니도 가족들과 함께 나왔고 어머니, 아버지, 아키오스, 마르게트, 그리고 나를 슬금슬금 피하던 아르반까지도 나와 있었어. 마르게트는 사람들의 시선을 피한 채 땅만 보고 있었는데, 그래도 그런 날에는 밖으로 나오고 싶었을 거야. 사람들은 자기가 가진 옷 중에서 가장 좋은 옷을 골라 입고 나왔어. 여자들은 화려한 수가 놓인 예쁜 앞치마를 입고 새로 땋은 머리 위에는 꽃으로 만든 왕관을 썼어. 남자들은 깨끗한 셔츠 위에 수를 놓은 조끼를 걸쳐 입고 번드르르 윤이 나는 신발을 신었지. 아이들은 신이 나서 소리를 지르며 맨발로 뛰어다녔어. 나는 초록 잎사귀로 한껏 장식한 수레를 그레이레이디에게 묶어 끌게 했는데, 사람들이 한 아름 가져온 음식과 술, 우유로 수레가 금세 가득 찼어. 지난겨울 이래 먹을 건 떨어져 가고 곡식을 수확하려면 아직 멀었지만, 그래도 달걀과 신선한 채소, 아이들이 물가에서 따 오는 산딸기는 여전히 풍족해. 최근에 아키오스는 아침마다 얀날, 마로스와 함께 숲에 나가 제물로 바칠 새와 산토끼를 잡아 왔고 나도 아버지와 강에 나가 꽤 큼직한 연어를 잡아 왔어. 아르반은 어머니가 준비해 줬다며 노란 치즈를 몇 덩이나 가지고 왔지. 축제를 위해 다들 이렇게나 많이 준비했으니 우리 사루 사람들은 의기양양했어. 물론 달의 무도처럼 큰 축제 때마다 에르스 수녀님이 만드시던 파이나 나덤 빵과는 비교할 수도 없지.

우리는 노래를 부르며 뜰을 나섰고 들판을 지나 숲으로 향했어. 집은 바닥부터 천장까지 먼지 하나 없이 깨끗하게 청소해 두었고 이불을 빨고 바닥에는 새로운 짚을 깔고 벽난로도 새로 칠해두었어. 연로하신 실드 할머니만 우리와 함께 가지 못했어. 할머니는 말에 밟혀 다치신 뒤 조금씩 회복하고 있지만 예전처럼 걷기는 힘드실 것 같아.

그날은 하늘이 구름 한 점 없이 푸르렀고 아침에 집을 나설 때도 날이 따뜻했어. 그래도 나는 잘 차려입고 싶어 붉은 망토를 걸쳤지. 어머니는 내가 망토를 입는 걸 보더니 고개를 돌리셨어. 도대체 내 망토 어디가 그렇게 마음에 안 드시는 건지 모르겠어!

로바스 사람들은 신을 믿지는 않지만 숲과 땅, 하늘을 신성시하고 숭배해. 신처럼 여겨지는 동물들도 있어. 곰은 숲과 사냥꾼들을 수호하고, 성스러운 물새 칼마는 땅, 공기, 바다를 주관하지. 검은 여우는 위협을 받으면 대단히 영리하게 빠져나가서, 사람들은 검은 여우를 경외해.

정오 무렵 우리는 제의 숲에 도착했어. 숲에는 계곡이 있고 그곳의 나무들은 아주 오래전부터 그 자리를 지키고 있었어. 은빛 나무를 제외하고, 로바스의 잎이 넓은 나무는 전부 그 숲에서만 자라지. 거대한 라임나무, 자작나무, 단풍나무, 오크나무가 하늘에 닿을 듯 뻗어 자라고 커다란 잎사귀들이 다채로운 초록 빛깔을 뿜내며 하늘을 수놓아. 땅에는 낙엽들이 쌓여 있는데, 별처럼 생긴 기생꽃 외에 다른 건 자라지 않아. 숲에 다다르니 마을 사람들이 이미 도착해 친구, 친지와 반갑게 인사를 나누며 그간의 소식을 전하고 파종에 관한 정보를 교환하고 있었어. 그동안 한쪽에서는 기다란 테이블 위에 갖가지 음식들이 차려지고 있었지. 오래된 나무인 엘더 오크에는 아무도 감히 가까이 가지 않았어. 욜라와 다른 마을 사람들도 속속 도착했고 타우에르 아저씨 가족들도 보였어. 아저씨의 아버지는 보이지 않는 걸 보니 먼 길을 오시기는 힘든 모양이야.

모닥불이 피어오르고 준비가 끝나자 마을 어른들이 엘더 오크 주변에 모여 나무에 대고 기도 드리는 의식을 시작했지. 곧이어 어른들은 오리의 목을 베어 나무 주변에 검은 피를 뿌렸어.

나도 가족 옆에 서서 제를 지켜보며 마음속으로 하바 신께 풍요로운 여름을 내려주셔서 감사하다고 기도를 드렸어. 로즈, 그거 알아? 그 순간 내 발밑에서 찌르르르 하는 약한 떨림이 전해지면서 바람이 내 머리칼을 쓰다듬듯 스쳐 지나갔어. 신께서 내 기도에 응답해 주신 게 아닐까? 놀라서 고개를 들었다가 어머니와 시선이 마주쳤는데 어머니는 이상한 표정으로 날 보고 계셨지. 나도 모르게 고개를 숙였어. 내 기도를 들으셨나 봐. 어머니는 내가 수도원과 관련된 행동을 하는 걸 탐탁지 않아 하셔.

제물을 바치는 의식이 끝나자 여자들이 모닥불 위에 걸어두었던 솥을 내렸어. 음식을 즐길 시간이 온 거야! 우리는 긴 테이블에 앉아 온갖 맛있는 음식들을 먹었어. 치즈, 소시지, 달콤한 빵, 부드러운 양배추수프, 삶은 달걀과 신선한 베리, 갓 딴 콩, 생크림을 잔뜩 올린 커다란 훈제 연어. 어떤 마을에서는 맥주 한 통을 가져오기도 했어. 아이들은 먹고 뛰놀다 지쳐 잠이 들었고 배불리 먹은 어른들도 다리를 쭉 펴고 뒤로 기대앉아 편히 쉬었어. 로바스에 돌아온 이후로 가장 만족스러운 식사였어. 남자들은 집에서 키운 담뱃잎을 파이프에 채워 피우고 여자들은 수다를 떨며 천천히 테이블을 정리하고 그릇과 냄비를 시냇가로 가져가 닦았어. 나도 마르게트 곁을 지키며 조용히 일을 거들었지. 오후에는 풀밭에 망토를 펴고 누워 친구와 함께 낮잠을 잤어. 나무에 둘러싸여 내 옆에 누운 마르게트는 그때만큼은 마음이 편해 보였어.

다른 사람들도 낮잠을 잤어. 이른 저녁 무렵 잠에서 깼는데 북쪽 로바스의 한여름이 늘 그렇듯 여전히 해가 우리를 비추고 있었지. 나는 시원한 물을 마시고 잠을 깨려고 계곡으로 가서 얼굴에 물을 조금 끼얹었어. 머리카락에서 물을 똑똑 흘리며 사람들이 있는 곳으로 돌아가니 벌써 연주가 시작돼 있었어. 연주자들은 엘더 오크에서 약간 떨어져 있었고 그들 양쪽에 세워진 말뚝에는 누군가가 곰의 두개골을 얹어 두었어. 숲에서 큰 짐승을 사냥하는 일이 금지되기 전에 잡은 곰의 두개골이었어. 아이들이 꽃을 꺾어 오자 어른들이 화관을 만들어 아이들 머리에 씌워주었고, 남은 꽃으로 나무와 말뚝, 테이블 위를 장식했더니 그 작은 터가 순식간에 아름다운 꽃밭이 되었지.

연주자들이 '낟알 찧는 사람들의 노래'를 시작하자 나이 든 여자들이 앞으로 나와 손을 맞잡고 원을 만들어 발을 구르며 노래를 불렀어. 노래는 대략 이런 내용으로 시작해. 하늘에 있는 산파 할머니가 지상에 있는 인간들을 위해 이삭 하나를 보내주었는데, 어리석은 사마르니가 그것을 잃어버리고 자매인 아가르네가 결국 그 낟알을 찾지. 아가르네는 낟알을 입속에 넣은 채 불타는 평야와 우거진 동굴, 안개와 얼음 덮인 숲을 헤쳐나가.

　이 부분이 끝나자 나이 든 남자들도 앞으로 나와 여자들의 원을 감싸는 더 큰 원을 만들었어. 대열에 끼어 갈색 부츠를 쿵쿵 찧는 아버지를 보고 나도 흥에 겨워 손뼉을 쳤어. 남자들이 노래를 부르기 시작해. 낟알을 탐내 몇 번이나 이를 훔치려 했던 로칸은 아가르네에게 입을 맞춰 마침내 낟알을 얻게 된다네.

　땅에 드리워지는 그림자가 길어질 때까지 사람들은 흥겹게 노래를 불렀지. 딱 이맘때 어울리는 노래들이었어. 여름에는 모든 것이 생동한다, 곡식이 여문다, 균형이 중요한 때다, 소중한 일들을 기억해야 한다, 그런 노래들. 황혼이 지기 시작하자 우리는 다시 한번 불을 지폈어. 우리가 여전히 하늘과 땅을 기리고 있다는 신호를 보내는 거야. 그리고 마음껏 춤을 출 시간이 왔다는 신호탄이기도 하지.

　나도 사람들 틈에 끼어 마레사의 손을 잡고 춤을 추었어. 우리는 '메이든의 입맞춤' 춤을 췄는데 나는 춤을 추며 너를 떠올렸어, 로즈. 그뒤로 '상인의 은빛 항아리', '시냇물 총총총', '첫눈'도 췄지. 잠시 후 마레사가 얀날과 춤을 추고 싶어 해서 나는 한쪽으로 물러나 숨을 돌리며 언니가 건네준 달콤하고 시원한 물로 목을 축였어. 따뜻하고 온화한 저녁이었지. 사람들의 땀과 연기가 공기를 가득 메웠고 춤을 추고 나니 몸에 열이 올랐어. 얼마 지나지 않아 아키오스가 와서 나를 일으켜 세웠어. 우리는 몇 곡이나 연이어 춤을 췄어. 쉬지 않고 계속해 춤을 추다가 몇 곡이나 췄는지도 잊어버렸어. 우리는 풀밭 위에 벌러덩 누워 하늘을 뒤덮은 나무를 보며 깔깔 웃었어.

　"곧 수업을 다시 할 수 있겠지?" 주변에 사람이 없어지자 아키오스가 작은 목소리로 물었어. "글 읽는 법을 꼭 배우고 싶어, 누나. 이 세상은 사루보다 훨씬 더 크잖아, 그렇지?"

나는 일어나 앉아 팔꿈치를 괴고는 사람들이 춤추는 모습을 가만히 바라봤어. 모닥불이 빨갛게 타오르고 사람들이 짝을 지어 빙글빙글 도는 광경을 보니 달의 무도가 생각났지. 나는 머리를 흔들며 간신히 내 머릿속에서 빠져나와 아키오스에게 말했어.

"응, 더 큰 세상이 있지. 하지만 그 큰 세상을 네게 보여줄 수 있는 사람이 나인지는 모르겠어, 아키오스."

아이가 있는 가족들은 숲 근처에 야영지를 마련했고 노인들은 집으로 돌아갔어. 젊은 여자와 남자들은 여전히 치마와 조끼를 펄럭이며 서로의 손과 허리, 목을 감싸고는 웃고 떠들며 춤을 췄지. 매사 심각한 아르반조차 화려한 치마를 입은 어리고 예쁜 갈색 머리의 여자와 함께 있었어. 욜라에 사는 페라가 아키오스를 향해 뛰어와 그를 일으켜 세웠고 아키오스도 웃으며 페라를 따라갔어. 그 모습을 본 마르게트가 슬픈 얼굴을 하고는 고개를 돌렸지. 마르게트는 춤을 추지 않았어. 나는 사람들이 쌍을 이뤄 춤을 추는 모습을 보았어. 그중에는 결혼을 하고 아이를 가지게 될 짝들도 있을 테지. 아니면 잠시 서로의 품 안에서 작은 행복과 평화를 느끼며 만족할 수도 있을 테고.

불현듯 이상한 기분이 들었어. 그곳에 나를 위한 자리는 없는 것 같은 기분이 들었어. 그래서 자리에서 일어나 망토를 집어 들고 집으로 돌아가려던 참이었어.

그런데 누가 내게 다가오는 게 아니겠어? 욜라에 사는 예로스라는 청년이었는데 난 그에 대해 아는 게 없어. 그 애는 열다섯 살쯤 되었을까? 나보다 몇 살 어리고 아키오스가 어릴 때 둘이 함께 어울리곤 했다는 사실만 어렴풋이 기억에 남아 있었지. 예로스는 짙은 눈썹에 키가 크고 몸이 호리호리했어.

"왜 춤 안 춰?"

예로스가 내게 물었어.

혹시 나를 비웃는 건가 생각했지만 예로스는 상냥한 얼굴로 웃고 있었어. 주근깨가 가득한 얼굴이었지.

"이미 너무 많이 췄어. 피곤해. 이제 집에 돌아가려고."

"설마. 아직 안 돼."

당황한 내가 뭐라 말할 새도 없이 예로스의 따뜻하고 부드러운 손이 내 손을 잡아 끌었어. 우리가 사람들 틈에 섞이자 사람들이 곁눈질을 했지만 우리는 곧 음악에 빠져들어 그 생각은 하지도 않게 됐지. 예로스는 춤 솜씨가 뛰어나서 나를 잠시도 놓치지 않았어. 나도 신이 나서 발을 구르고 차고 빙그르르 돌고 뛰었고 예로스의 손도 내 움직임에 맞추어 나를 돌리고 붙잡고 또다시 돌렸지. 정말 즐거웠어, 엔니케. 금세 숨이 가빠지고 열이 오르고 흥분됐어.

우리는 몇 곡이나 연달아 함께 춤을 추었고 예로스가 이끄는 대로 춤추는 사람들의 무리를 빠져나왔지. 우리는 기분 좋게 웃었어.

"지치지 않는구나, 마레시." 예로스가 거친 숨을 내쉬며 풀밭 위에 풀썩 앉았어. 그러고는 나를 올려다보며 미소를 지었지. "그리고 넌 참 예뻐."

내가 예쁘다니, 그렇게 말한 사람은 예로스가 처음이었어! 아마 내 얼굴이 빨갛게 달아올랐을 거야. 어떻게 반응해야 할지 몰라 당황한 채로 서 있는데 예로스가 손을 뻗어 나를 끌어당겼어. 내 무릎이 풀밭 위로 쓰러졌고 풀에 맺힌 이슬이 치마에 스며들었어. 예로스는 내 손에 깍지를 꼈지. 플루트와 드럼 소리가 기분 좋게 들려오고 춤추는 사람들이 발을 구를 때마다 땅에서 가벼운 진동이 전해졌어. 한여름의 저녁 공기는 상쾌했지만 예로스의 몸이 뿜어내는 열기가 아찔했어. 그에게서는 내가 한 번도 맡아보지 못한, 그래서 손도 대보지 못한 수만 가지 향기가 났어. 가족이 아닌 다른 남자와 그렇게 가까이 있었던 적도 처음이야. 그런데 그 순간, 검으로 나를 찌른 남자의 얼굴이 떠오르면서 복부가 아릿했어. 하지만 예로스의 깊은 두 눈을 들여다보니 어떤 목소리가 내 귓가를 울렸지. 크론은 아니었어. 한 번도 들어보지 못한 낯선 목소리였지.

이윽고 예로스가 날 끌어당겨 입을 맞췄어. 그것도 사람들이 모두 있는 곳에서! 그가 입을 맞춘 순간 나는 로즈 사원으로 이동한 기분이었어. 아니, 그게 아냐. 단 한 번도 상상해 본 적 없는 느낌이었어. 몸이 달아올랐어. 온몸에 전율이 일어 불길에 휩싸인 듯했어. 그전에 나는 진정으로 살아 있지 않았던 거야! 여태까지 나는 삶의 다른 모습, 죽음만을 알고 있었나 봐. 이제는 신의 제일가는 모습, 로즈가 다스리는 힘을 알게 됐어. 그건 내 몸 안에서도 살아 숨 쉬는 힘이었어.

예로스의 입술이 머릿속에서 떠나질 않아. 그가 깨운 내 안의 감정이 사그라들지 않아. 이 글을 쓰고 있는 지금도 얼굴이 달아올라. 이게 어떤 감정인지, 넌 네가 모시는 힘이니 잘 알겠지. 정말 강력한 힘이야, 로즈. 크론의 힘보다 훨씬 더 강력해서 이에 저항하기란 크론에 저항하기보다 더 어려워. 예전엔 몰랐어. 여태껏 크론보다 강한 힘은 없다고, 죽음보다 맞서기 어려운 건 세상에 존재하지 않는다고 믿었어. 내가 선택한 힘이 가장 강력하다고 믿었지.

내가 틀렸어. 맙소사, 완전히 틀렸어.

내 몸에 닿던 그의 몸. 내 머리카락을 감싸 쥐던 그의 손. 그의 굵은 목에 닿은 내 손…….

지금도 몸이 떨려와.

- 마레시

사랑하는 엔니케에게,

아직 수확 철이 오지 않아 얼마나 다행인지 몰라. 가끔 틈을 타 예로스를 만날 수 있거든. 그 애는 종종 아침 일찍 우리 마을로 와 헛간 뒤에서 나와 함께 시간을 보내다가 일이 시작될 때쯤 자기 마을로 돌아가. 가끔은 농장 일을 최대한 빨리 끝내놓고 달려오기도 하고, 내가 그 애를 보러 갈 때도 있지. 우리는 단둘이 있을 만한 공간을 찾아 숲속이나 외딴 길을 헤매.

우리는 입술과 손으로 서로의 몸을 더듬어 탐험하는데, 이건 정말…… 멋져. 굉장해! 난 몸에 관해서는 아무것도 몰랐나 봐. 내 몸이 그런 일들을 할 수 있다는 사실을 전혀 알지 못했어. 우리가 함께 있을 때면 나는 예로스의 손, 입술, 목, 목구멍, 뺨, 다리, 가슴, 몸…… 그 외 다른 것은 생각할 수가 없어. 달콤한 포도주에 취해버린 듯 머리가 핑핑 돌고 손이 떨리고 심장이 마구 뛰어.

아키오스는 지치지도 않고 날 놀려대. 아버지는 몇 마디 말을 얼버무리시더니 일만 하시고, 어머니는 만면에 미소를 띠고 부쩍 말이 많아지셨어. 마음이 풀리셨는지 내가 처음 돌아왔을 때처럼 다시 다정해지셨어. 하지만 무엇보다 눈에 띄게 변한 건 마을 사람들이 날 다르게 대한다는 거야. 시냇가에 물이라도 길러 가려 치면 사람들이 내게 말을 걸어. 얼마 전까지만 해도 형식상의 인사만 나누고 서로 제 갈 길을 갔거든. 아주머니들은 내게 닭 모이를 주는 법이나 자수 놓는 법을 알려주겠다고 하고 남자들은 지나가면서 내게 윙크를 던진다니까.

네가 알려준 잎으로 차를 끓여 마시기 시작했어. 네가 알려준 그 뾰족한 잎, 여신의 혀를 달여 매일 아침 마시고 있지. 무슨 말인지 알 거야. 네가 이 얘길 꺼냈을 때 내가 깔깔 웃고 말도 안 된다며 관심도 두지 않았는데도 그때 고집스레 알려줘서 고마워. 난 지금 아이를 갖고 싶지 않거든.

내 머리는 지금 예로스 생각으로 가득 차 있어. 그에 대해 아는 게 거의 없는데도 그가 누구보다 친밀하게 느껴진다는 게 너무 이상해. 내가 그 애에 대해 아는 건 이런 거야. 나를 바라볼 때 그의 눈이 얼마나 깊은지, 그의 입술에서 어떤 맛이 나는지, 내 혀가 그의 혀에 닿을 때 느낌이 어떤지, 그의 입안에서 어떤 냄새가 나는지, 그가 내 안에 있을 때 어떤 느낌인지. 그런데 사실 예로스에 대해서 나는 아는 게 거의 없고 대화를 나눈 적조차 거의 없어. 완전히 이방인인 사람에게 이런 친밀감을 느낄 수 있다니 정말 이상해!

나도 내가 낯설어. 생각도 변하고 몸도 변했어. 모든 게 새롭고 놀라워. 나는 이제 크론을 생각하지 않고 저녁이면 마을을 산책하는 일도 그만뒀어. 시간이 없거든. 지금은 메이든과 하늘에 걸려 있는 하얀 반달에 대고 기도해.

곧 수확 철이 다가오겠지.

- 네 친구, 마레시

사랑하는 야이에게,

오늘은 언니 가족들이 우리 집에 들렀어. 언니를 본 어머니가 재빨리 바느질감을 치우셨는데, 예리한 언니의 눈을 피하기에는 늦고 말았지.

"뭘 만들고 계셨어요, 어머니?"

언니가 눈썹을 들어 올리며 물었어. 얀날은 마당을 건너오면서 둘란을 돌돌 감쌌던 커다란 담요를 풀고 있었지.

"비가 와?"

내가 물었어.

"아니, 안 와. 어머니, 뭘 만들고 계셨는데요?"

"그냥, 뭐. 별거 아냐. 마레시 거야."

나는 그게 뭔지 대충 짐작은 하고 있었지만 굳이 어머니와 이를 두고 진지하게 대화하고 싶지 않아 못 본 척하고 있던 터였어. 그 생각은 변함이 없었기에 화제를 돌리려는데 마레사가 내게 달려왔어.

"이모, 지금은 시간 돼?"

"왜?"

"나 글자 가르쳐줘야지. 약속했잖아!"

"그러게. 이모가 요즘 대단히 바빠 보이네, 그렇지? 파종은 한참 전에 끝났고 수확할 때까지 다들 휴식을 즐기고 있는데 말이야. 뭐 때문에 그렇게 바빠? 드디어 네가 꿈꿔 온 학교를 열 준비를 하는 거야?"

언니의 날 선 목소리에 나는 언니를 노려보며 말했어.

"이제 학교를 지을 은화가 없다는 걸 언니도 알잖아."

"이 집 난로 옆에서 마레사랑 다른 아이들을 데리고 하면 되잖아. 왜 꼭 대단한 건물이 있어야만 하는 거야? 글씨를 쓸 석탄 조각이랑 나무 판자 말고 뭐가 더 필요한데?"

언니는 어머니를 향해 몸을 홱 돌렸어.

"마레시 거 뭘 만들고 계셨냐고요?"

어머니가 팔짱을 낀 채로 대답하셨지.

"침대보랑 이불, 수건, 보닛을 만들었단다."

"나라에스, 여보."

형부가 언니의 팔을 지그시 잡았어. 그러자 언니가 성가시다는 듯 그 손을 뿌리쳤지.

"신부용 보닛이요?"

"그래, 신부용 보닛. 마레시는 몇 년이나 집을 떠나 있었잖니. 그러니 자기 예복을 만들 시간이 없었지."

언니가 다시 나를 봤어. 우리는 이제 키가 비슷한데도 그 순간에는 어릴 때 그랬듯 언니가 훨씬 더 커 보였지.

"네가 신부용 보닛이 필요해? 신부용 물건들이 필요하냐고?"

난 예로스를 떠올렸어. 내 목에 닿는 그의 입술. 내…… 몸에 닿는 그의 손. 나는 얼굴이 붉어졌어. 솔직히 말하자면 결혼을 생각해 본 적은 없어. 그저 예로스와 떨어지고 싶지 않을 뿐이야. 그런데 음, 이런 게 바로 결혼의 의미 아닐까? 언제까지나 함께 있는 것 말이야.

"언젠가는 결혼을 하겠지." 나는 그렇게 대답하며 도움을 구하듯 어머니를 보았어. "결국 모두 결혼은 하니까."

"하지만 넌 다른 사람들과 다르잖아! 넌 다른 사람들이 갖지 못한 걸 가졌어! 우리처럼 기회가 없었던 사람들에게 그걸 나눠줘야 할 의무가 있다고!"

화가 난 언니의 주먹에 힘이 꽉 들어갔지.

"하, 시간을 되돌려서 아버지께 너 대신 날 보내달라고 할 수 있다면 얼마나 좋을까!"

"나라에스!" 어머니의 매서운 목소리가 울리자 순식간에 집 안이 고
요해졌고 모두 어머니를 쳐다보았지. "말조심하거라."

어머니의 시선이 아버지에게로 향하자 아버지는 시선을 피하며 고
개를 돌리셨어.

"사실인걸요! 저라면 저를 위해서도, 마을 사람을 위해서도 이러지
않을 거예요."

언니의 목소리는 약간 누그러졌지만 언니는 결코 물러서지 않았어.

"결혼하고 나서도 학교 일을 할 수 있어."

내가 쭈뼛쭈뼛 말했지만 나조차도 확신이 들지 않았어. 내 말에 언
니가 코웃음을 쳤지.

"정말? 돌봐야 할 가정이 있어도 그럴 수 있을까? 어머니가 언제 반
나절이라도 쉬는 걸 본 적 있어? 내가 그러는 걸 본 적 있니? 우린 온종
일 청소하고 닦고 바느질하고 깁고 실을 잣고 요리하고 먹을거리를 말
리고 소금에 절이고 물을 긷고 장작을 옮기고 난롯불을 지켜야 해. 이
것도 애가 생기기 전 얘기지!"

언니가 순간 말을 멈췄어.

"너 지금, 아이 가졌니?"

나는 얼굴이 확 달아올랐어.

"아냐!"

"아이라도 생기잖아? 일말의 자유조차 사라져. 완전히! 아이가 있으
면 온종일 아이를 돌보고 아이가 아프면 간호하고 또 돌보고 눈도 떼
지 못해. 걱정할 일투성이야."

언니는 거친 숨을 몰아쉬었어.

"난 내 아이들을 사랑해. 셋 다 정말 사랑해. 하지만 넌 정말이지 아무것도 몰라, 마레시. 아무것도 모른다고."

언니가 그렇게 한바탕 비난을 쏟아붓고 나자 집안 분위기가 어색해졌어. 마레사는 자기 어머니가 맹렬한 분노를 쏟는데도 아랑곳하지 않고 나를 졸랐지. 나는 한쪽 구석으로 마레사를 데려가 저녁 내내 작은 나무판자 위에 마레사가 글씨를 쓰는 걸 봐줬지. 아키오스도 곧 집에 돌아와 합류했지. 난 마레사와 아키오스가 같이 연습할 수 있게 해주고는 언니에게 가 잠시 얘기를 나누자고 했어. 밖으로 나가자 언니는 팔짱을 낀 채 어머니와 똑같은 표정을 하고 있었지. 화를 낼 때면 이마에 주름이 지고 그 예쁜 입꼬리가 쭉 내려가. 밤새들의 울음소리가 들려왔고 밤공기는 따뜻하면서도 시원했어. 메노스의 여름밤과는 완전히 달랐지.

"화내지 마." 나는 언니 어깨에 머리를 기대며 한쪽 팔로 언니를 감싸 안았어. "부탁이야, 언니. 화 풀어."

언니는 한숨을 푹 내쉬고는 잠시 망설이다가 이내 손을 내밀어 내 어깨에 팔을 둘렀어.

"화 안 났어."

내가 고개를 들어 눈썹을 치켜뜨자 언니가 웃었지.

"그래, 맞아. 난 화가 나, 마레시. 왜 모든 걸 그냥 포기하려는 거야?"

"난 포기하려는 게 아냐. 언니가 이해해 주면 좋겠어……."

나는 어떻게 설명해야 할까 생각했지만 설명할 방법을 별로 생각해 본 적도 없고 그러고 싶지도 않았어. 굳이 말로 옮기고 싶지 않았지. 어떤 건 그냥 경험의 영역으로 두는 게 낫기도 하잖아. 하지만 언니에게는 할 수 있는 만큼 최대로 노력해야 한다는 생각이 들었어. 언니에게 그 정도 권리는 있으니까.

"수도원에 갔을 때 난 그저 어린애였잖아. 남자에 대해서는 아무것도 몰랐지. 닥치는 대로 집어삼키듯 배웠고 늘 더 많이 알고 싶었어. 배움만이 유일하게 향수병을 달래주기도 했고. 그런데 무서운 남자들이 섬을 침략한 거야. 그들은 끔찍한 일을 계획하고 악마 같은 짓을 벌였지. 그러고 나서 집에 돌아왔는데 이곳의 남자들은 아키오스나 아버지, 형부처럼 좋은 사람들이었어. 이곳에선 여자와 남자가 함께 어울려 살고."

언니가 나를 꼭 안아줬어.

"난 집에 돌아오고 나서 한동안 남자들이랑 어떻게 지내야 할지를 몰랐어."

"이젠 알고?"

언니가 히죽 웃으며 짓궂게 묻길래 언니의 허리를 살짝 꼬집었어.

"쉿, 있잖아, 언니, 어쩌면 난 여전히 모르고 있을 수도 있어. 난 평생 크론에게 내 삶을 헌신할 거라고 생각했거든. 그분은 신의 세 번째 모습이자 죽음의 영토를 주관하시는 분이고 신비로운 지혜의 수호자, 차갑고 깊은 폭풍의 주인이지. 난 그게 내 운명이고 내 운명은 그 길뿐이라고 생각했어. 그런데…… 예로스가 나타난 거야. 날 보는 예로스의 눈빛을 본 순간 다른 길도 있다는 걸 알게 됐어. 거기엔 생명이 있어. 열망이 있지. 그게 크론보다 더 강력한지는 모르겠지만, 그만큼 강력한 힘이 존재한다는 걸 알게 됐어."

"사랑 말이야?"

언니가 날 보며 물었어.

"모르겠어. 그런 것 같아."

언니는 한숨을 푹 내쉬었어.

"그래도 남자 때문에 모든 걸 내던지지는 않겠다고 약속해. 그것만 약속해 줘."

그 약속은 내게도 쉬웠지.

"내가 뭔가를 이루기 전엔 사랑에 모든 걸 바치는 일은 없을 거야."

언니는 그제야 만족했어.

하지만 내가 한 약속의 의미가 정확히 어떤 건지 사실 난 잘 알지 못하는 것 같아.

- 너의 마레시

오 수녀님께,

제가 마을의 빚을 갚은 뒤로 이곳은 조용해졌어요. 더는 병사들이 저희를 찾거나 귀찮게 하지 않는데, 사람들 말이 그건 놀라운 일이래요. 하지만 얼마 전 순찰대가 이웃 마을 욜라에 와서 돼지를 몰고 가던 소년에게서 돼지 세 마리를 전부 빼앗아 갔어요. 소년이 저항하자 병사들은 소년을 흠씬 두들겨 패고 떠났어요. 치료를 해줘야 하지 않을까 해서 오늘 잠깐 욜라에 들렀는데 이미 타우에르 아저씨가 상처를 잘 치료해 주셨더라고요. 하지만 오른손을 전처럼 쓸 수 없을 것 같아 걱정이에요.

그러고는 이른 저녁, 욜라에서 집으로 돌아오는 동안 어디선가 말발굽 소리나 무기 소리가 들리지는 않을까 내내 걱정하며 긴장한 채로 걸어야 했어요. 이곳은 안전하지 않아요. 저희는 변덕스러운 나도르와 난폭한 병사들 아래 두려움에 떨고 있는데 저희를 지킬 수 있는 방법이 없어요. 수녀님, 사람들을 돕고 싶어요. 사람들을 지킬 방법이 분명 있을 거예요. 그렇죠? 제가 뭘 해야 할까요? 이럴 때 수녀님께 직접 조언을 구할 수 있다면 정말 좋을 텐데요!

– 당신의 수련 수녀, 마레시

사랑하는 로즈 엔니케에게,

여긴 이제 추수가 한창이야. 할 일이 무척 많아서 예로스를 만나기가 점점 힘들어지고 있어. 난 요즘 저녁이면 매일 욜라로 가서 예로스가 일을 마칠 때까지 기다려. 어제는 갔더니 예로스가 벌써 헛간 옆에 서서 달뜬 얼굴로 나를 기다리고 있었어. 예로스는 내 손을 잡아 헛간 안으로 나를 이끌고 뭐라 말할 새도 없이 서둘러 내 옷을 벗겼지. 만나면 만날수록 더 즐거워. 처음 몇 번은 별다른 느낌이 없었는데 지금은 나도 내 몸을 잘 알게 됐고 내가 뭘 원하는지도 알게 됐어.

잠시 후 우리는 서로의 몸을 포개어 누웠지. 예로스의 손가락이 내 머리카락을 만지작거리자 나는 구름 위에 둥둥 떠 있는 기분이었어. 행복감에 푹 젖어 정신이 혼미했어.

"아름다운 나의 마레시." 그가 잠긴 목소리로 내 귀에 대고 속삭였어. "나의 마레시, 마레시, 마레시."

예로스가 내 목에 입을 맞추며 속삭였지. 사실 그 애의 말은 귀에 잘 들어오지 않았어. 그의 손이 내 머리카락에 닿는 감촉을 즐기고 있었거든. 이제 내 머리카락도 꽤 길게 자라서 곧 야이와 비슷해질 것 같아. 물론 그동안 야이의 머리카락도 그만큼 자랐겠지만 말야! 예로스의 손가락이 내 머리카락을 휘감으며 부드럽게 어루만졌고 나는 그 느낌을 즐기고 있었지. 기분 좋은 전율이 내 몸을 스쳤어.

"우리 집 옆에 내가 살 집을 하나 지을까 생각 중이야." 예로스가 말했어. "대단한 건 아니고 방이 하나 있는 집. 음식 창고랑 다른 건 이미 있으니까."

"그런 집을 갖기엔 너무 어리지 않아?" 내가 웅얼웅얼 대답했어. "어머니가 음식이며 빨래도 다 해주시니 편하잖아." 내가 하품을 하며 말했지. "난 그렇거든."

움직이던 예로스의 손가락이 갑자기 뚝 멈췄어.

"그래?"

"응, 그래도 내 집이 있으면 내 마음대로 살 수 있으니 좋겠지. 아냐, 멈추지 마. 계속해."

나는 그 애 손을 끌어당겨 다시 내 머리카락을 만지게 했어. 하지만 예로스는 몸을 일으켜 팔꿈치를 괴고 내 얼굴을 물끄러미 바라봤어.

"진심이야? 정말 좋을 것 같아?"

그 순간 나는 그가 하려는 말이 뭔지 깨달았어. 나는 최대한 침착하게 말하려고 애쓰며 고개를 들었지.

"글쎄…… 응, 하지만 아직은 아냐. 앞으로 몇 년간은 이대로가 좋을 것 같아."

"아……."

예로스는 실망한 것처럼 보였어. 그는 천천히 내 머리카락을 다시 쓰다듬었지.

잠시 후 우리는 인사를 하고 각자의 집으로 돌아갔어. 헤어질 때 나는 예로스의 이마에 입을 맞췄는데 우리가 그런 식으로 인사를 한 건 처음이었어.

헛간을 나온 뒤 나는 예로스가 내 머리를 하나로 길게 땋아놓았다는 사실을 알아차렸어. 손으로 머리를 더듬어봤지. 그렇게 머리를 땋고 보니 기분이 이상했어. 내가 언제부터 머리를 땋지 않았더라. 글쎄…… 우리가 머리를 땋아 바다를 잠잠하게 만들고 다시 폭풍을 불러일으킨 뒤로 나는 머리를 땋은 적이 없어.

집에 가자 나를 본 어머니가 한쪽 눈을 치켜떴지만 별다른 말씀은 하지 않으셨어. 그저 뜨거운 김이 모락모락 나는 수프가 담긴 솥과 접시를 조용히 내오셨지. 바구니를 짜던 아버지와 산에서 나무를 베고 돌아온 아키오스도 테이블에 앉았어. 식사를 하려던 찰나 나를 본 아키오스가 소리쳤어.

"어, 머리! 머리 땋았네!"

"잘 어울리는구나." 어머니가 헛기침을 하며 말씀하셨어. "이제야 네 예쁜 목선이 잘 보이는구나."

아버지도 아무 말은 안 했지만 무슨 일인지 궁금해하시는 눈치셨어. 나는 그저 어깨를 으쓱해 보였어.

"그냥 해본 거예요. 너무 꽉 묶었는지 두피가 아파요."

"적응될 거다. 그리고 너무 무거우면 언제든 머리카락을 조금 자르면 되니까."

나는 머리를 땋고 지내보려고 저녁 내내 머리를 그대로 두었어. 그랬더니 잘 때쯤엔 두피가 당겨 관자놀이가 지끈거리고 아파서 도저히 가만있을 수가 없었어. 결국, 머리를 풀어버리고 말았지. 나는 밖에서 무슨 소리가 나진 않는지 귀를 기울였어. 하지만 다행히도 이 작은 집에 폭풍이 불어오지는 않았어. 다시 머리를 풀고 나니 마음이 편안해 졌어. 한동안 사용하지 않았던 구리 빗을 꺼내려다가 야이가 넣어준 라벤더 꽃잎을 바닥에 흩뜨리고 말았어. 나는 그 꽃잎을 집어 들어 향 기를 맡았지. 수련 수녀의 집에서 나는 향기가 났어. 나르 수녀님 정원 의 향기도. 집의 향기였지.

나는 구리 빗으로 머리를 빗어 내려갔지만 타닥타닥 소리와 함께 불 꽃이 튈 뿐 폭풍이 불어 닥치거나 하지는 않았어. 아무 일도 일어나지 않았지. 나는 빗에 엉켜 나온 머리카락을 모아 베개 밑에 감춰둔 머리 카락과 함께 땋아 다시 넣은 뒤 옷을 벗고 침대에 누웠어.

이제 내게는 여신의 혀도 얼마 남지 않았지만 괜찮아. 더는 필요 없 을 것 같아.

- 네 친구, 마레시

오 수녀님께,

저는 이제 어머니가 주신 블라우스와 회색 치마, 수가 놓인 앞치마를 입지 않기로 했어요. 대신 어머니가 깨끗하게 빨아 넣어둔 수도원 옷 을 꺼내 메노스에서 입던 것처럼 셔츠와 바지를 입고 있어요. 어차피 제가 이곳 여자들처럼 옷을 입는다 해도 저는 이들과는 너무 달라요. 제가 예로스와 사귀게 된 뒤로는 사람들이 조금 더 친근하게 대해주긴 하지만 그래도 여전히 보이지 않는 벽이 있는걸요. 이상하게 들리시겠 지만 제가 마을을 위해 내놓은 은화 때문에 사람들과 저 사이의 벽이 더 높아졌어요. 저희 마을 사람들은 그렇게 큰돈을 본 적이 없거든요. 은화를 생전 처음 본 사람이 대부분일 거예요. 어릴 때 자기들이랑 함께 시냇가에서 뛰놀던 마레시 엔레스다욱테르라는 아이가 커서 갑작스레 그렇게 큰돈을 가지고 나타났다는 사실에 사람들은 놀란 것 같아요. 사람들은 저와 같은 이름을 가진 어떤 소녀가 한때 여기 살았고 저와 그 소녀는 아무 상관이 없다고 생각하고 있는 듯해요.

물론 마을 사람들은 제 가족이나 다름없어요. 저는 그들이 그리웠고 이제 그들과 다시 함께 살 수 있어 기뻐요. 여자들은 다들 상냥하고 다정하고 현명하죠. 하지만 그들이 주로 이야기하는 주제는 남자나 농장, 가사, 결혼 같은 것뿐이에요. 저도 이해해요. 그들을 탓할 마음은 조금도 없어요. 이곳에서 여자의 영역은 부엌과 베틀이고 여자들은 집과 아이들을 얼마나 잘 돌보느냐로 평가받으니까요. 마을 여자들의 세상이 그렇게 작은 것은 그들 탓이 아니에요. 제가 사는 세상이 잘못된 것도 아니고요.

하지만 전 더 많은 걸 원해요.

밤이 늦었어요. 초를 꺼야겠어요. 안녕히 주무세요, 수녀님. 얼굴을 보며 이 답답한 마음을 털어놓고 싶어요. 아주 잠시라도 수녀님과 함께 성벽에 기대 서서 바다 위로 떠오르는 달을 바라보고 싶어요.

— 당신의 수련 수녀, 마레시

가을

오 수녀님께,

수녀님, 저는 길을 잃고 말았어요. 너무 두려워요. 언니가 셋째를 임신 중이라고 말씀드린 적 있죠? 언니는 이제 몸을 움직이기가 어려울 만큼 배가 불렀어요. 며칠 전에 개울에서 함께 빨래를 하고 언니를 부축해 일으켜 주려던 참이었어요. 그런데 언니 배에 제 몸이 닿은 순간, 얼음처럼 차가운 한기가 제 몸을 스치는 거예요. 지식의 집 지하실에서 느꼈던 그 한기요.

수녀님, 제가 어떻게 해야 할까요? 전 어디로 가야 하죠?

이제 언니 곁에 가까이 갈 때마다 그 오싹한 한기가 느껴져요. 언니에게 도움이 될 만한 일은 다 하고 있어요. 아이들을 돌봐주고 무거운 건 절대 들게 하지 않고 임산부에게 좋은 음식을 만들어주고 있지요. 마을과 들판을 다시 걷기 시작했는데 그럴 때 가끔 언니를 데려가기도 해요. 운동도 되고 언니가 부엌 연기와 아이들의 소란에서 잠시 벗어

날 수 있으니까요. 형부는 좋은 사람이라 고된 일터에서 돌아온 뒤에는 혼자 아이들을 돌보면서도 불평하지 않아요.

하지만 그중 어떤 것도 도움이 되지 않아요. 마을을 산책하고 나면 언니는 그저 피곤해하고 뼛속까지 추워할 뿐이고요. 언니는 아직 이상한 점을 눈치채지 못한 것 같아요. 뺨이 좀 창백하긴 하지만 삶에 만족하며 감사하고 있거든요. 가끔은 제게 자기처럼 살면 안 된다고 훈계를 늘어놓기도 하고요.

며칠 전 저녁 언니가 저희 집에 들러 아버지와 아키오스에게 잠시 자리를 비켜달라고 했어요.

"여자들끼리 할 얘기가 있어요."

그러자 둘은 서둘러 자리를 비워줬지요.

언니는 마레사와 둘란을 낳을 때도 큰 도움이 된 어머니께 조언을 구하러 온 거였어요. 저는 그때 아버지의 낡은 양말에서 실을 풀어 제 겨울 양말을 뜨던 중이었고요. 어머니와 언니가 이야기를 나누는 동안에도 언니에게서 뿜어져 나오는 한기가 느껴졌는데, 무슨 말을 해야 할지, 어떻게 해야 할지 알 수 없었어요.

어머니는 부산하게 움직이며 난로 옆 제일 좋은 자리에 언니를 앉히고 자신은 낮은 의자에 앉아 언니의 퉁퉁 부은 발을 마사지하셨지요.

"몸은 어떠니?"

"음, 좋아요. 이제 메스껍지도 않고 소화도 잘 되고요. 마레시가 몸에 좋다는 온갖 음식을 저한테 먹이거든요."

언니가 저를 보며 웃는데 저는 냉랭한 한기에 사로잡혀 웃을 수가 없었어요.

"그냥 몸에 전체적으로 이상이 없는지 어머니가 봐주시면 좋을 것 같아서요. 밤에 자려고 누우면 가슴이 좀 아프거든요. 혹시 문제가 있는 걸까요? 전에는 이런 적이 없었어요."

어머니가 자기 무릎 위에 있던 언니 발을 바닥에 내려놓은 뒤 일어나 언니 배를 만져보셨어요. 그 순간 어머니의 얼굴이 딱딱하게 굳었죠. 그러나 어머니는 이내 표정을 바꾸고 언니를 보며 말씀하셨어요.

"남자아이구나. 확실해." 어머니는 언니의 부푼 배를 노련하게 여기저기 눌러보셨어요. "여기가 머리, 여기가 다리야. 발차기도 하니?"

"오, 그럼요." 언니가 웃었어요. "가끔은 잠도 못 잘 정도라니까요."

"자라면서 그 횟수가 점점 줄어들 거야. 배 속이 좁아질 테니까."

어머니의 목소리는 어린 시절 제 기억 속에서처럼 다정하고 부드러웠어요.

"가슴 통증은 걱정하지 않아도 돼. 타우에르에게서 얻은 차를 주마. 내가…… 마지막으로 임신했을 때 타우에르가 줬던 거야."

그때 어머니가 안네르를 떠올리셨다는 걸 언니와 전 알아차렸어요.

어머니와 언니가 하는 말을 듣고 있으니 왠지 모를 소외감이 들었어요. 저는 한 번도 경험해 본 적 없는, 그리고 앞으로도 결코 경험하지 못할 것을 둘은 공유하고 있었죠. 더구나 어머니와 언니는 모르는 사실을 저 혼자 알고 있다는 것 또한 저를 외롭게 했어요.

"무서워?"

제가 언니에게 물었어요.

"아니, 처음엔 무서웠는데 지금은 아냐. 아무리 힘들어도 결국 끝날 거라는 걸 아니까." 언니가 모르타르가 칠해진 벽에 기대며 한숨을 푹 내쉬었어요. "그래도 아이는 걱정돼."

"내 능력 밖의 일을 걱정하는 건 쓸데없는 짓이야."

어머니가 저를 쏘아보며 말씀하셨어요.

"캐모마일과 페라크 차를 끓여줄게. 속 쓰림에 도움이 될 거야."

"어쨌든 타우에르에게 가는 게 좋아." 어머니가 제 말을 끊으며 말씀하셨어요. "타우에르가 뭘 해야 하는지 알 게다."

우리는 잠시 시선이 마주쳤는데, 어머니도 알고 있다는 눈빛이었어요. 어머니도 알고 저도 알았어요. 하지만 우리 중 누구도 먼저 말을 꺼내진 않았죠. 잠시 후 언니가 일어나 무거운 몸을 이끌고 집으로 돌아갔어요. 우리의 작은 집 안에도 땅거미가 지기 시작했고 난로 안에서는 장작이 타닥타닥 타고 있었어요. 어머니와 저는 무릎 위에 뜨개질거리를 올려둔 채로 멍하니 앉아 있었어요. 전 당장에라도 언니에게 서린 죽음의 표식을 어머니도 느끼셨는지, 우리가 이제 뭘 해야 하는지, 어머니가 어떤 일을 하실 수 있는지 묻고 싶었어요. 뭔가 위로가 될 만한 말을 듣고 싶었어요.

하지만 저는 어디서부터 말해야 할지 알지 못했고 제가 알고 있다는 사실을 어머니도 아시는지 확신이 없었어요.

그런데 수녀님, 어머니도 저처럼 크론을 느끼고 크론의 목소리를 들으실 수 있는 걸까요? 그렇다면 그건 무슨 뜻일까요? 저는 크론께서 메노스섬에만 존재하실 거라고 믿었지 이곳에 계시리라고는 생각도 못 했어요. 그런데 이걸 생각지도 못했다는 게 놀라워요! 결국 제가 처음 그분의 문을 본 곳도 이곳이었는데 말이에요!

제가 할 수 있는 일이 뭐가 있을까요, 수녀님? 누군가가 이 모든 것을 훤히 가르쳐주면 좋겠어요. 제가 죽음의 땅으로 가는 문을 열 수 있었던 것처럼, 그 문을 닫을 힘도 있으면 좋겠어요. 저는 다시 크론께 기도하기 시작했어요. 그분의 목소리는 들리지 않지만 저는 계속 그분께 말을 걸어요. 마을을 산책하는 걸음걸음 기도를 하고 허브 정원에서 잡초를 뽑을 때도 기도해요. 그레이레이디에게 물과 건초를 줄 때도 노새의 귀에 대고 기도하고, 시냇물을 길어올 때도, 어머니와 천을 짤 때도, 아버지의 무릎에 연고를 바를 때도 멈추지 않죠.

나라에스를 데려가지 말아주세요. 나라에스는 당신의 것이 아닙니다. 당신의 것이 아니에요.

– 마레시

오 수녀님께,

수녀님, 급하게 해야 할 말이 있어요. 제가 지금 당장 수녀님께 편지를 보내서 답장을 받을 것처럼 굴고 있죠? 아직 첫 번째 편지 꾸러미에 대한 소식도 듣지 못했는데 말이에요. 제가 보낸 편지는 아직 받지 못하셨을 거예요, 그렇죠? 수녀님이 보고 싶어요. 수녀님께서 해주시던 조언들도 그립고요. 아아, 우린 왜 이렇게 멀리 떨어져 있는 걸까요?

어제저녁 언니가 저희 집에 들렀어요. 언니는 이제 몸이 집채만 해져서 걸음도 느릿느릿해요. 언니가 제 옆에 앉았는데 그 순간 저는 알았지요.

얼음처럼 차가웠던 한기가 완전히 사라져버렸어요.

그 의미를 알았기에 심장이 빠르게 뛰었어요.

크론이 원하는 것을 가져간 거예요.

전 눈물이 차올랐죠.

"무슨 일이야, 마레시?"

언니가 저를 걱정하며 제 팔을 쓰다듬었어요.

저는 고개를 흔들며 다른 말을 생각해 내려고 애썼어요.

"그냥, 다 힘들어."

"학교 말이구나."

언니가 끙 소리를 내며 뒤로 기대어 앉았어요.

전 울음을 참고 그저 학교 이야기를 이어갔어요.

"다들 행복해 보이고 올해는 수확도 좋았잖아. 그런데 난 온종일 일만 하고 있지. 나도 뭔가를 해야 할 텐데. 나도 이제 성인인데 부모님께 계속 기대 살 수는 없어. 그런데 지금처럼…… 그러니까…… 이렇게 아무것도 없이 시작하려니 힘이 나지 않아."

언니는 잠시 아무 말 없이 가만히 앉아 있었어요. 밖에서는 초가을 저녁의 소리가 들려왔죠. 귀뚜라미가 노래하는 소리, 모기가 앵앵대는 소리, 암탉이 우는 소리. 지난봄 어머니가 암탉 한 마리를 키우기 시작했는데 그 닭이 지금은 암탉 일곱 마리와 수탉 한 마리가 되었어요. 그날은 공기도 상쾌했지요.

"가끔은 나도르의 아름다운 말이 되어보고 싶기도 해."

언니가 꿈꾸는 듯한 목소리로 말했어요.

"아주 근사한 말 말이야. 갈기를 휘날리고 천둥 같은 발굽 소리를 내며 본능대로 거칠고 자유롭게 들판을 질주하는 거야."

언니는 눈을 감았지요.

"그런데 현실은 수레에 묶인 당나귀 처지지. 마음껏 내달리고 싶은데 무거운 짐을 끌고 터덜터덜 걸어야 하는 거야."

언니는 여전히 눈을 감은 채 긴 한숨을 내쉬었어요.

최악인 건 제가 안도했다는 거예요. 사실 저는 마음이 놓였어요, 수녀님!

언니가 죽을까 봐 너무 무서웠거든요. 또다시 자매를 잃고 싶지는 않아요. 절대로요.

오늘 아침 저는 어머니와 함께 커다란 빨래 통 양쪽에 서서 빨랫감을 휘휘 젓고 있었어요. 아버지와 아키오스는 순무 밭에 나가 있었고 어머니는 침대보며 이불을 걷어 빨고 계셨고요. 쌀쌀한 아침 들판에는 안개가 자욱했고 계곡 주변에는 뿌연 물방울이 더욱 짙게 깔려 있었지요. 저희는 중앙 뜰에서 불을 피우고 있었는데 마을 사람들이 바쁘게 저희를 지나쳐 가고 희부연 안개가 모든 소리를 집어삼켜서, 세상에 저와 어머니만 남고 다른 이들은 그저 환영이 된 것처럼 느껴졌어요.

저는 어머니와 그 일에 대해 얘기해야 했어요. 비누를 잘라 넣으며 어머니를 보았죠. 물이 끓고 있는 솥 위로 김이 모락모락 피어났어요.

"언니의 아이가 죽었어요."

빨래 주걱으로 솥을 젓던 어머니의 손이 멈췄고 어머니가 깊은 한숨을 내쉬셨어요. 그러고는 거의 알아차릴 수 없을 정도로 작게 고개를 끄덕이셨죠.

"그렇게 될 거란 걸 알았잖니."

"알고 계셨어요?"

"너도 알고 있었던 거 아니니? 네가 수도원에서 삶과 죽음을 다스리고 뭐 그런 걸 전부 배운 줄 알았다. 네가 뭐든 다 아는 줄 알았는데."

"어머닌 왜 그렇게 차갑게 말씀하시는 거예요? 대체 제가 뭘 어쨌길래요?"

제 손에서 비누가 떨어져 나갔고 저는 눈물을 꾹 삼켰어요.

"수도원 얘기가 나올 때마다 그렇게 퉁명스럽고 화난 말투로 말씀하시잖아요. 제가 수도원에 간 게 마치 제 탓인 것처럼요!"

어머니의 손에 있던 주걱도 땅 위로 힘없이 떨어졌고 어머니는 앞치마 위로 두 손을 꼭 움켜쥐셨어요.

"네가 돌아왔을 때, 마레시, 난 믿을 수 없었어. 널 평생 볼 수 없을 거라 생각했단다. 널 보내고 매일이 지옥 같았지. 네가 다치진 않았는지, 살아 있긴 한지도 알 수 없었어. 우리가 널 보냈을 때 넌 너무 어렸잖니. 혼자서 어떻게 살아남을까, 어쩌다 내 딸을 보냈을까 자책하고 또 자책했다. 칼로 살을 에는 듯한 고통에 잠도 잘 수 없었어. 그땐 그렇게 하는 게 옳았을지 몰라도 나는 널 보내자마자 내내 후회했단다. 무슨 일이 있어도 보내지 말았어야 했다고 후회했어."

어머니는 한 번도 그런 말을 제게 하신 적이 없었어요. 그때 일에 대해서는 한마디도 꺼내지 않으셨거든요. 그래서 저는 어머니가 저를 보내신 뒤 한편으로는 잘됐다고 생각하신 줄로만 알았어요. 아니, 잘되었다까진 아니더라도 입이 하나 줄었으니 최소한 마음은 조금 편해지셨을 거라고요.

"그런데 넌 완전히 다른 사람이 되어 왔지. 낯선 말투로 말하고 이상한 얘기들을 하고. 죽음의 영토며 크론, 은색 문을 열었다는 둥……. 그리고 다른 여자를 '마더'라고까지 하더구나!"

어머니가 거친 숨을 몰아쉬며 기침을 하셨어요.

"내가 낳은 딸인데도 난 이제 널 모르겠어!"

그렇게 쏟아내듯 내뱉고 난 어머니는 몸을 홱 돌려 집으로 들어가셨어요. 저는 마당에 빨래 더미와 슬픔, 눈물과 함께 덩그러니 혼자 남겨졌지요.

왜 이렇게 다 힘든 거죠? 인생이 원래 이런 건가요? 잉크가 번져서 죄송해요. 눈물이 멈추지 않아요.

이어서 쓸게요. 하루가 지났어요.

저녁 식사 후, 어머니가 제 방에 들어오셨어요. 어머니는 제 시선을 피하며 바닥을 바라보셨죠. 창을 통해 흘러들어 오는 저녁 햇살을 받아 어머니 가르마에 듬성듬성 난 흰머리가 언뜻 보였어요.

"뱀 모양 반지를 끼고 있구나. 난 너처럼 책을 읽을 줄 알거나 똑똑한 선생님들에게 배우지는 못했다만 뱀이 뜻하는 바는 알고 있다. 시작과 끝이지. 새로운 생명이 세상이 태어나게 하는 건 시작, 죽은 자가 마지막 길을 떠나게 해주는 것은 끝이야. 둘 다 네가 배워야 할 것들이지. 섬에서 배웠니?"

저는 고개를 저었다가, 어머니가 절 보고 있지 않다는 사실을 깨닫고 입을 뗐어요.

"아뇨, 어머니."

"그렇다면 이제 나라에스를 보러 가자꾸나."

어머니는 도움이 될 만한 허브들을 챙기셨고 저도 나르 수녀님이 예야가 태어날 때 사용하신 허브들을 챙겼어요. 어머니가 아버지와 아키오스더러 언니에게 다녀오겠다고 말한 뒤 저희는 언니 집으로 향했지요. 어머니는 가는 길에 아무 말씀도 하지 않으셨어요.

집에 도착한 어머니는 언니에게 몸 상태가 어떤지 물으며 대화를 시작하다 머뭇거리며 아이 이야기를 꺼내셨어요.

순식간에 언니 얼굴이 딱딱하게 굳었어요.

"아이가 발차기를 안 해요. 원래는 무척 활동적인데, 전……." 언니가 남편을 돌아보며 불안한 얼굴로 물었어요. "얀날, 애가 발차기를 마지막으로 한 게 언제였지?"

"어제 아침이었을 거야……."

형부가 언니 옆으로 와 앉아 언니의 배 위에 손을 얹었어요. 둘은 정적 속에서 가만히 있었지요. 잠시 후 언니가 배를 쓰다듬으며 문지르고 눌러봤어요. 얼굴이 하얗게 질려가는 언니를 더는 보고 있을 수가 없었어요.

"꿀을 좀 먹어보렴." 어머니가 말했어요. "아이가 움직이는지 보자."

하지만 저와 어머니는 아이가 움직이지 않을 걸 알고 있었어요.

저희는 저녁 내내 기다렸어요. 서두르지 않았어요. 얀날은 두 딸을 자기 부모님께 데려다준 뒤 다시 돌아왔어요. 우린 또 기다렸어요. 하지만 아이는 움직이지 않았지요.

아침이 올 때까지 기다렸어요. 그쯤 되자 언니가 현실을 받아들였어요. 어머니는 아이를 밖으로 나오게 하는 차를 준비했어요. 언니가 제게 말했죠.

"마레시, 내 옆에 있어줘."

저는 언니의 말대로 곁을 지켰어요.

사실 저는 그곳을 나와 걷고 또 걸어 숲속으로 사라져버리고 싶었어요. 어머니가 물을 끓이고 저는 챙겨 온 허브로 차를 만들었죠. 어머니는 모든 과정을 차례차례 조용히 제게 알려주셨어요. 어떤 허브를 써야 하는지, 산모의 자궁 수축이 어떻게 시작되는지, 그다음엔 뭘 해야 하는지. 저는 언니를 부축해 화장실에 다녀왔어요. 이른 아침, 옅은 안개가 들판을 뿌옇게 덮고 있었어요. 우리는 말이 없었어요. 뭐라 말하고 싶었는데, 정말 그러고 싶었는데, 할 말을 찾지 못했어요. 수녀님, 죽은 아이를 품고 있는 언니에게 제가 뭐라 말했어야 할까요?

가끔은 침묵이 가장 좋을 때도 있어요.

예야가 태어날 때 저도 그 자리에 함께 있었어요. 에오스트레 수녀님이 고통 끝에 따뜻하고 꼬물거리는 아기를 품에 안을 거라는 걸 알고 있었지요. 예야가 세상 밖으로 나오는 과정 내내 신께서 함께 계셨고요. 저도 그분의 힘과 따스한 입김을 느낄 수 있었어요.

하지만 이번에는 크론조차 이곳에 계시지 않았어요. 크론께서는 데려가야 할 것을 이미 데려가셨으니까요. 남은 거라곤 아무것도 없었죠. 나라에스는 그 끝에 아무것도 없다는 것을 알면서도 고통과 사투를 벌여야 했어요. 언니를 보니 너무 마음이 아파 심장이 무너져 내리는 것 같았어요.

아기가 마침내 밖으로 나오자 어머니는 아이의 몸이 얼지 않도록 따뜻한 물로 아기를 씻겼어요. 아기의 몸은 딱딱했어요. 저는 담요의 가장 부드러운 부분으로 아기를 감싸 언니 품에 안겨주었죠. 언니는 아기의 작고 예쁜 코와 얇은 눈꺼풀, 푸른 뺨을 어루만졌어요.

저는 밖으로 나와 물가로 갔어요. 제 흐느끼는 울음소리를 삐걱대는 물레방아 소리에 묻을 수 있는 곳으로요.

어머니가 언니에게서 아기를 받으셨어요. 몸에 기름을 발라주고 아기를 천으로 감싼 뒤 형부가 들고 온 바구니 위에 푹신하게 마른 풀을 깔고 아이를 눕히셨어요. 바구니를 덮기 전 저는 들꽃을 한 아름 아기 옆에 놓아주었어요.

어머니는 그날 내내 언니 곁을 지키며 언니가 다른 상처를 입거나 병이 들지 않도록 보살피셨죠. 저는 저녁 무렵 집으로 돌아와 언니를 먹일 달걀을 삶고 포리지를 끓였고요. 언니는 제가 차려준 식탁에 앉아 창백한 얼굴로 숟가락을 들었어요.

"내가 뭘 먹고 있다니 믿을 수가 없어." 언니가 텅 빈 눈을 들어 저를 보았어요. "아무 일도 없었다는 듯 여기 앉아서 밥을 먹고 화장실을 가고 있잖아. 게다가 정원 걱정도 되고 수확 전에 할 일들도 생각나."

어머니가 저를 보셨지만 저는 뭐라고 대꾸해야 할지 알지 못했어요.

"자연스러운 거야. 삶이 그런 거란다. 아이가 죽었다고 해서 네 삶이 끝난 게 아니야."

어머니가 다정한 목소리로 말씀하셨어요.

"넌 계속해서 살아가야지. 해야 할 일을 하고. 그렇다고 해서 네가 아이를 잊는 게 아니란다."

"제 탓이에요." 절망에 빠진 언니의 얼굴을 보자 저는 고개를 돌릴 수밖에 없었어요. "제가 잘못해서 제 아들이 죽은 거예요. 그래서 신이 제게서 아이를 데려간 거라고요."

"바보 같은 소리." 어머니가 여전히 부드럽고 다정한 목소리로 말씀하셨어요. "죄책감 갖지 말거라. 그건 네게 남은 사랑을 좀먹을 뿐이야."

"사랑요?"

"지금 네 옆에 있는 아이들에게 줄 수 있는 사랑 말이다. 네가 품지 못한 아이, 네 남편, 그리고 네 삶에 줄 수 있는 사랑을 말하는 거란다."

"어머니, 제 아이는 지금 더 좋은 곳에 있을까요?"

"아이에게 네 품보다 더 나은 곳이 어디 있겠니? 아니, 그건 내가 알려줄 수 없어. 하지만 이 일이 네 탓이 아니라는 건 확실히 알려줄 수 있다. 아이가 힘들지 않게 세상을 떠났다는 것도. 세상의 온기와 부드러움, 사랑의 기억만 안고 떠났을 거야."

언니와 저는 어머니가 말씀하시는 동안 오랫동안 병을 앓다 떠난 안네르를 생각하고 있다는 걸 알았어요. 어머니도 오랫동안 죄책감에 시달리셨을 거예요. 언니가 일어나 어머니를 안아드렸고 크론의 선택을 받은 저로서는 영영 알 수 없을, 둘만이 느낄 수 있는 감정이 있다는 걸 다시 한번 느꼈어요.

저는 밖으로 나갔어요. 고요한 저녁이었고 형부가 혼자 마당에 서 있었어요. 형부의 두 팔이 힘없이 늘어져 있었어요. 다가가 형부를 안아주자 그는 제 어깨가 다 젖도록 흐느껴 울었어요.

얀날은 코를 풀고 언니를 보러 집으로 들어갔어요. 잠시 후 어머니가 나오셨고 저희도 집으로 천천히 발걸음을 옮겼지요.

"생각보다 제가 모르는 게 많은 것 같아요, 어머니."

제가 우물쭈물하며 말했어요.

"수도원에서 태초의 어머니와 그분의 세 가지 모습에 대해 배웠거든요. 메이든, 마더, 크론요. 각각 꽃이 피고 열매가 맺고 죽는 일을 관장하세요. 저는 크론의 땅으로 가는 문을 열기도 했는데 그분이 여기에도 계실 거라고는 생각하지 못했어요."

어머니는 이렇게 말씀하셨어요.

"죽음은 어디에나 존재하지. 생명도 그렇고. 네가 크론과 그 땅에 대해 말했잖니. 이곳 로바스에서도 은빛 나무 뿌리 아래 죽음의 땅이 있다고 믿는단다. 다른 곳에서는 사람이 죽고 나면 새로운 몸으로 다시 태어난다고도 하지. 어떤 곳에서는 세상을 떠난 영혼을 위해 신이 구름 위에 멋진 장소를 만들어놓았다고도 하고. 이 이야기들이 결국 모두 같은 이야기라는 생각이 들지 않니? 사람들은 각자 자기만의 방식으로 이야기하는 것뿐이란다."

저는 여태껏 수도원에서만 삶의 진리를 배울 수 있다고 생각해 왔어요. 책을 읽고 수업을 받고 그래야만 진리를 깨칠 수 있다고요. 하지만 로바스에 돌아온 후로 저는 책에 나오지 않는 새로운 것들을 배우고 있어요.

사실 이런 걸 배우지 않아도 된다면 더 좋았을 거예요.

수녀님, 꼭 답장해 주세요. 제게 지혜를 주세요. 삶을 이해할 수 있도록 도와주세요.

– 당신의 수련 수녀, 마레시

원장 수녀님께,

수녀님, 저는 어제 저의 작은 조카를 땅에 묻었어요. 함께 장례를 치른 사람은 제 가족과 얀날의 부모님이 다였어요. 마을에서 존경받던 어른이 세상을 떠나면 마을 사람들이 모두 모여 장례를 치르지만 이 자그마한 아기를 아는 사람은 없으니 마지막 길을 보내주는 사람도 얼마 되지 않아요. 저희는 아침 일찍부터 준비해 길을 나섰어요. 그레이 레이디가 얀날 아버지의 수레를 끌고 언니와 조카들이 작은 바구니를 들고 그 위에 탔어요. 아키오스와 제가 노새 양쪽에 서서 걷는 동안 아버지가 앞장서 걸으며 길 위에서 만나는 나무들에 도끼를 찍어 자국을 남겼지요. 죽은 아기의 영혼이 제의 숲에 있는 죽음의 땅에 잘 도착할 수 있도록 길을 안내해 주는 거예요. 로바스 사람들은 은빛 나무의 뿌리 아래 사후 세계가 있다고 믿거든요. 어머니는 얀날의 부모님과 함께 제일 뒤에서 따라오셨는데 그날따라 부쩍 나이 들어 보이셨어요. 어머니는 점점 쇠약해지고 연로해지고 계세요.

숲에는 도토리가 여전히 초록빛을 띠고 있었고 늦여름에 피는 꽃들이 만발해 있었지요. 지나는 길에 만난 노란 들판에는 이미 수확이 끝난 아마와 보리, 호밀의 그루터기만 남아 있었고요. 이제 아마를 잘라물에 담가야 하는데, 그건 무척 고된 노동이에요. 앞으로 한 달 동안은 비가 오지 말아야 할 텐데요. 그래야 모든 게 충분히 마르거든요.

어머니와 페이라 아주머니는 향나무 조각이 담긴 꾸러미를 어깨에 메고 수레가 지나는 길 위에 그 조각들을 흩뿌렸어요. 아이에게 작별을 고하고 아이가 살아 있는 사람들의 세상으로 돌아오는 일이 없기를 바라는 애도의 노래를 부르면서요. 이를 가만히 듣고 있던 언니가 조용히 혼잣말을 했어요. 저는 고삐를 놓고 언니 옆으로 갔죠.

"아이가 돌아오는 걸 막고 싶지 않아. 아이가 이 세상에 돌아오는 일만큼 내가 바라는 건 없어."

"알아."

그 말밖에는 제가 할 수 있는 말이 없었어요. 언니는 제 손을 꼭 잡아준 뒤 곧 손을 뻗어 덜컹거리는 수레 위에 앉은 둘란의 손을 잡았어요. 언니는 깊은숨을 내쉬었죠. 이제 울지는 않았지만 퉁퉁 부은 얼굴이 이내 다시 발갛게 달아올랐어요.

깊은 숲속에 가까워지자 마른 낙엽이 부츠와 수레바퀴 아래서 바스락바스락 부서졌어요. 나뭇잎이 썩는 가을 숲의 냄새가 물씬 났어요.

마침내 어머니와 페이라 아주머니의 노래가 멈추었고 아버지가 도끼로 나무를 찍는 소리 외에는 아무 소리도 들리지 않았어요. 둘란은 자기 어머니 무릎을 베고 잠이 들었고 마레사는 제가 주워준 견과류를 먹었어요.

묘지의 숲까지는 꽤 먼 길이라 저희가 그곳에 도착할 무렵에는 이미 땅거미가 지기 시작했어요. 저희 로바스에는 마을마다 제의 숲이 따로 있어 가까운 마을 사람들끼리 모여 함께 제를 지내고 축제도 열어요. 하지만 저희 마을 제의 숲의 북동쪽에 자리한 묘지의 숲은 아주 오래 전부터 북쪽 로바스 사람들이 다 같이 쓰고 있죠. 묘지의 숲은 깊은 골짜기에 있어 저도 어릴 때 몇 번 가본 게 다예요. 그 검은 숲 앞에는 마치 바다처럼 하얀 거품을 부글대는 물이 넓게 흐르고 있어요.

저희가 신성시하는 은빛 나무는 이 숲에서만 자라요. 그래서 이 숲도 로바스에서 가장 신성한 땅으로 여겨져요. 은빛 나무는 껍질은 물론 이파리까지 나무 전체가 눈처럼 새하얗고 잎사귀가 떨어지지도, 색깔이 변하지도 않아요. 제 조상들은 대대로 이 나무뿌리 아래 묻혀왔어요. 그런데 제가 계곡에 들어서자 어떤 음성이 들려왔어요.

마레시.

그 목소리는 분명 제 이름을 부르고 있었어요. 제가 너무나도 잘 아는 목소리였죠. 그 목소리가 제 심장을 관통해 지나갔어요. 어머니가 옳았어요. 크론은 이곳에도 있었어요. 당연한 일이었죠. 마음 한구석으로는 알고 있었듯 저는 혼자가 아니었어요. 크론의 목소리가 제 다리를 휘감고 그의 숨결이 제 목을 간지럽혔어요. 우리는 다시 하나가 되었어요.

그날 저녁 저희는 아기의 작은 몸을 조상들이 대대로 묻힌 땅에 조심히 묻었어요. 아버지가 무덤을 팠고 관습대로 구리 동전 하나, 은빛 나무로 만든 새하얀 숟가락 하나를 함께 묻었죠. 그리고 아이가 누워 있는 작은 바구니를 땅에 묻기 전, 닭을 한 마리 바쳤고요. 정말 작은 구덩이였어요. 너무나도 작은 무덤이었지요. 가족들이 흙을 덮고 제가 그 위에 꽃을 흩뿌렸어요.

숲에서는 계속해서 크론의 낮은 음성이 들려왔고 그의 숨결이 느껴졌어요. 골짜기에는 지식의 집 지하실보다 더 강한 크론의 힘이 배어 있었어요. 그곳은 크론을 숭배하는 사람들로 가득 찬 공간이었으니까요. 그분을 부르는 이름은 달랐지만 사람들이 대대로 크론을 숭배해 온 장소였으니까요. 크론은 너그럽고 자신의 임무를 다하는 분이죠. 신은 엄격하지 않으세요. 신께서는 나약한 우리 인간이 이 거대하고 난폭하며 혼란스러운 세상에서 최선을 다하고 있다는 사실을 잘 알고 계세요.

저희는 집 나무 아래 하룻밤을 묵을 야영지를 마련했어요. 페이라 아주머니와 어머니가 피운 모닥불을 가운데 두고 둘러앉아 가져온 음식을 먹었어요. 이제 막 수확한 뒤라 먹을 게 많았어요. 두툼한 달걀 팬케이크와 슬픔을 달랠 맥주, 콩과 연어, 달걀로 속을 채운 페이스트리도 있었어요. 이윽고 둘란과 마레사는 자기 아버지 품에 안겨 잠이 들었어요. 언니도 아들이 묻힌 곳 바로 옆에 자리를 잡은 뒤 흩뿌려진 꽃위에 얼굴을 묻고 누웠고요. 형부가 언니 옆으로 가 언니를 꼭 안아주었고 둘은 밤새 그렇게 누워 잠을 잤어요.

양가 부모님도 누워 잠을 청했어요. 저는 잠이 오지 않아 핏빛 달팽이 색깔 망토를 몸에 두르고 앉아 사그라드는 모닥불을 가만히 바라봤어요. 살갗이 따끔거리고 몸에 소름이 일었어요. 제 발밑의 땅이 울리는 소리도 들렸지요. 손에 낀 반지가 얼음처럼 차가워져 손이 시렸어요. 골짜기 위로 떠오른 보름달이 숲을 환히 비춰 은빛으로 반짝거리게 했어요.

그 순간, 서너 개의 별이 하늘을 가로지르며 떨어졌어요. 숨이 멎을 정도로 멋진 광경이었죠. 수녀님, 그 모습은 정말이지 아름다웠어요. 떨어지는 별을 보니 눈물이 났어요.

"존엄하신 크론이시여, 세상은 잔인해요." 제가 나직이 속삭였어요. "그리고 저는 한없이 작아요. 제가 할 수 있는 일이 없어요."

크론께 그런 식으로 말을 건 것은 그게 처음이었어요.

마레시.

크론께서 제 기도에 응답하셨어요.

나의 딸아.

그 목소리는 한없이 부드러웠지만 한편으로는 제게 앞으로 닥칠 일을 경고해 주시는 듯도 했어요. 그 순간 이런 생각이 들었어요. 제가 정말 그분의 딸이라면, 그러니까 제가 정말 그분의 것이라면 제가 생각하는 것보다 저는 더 큰 일을 할 수 있을지도 모른다고요. 저는 저 자신보다 더 큰 존재일지도 모른다고요.

다음 날 저는 저희 가족 나무 아래 떨어진 은빛 나무 가지를 주워 들었어요. 그리고 그걸 집으로 가져와 지팡이를 만들었죠. 어쩐지 도움이 될 것 같았거든요. 폭풍이 다가오고 있다는 예감이 들어요.

— *존경을 담아, 마레시*

사랑하는 야이에게,

우리 마을엔 어제부터 가을걷이 축제가 시작됐어. 중요한 곡식과 채소, 과일들은 벌써 잘 보관해 두었지. 말리고, 잼과 주스로 만들고, 피클을 담고, 발효시키고, 굽고, 소금에 절였어. 어머니는 언제 마지막으로 이렇게 찬장이 가득 차봤는지 모르겠다며 기뻐하셨어.

그래서 지난 보름 동안은 너무 바빠 아무한테도 편지를 쓰지 못했어. 나는 농장 일을 돕거나 버섯과 식물을 캐러 다녔고 그러지 않을 때는 은빛 나무 지팡이를 들고 마을을 돌아다니며 병사들이 오지 않는지 살피느라 바빴거든. 깊은 숲속으로는 들어가지 않았어. 요즘 세금을 걷겠다며 찾아오는 병사들은 없지만 그들이 우리를 내버려 둘 리 없다는 사실을 알고 있으니 긴장을 늦추지 않고 있어. 척박한 바위투성이 땅에 사는 우리는 무거운 세금을 감당하려면 쉴 새 없이 일해야 해. 그래서 늘 피곤한 몸을 이끌고 시간에 쫓기며 근근이 살아가. 그런데 올해는 다행히 날씨도 좋았고 성에서 나온 관리나 병사들이 우리를 괴롭히지 않은 덕분에 열심히 일한 대가를 톡톡히 누릴 수 있게 됐어. 우리의 부엌과 창고가 풍성해졌지. 나는 여전히 매일 저녁 머리를 빗은 뒤 빠진 머리카락을 땋고 있어. 시간이 갈수록 땋은 머리가 차츰 굵어져. 머리를 땋을 때면 병사들과 그 수장을 생각해. 그들을 아주 단단히 묶어 여기 발도 디딜 수 없게 만들겠다고 생각하지. 왠지 모르지만 이 일이 중요하다는 느낌이 들어. 하지만 산책하고 방에 돌아오면 몸이 몹시 피곤해. 어디가 아픈 건 아니어야 할 텐데. 농장 일, 산책, 머리 땋기 등 이 모든 노동 때문에 피곤한 것 같아. 그런데 내가 아무리 피곤해 보여도, 집 안에 할 일이 쌓여 있어도 어머니는 이상하리만치 꼭 하루에 한 번씩은 나를 밖으로 내보내 걷고 오게 하셔.

"망토를 챙겨라." 어머니는 내 쪽은 보지도 않고 말씀하신다니까. "어서 나가보렴. 설거지는 내가 할 테니."

그 시간에는 잠시라도 혼자 있을 수 있으니 감사하긴 해. 그런데 한편으로는 그러시는 이유가 어머니도 내게서 떨어져 있을 시간이 필요해서는 아닐까 하는 의심이 들어.

마레사와 둘란은 요즘 혹시 꿀로 만든 케이크나 잼을 한 숟가락 얻어먹을 수 있지 않을까 하는 기대에 고개를 빼고 제 할머니 치마 끝을 잡고는 다리에 딱 달라붙어 있어. 언니가 잠시라도 쉴 수 있게 어머니가 아이들을 돌봐주시고 있거든. 언니는 서서히 회복해 일상으로 돌아오고 있어, 아이. 조금씩 웃기도 하고, 일도 하고, 딸들을 안고, 형부의 방앗간 일도 도와. 이제 밀을 빻을 철이 다 됐거든. 언니는 무척 노력하고 있어. 그래서 나는 언니를 더욱 사랑하게 됐지. 언니는 아직 환히 웃지 못하고, 억지로 미소를 지을 때면 슬픔이 비쳐. 그런 언니를 보다 눈이 마주치면 나는 재빨리 시선을 돌리지. 언니는 동정을 원치 않으니까. 하지만 우리 도움에는 진심으로 고마워하고 있어. 그래서 어머니와 나는 언니를 있는 힘껏 돕고 있지.

가을 축제는 제의 숲에 모여 한해 내려주신 풍요에 감사드리며 제물을 바치는 것으로 시작돼. 하지만 진짜 축제는 그곳이 아니라 우리 마을과 욜라 사이에 있는 공유지에서 열려. 제의 숲은 너무 멀고 신성한 구역이기도 하니까. 축제가 열리는 날, 형부가 둘란을 안고 나는 마레사의 손을 잡고 축제가 열리는 장소로 향했어. 언니는 집에서 쉬기로 했고 아키오스는 우리와 함께 축제에 왔지만 금세 친구를 찾으러 갔지. 따뜻하고 상쾌한 가을 오후였고 기분 좋은 바람이 불어왔어. 동네 개들이 땅에 떨어진 음식을 찾아 테이블 사이를 돌아다녔어. 축제에는 먹을 게 엄청나게 많거든. 사람들이 가져온 음식으로 테이블이 가득 찼지. 먹성 좋은 나조차 아주 만족스러웠어! 부드러운 고기와 통통한 덤플링이 들어간 수프는 엔니케가 좋아할 것 같았어. 그 애에게 꼭 알려줘. 그것 말고도 소시지, 블랙푸딩, 빵, 페이스트리, 피클, 바삭한 베이컨, 짭조름한 생선, 생강과 시나몬을 넣은 페이스트리를 입힌 돼지고기 튀김까지 있었다니까. 다른 쪽 테이블에는 보리 음료와 맥주, 독주들이 통마다 꽉꽉 채워져 있었어. 그것만이 아니야. 사냥할 줄 아는 젊은 남자들이 그동안 잡은 새와 토끼, 은색 연어를 그들의 어머니와 누나, 여동생들이 근사한 훈제 요리로 만들어 오기도 했어.

우리는 배가 불러 움직이지도 못할 때까지 먹고 또 먹었어. 조카들과 나, 우리 셋은 이번만은 다른 사람들 몫을 걱정하지 않고 마음껏 먹었어. 둘란은 한 손에 케이크를 쥔 채로 형부 무릎 위에서 잠이 들었고 마레사도 숨을 쌔근쌔근 내쉬며 내게 기댔어. 나는 햇빛에 눈이 부셔 스카프를 아래로 내렸지. 사람들은 삼삼오오 모여 앉아 소화시키며 수다를 떨었고 그러다 잠이 드는 사람들도 있었어.

해가 기울며 서늘해지기 시작하자 우리는 테이블을 치우고 남은 음식이 상하지 않도록 시원한 곳으로 옮겼어. 우리 마을 사람들은 음식이 따뜻한 곳에 있으면 금세 상한다는 사실을 잘 몰라. 남은 음식은 최대한 빨리 서늘한 찬장이나 차가운 시냇물 속에 두어야 하잖아. 그리고 고기 수프를 계속해서 끓여 먹으면 상해서 배탈이 난다는 사실도 모르지. 그저 누군가가 자기에게 저주를 내린 거라고 믿어.

오늘은 언덕에서 장이 열릴 예정이라 무척 기대하고 있어! 책을 가져온 상인이 있으면 좋겠는데. 새로운 책을 읽을 수만 있다면 값은 얼마든지 치를 수 있어! 이제 수확도 끝났으니 책 읽을 시간도 꽤 있어.

그럴 가능성은 적겠지만 수도원에서 내게 보낸 편지를 가져온 상인이 있을지도 몰라. 나는 오만 가지 상상을 하고 있어! 정말 신나!

마음까지 풍족한 상태로 오늘 밤 잠들 수 있다면 얼마나 근사할까!

지금은 저녁이야. 내가 지금 얼마나 상심해 있는지 넌 모를 거야! 눈물이 나올 것 같아 혼자 방에 들어와 버렸어. 상인들이 오지 않았지 뭐야. 단 한 명도 오지 않았어. 여전히 아픈 몸을 이끌고 축제에 오셨던 실드 할머니도 이런 일은 한 번도 없었다고 말씀하셨어. 그래서 결국 기대하던 책도 편지도 보지 못했지. 네가 정말 그리워, 야이. 너희가 정말 못 견디게 그리워! 널 마지막으로 봤던 일이 아주 먼 과거처럼 느껴져. 내가 탄 배가 수도원의 작은 선착장을 떠났던, 수녀님들과 너희가 계단과 절벽 위에서 내게 작별의 노래를 불러주었던 그때 말이야. 바람에 흩날리는 네 금빛 머리카락과 엔니케의 갈색 곱슬머리, 귀여운 헤오의 까만 생머리가 점점 멀어지던 모습이 생각나. 그게 내가 본 너희의 마지막 모습이었어.

- 네 잊혀버린 친구, 마레시

사랑하는 엔니케에게,

장은 오늘도 열리지 않았어. 그래서 마을 사람들끼리 물건을 교환했지. 나도 작은 테이블을 차려 내가 틈틈이 만든 연고와 허브를 내놓았어. 페라네 할머니에게 관절이 붓고 아플 때 바르는 연고를 팔아 종이를 얻었어. 할머니는 새끼 돼지를 팔고 종이를 받으셨다는데 할머니에게 종이는 쓸모가 없잖아. 그리고 다른 사람에게는 소화를 돕는 허브를 주고 예쁜 밀랍 양초를 받았어. 겨울에 네게 편지를 쓸 때 유용할 거야. 그것 말고는 별 소득이 없었어. 다들 예의 바른 미소만 지으며 내 테이블을 지나갔지.

그런데 타우에르 아저씨의 테이블은 달랐어. 각종 병과 항아리, 허브가 늘어선 테이블 주변에 사람들이 모여들었어. 사람들은 아저씨의 약을 사기 위해 달걀, 페이스트리, 수탉, 장식이 화려한 칼, 심지어 소금까지 기꺼이 내어줬어. 더는 내 테이블에 손님이 오지 않을 것 같아

서 나는 물건들을 챙겨 풀을 뜯고 있는 그레이레이디의 등 위에 실었
어. 그러고서 타우에르 아저씨의 테이블을 지나치는데 아저씨가 사람
들에게 약을 주면서 이상한 처방을 내리는 소릴 들었어.

"매일 아침 이 약을 먹기 전에는 말을 한마디도 해선 안 돼요." 아저
씨는 임산부에게 말했어. "그러고서 입을 다문 채로 마당을 세 바퀴 도
세요."

"달빛이 비치는 갈림길 위에 서서 무사마귀를 문지르게." 젊은 남자
에게 작은 주머니를 건네며 말했지. "자네가 순수한 마음을 가졌다면
한 달이면 사라질 걸세."

아무튼 이제 가을걷이도 끝났으니 곧 아저씨를 찾아가 치료법을 가
르쳐 달라고 할 셈이야. 아저씨도 뭔가를 진짜 알고 계신 것 같긴 하거
든. 사람들이 아저씨 약을 바르거나 먹고 나면 다들 좋아지니까 말이
야. 어떻게 하시는 건지, 왜 그렇게 되는 건지 알고 싶어.

이윽고 집으로 돌아가는 길이었어. 저녁이 되면 사람들은 축제를 마
무리하며 춤을 추기 시작할 거야. 모든 것이 자라는 계절과 작별하고
어둠이 찾아오는 계절, 다시 말해 곧 집에만 틀어박혀 지내는 계절을
맞이할 준비를 하는 거지. 하지만 난 사람들 틈바구니에서 춤추고 싶
은 기분이 아니었어. 수도원 친구들과 수녀님들이 너무 그리웠거든.
그래서 사람들과 어울려 춤추는 대신 어슴푸레한 하늘 아래에서 계곡
과 울타리를 따라 정처 없이 걸었지. 공기는 차가웠고 밤이 되면 더 추
워지겠지만 내겐 망토가 있으니 추위 걱정은 하지 않았어.

그렇게 걷다 보니 눈앞에 카룬의 오두막이 나타났어. 굴뚝에서 연기
가 피어오르는 모습을 보고 카룬이 이린디불에서 돌아온 모양이라고
생각했지. 오두막에 가까이 가자 카룬이 맨발에 소매를 걷어 올리고는

마당에서 도끼를 갈고 있는 모습이 보였어. 나를 알아본 카룬이 큰 소리로 나를 불렀어.

"엔레스다욱테르! 이리 와서 숫돌 돌리는 것 좀 도와줘."

숫돌을 돌리는 일은 혼자 하기가 쉽지 않아. 낫이나 도끼를 갈 때는 두 사람이 같이하는 게 편하거든. 나는 별말 없이 손잡이를 잡고 돌렸어. 카룬은 도끼를 갈다 이따금 멈추고 날을 확인했지. 손잡이를 돌리느라 힘을 썼더니 금세 열이 올라 나는 모자를 벗었어. 카룬의 눈길이 잠시 내게로 향했다가 다시 도끼로 돌아갔고 나는 카룬이 도끼 두 개를 갈 동안 계속해서 숫돌을 돌렸어. 어느새 짙은 어둠이 내렸지만 그의 오두막 안에서는 따스한 노란 불빛 같은 건 새어나오지 않았어. 그래서 우리 머리 위에 뜬 별들이 더욱 눈부시게 빛났지.

"이제 됐어, 엔레스다욱테르."

카룬이 숫돌 옆에 놓은 그루터기에 앉으며 말했어. 편히 앉아 이마에 송골송골 맺힌 땀을 닦는 그의 모습이 어쩐지 단단하고 편안해 보였어. 나는 괜히 망토 끝자락을 만지작거렸어.

"겨울용 장작을 마련하는 거야?"

내가 별이 쏟아질 것만 같은 하늘을 올려다보며 물었어. 붉은 곰 자리, 끝나지 않는 춤 자리, 불타는 별, 수노루 별과 파우누스 등 내가 아는 별자리들을 찾고 있었어.

"나무꾼들한테는 겨울이 수확의 계절이야." 카룬이 대답했어. "나무꾼들이 왕의 숲으로 모이는 때지. 새로운 나도르는 탐욕스러운 자야. 내 생각엔, 왕에게 로바스의 물자를 퍼주고 세금도 많이 갖다 바쳐 왕의 오른팔이 되고 싶어 하는 것 같아."

카룬이 그런 식으로 말하는 건 처음 봤어. 나는 별에서 시선을 돌려 카룬을 보았는데 어두워서 잘 보이지는 않았지만 그의 짙은 눈이 나를 보고 있었던 것 같아.

"하여튼 겨울이 와서 떠나기 전에 새로운 집을 지으려고."

"그렇구나, 오두막이 낡긴 했으니." 내 말에 카룬은 별다른 대꾸를 하지 않았어. "어디에 지을 생각이야?"

"남쪽 들판 너머에 있는 언덕을 생각 중이야. 길 세 개가 만나는 곳, 알아?"

"응, 그런데 어디서든 너무 잘 보이는 곳이잖아."

그렇게 말하며 나는 반쯤은 숲속에 몸을 숨긴 그의 오래된 회색 오두막을 흘깃 보았지.

"응, 어디서든 찾아가기 쉽고 숲에서도 가까워. 왕의 나무꾼이자 뗏목꾼으로 일하고 있으니 숲에서 나무도 가져다 쓰기 쉽고."

"참, 여름엔 이린디불에 갔었어?"

"응, 보름 정도. 그때 일한 돈으로 못이랑 집을 지을 연장들을 샀어."

"이린디불에서 살고 싶진 않아?"

계곡을 흐르는 물살에 돌이 구르는 소리, 자작나무 위에서 까치가 사납게 우는 소리가 들려왔어. 우듬지 위로 달이 떠오르자 카룬의 마당에 하얀 달빛이 내렸지. 카룬이 바지에 묻은 톱밥을 털어내자 무릎에 덧댄 부분이 보였는데 나무를 해서 번 돈으로 옷을 사지 않는 건 분명해.

"응." 카룬이 나를 봤어. 그의 눈동자는 너무 투명해서 그 눈빛을 피하기가 어려워. "난 숲에서 멀리 떨어져서는 못 살아. 도시는 가끔 가면 좋지. 하지만 내가 마음껏 숨 쉴 수 있는 곳은 오직 숲뿐이야."

그건 내가 늘 하는 말이잖아! 숲에 대한 내 마음을 꺼낼 때면 나도 정확히 그렇게 말하곤 했어. 내가 입을 열려는 순간 카룬이 일어났어.

"이제 마을에 데려다줄게."

나는 고개를 저었어.

"아냐, 고마워. 혼자 갈 수 있어. 요즘엔 나도르 사람들이 오지 않거든. 어두워졌으니 그들을 보더라도 날 발견하기 전에 피할 수 있어."

"그래, 알겠어. 오늘 도와줘서 고마워."

나는 고개를 살짝 숙여 인사한 뒤 카룬의 집을 나왔어. 조금 걸어가다 뒤를 돌아보니 마당은 비어 있고 오두막 문도 닫혀 있었는데 여전히 집 안에는 불빛이 보이지 않았지.

나는 천천히 걸어 집으로 돌아왔어. 나는 어두운 숲이 조금도 두렵지 않아. 깜깜한 밤에도 길을 찾을 수 있을 만큼 길을 잘 알고 있어서 그렇기도 하지만 숲속에 있을 때 비로소 자유로운 기분이 들기 때문이야. 몸이 투명해지고 무게도 없어지는 기분이 들고 아무도 나를 찾지 않지. 그럴 때 나는 그저 나 자신일 뿐이야. 로바스의 마레시. 이 숲은 내 아버지와 내 아버지의 아버지 그리고 그 아버지 때부터 우리의 삶과 일, 성장을 모두 지켜봤어. 숲은 나를 아주 잘 알고 있지.

- 너의 친구, 마레시

겨울

오 수녀님께,

한동안 글이 뜸했죠? 겨울의 사루에는 특별한 일이 없어요. 매일 춥고 눈이 내려 저희는 주로 집 안에서 실을 잣고 천을 만들고 바느질을 하고 자수를 놓고 연장을 고쳐요. 저는 집 안에 틀어박혀 있는 게 싫어요. 메노스의 바다나 산, 아니면 이곳의 숲을 거닐 때가 가장 행복해요. 물론 보물의 방은 예외예요.

　여기 있으니 책이 얼마나 그리운지 몰라요! 수도원에서 가져온 책들은 너무 많이 읽어서 이제 완전히 외워버렸을 정도예요. 저는 요즘 오후가 되면 책을 읽어요. 가족들은 처음에 그걸 이상하게 여겼지만 그때만 초를 켜지 않고도 책을 읽을 수 있거든요. 저는 창가에 자리를 잡고 망토로 몸을 감싼 채로 책을 읽어요. 제가 수도원에서 가져온 책들은 학교를 세우고 나면 도움이 될 것 같아 가져온 것들이에요. 농업, 천문학, 수학, 의학, 해안 지역의 역사에 관한 책들이죠. 그리고 시인

에르바가 라고라, 라보라, 우룬디엔, 아카데, 로바스, 데벤란드, 그 외 남쪽 해안 지역을 여행하며 들은 신화와 전설을 기록해 놓은 선집도 몇 권 있고요. 저는 이 책을 얼마나 많이 읽었는지 몰라요.

어머니 눈에는 제가 빈둥대는 걸로 보였을 거예요. 그래서 그런 제 모습을 탐탁지 않아 하셨죠. 아버지는, 음, 원래 말씀이 거의 없으세요. 아버지는 부츠에 기름칠을 하거나 지푸라기를 엮어 바구니를 만들거나 연장을 수리하느라 바쁘셨어요. 그러던 어느 날 오후, 언니와 아이들이 저희 집에 놀러와 있을 때였어요. 어머니는 바지를 깁고, 저는 아키오스의 양말을 뜨고, 아키오스와 아버지는 바구니를 만들고, 언니는 둘란을 돌보고, 마레사는 남은 털실로 놀고 있었죠.

그런데 난데없이 아버지가 말씀하셨어요.

"책을 읽고 새로운 이야기를 배우는 건 근사한 일이겠구나, 마레시."

어머니가 고개를 드셨어요.

"그러게요." 아키오스도 말했어요. "저도 이제 조금씩 읽을 수 있긴 하지만 너무 오래 걸려요. 어떤 책은 다른 나라 말로 적혀 있고요."

"제가 읽어드릴까요?"

가족들의 관심에 놀란 제가 물었어요.

"아아, 좋아!"

언니가 눈을 반짝이며 대답했어요. 언니가 그렇게 좋아하는데 어머니가 반대할 수는 없었을 거예요. 언니가 힘든 가을을 보낸 터라 가족들은 언니 마음을 편하게 해주고 조금이라도 기쁘게 해주려고 무척 노력하고 있었거든요. 저는 뜨개질거리를 내려놓고 에르바의 책을 가져왔어요. 책에는 라보라의 오래된 전설이 실려 있어요. 라보라의 수도를 세우고 백발의 딸 레가의 이름을 따 도시 이름을 붙인 란데바스트,

끔찍한 바다 괴물 셰알의 목을 벤 영웅 올로크, 뱃사람 운나, 노래를 불러 산을 무너뜨리고 적을 쳐부순 사랑받는 여왕 흑발의 아라가 모두 나와요. 아, 수녀님, 여왕 이야기는 헤오가 수녀님께 늘 들려달라고 졸랐던 것과 똑같은 이야기예요. 전 이 책을 먼저 읽기로 했어요.

저는 여느 때처럼 창가에 다리를 포개고 앉아 무릎 위에 책을 올리고는 이야기를 읽어 내려가기 시작했어요.

책을 읽고, 또 읽고, 계속해서 읽었고 가족들은 조용히 제 이야기를 들었죠. 바깥에 어둠이 내려 글자가 보이지 않게 될 때까지 읽었어요. 그러자 어머니가 소리 없이 일어나 테이블 위에 초를 두 개 올려놓고 밝히셨죠. 저는 테이블 쪽으로 자리를 약간 옮겨 계속해서 책을 읽었고 어머니는 저녁 식사를 준비하셨어요. 음식이 차려질 무렵 제가 조금은 멍한 눈으로 고개를 들었어요. 저는 여전히 파란색, 흰색이 뒤섞인 라고라의 모자이크 도시를 유영하고 있었고 아라가 밤마다 수란도 왕자를 만나는 곳에서 헤어나오지 못하던 중이었어요.

"머릿속에 그림이 그려져." 언니가 말했어요. "내가 라고라 숲과 도시, 항구, 에비아의 집에 있는 것만 같아."

"우리 시나 노래와 비슷하구나." 아버지가 생각에 잠겨 말씀하셨죠. "가본 적 없는 곳에서 일어난 일들을 알 수 있잖니."

"게다가 아주 오래전에 일어난 일들까지도요." 제가 덧붙였어요. "아라의 전설은 아주 오래된 이야기예요."

"그렇게 긴 노래는 기억할 수 없지. 하지만 까만 글씨 안에 있는 이야기는 영원히 전해질 수 있겠구나."

어머니도 말씀하셨어요.

"네, 옛날부터 전해져 내려오는 노래들도 있지만 시간이 흐르면 노래는 변하기 마련이죠. 노래를 부르는 사람들이 저마다 자기 숨결을 보태니까요."

"계속해 줘, 마레시 이모!" 마레사가 외쳤어요. "더 읽어줘!"

"이제 식사할 시간이야." 어머니가 말했죠. "모두 이리 와서 앉거라."

하지만 우리가 식사를 끝내자마자 어머니는 다시 초를 켜 제가 책을 읽을 수 있게 해주셨어요.

그래서 요즘은 매일 에르바의 선집을 가족들에게 읽어주고 있어요. 언니와 형부는 그날 할 일을 끝내고 나면 아이들을 데리고 저희 집으로 오는데, 그럼 온 가족이 둘러앉고 저의 낭독회가 시작돼요. 그때가 저는 제일 행복해요. 심지어 보물의 방에 앉아 혼자 책을 읽을 때보다도 더 행복한 것 같아요. 소리 내어 책을 읽으면 이야기 속 사건을 제가 실제로 경험하는 것 같은 기분이 들거든요. 책을 읽은 뒤에는 함께 이야기도 나눌 수 있죠. 그런데 그중에 제가 제일 좋아하는 일이 뭔 줄 아세요? 그건, 조그만 입을 떡 벌리고는 제 입에서 나오는 모든 단어에 귀를 쫑긋 세우는 마레사와 바느질을 하시면서도 제가 이야기를 멈추면 조용히 고개를 들고 어서 다음 이야기를 읽으라고 재촉하시는 듯한 어머니의 얼굴을 보는 일이에요. 그럴 때면 어머니와 다시 가까워진 기분이 들어요. 이 겨울이 영영 끝나지 않으면 좋겠어요.

로바스 사람들은 원래 집 안에 머물며 겨울을 난다고 해도, 그건 제 천성에 도무지 맞지 않아요. 아침에 해가 뜨고 어슴푸레 주위가 밝아지기 시작하면 저는 하얗게 빛나는 들판으로 나가요. 물론 그래서 사람들 눈에 더욱 이상한 사람으로 비치긴 하지만요. 산책할 동안에는 어머니에게서도 잠시 벗어나 있을 수 있어요. 날씨가 어떻건 어머니는 여전히 제게 양말이나 장갑을 주시며 제가 하루에 한 번은 집을 나서도록 등을 떠미시죠. 저는 직접 뜬 장갑과 양털로 만든 양말, 펠트 부츠 그리고 모자 달린 두꺼운 망토까지 걸치고 나가요. 피곤할 때는 제가 만든 지팡이에 기대 걷기도 하고요. 참, 지팡이에 조개와 뱀, 사과, 장미, 보름달, 초승달, 반달 등 여러 가지 무늬를 새겨 넣고 있어요. 대단한 걸작은 아니지만 마음에 들어요.

아버지의 펠트 부츠를 신고 나가 먼저 마을을 한 바퀴 돌아요. 그런 다음 이웃 마을 타우에르 아저씨 집으로 가죠. 최근에 아저씨 일을 돕기 시작했거든요. 아저씨의 도움이 필요한 사람은 많은데 아저씨는 일손을 빌릴 데가 거의 없어서요. 사람들은 아저씨에게 필요한 것들을 선물로 주고 아저씨는 그것들로 생활을 꾸려가세요. 가을이 끝나갈 무렵 아저씨가 제게 한 살배기 염소 한 마리를 주셨어요. 제가 염소를 집에 데려갔을 때 어머니는 꽤 흡족하셨을 거예요. 드디어 제가 저희 집 식탁에 실제로 도움이 되는 것을 가져간 거니까요!

처음 로바스에 돌아왔을 때 저는 타우에르 아저씨가 돌팔이 수법으로 불쌍한 마을 사람들을 속인다고 생각했었어요. 하지만 이제는 그게 아니라는 걸 알아요. 아저씨는 인내심을 갖고 저를 가르쳐주세요. 본인만의 방법도 알려주고 지식을 나눠주시죠. 어떤 방면에서는 아저씨가 저보다 훨씬 더 많이 알고 계신데, 그건 욜라와 사루 사람들에 관한 것들이에요.

그러니까, 이런 거예요. 아저씨는 사람들을 치료하는 데 필요한 연고나 허브를 처방하면서 그 위에 마법을 조금 곁들이세요.

"마법이 조금만 더해져도 큰 도움이 된단다."

어느 날 아저씨가 이렇게 말씀하셨어요.

"무사마귀에 연고를 바르는 건 별일이 아니잖니. 하지만 자정에 밖으로 나가 세 갈래로 나뉜 길 위에 서서 기다려보라고 하면 사람들은 정말 금방이라도 나을 것 같은 기분을 느낀단다."

아저씨가 빙긋 웃었어요.

"그리고 무사마귀를 앓고 있는 사람이 형편없는 남자라면 착한 마음을 가져야 무사마귀가 사라진다고 말해줄 수도 있겠지. 그러고는 효과가 약한 연고를 주는 게다. 무사마귀가 천천히 낫는 동안 그 젊은이는 자기 양심을 돌아보게 될 게다."

아저씨가 이런 방식으로 현명함을 발휘하시는 바람에 그동안 제가 아저씨의 의도를 미처 알지 못했던 거예요. 아저씨는 이웃들의 이야기를 흘려듣지 않으세요. 한번은 아르반의 어머니에게 등 통증을 완화해주는 연고를 주시면서 저녁에 연고를 바르고 나서 다음 날 새벽까지 말을 하면 안 된다고 하시는 거예요. 그 연고에는 제가 배운 허브도 들어가 있었는데 그런 주의를 기울일 필요는 없는 약이었어요.

"그건 아르반을 위한 처방이기도 하지." 아저씨가 웃으며 말했어요. "어머니의 잔소리와 넋두리에 지친 그 애의 불쌍한 귀를 저녁만이라도 쉬게 해주면 좋잖니."

타우에르 아저씨의 일이 끝나면 저는 집으로 다시 돌아가요. 이번 겨울엔 아직 그렇게 많은 눈이 오지 않아서 산길을 걷기가 어렵지 않아요. 숲을 걸으며 저는 바람, 동물들의 발자국, 까마귀 울음소리, 해, 그리고 구름 속에 혼자 남을 수 있지요. 그래서 가끔은 일부러 혼자 숲속을 걷곤 해요. 제가 겨울 숲을 얼마나 사랑하는지요! 나뭇가지 위에 맺힌 서리, 울창한 초록빛깔 나무들, 나뭇가지 사이로 비치는 반투명한 겨울 햇살.

카룬이 새로 집을 짓고 있는 터에서 바람을 가르는 도끼 소리와 망치 소리가 들려왔어요. 사루와 욜라 사이에 있는 언덕에 집을 짓고 있 거든요. 가끔 카룬이 언덕에 있는 모습이 보이면 그의 오두막에 살짝 들러보기도 해요. 카룬은 문을 잠그지 않아요. 사람들이 훔치고 싶어 할 만한 물건도 집에 없고요. 저도 제가 거기에 왜 갔는지 모르겠지만 왠지 모르게 신이 났어요! 그게 나쁜 짓이라는 건 잘 알고 있었기 때문 에, 카룬이 집 짓는 데 정신이 팔려 있다는 걸 알면서도 마음이 조마조 마해져 제 심장 뛰는 소리에 제가 놀랐죠.

그의 오두막은 정말 소박해요. 사포질도 하지 않은 통나무로 만들었 는데, 카룬의 아버지가 지은 거래요. 카룬에 대해서라면 뭐든 다 알고 있는 아키오스에게서 들은 얘기예요. 집 안에 들어서니 한쪽 구석에 커다란 침대가 놓여 있고 창문에 커튼은 달려 있지 않았어요. 그 침대 는 카룬의 부모님이 쓰셨던 침대 같은데, 카룬은 어렸을 때 어디에서 잤을까 궁금해요. 부모님과 한 침대에서 함께 잤을지도 모르겠어요. 침대는 짚을 두툼하게 깔아 만들었고 그 위에는 거친 리넨이 덮여 있 었어요. 그 위에 따로 까는 침대보는 없고 대신 두꺼운 양털 담요와 몇 번 접어 베개로 쓰는 듯한 담요가 있었지요. 가구라고 할 만한 것이나 물건도 거의 없었어요. 테이블 하나, 벤치, 옷을 넣은 작은 서랍, 어머 니가 직접 만든 것으로 보이는 바닥 깔개, 벽난로, 솥 몇 개, 양동이, 소 금에 절인 생선이 담긴 통, 천장에 매달아 놓은 호밀 비스킷 정도가 다 였죠. 나무꾼은 농부보다 가난하다던데 그 말이 사실인 것 같았어요. 그들은 겨울이 되면 나무를 베고 봄과 여름에는 벌목한 나무를 큰 도 시나 배를 만드는 곳과 목재가 필요한 곳으로 보내요. 그걸로 삯을 받 지만 그렇게 많지는 않고요. 카룬은 집을 떠나 있을 때가 많고 추운 겨 울에만 집에 머물죠.

저는 카룬의 침대에 가만히 앉아 밖에서 휘휘 새어 들어오는 바람 소리를 들었어요. 찬바람도 많이 들고 낡은 이 집을 카룬은 왜 오랫동안 떠나지 않는 걸까요?

카룬을 위해 집을 정리해 주고 싶어 손이 간질거려요. 깔개를 깨끗이 빨고 솥을 문질러 반짝반짝 윤이 나게 만들고 침대보를 가져다주고 싶어요. 하지만 그렇게 하면 제가 카룬의 집에 왔다 갔다는 걸 그가 알게 될 테니 그럴 수는 없어요. 그의 집을 나올 때는 침대 위에 앉았던 흔적도 남지 않도록 조심하고 있어요.

지금 이렇게 수녀님께 편지를 쓰고는 있지만 이건 밤하늘에다 대고 혼자 고래고래 소리를 지르는 일이나 다름없어요. 아무도 제 얘기를 듣지 못하고 대답하는 이도 없죠. 겨울은 영영 끝나지 않을 것처럼 맹렬해요. 이제 집에 온 지도 한 해가 다 되었는데 아무것도 이룬 게 없어요. 원장 수녀님께서 주신 은화는 마을 사람들의 빚을 갚느라 다 써버렸고요. 이러려고 집으로 돌아온 게 아니에요. 이 작은 마을에 창을 내고 문을 열고 싶어 온 거였어요. 사람들에게 세상은 아주 넓고, 인생에 정해진 건 없으며, 미래는 자기 손에 달렸다는 걸 알려주고 싶었어요. 하지만 지금 전 제 가족들에게조차 도움을 주지 못하고 있어요. 언니는 아들을 잃었고 아키오스는 글을 읽고 쓰는 법을 배우고 있지만 이게 무슨 의미가 있을까 싶어요. 어차피 동생은 농장을 물려받게 될 텐데요. 전 집 안에 앉아 이야기나 들려주는 딸이 되고 말았어요. 청혼까지 거절하면서 무엇인지도 모르는 미래를 기다리고 있죠. 전 뭘 기다리고 있는 걸까요? 모르겠어요. 이젠 아무것도 모르겠어요. 저는 길을 잃은 것 같아요. 외로워요.

175

이렇게 주절거리는 저를 용서해 주세요. 아마 이 편지는 보내지 않을 것 같아요. 수녀님께서 저의 실패를 모르셨으면 해요. 수도원 밖으로 나가 세상을 바꾸겠다던 아이는 결국 이룬 것이 하나도 없어요. 저는 실패 덩어리나 마찬가지예요. 제가 하는 거라곤 양배추 수프를 끓이고 가족들에게 책 읽어주는 일로 소소한 기쁨을 나누고 조카와 동생에게 글을 가르치는 일뿐이죠. 그런데 어머니 말에 따르면 전 그것마저 소질이 없어요.

참, 예로스에게는 투넬리라는 새로운 애인이 생겼어요. 그 일은 제게 얼마간의 위안을 주는데, 왜냐하면 예로스가 제게 어떤 마음이었건 간에 진정한 사랑은 아니었다는 거니까요. 제가 그랬듯 예로스도 욕정에 끌렸던 거예요. 서로의 몸에 끌렸던 거죠. 저희가 헤어진 일 때문에 둘 다 상처받을 일은 없다고 생각하니 안심이 돼요. 그래도 종종 예로스가 연인과 함께 있는 모습을 보면 마음 한구석이 찌르르 아파요. 그 애가 그리워서는 아니고 자존심이 좀 상해요.

예로스를 만나는 동안 누군가가 저를 원한다는 느낌이 좋았거든요.

제가 이렇게 낙담해 있는 이유를 말씀드릴게요. 며칠 전 저녁, 아버지가 저희 집을 학교로 사용하면 어떻겠느냐고 말씀하셨거든요. 농장 일이 한가할 때 저희 집으로 아이들을 부르면 어떻겠느냐고요. 어머니는 적극적으로 찬성하는 의사를 보이지는 않으셨지만 그렇다고 반대를 하시지도 않았지요. 그래서 저는 집집마다 문을 두드리며 일주일에 세 번만 오후에 아이들을 저희 집으로 보내달라고 청했어요. 그런데 나타난 건 마레사뿐이었어요.

수업을 시작한 지 세 번째 되는 날, 하얀 집의 렌나가 나타났어요. 렌나는 현관에서 발을 쿵쿵 구르며 부츠에 붙은 서리, 눈, 모래 따위를 털어낸 뒤 문을 쾅 닫고 들어왔어요.

"흠, 여기가 학교야?"

그 애가 집 안을 둘러보며 말했어요. 마레사는 창가에 앉아 판자 위에 글씨를 쓰고 있었죠. 이제 실력이 꽤 늘어서 이름도 쓸 수 있어요.

저는 영문을 몰라 잠시 멍하니 렌나를 보았어요. 렌나가 올 거라고는 전혀 생각도 못 했거든요. 그 애는 이미 한 집안을 책임지는 부인처럼 요리하고 바느질을 하고 수를 놓고, 떠도는 소문이나 머리 모양에도 관심이 많아요.

"응, 잘 왔어, 렌나. 난 네가…… 아냐, 마레사 옆에 앉으면 되겠다."

"쟨 벌써 시작한 거야?"

"응, 마레사는 여름부터 글자를 배우고 있어."

"그렇구나. 내가 나이가 더 많으니 금방 따라잡을 수 있을 거야. 겉옷은 어디에 걸까?"

저는 렌나가 아주 열성적인 학생이 될 거라는 사실을 바로 알아차렸죠. 그 애는 배우는 걸 무척 좋아하지만 참을성이 없어서 한 번에 모든 걸 배우고 싶어 해요. 헤오처럼요! 렌나는 쉴 새 없이 재잘거리고 열정적으로 질문을 퍼부었어요. 제가 하루에 100개도 넘는 질문을 해댔을 때 수녀님의 심정이 어떠셨을지 이제 알 것 같아요. 수녀님이 제게 그러셨듯 저도 인내심을 갖고 제가 대답할 수 있는 건 최대한 해주려고 노력하고 있어요.

하지만 두 명의 학생만으로는 학교가 될 수 없어요. 그마저도 한 명은 제 조카잖아요. 이건 학교도 뭣도 아니에요. 렌나와 마레사에게 글과 셈을 가르치고 있는데 이 일로 돈을 받을 수는 없어요.

마을 사람들은 제가 쓸데없는 일로 아이들이 일할 시간을 빼앗고 터무늬없는 지식이나 가르치려는 줄로 알아요.

하고 싶은 얘기는 많지만 사람들은 제 얘기를 이해하지 못해요. 지하실에서 있었던 일이나 크론의 목소리를 들은 일, 섬에서 크론의 목소리를 들은 이후 로바스 묘지의 숲에서도 다시 그 목소리를 들은 일, 그런 것을 말하기 시작하면 어머니가 제 말을 끊으세요. 화제를 돌리거나 자리를 떠버리세요. 어머니가 저를 겁내는 걸까 하는 생각마저 들었어요. 가끔은 정말 그런 것 같거든요. 한번은 마레사에게 메노스의 생활에 대해 얘기하던 중이었어요. 핏빛 달팽이와 아침 목욕, 태양 경배, 그런 것들요. 어머니는 그런 저를 가만히 지켜보고 계셨지요.

"넌 정말 내가 낳아 기른 아이가 맞는 거니? 대체 넌 누구니, 마레시 엔레스다욱테르?"

어머니 말씀에 저는 아주 큰 상처를 받았어요. 그 이후로 저도 계속해서 스스로 묻고 있어요. 전 대체 누구일까요? 어머니는 제게 왜 저렇게 화가 나신 거고요? 제가 두려우신 걸까요?

그래서 이제 그런 이야기들은 입 밖으로 꺼내지 않아요.

어머니도 제게 실망하셨대요. 제가 이상하게 구는 데다 그 이상함에도 불구하고 결국 아무것도 이루지 못했기 때문이에요.

"만약 사람들이 계속 학교에 오지 않는다면," 어머니가 말씀하셨어요. "네 행동을 조금 바꿔보는 게 어떠니." 어머니는 제 얼굴도 쳐다보지 않으셨어요.

"다른 사람들처럼 행동해 보란 얘기야. 나라에스나 페라처럼. 네가 사람들과 가까워지면 자기 아이들을 학교에 보낼지도 모르잖니. 다른 사람들처럼 행동하면 사람들과 어울리는 일이 생각만큼 어렵지 않을 거야."

저는 곧바로 대꾸하지 않았어요. 어머니 말이 제게 얼마나 큰 상처가 되었는지 알리고 싶지 않았거든요. 어머니에게 전 부족한 딸이에요. 어머니는 제가 순응하는 게 모두를 위해 좋다고 생각하시죠.

어쩌면 어머니 말씀이 맞을지도 몰라요. 어머니 말씀을 따르는 게 모두를 위해서 좋을지도 몰라요. 하지만 제가 다른 사람들처럼 변한다면, 그래서 집 안에 머무르면서 바느질을 하고 요리를 하고 남자의 구혼을 받아들이면, 그건 진정한 제가 아닌 거잖아요. 자기 자신을 잃은 사람이 어떻게 다른 사람을 가르칠 수 있겠어요? 마을 사람들과 닮아가며 현실에 안주하는 삶을 산다면 말이에요. 현실에 만족하는 사람은 변화를 꿈꾸지 않아요. 저는 이렇게 이상한 채로 남아 있어야 해요. 변화를 만들고 싶으니까요. 전 남들과 달라야만 해요.

제 말이 이상하게 들릴 거라는 걸 알아요. 전 지금도 충분히 이곳 사람들과 다르지만 아무것도 해내지 못했죠.

아아, 수녀님, 제발 다른 사람들에게 제가 이렇게 못났다는 걸 말하지 말아주세요.

- 당신의 수련 수녀, 마레시

사랑하는 야이에게,

이곳은 여전히 겨울이야. 눈이 많이 오고 밤은 매섭고 춥지. 하지만 햇볕이 조금씩 따뜻해지고 빛도 더 많이 들기 시작했어. 사람들은 이제 숲으로 사냥과 낚시를 떠나고 있어. 썰매에 짐을 싣고 스키를 타고 사냥 여행을 떠나는 건 보통 소년과 남자들의 몫이지만 아버지는 우리 남매가 충분히 자란 뒤에는 늘 셋을 다 데려가셨어. 처음엔 나라에스만, 다음엔 나와 나라에스, 그리고 나중엔 아키오스까지. 난 이 사냥 여행을 오랫동안 기다려왔어. 끝도 없이 집에만 틀어박혀 있느라 겨우내 온몸이 간질거렸거든. 가족들에게 책을 읽어주고 내 작은 '학교'를 연 덕분에 조금은 나아졌지만 나는 이 스키 여행이 수도원에서도 무척 그리웠어.

사냥 여행을 떠나기 전 어머니와 나는 숲에서 먹을 음식을 준비했어. 호밀 빵, 소금 조금, 타우에르 아저씨가 주신 염소 치즈, 이웃에게서 산 소시지를 쌌지. 아, 요즘 닭들이 알을 낳지 않아 삶은 달걀은 싸지 못했어. 그래서 요즘엔 주로 사냥하거나 낚시한 것들을 먹어. 아버지는 내게 새 스키를 만들어주셨어. 바닥에 털을 덧대서 꽁꽁 얼어붙은 눈 위에서도 잘 나가고 비탈길에서는 너무 미끄럽지 않게 해주는 멋진 스키야. 우리는 옷이란 옷은 죄다 꺼내서 껴입었는데, 어머니가 양털로 만들어주신 긴 속바지가 있어 얼마나 다행인지 몰라. 나는 내가 직접 짠 장갑이랑 모자, 어머니가 만들어주신 모직 바지, 셔츠 두 개, 할머니가 물려주신 두꺼운 양털 스웨터 그리고 맨 위에는 붉은 망토까지 입어 만반의 준비를 했지. 얀날과 마로스가 며칠 전 먼저 떠났고 이번엔 아버지와 아키오스, 나 이렇게 셋이 사냥을 나섰어.

아버지가 썰매를 끌어주셔서 아키오스와 나는 상쾌한 공기를 마시며 마음껏 스키를 탔지. 우리가 출발할 무렵 태양은 강렬했고 까치들이 나무 위에서 깍깍 울었어. 우리는 하얀 눈이 소복이 쌓인 계곡을 따라 동쪽으로 향했지. 새하얀 눈은 아무도 밟지 않아 깨끗했고 길이 꽁꽁 얼어 있어 미끄러지거나 구르지 않도록 조심해야 했어. 어디로 고개를 돌려도 온통 눈이라 숲이 무척 아름다워. 흰 눈이 무겁게 내려앉은 나뭇가지가 인사하듯 고개를 숙이며 늘어져 있었지. 눈 이불을 덮은 숲은 아주 고요했어. 솔개 한 마리가 조용히 우리 머리 위를 돌고 있었어. 그런데 땅 깊숙한 곳에서 뭔가가 울리는 거야. 나는 모자를 벗고 귀를 기울였지. 처음엔 너무 추워서 몸이 떨리는 건 줄 알았는데 숲을 지나는 내내 그 소리가 우리를 따라왔어. 그 소리는 아주 오래전 멀리서 누군가가 건드린 현의 진동이 여기까지 그리고 지금까지 희미하게 전달되고 있는 것만 같았어. 그 떨림이 파문처럼 번져 내 스키를 타고 부츠와 몸으로 전해졌고 이가 덜덜 떨렸어.

내 생각에 그건 로바스 땅이 낸 소리 같아. 땅과 내 몸이 함께 진동하는 그곳을 우리는 스키를 타고 멀리멀리 나아갔지. 그건 기분 좋은 감각이었어. 그래서 긴장한 와중에도 힘을 내 아버지를 따라 쌩쌩 달릴 수 있었지.

겨울이면 아버지가 가시는 곳이 있어. 아침부터 저녁까지 스키를 타고 달려야 도착할 수 있는 곳인데 제의 숲에서 그리 멀지 않아. 그곳엔 아버지가 지어놓은 작은 쉼터도 있지. 그 터는 마을에서 먼 강의 상류쪽에 있어 사람들이 거의 다니지 않고, 사냥과 낚시를 하기에도 좋아. 우리가 도착했을 무렵엔 이미 하늘이 어둑어둑해지고 있어서 낚시를 하거나 덫을 놓을 수는 없었어. 우리는 스키를 벗었고 아키오스가 등에서 짐을 내렸어. 나는 쓸 만한 전나무 가지를 주워와 쉼터를 보강했어. 그동안 아버지는 나무를 베어 와 불을 피울 자리를 깨끗이 치우신 뒤 썰매에서 마른 불쏘시개를 꺼내 오셨어. 잠시 후 우린 멋진 모닥불을 피웠지. 나는 가방에서 작은 주전자를 가져와 눈을 채운 뒤 모닥불 위에 걸었어. 눈이 녹자 그 안에 허브를 조금 넣어 차를 끓였어. 타닥타닥 타는 불 옆에 앉아 따뜻한 차를 따른 나무 컵을 손에 쥐면 얼마나 행복한지 몰라. 허브 차에서 김이 모락모락 피어올랐고 주위에 짙은 어둠이 깔리면서 반짝이는 겨울 별들이 하나씩 머리 위로 얼굴을 드러냈어. 우리 입에서 더운 김이 하얗게 피어오르고 모닥불이 가만히 소리를 내며 타고 있었어. 불 주변에 쌓인 눈은 사르르 녹았지만 아버지의 낡은 부츠 속에 있는 내 발가락과 코가 여전히 시렸어. 그래도 아버지와 아키오스 사이에서 해진 가죽을 깔고 앉아 호밀 빵을 먹으니 무척 행복했어. 굶주림의 겨울도, 가족을 떠났던 일도 일어나기 전의 어린 시절로 돌아간 것만 같았지. 야이, 그때 난 겨울 사냥이 마냥 행복한 꼬마였는데 다시 그런 기분을 느낄 수 있어 정말 좋았어.

가끔은 내가 메노스에 아예 가지 않았더라면 좋았을 거란 생각도 해. 이건 아무에게도 말할 수 없지만 너만은 날 이해해 줄 거야, 그렇지? 맞아, 수도원은 내게 무척 많은 걸 주었지. 안전한 집, 먹을 것, 지식, 책…… 그리고 무엇보다도 너희를 만날 수 있었잖아. 그런데 지금은 그것 때문에 내 삶이 복잡해졌어. 완전히…… 엉망진창이 되었지. 메노스를 모르고 살 때는 모든 게 단순했어. 나도 이곳 사람들과 같았으니까. 그런데 지금은 예전이라면 하지 않았을 생각과 질문들로 머릿속이 복잡해졌어.

이렇게 네게 털어놓다 보니 이보다 고통스러운 일이 하나 더 떠올랐어. 어쩌면 난 수도원에 간 걸 후회하는 게 아닐지도 몰라. 도리어 수도원을 떠난 것, 너희를 떠난 것을 후회하는 걸지도 몰라. 그렇다 해도 후회하기에는 이제 너무 늦어버렸어.

야이, 넌 눈 내린 숲에서 자본 적 없지? 눈 덮인 숲에서 자는 일이 어떤 건지 말해줄게. 우선 쉼터 안에 전나무 가지를 쌓아 두툼한 매트를 만들어. 그 위에 짐승 가죽으로 만든 깔개를 깔고 가죽으로 만든 담요를 덮고 옆 사람과 꼭 붙어 잠을 자. 그렇게만 하면 집만큼이나 아늑하고 따뜻하게 밤을 날 수 있어. 자기 전에 모닥불에 장작을 충분히 넣어 두었지만 밤중에 아버지가 두 번이나 일어나 장작을 더 넣으셨어. 들짐승이 오면 안 되니까. 아버지가 깰 때마다 나도 잠에서 깼어. 모닥불이 타는 소리와 함께 땅이 울리는 소리도 계속해서 들렸지. 그 소리를 들으며 나는 다시 깊은 잠에 빠져 꿈도 꾸지 않고 푹 잤어.

우리는 해가 뜨기 전에 잠에서 깼어. 내 모자는 서리가 앉아 얼어버렸고 아버지와 아키오스의 수염에는 고드름이 맺혀 있었는데도 우리는 자는 동안 춥지 않았어. 우린 담요 위에 쌓인 서리를 털어냈고 나는 곧 따뜻한 차를 끓였지.

"오늘은 우선 덫을 놓자꾸나." 아버지가 말했어. "뭐라도 잡히면 저녁에 가져올 수 있게. 오늘은 아마도 잡히는 게 없을 거야. 내일 정도면 덫에 걸리기 시작하겠지. 그전엔 낚시를 하자꾸나."

우리는 작은 모닥불 위로 눈을 뿌려 불을 끈 뒤 각자 다른 길로 떠났어. 아키오스는 최근 몇 년 동안 아버지와 함께 사냥을 했으니 덫을 놓을 만한 좋은 장소들을 꿰고 있겠지. 내 경우에는 마지막으로 사냥을 나갔던 게 아홉 살이었으니 어디에 덫을 두어야 하는지 전혀 알지 못했어. 눈이 꽁꽁 얼어 짐승의 흔적도 찾을 수 없었지만 나름 적당한 장소를 찾아 세 곳에 덫을 놓았어.

추위가 조금씩 풀리고 햇볕이 내리쬐니 나뭇가지 위에 쌓인 눈이 녹아 땅 위로 똑똑 떨어지기 시작해. 그래도 아직까진 언 땅이 녹지 않아서 구덩이에 빠지는 일은 없었어. 구덩이에 빠지는 건 정말 싫어. 빠져 나오려면 골치가 아프거든. 스키를 타고 강으로 내려가니 아버지는 벌써 얼음에 작은 구멍을 내고 낚시를 하고 계셨어. 나도 강 위쪽으로 조금 올라가 자리를 잡고 근처에 작은 나무 그루터기가 보이길래 끌고 와 의자 삼아 앉았어. 아버지의 도끼로 얼음에 구멍을 내고는 그 구멍 안으로 낚싯줄을 내렸지. 그러고는 잠시 올렸다가 다시 내렸다가 다시 올렸다가 내렸다가…… 반복했어.

겨울 숲에서 자는 건 멋진 일이지만 난 얼음낚시라면 질색이야. 가만히 앉아 있으니 이가 떨리도록 춥고 지루하기 짝이 없어. 특히 간식이 없을 때는 더 더욱. 잠시 후 아키오스도 합류해 낚시를 시작했는데 글쎄, 앉자마자 송어 한 마리, 그리고 알이 꽉 찬 커다란 퍼치(농어류의 민물고기—옮긴이 주)를 두 마리나 잡은 거야. 반면 난 한 마리도 잡지 못했어. 여전히 땅 아래서 울려오는 진동에 내 몸도 함께 떨렸고 더는 가만히 앉아 있을 수 없어 결국 낚싯대를 그루터기에 묶고 아키오스를 불렀어.

"아키오스, 내 낚싯대도 좀 봐줘. 몸 좀 녹이고 올게."

아키오스가 장갑을 낀 손을 들어 올렸어.

"너무 멀리 가지는 말거라." 아버지가 큰 목소리로 소리치셨지. "북쪽 소나무에 곰이 할퀴고 간 자국이 있어."

"그럼 동쪽으로 다녀올게요."

나는 스키를 신은 뒤 지팡이를 들고 강을 건넜어. 스키 아래쪽에 붙어 있는 다람쥐 가죽 덕분에 미끄러지지는 않았지만 강둑을 오르기가 쉽지 않았어. 나는 강둑 위로 올라 동쪽을 향해 마음껏 달렸어. 내 발과 귓가에 진동이 전해졌지. 심장이 방망이질 쳐 피가 혈관을 타고 빠르게 흘렀고 몸이 금세 후끈해졌어. 내 오른쪽에서 햇살이 비쳐왔고 규칙적으로 들려오는 도끼 소리에 내 심장도 함께 뛰었지. 그런데 어디선가 불쑥 새된 솔개 울음소리가 들려왔어. 그리고 그 순간, 내 눈앞에 있던 숲도 사라져버렸어.

나는 나무가 사라진 휑한 벌판을 넋을 놓고 바라봤어. 하얀 눈 위로 햇볕이 내리쬐어 눈이 부셨지. 저 멀리 숲 가장자리에 일꾼들과 털이 덥수룩한 말 한 마리, 수레가 있는 게 보였어. 겨울이 벌목하기 좋은 계절이라는 걸 잠시 잊고 있었어. 겨울엔 벌목한 나무들을 옮기기가 쉽고 강이 녹으면 그 나무들을 다시 강 하류로 보낼 수 있으니까. 멀리 보이는 남자들은 나도르의 사람들이 아니라 카룬처럼 평범한 나무꾼들이었는데도 나는 몸이 굳어버렸어. 나무 하는 남자 중에는 벌목지를 찾아 자유롭게 돌아다니며 혼자 사는 남자들이 있거든. 소속된 마을이나 지역이 없으니 우린 그가 누군지도 모르지. 문득 하얀 눈밭 위에서 내 붉은 망토가 눈에 띌지도 모른다는 생각이 드는 거야. 남자들의 머리 위를 맴돌며 날카롭게 내지르는 솔개의 울음소리가 마치 경고처럼 들렸어. 난 당장 그곳을 벗어났지.

후들후들 떨리는 다리에 힘을 주고 그곳을 돌아 나왔어. 그 어느 때보다 빨리 달려 아버지와 아키오스에게로 돌아갔지.

바람을 가르듯 스키를 타고 내려오는 나의 상기된 두 뺨을 보고 아버지가 놀라며 물으셨어.

"곰을 만났니?"

난 고개를 흔들며 숨을 골랐어.

"나무꾼들을 봤어요. 동쪽에서."

"그 사람들이 널 괴롭혔니?"

"아니에요. 그들이 절 보기 전에 돌아 나왔어요."

내가 없는 동안 자기가 잡은 물고기들을 자랑하려고 다가오던 아키오스가 내 말을 듣고는 서리가 앉은 눈썹을 찌푸렸어.

"이렇게 먼 북쪽까지 와서 벌목을 하다니!"

"그러게 말이다. 벌목꾼들이 이렇게까지 멀리 올라온 건 본 적이 없는데."

아버지가 말씀하셨어.

"제의 숲에 너무 가까이 왔네요. 그리고 묘지의 숲에도요."

아키오스가 말했지.

"여긴 우룬디엔 왕의 땅이 아니잖아요. 이곳의 나무를 베어 가면 안되는 것 아녜요?"

내가 말했어.

"로바스의 모든 것이 우룬디엔 왕의 소유란다, 마레시. 우리에게 허락되는 건 왕이 승인하는 것들뿐이지."

아버지가 냉랭한 목소리로 말씀하셨어.

그 뒤로 나는 마음이 불안해졌어. 낯선 남자들이 가까이에 있다는 사실만으로도 몸이 오싹하게 움츠러들었지. 아무튼, 우린 물고기를 꽤 많이 잡았어. 우리라기보다는 아키오스와 아버지라고 해야겠지. 난 낚시에는 운이 따라주지 않나 봐. 아키오스와 나는 잡은 물고기들을 들고 야영지로 돌아갔고 아버지는 덫을 확인하러 가셨어. 그래서 오후에는 생선을 씻고 가시를 발라 집에 가져갈 준비를 했지. 돌아가면 잘 말려서 저장해 둘 거야. 나는 송어 한 마리를 골라 먹기 좋게 소금을 뿌린 뒤 아키오스를 시켜 불에 굽게 했어. 아버지가 덫에 걸린 토끼도 가지고 오셔서 우리는 가죽을 벗기고 꼬챙이에 꿰어 그것도 구웠어.

주위가 어두워질 무렵 우리는 기름이 번지르르하게 흐르는 맛있는 송어를 각자 손에 쥐고 앉아 입에 넣으려던 참이었어. 그런데 그 순간,

어둠 한구석에서 뭔가가 움직이는 거야. 아버지가 빠르게 도끼를 집으셨고 아키오스도 전광과 같은 속도로 일어섰어. 어둠 속에서 우리 앞에 털이 뒤덮인 형체가 나타나자 나는 머릿속이 하얘졌지.

"냄새가 좋군그래."

어둠 속 형체의 목소리를 들은 아키오스가 긴장을 풀었어.

"카룬!"

모습을 드러낸 카룬이 스키폴에 기댄 채로 우리를 내려다봤어. 털모자에 털조끼를 입고 스키를 신은 모습이 영락없이 늑대 같지 뭐야.

"당신의 집에 평화를."

카룬이 웃으며 인사를 건넸어. 그가 웃자 다정한 갈색 눈 주변에 주름이 졌지.

"당신의 여정에 축복을." 아버지가 대답하셨어. "카룬, 여긴 어쩐 일이냐?"

"아까 낮에 붉은 망토를 입은 마레시가 보였거든요. 그래서 이 근처에 계실 거라고 생각했어요."

"그래, 어서 앉거라." 아버지가 자리를 살짝 옆으로 옮겨 앉으며 말씀하셨어. "먹을 게 많아."

카룬은 스키를 벗어 나무에 기대놓은 뒤 우리와 함께 앉았어. 나는 그때까지도 놀란 마음이 진정되지 않았고 입술도 말라 있었어. 그래도 생선을 하나 집어 아버지와 아키오스 사이에 앉은 카룬에게 건네는데 그 손이 덜덜 떨리는 거야. 그걸 본 카룬이 생선을 받아 들며 물었어.

"놀랐어?"

"조금. 아까 나도 나무하던 사람들을 봤거든. 그래서……."

내가 말끝을 흐리자 카룬이 고개를 끄덕였어.

"미안해. 그래도 올해는 좋은 사람들이 왔어. 전부 로바스 사람들이 야. 물론 감독관은 나도르의 지시를 받는 우룬디엔 사람이지만. 그러니 걱정하지 마."

나는 마른침을 꿀꺽 삼켰어. 그래도 그 말을 들으니 긴장이 좀 풀리는 것 같았지.

"이렇게 멀리까지 왔구나."

아버지가 장갑 낀 손으로 입을 닦으며 말씀하셨어.

"네." 카룬이 생선을 입으로 가져가며 대답했지. "저도 썩 내키지 않아요. 여긴 신성한 구역이잖아요. 나도르는 로바스 구석구석까지 마수를 뻗고 있어요. 하지만 아저씨도 아시겠지만 저희가 신성한 나무에 도끼를 대는 일은 절대 없을 거예요."

아버지는 고개를 끄덕이며 모닥불을 뒤적거리셨어.

"올해는 삯을 잘 쳐주니?"

"몇 년째 똑같죠, 뭐. 전 그럭저럭 괜찮아요. 먹여 살릴 식구가 없으니까요." 카룬은 생선의 마지막 조각을 입에 넣은 뒤 아키오스를 쿡 찌르며 물었어. "어떻게 지내? 겨울이라 지루해 죽겠어?"

"그래도 다른 해보다는 나아. 누나가 책을 읽어주거든. 집에서 세상 곳곳을 여행하는 기분이야!"

카룬이 웃었어. 카룬은 웃을 때 딴사람이 돼. 훨씬 더 부드럽고 정감이 간다고나 할까. 그런데 아키오스가 장갑 낀 손으로 날 가리키며 외쳤어.

"아, 누나가 이제 학교를 열었어!"

카룬이 나를 보며 말했어.

"그거 좋은 소식이네!"

난 당황했어. 내 작은 학교는 실패라면 실패지 칭찬받을 만한 일은 아니잖아.

"학교라기엔 많이 부족해." 내가 우물거리며 대답했어. "학생도 조카와 아키오스, 렌나가 전부야. 읽기, 쓰기, 간단한 셈 정도만 가르치고 있어."

아버지가 내가 끓인 차를 컵에 따라 카룬에게 건네자 카룬이 한 모금 마셨어.

"나, 집을 꽤 많이 완성했어." 카룬이 말했지. "눈이 오기 전에 지붕을 올렸지. 봄엔 휑한 땅이랑 나무만 잔뜩 있었는데."

그가 내 눈을 보며 말하는데 그 열정적인 그 눈빛이 내 심장을 뚫고 지나가는 것 같았어. 지금도 그 순간을 떠올리면 가슴이 떨려.

"나무를 하나 놓았고 거기서부터 시작했어."

아버지가 다정하게 미소를 지으셨어. 아키오스가 하품을 하자 카룬이 눈밭에 컵을 내려놓으며 일어났지.

"이제 슬슬 가봐야겠어. 돌아가는 데도 시간이 걸릴 테니." 카룬이 스키를 신으며 말했어. 그리고 스키폴을 집으려다 뭔가가 생각난 듯 몸을 돌렸어. "아, 잊을 뻔했다."

카룬이 등에 메고 있던 뭔가를 집어 내게 내밀었어.

그건 다름 아닌 부츠였어. 밑바닥이 튼튼하고 질 좋은 가죽으로 만들어진, 하얀 뼈로 만든 단추가 달린 새 부츠.

"너, 낡은 아버지 부츠를 신고 다니더라고." 카룬이 낮은 목소리로 말했어. "어쩌다 좋은 가죽이 생겨서 만들어봤어. 어머니가 남겨주신 구두 수선 도구도 있고, 재능도 좀 물려받았거든."

"그래, 네 어머니가 가죽을 멋지게 다루셨지."

아버지가 옆에서 맞장구를 치셨어.

그러니까, 카룬이 내게 부츠를 만들어 선물로 준 거야. 신발에선 기분 좋은 가죽 냄새가 났고 모닥불 빛이 반사돼 반짝반짝 윤이 났어. 가죽에 세심하게 기름을 먹인 흔적이 보였어.

"저녁마다 모닥불 옆에 앉아 만든 거야. 어차피 밤에는 나무를 베지 않으니 시간이 많거든. 아까 널 보고 서둘러 완성해서 왔어."

카룬이 부르튼 손을 비비며 말했지.

수도원에서는 샌들만 신었으니 여기 온 뒤로는 딱히 내 신발이라고 할 게 없이 지내고 있었거든. 나는 뭐라 제대로 말도 못 하고 입만 벌린 채 카룬을 봤어.

카룬이 헛기침을 했어.

"음, 난 이만 가볼게."

카룬은 이내 새하얀 눈이 덮인 전나무 사이로 사라졌어.

난 아버지가 뭔가 날이 선 말씀을 하실 줄 알았는데 그저 조용히 카룬의 컵을 눈으로 씻고 계셨지.

"지난번 굶주림의 겨울 생각나니?" 아버지가 아키오스에게 물으셨어. "카룬이 들짐승을 잡아 어려운 집에 가져다주었던 거. 눈이 너무 많이 와서 사냥을 못 하게 되기 전까지 계속 그랬지."

아키오스가 고개를 끄덕였어.

"게다가 대가도 받지 않았죠. 그때 카룬은 어린 소년이었는데도."

"카룬의 아버지 에이민손은 몹쓸 사람이었어. 아내와 아들에게 포악했지. 그가 살아 있을 동안에는 네 엄마가 혼자 욜라에 가게 두지 않았단다. 거기에 가려면 에이민손의 오두막을 지나야 하는데 그자가 무슨 짓을 할지 알 수 없었으니까. 그런 걸 다 생각하면 카룬이 저렇게 좋은 청년으로 자란 게 얼마나 대견한지."

"카룬 어머니는 어떻게 돌아가신 거예요? 카룬이 그 얘긴 안 해요."

아키오스가 생선 기름이 묻은 손을 눈밭에 씻으며 물었어.

"병을 앓았단다. 타우에르가 도우려고 집에 찾아갔는데도 에이민손이 그를 때리고 발길질하고 욕설을 퍼부으며 내쫓았어. 그때 카룬이 마레사보다 조금 더 컸을까? 무척 어렸지."

나는 무릎 위에 놓인 부츠를 보았어. 그걸 만들려면 품이 많이 들었을 텐데. 가죽을 모으고 모양에 맞게 자르고 바느질도 해야 하고. 난폭한 아버지 밑에서 혼자 컸을 어린 카룬을 생각하니 눈물이 나려고 해서 재빨리 눈을 깜박거렸어. 아키오스가 보면 분명 놀랄 테니까.

얼마쯤 뒤, 우리는 잘 준비를 하고 매트 위에 누웠어. 나는 아버지와 아키오스 사이에서 짙은 전나무 향기를 맡으며 담요로 몸을 꽁꽁 감싼 채 눈과 코만 빼꼼 내놓고 누워 있었는데, 아키오스가 작은 목소리로 내게 물었지.

"누나, 카룬한테 고맙다는 말도 안 한 거 알아?"

세상에. 그건 정말 무례한 행동이었어. 카룬이 마을에 돌아올 때쯤 그를 찾아가 고맙다는 말을 꼭 제대로 해야겠어. 누군가 날 위해 특별히 부츠를 만들어주다니! 부츠는 내 발에 대고 만든 것처럼 꼭 맞았고 두꺼운 양털 양말 위에 신을 수 있을 만큼 공간도 넉넉했지. 이제 발이 시렵거나 젖을 일은 없을 거야. 마을을 산책하거나 숲을 거닐 때, 정원이나 밭에서 일할 때도 신을 수 있지. 이건 카룬 생각보다 훨씬 더 근사한 선물이야. 나를 위해 만들었다니 믿기지가 않아. 이건 마치 청혼이 빠진 청혼 선물 같아. 우린 말을 나눈 적도 별로 없는데. 그리고 카룬은 남자가 여자를 좋아할 때 흔히 접근하는 방식으로 내게 접근하지도 않았어. 예로스와는 달랐지.

카룬은 확실히 특이한 남자야, 정말.

우리는 사냥감을 아주 많이 잡아 집으로 돌아갔고 우리 집 가축들
이 뜯어 먹지 않게 그것들을 전부 서까래 위에 매다느라고 한동안 바
빴어. 생선을 말리기에 딱 좋은 날씨였어. 얼음이 녹기 시작해서 이번
이 올해 마지막 겨울 사냥이 되었어. 나무꾼들도 강에 목재를 실어 보
내고 나면 집으로 돌아갈 테지. 우리는 사냥한 들짐승 고기를 말려두
기도 했지만 대부분은 굽거나 스튜로 만들어 맛있게 먹었어. 이번에는
어머니가 내 방식대로 요리하게 해주신 덕분에 에르스 수녀님이 가르
쳐주신 꿩 요리를 해봤어. 고기 속을 채우고 꼬챙이를 끼웠지. 아버지
가 오래간만에 먹은 최고의 고기였다며 흡족해하셨고 우리는 꿩을 세
마리나 먹어 치웠어. 그런데 불쑥 아키오스가 내 옆구리를 쿡 찌르며
내가 좋은 아내가 될 거라고 하는 거야. 나는 화가 났어.

"결혼하지 않을 거라고 계속 말했잖아! 다른 일을 할 거라고!"

"농담이야."

아키오스가 퉁명스럽게 대꾸했어.

"난 농담하는 거 아냐."

"학교에 그리 많은 시간이 들지 않잖니." 어머니가 냉랭하게 말씀하
셨어. "다른 걸 할 수도 있지."

"지금은 시작 단계라 그래요." 내가 기죽은 목소리로 말했어. "이제
시작일 뿐이니까요. 두고 보세요."

그런데 야이, 솔직히 말하면 나도 잘 모르겠어. 다만 그렇게 믿고 싶
을 뿐이야. 내가 훌륭한 학교를 만들 수 있을 거라고 믿고 싶어.

문제는, 어떻게 해야 할지 모르겠다는 거지.

- 너의 친구, 마레시

내 사랑하는 친구 로즈 엔니케에게,

창가에 앉아 네게 편지를 쓰고 있는 지금 내 뺨에 닿는 햇볕이 따뜻해. 지붕에 매달린 고드름이 녹아 물이 똑똑 떨어지고, 얼어붙은 계곡 아래에서 시냇물이 시원한 소리를 내며 흐르고 있어. 마을 남쪽은 벌써 눈이 녹기 시작해서 흙이 조금씩 드러나고 겨울 서식지를 찾아 떠났던 새들도 하나둘씩 돌아오고 있지. 우리 집을 둘러싼 앙상한 나뭇가지 위에 앉은 새들이 지저귀는 소리도 들려오네. 지금은 오후야. 아버지와 아키오스는 눈이 녹은 배수로를 청소하러 나갔고 옆에서는 어머니가 빵 반죽을 만들고 계시고 난 지금 탁자에 앉아 편지를 쓰고 있어. 희미한 사워 도우 냄새가 집 안을 메우고 호밀 가루가 어머니 팔 위에 여기저기 앉아 있어. 어머니는 별말씀 안 하셨지만 내가 일을 돕지 않아 화가 나신 것 같아. 꾹 다문 입술, 신경질적인 동작, 그리고 일부러 날 피하는 눈빛을 보면 알 수 있어. 내가 가족들에게 책을 읽어주는 건 괜찮지만 나 혼자 책을 읽거나 글을 쓸 때면 게으름을 피운다고 생각하시거든. 아버지가 성인인 나를 내버려 둬야 한다고 생각하셔서, 어머니도 이제 뭐라고 하진 않으셔. 나는 어머니랑 가까워져 보려고 쓰고 있던 편지 일부를 읽어드렸는데 상황이 더 나빠졌어. 어머니는 또다시 나를 이방인 보듯 하며 슬픈 표정을 지으셨지. 그래서 나도 이제 내 일만 하고 있어.

여긴 화창한 날씨가 이어지고 봄이라는 것을 알리기라도 하듯 만물

193

이 아름다움을 뽐내고 있어. 아니, 노래하고 있지! 아직 사방이 하얗게 뒤덮여 있긴 하지만 따스해진 햇볕에 눈이 매일 조금씩 녹고 있어. 나는 뽀드득뽀드득 소리를 내며 여전히 마을을 걸어. 지칠 때 힘이 되는 지팡이도 잊지 않고 들고 나가지.

참, 나 말야, 아버지와 아키오스와 함께 사냥을 나갔던 숲이었던가, 땅이었던가, 어쨌든 그곳에서 들려오던 그 소리를 다시 들었어. 집에 돌아온 뒤로 그 소리가 들리지 않았거든? 그런데 그 목소리가 밤마다 꿈에 나타나서는 사나운 이빨과 발톱을 가진 어떤 끔찍한, 이름 없는 괴물이 기다리고 있는 곳으로 나를 부르는 거야. 마을 밖으로 나오라고, 숲으로 오라고 나를 이끌고 유혹해. 그럼 나는 심장이 방망이질 치듯 뛰고 숨이 막혀 식은땀에 젖은 채 잠에서 깨서는 다시 잠을 이루지 못해.

게다가 그레이레이디는 완전히 통제 불능이야. 산책할 때 가끔 노새를 데려가기도 하는데, 나는 사람들이 지나다니는 길을 따라가려고 하거든. 그런데 그레이레이디가 사납게 날뛰며 길에서 벗어난 숲 쪽으로 나를 끌어당기는 거야. 자꾸만 고집을 부리고 내가 무슨 짓을 해도 돌아서질 않아. 그레이레이디는 왜 숲에 가고 싶어 하는 걸까? 잘생긴 수말이라도 있는 걸까? 난 숲에 가고 싶지 않아. 꿈에 나타나는 괴물이 무섭단 말이야.

늙은 노새가 이상하게 구는 건 봄볕 때문일지도 몰라. 마레아네 수녀님께 여쭤봐야겠어. 그리고 이제 산책하러 나갈 땐 그레이레이디는 두고 갈 거야. 분명 화난 눈으로 나를 노려보겠지만 어쩔 수 없지. 넌 지금 말이 어떻게 그런 표정을 짓느냐고 생각하고 있겠지? 하지만 맹세코 이건 사실이야!

카룬이 내게 부츠를 선물했을 때 내가 예의 없게 고맙다는 인사도 하지 않았다고 아키오스가 말했잖아(야이가 그 편지를 네게 읽어줬니?). 그 후로 내내 마음이 무거워. 그래서 이렇게 좋은 선물을 받고도 그 기쁨을 온전히 누리지 못하고 있어. 나는 요즘 어딜 가든 그 부츠를 신는데, 끈을 묶을 때마다 신발의 만듦새에 감탄하고 있어. 어디 하나 어긋난 곳이 없어. 카룬이 그 커다란 손으로 작고 얇은 가죽용 바늘을 쥐고 바느질하는 모습이 상상돼. 신발을 만드는 일은 쉽지 않아서 할 줄 아는 사람이 정말 드물거든. 카룬은 정말 대단해. 그 애는 '우연히' 남는 가죽이 생겼다고 했지만 난 그 말을 믿지 않아. 신발 가죽은 그냥 어디서 생기는 물건이 아니야.

고마운 마음을 전하고 싶어서 토끼 가죽으로 장갑을 만들었어. 저번에 꽤 멋진 토끼를 몇 마리 잡았거든. 장갑 안쪽에는 해안 지역 말로 보호용 주문을 수놓았지. 로바스 사람들에게는 그저 장식으로만 보일 거야. 나는 어제 장갑을 완성하고 오늘 아침에 어머니의 시선을 애써 외면하며 집을 나섰어. 겨울을 나는 동안 카룬의 새 집터에서 아무 소리도 들려오지 않았기에, 나는 곧장 그의 다 허물어져 가는 오두막으로 향했어. 굴뚝에서 연기가 나는 걸 보니 그가 집에 있는 것 같았어. 나는 문 앞에 서서 노크를 한 뒤 안으로 들어갔어.

카룬은 어두컴컴한 오두막 안 난로 옆에 서서 커다란 솥을 젓고 있었는데, 날 보고 무척 놀라는 눈치였어.

"이 집에 축복을."

내가 부츠에 묻은 눈과 진흙을 털어내며 말했어.

"당신의 여정에 축복을." 여전히 놀란 카룬이 말했지. "잠시만."

그는 솥을 휘젓던 주걱을 내려놓고 손을 옷에 닦은 뒤 작은 컵을 선반에서 내렸어. 그러고는 컵에 독주를 따라 내게 건네며 환영의 인사를 했지. 나는 카룬에게서 눈을 떼지 못한 채 그가 내민 잔을 받아 마셨어. 카룬도 내게서 잔을 받아 마신 뒤 테이블 위에 내려놓았지. 여긴 어쩐 일이냐고 묻는 듯한 표정이었지만 실제로 묻지는 않았어.

"솥을 지켜봐야 하는 거 아냐?"

할 말을 찾지 못한 내가 겨우 말을 꺼냈어. 카룬이 몸을 돌려 솥을 보고는 웃었어.

"아, 이건 빨랫감이라 괜찮아. 리넨을 깨끗이 빨려면 삶아야 한다고 어머니가 알려주셨거든."

나는 장갑을 꺼내 그에게 내밀었어.

"여기. 부츠를 받고도 고맙다는 말을 못 했어. 네가…… 아니, 내가 놀라는 바람에……. 그래서 장갑을 만들어봤어. 부츠 고마웠어."

으, 정말 끔찍했어, 엔니케. 갑자기 머릿속이 굳은 것처럼 하얘졌지 뭐야. 내가 듣기에도 퉁명스럽고 차가운 말투였고 내 몸은 말을 듣지 않았어. 카룬이 놀란 표정으로 자기 손에 들린 장갑을 내려다보았어.

"껴봐. 손에 맞을지 모르겠어."

카룬이 머뭇거리다가 서툴게 장갑 안으로 손을 넣었어.

"잘 맞아. 부드러워." 그가 고개를 들었지. "고마워."

카룬의 눈빛을 볼 때마다 그 안으로 빨려 들어갈 것만 같아. 그의 눈빛이 곧장 내 몸을 뚫고 지나가. 나는 눈을 깜박였어.

"이건 널 보호해 주는 주문이야, 보여? 도끼가 미끄러지지 않게 해달라고 썼어."

"들어올래? 잠시 앉았다 가도 돼." 카룬이 벤치를 가리켰어. "혼자 살다 보니…… 딱히 대접할 게 없네. 포리지랑 가끔 고기를 먹는 게 전부라……."

"응, 잠시 앉았다 갈게. 이 집의 운을 채 가면 안 되니까."

나는 천천히 벤치로 가 앉았고 망토는 그대로 입고 있었어. 속에 가죽 조끼를 입고 있었는데도 추웠거든. 오두막 안에 빛이라고는 창 하나를 통해 들어오는 햇빛 한 토막과 난롯불이 전부였어. 하지만 카룬 몰래 와본 적이 있으니 오두막이 그런 모습이라는 건 이미 알고 있었지. 그 생각을 하니 부끄러워 뺨이 달아올랐어.

"타우에르 아저씨에게 받은 빵이 좀 있어." 카룬이 빵 한 덩이와 칼을 꺼내 왔어. "아저씨가 강 아랫마을에 환자를 보러 가실 때 아저씨 아버지를 돌봐드렸거든."

카룬이 맞은편에 앉아 내게 술을 조금 더 따라주고 빵도 잘라주었어. 나는 빵을 씹는 동안에는 말하지 않아도 되니 다행이라 생각하며 천천히 빵을 씹었지.

"그래, 학교는 어때? 학생들은 잘 따라와?"

나는 빵을 꿀꺽 삼킨 뒤 대답했어.

"응, 마레사는 빨리 배우는 아이고 렌나도 똑똑해. 둘 다 벌써 간단한 문장을 읽고 쓸 수 있게 됐어. 셈도 무척 잘하고."

"아키오스는?"

"아키오스는 다른 애들보다 연습할 시간이 부족한데도 꾸준히 늘고 있어."

"그럼 마음을 바꾼 거야?"

카룬이 칼을 만지작거리며 말했어.

"뭘 말이야?"

"학교에 남자아이들도 받는 건가 해서."

"아키오스는 학생이라고 볼 수 없지. 내 동생이니까."

"그렇구나."

"이제 곧 떠나는 거야?"

난 화제를 바꾸려고 다른 이야기를 꺼냈어.

"아니, 당분간은 집에 있을 거야. 날씨가 좀 풀리면 집 짓기를 마무리하려고. 그러고 나면 굴림대를 만들어야지."

"굴림대?"

"응, 강까지 나무들을 옮겨주는 장치야. 얼음이 다 녹으면 강에 서서히 물이 많아질 테고 그 전에 겨우내 벌목한 나무들을 굴려 강가로 옮겨놔야 하거든."

"강 아래쪽으로 가는 거야?"

카룬이 고개를 끄덕였어.

"한 팀은 먼저 출발해서 나무가 정체될 만한 물길 근처로 가 기다리고, 한 팀은 여기 남아 나무를 강까지 이동시켜. 나는 벌목한 나무를 전부 강에 실어 보낼 때까지 여기 남아 있을 거야."

"그럼 여름은 우룬디엔에서 보내고?"

"음, 응. 여름 한 달 정도? 아마 한여름은 되어야 이린디불에 도착할 것 같아."

"이린디불은 어떤 곳이야?"

내가 호기심에 가득 찬 얼굴로 물었어. 로바스 사람들은 자기 집을 떠나는 일이 거의 없잖아. 여행할 시간이나 기회가 주어지지 않아. 여자들은 결혼할 때 딱 한 번 집을 옮기고 남자들은 그조차도 하지 않지. 뗏목꾼과 사냥꾼만이 예외야.

카룬이 어깨를 으쓱했어.

"커. 사람들이 정말 많고 병사들도 많아. 거기 있으면 늘 마음이 불안해. 집이라고 느껴진 적도 없어."

"하지만 볼 게 많잖아! 새로운 경험도 할 수 있고!"

"그렇지도 않아. 우리는 해가 뜰 때부터 질 때까지 거의 쉬지도 못하고 일해야 하거든. 여름엔 밤조차 짧고, 강 수위가 다시 낮아지기 전에 나무를 전부 이린디불로 보내야 하니까 시간이 없어."

생각에 잠긴 카룬이 술잔을 들었어. 그 작은 컵을 감싸 쥔 손이 너무 커서 컵이 보이지 않았지. 그 커다란 손이 내 부츠를 만드는 모습을 상상했어. 그리고 그 손을 잡는 상상도.

"그리고 이린디불에 도착하고 나면 사실 도시 안으로 들어갈 필요도 없어. 나무가 도착하는 곳에서 삯을 다 받거든. 나는 목재소 주변에서 지내면서 일거리를 찾아 돈을 벌어. 소금이나 숫돌, 도끼, 천 같은 게 필요할 때만 도시로 가고."

카룬이 턱을 만지작거렸어. 이곳 남자들과 다르게 그가 면도를 하는 게 좋아. 카룬은 수염 뒤에 숨지 않는 사람이야.

"그 뒤에는 날 다시 여기로 데려다줄 배나 마차를 찾아. 걸어서 오기에는 너무 머니까."

"응, 하지만……."

난 뭐라고 말해야 할지 몰라 머뭇거렸어.

"그런데 마레시, 넌 진짜 여행을 했잖아." 카룬이 날 보며 말했어. "많은 걸 보고 배웠고. 로바스에 너 같은 사람은 아무도 없어, 마레시."

어두운 오두막 안에 있으니 그의 두 눈이 더욱 짙어 보였어.

나는 작게 한숨을 내쉬며 고개를 돌렸어. 결국, 난 여기 사람들과 섞이지 못할 거야. 나만 혼자 모난 돌처럼 툭 튀어나와 있지. 내가 이상하다고 생각하는 사람이 역시 어머니 혼자만은 아니었어.

"맞아……. 그렇지. 카룬, 부츠 정말 고마워. 매일 잘 신고 있어."

내가 일어서며 말했어.

카룬이 나를 올려다보며 대답했어.

"나도 장갑 매일 낄게."

"이제 날이 금방 더워질 텐데, 뭐." 내 입에서 또다시 이상한 말들이 나왔고 나는 망토 끝만 만지작거렸지. "빵도 잘 먹었어."

그렇게 카룬의 집을 나왔지 뭐야. 우리 집에 거의 다 올 때까지 두근대는 심장이 도무지 가라앉질 않아 딱딱한 지팡이를 문지르며 마음을 가라앉혀야 했어.

엔니케, 네가 보고 싶어.

— 마레시

봄

오 수녀님께,

수녀님, 어제부턴 허브 정원을 다시 가꾸기 시작했어요. 이제 눈이 녹아 땅이 드러나긴 했지만 땅속은 아직 녹지 않아 본격적으로 농장 일을 시작하기는 이르거든요. 하지만 제 정원은 남쪽 담을 따라 나 있어 서리가 내리지 않아요. 하얀 집 돼지가 제 정원을 쿵쿵대고 돌아다니며 뿌리를 파헤쳐 먹은 덕분에 땅이 비옥해졌어요. 아침을 먹고 정원에 나가 땅을 갈고 있으니 어머니도 설거지를 마치고 나와 저를 도와주셨어요.

정말 즐거웠어요. 그늘은 여전히 춥지만 해가 높이 뜨면서 우리의 움츠린 등을 따뜻하게 비춰주었지요. 눈이 부셔서 머리에 쓴 스카프를 아래로 내렸어요. 스노드롭과 이른 봄에 피는 꽃들이 여기저기 얼굴을 내밀었고 새들이 노래했어요. 드문드문 기워진 낡은 갈색 카디건을 입은 어머니가 괭이질을 할 때마다 땋아 내린 머리가 허공에서 춤을 췄지요. 간혹 기침도 하셨고요. 이번 겨울 추위가 어머니께 특히 혹독했어요.

일을 끝낸 어머니가 허리를 펴며 일어나셨어요.

"겨울에 닭들이 정원을 돌아다니며 분뇨를 뿌려놓았으니 식물들이 잘 자랄 거야. 뭘 심을 생각이니?"

어머니가 제 정원에 관심을 보이셔서 기뻤어요.

"작년에 모아놓은 씨가 있어서 그것들을 다시 키워보려고요. 돼지가 못 들어오는 작은 울타리 안 귀퉁이에는 민트, 파슬리 같은 여러해살이식물들도 아직 남아 있어요. 허브와 양배추, 콩도 보관하기 좋으니 같이 심을 거예요."

"그렇지. 당근도 좋단다. 양파는?"

"네, 양파랑 마늘도요."

어머니가 눈썹을 찌푸렸어요.

"으, 마늘에는 도무지 적응이 안 되는구나."

"네, 하지만 마늘에는 약효도 있는걸요. 아버지도 좋아하시고요."

"네 아버지는 네가 가져온 온갖 이상한 것을 다 좋아하잖니." 어머니가 퉁명스럽게 말하며 정원 끝으로 걸어가셨어요. "우린 여기까지 심을 수 있어. 난 그 스위트피가 좋더구나. 말려서 보관할 수 있는 거니?"

"네, 어머니. 좋아요. 작년에 보관해 둔 게 있으니 그러면 충분할 거예요. 스위트피가 자라서 타고 올라갈 수 있게 지지대를 만들어줘야겠어요."

"여기에 세울 울타리도 필요하겠구나." 어머니가 하얀 집 마당 한가운데서 햇볕을 한껏 즐기고 있는 돼지를 흘깃 보며 말씀하셨어요. "이제 돼지새끼들이 곧 나올 텐데 온갖 것을 먹어치울 거야."

"아버지와 아키오스가 겨우내 주워 모은 울타리 기둥들이 있으니 어머니만 시간이 되시면 오늘 바로 시작할 수도 있어요."

어머니가 고개를 끄덕이셨고 우리는 그날 남은 하루 동안 허브 정원에 튼튼한 울타리를 세웠어요. 일을 끝낸 뒤 저는 어머니가 좋아하는 민트, 라즈베리, 달콤한 꿀맛이 나는 꽃을 넣고 차를 끓였지요. 우리는 흙이 낀 까만 손톱으로 잔을 쥐고 앉아 따뜻한 차를 마셨어요.

저는 어머니를 바라봤어요. 굵게 땋아 내린 갈색 머리에 다정한 눈이 여전히 젊을 때 모습 그대로였어요. 어머니는 아마 에르스 수녀님과 나이가 같을 거예요. 어머니는 제가 어릴 때 보던 카디건에 똑같은 머리카락, 똑같이 갈라진 손을 지니고 계셨지요. 자기를 바라보고 있는 제 시선을 눈치챈 어머니가 헛기침을 하며 제 손등을 톡톡 두드리셨어요.

"네가 집에 있으니 좋구나, 마레시. 내 딸."

저도 빙긋 웃었어요.

"저도 집에 있으니 좋아요, 어머니."

그건 진심이었어요. 그런 기분은 좀처럼 쉽게 들지 않거든요. 그때만큼은 정말 모든 게 좋았어요.

"네가 있어 큰 도움이 된단다. 부정할 수가 없구나. 지난여름에 네가 정원에서 키운 채소들이 겨울을 나는 데 큰 도움이 됐어. 학교 일도 있는데 수고했다, 마레시."

그 순간, 좋은 기분을 순식간에 망쳐버리는 가시 하나가 불쑥 나타났어요. 다음 순간 이어진 어머니의 말은 그보다 훨씬 더 아팠어요.

"있잖니, 뭐, 어찌 됐든 이제 네가 계속해서 옆에 있을 거라는 사실을 나도 받아들이고 있단다. 우리 부부가 단둘이 늙어가지 않을 거라는 게 위로가 되기도 하고. 나라에스가 가까이 살고는 있다만 자기 가족 일로 바쁘고, 아키오스도 때가 되면 아내를 데려오겠지만 그 애가 딸과 같진 않을 거잖니."

제가 멍하니 어머니를 보자 어머니가 가벼운 짜증을 내며 손을 내저으셨어요.

"그래, 그래, 안다. 넌 학교 일이 있고 뭐 그렇다는 걸."

"그게…… 다 무슨 말씀이세요, 어머니?"

"뭐, 네가 결혼도 안 하고 가정도 꾸리지 않겠다고 선언했으니, 여기 계속 있을 것 아니니."

수녀님, 저는 잘 모르겠어요. 제가 어머니 말씀에 뭐라고 대답해야 했을까요?

솔직히 말하면 저는 그 점에 대해 생각해 본 적이 없어요. 어디에 살지, 어떻게 살지, 그러니까, 뭘 하고 살아갈지, 그런 것들요. 제가 학교를 세울 거라는 건 알았지만 그 외의 것들은 생각해 본 적이 없거든요. 나중에 어떤 모습으로 살아야 할지 그려본 적이 한 번도 없어요. 아마도 혼자 살지는 않을 거예요. 로바스 같은 날씨와 문화를 가진 곳에서 여자가 혼자 사는 건 너무 어려운 일이니까요. 누군가와는 함께 살아야 할 거예요. 하지만 그게 꼭 제가 부모님 집에 살겠다는 뜻은 아니거든요. 평생 부모님과 한집에서 산다니. 그것도 아키오스와 아내가 농장을 돌보는 집의, 그들이 선심 쓰듯 내어준 작은 방에서요?

전 그런 미래는 조금도 원하지 않아요, 수녀님.

그렇다고 해서 다른 방법이 딱히 떠오르는 건 아니지만요.

ㅡ 당신의 수련 수녀, 마레시

보고 싶은 오 수녀님께,

타우에르 아저씨가 기쁜 소식을 가지고 오셨어요. 이건 기적이에요! 이웃들이 으레 서로 방문하곤 하는 저녁 무렵, 아저씨가 저희 집에 오셨는데, 처음에는 그런 말씀을 하지 않으셨어요. 아저씨는 존경받는 어른이시니 저희 가족은 예의를 다해 아저씨를 맞았지요. 봄이 되었지만 아직 저녁엔 쌀쌀해서 아버지는 난롯가로 의자를 내오셨고 어머니는 저희 집에서 가장 좋은 음식을 꺼내기 시작했어요. 봄철 이 시기에는 저장해 둔 음식들이 떨어져 가지만 최근에 닭들이 알을 낳아 어머니가 만들어둔 신선한 크림치즈가 있었어요. 때마침 아르반의 어머니에게서 받은 우유도 있었고요. 아키오스가 언니에게 가 아저씨가 왔다는 소식을 전했고 언니도 곧 빵을 가지고 저희 집으로 건너왔어요. 한편 제가 타우에르 아저씨가 좋아하는 허브 차를 끓이는 동안 아버지는 창고에 가서 파종할 때 아르반을 도와주고 받은 훈제 소시지를 가지고 오셨죠. 마레사와 둘란은 두 눈이 동그래져 온갖 음식들이 눈앞에 차려지는 모습을 지켜봤어요.

"달걀이다!"

흥분한 둘란이 작게 외쳤어요. 둘란은 달걀이라면 끝도 없이 먹을 수 있거든요.

"엄마, 저 빵에 달걀이랑 치즈 올려서 먹고 싶어요!"

마레사가 우는 소리를 하자 언니가 아이를 가볍게 치며 타일렀어요.

"손님 먼저 드셔야지."

"아이들 뺨이 통통한 게 보기 좋네요." 아저씨가 말했어요. "최근 형편이 확실히 좋아졌어요. 그동안 아픈 아이들을 얼마나 많이 봤는지, 원." 아저씨는 향을 들이키며 차를 한 모금 마셨어요. "이제 봄이 왔어요. 숲바람꽃이 피고 있더군요. 여름이 길고 화창할 거라는 신호지요."

"저희에겐 축복이군요." 아버지가 소시지를 자르며 말씀하셨어요. "별일만 없다면 올해 최고의 풍년이 들겠어요."

"나도르가 저희를 가만 내버려 둔다면 말이죠." 타우에르 아저씨가 눈썹을 찌푸리셨어요. "지난가을에는 다행히 세금을 거둬 가지 않았는데, 그래서 올해 두 배로 걷겠다고 할까 봐 걱정이에요."

"작년 저희 마을은 특별한 수호를 받았지요."

어머니께서 말씀하셨어요.

그러고는 저를 잠시 보더니 이내 눈길을 돌리셨어요. 아저씨도 평소보다 유심히 저를 쳐다보시는 게 느껴졌어요.

"수도원에서는 소식 없니, 마레시?"

아저씨가 입을 닦으며 말씀하셨어요.

"아뇨. 감감무소식이에요."

제가 슬픈 얼굴로 대답했지요.

"오, 가만 보자. 여기 뭔가가 있는 것 같은데."

아저씨가 조끼 안쪽에서 두꺼운 두루마리를 꺼내며 말씀하셨어요. 제가 깜짝 놀라 넋을 놓고 아저씨를 바라보자 아저씨가 장난기 섞인 눈을 반짝이셨어요.

"내 사위 예소르가 자기 부모님을 뵈러 아리크에 다녀왔단다. 네가 아는지 모르겠지만 아리크는 서쪽으로 걸어서 이틀 정도 걸리는 곳에 있지. 예소르는 어머니가 편찮으셔서 상황이 좋지 않다는 소식을 겨울에 전해 들었어. 그래서 서둘러 떠나 고향으로 갔는데 어머니 상태가 많이 좋아지셨다더구나. 하룻밤을 머물고는 다시 길을 돌아왔단다. 그 길에 병사들 무리가 보여 그들을 피해 북쪽으로 빙 돌아왔고. 그러다 네거리를 지나게 됐다지. 옛날에 높은 관리들이 모이곤 했다던 곳 말이다."

"비석들이 서 있는 데 말씀이세요?"

어머니가 마지막 음식을 내오시며 물으셨어요. 그러고는 언니 옆에 앉아 빵을 좀 더 자르셨죠.

"맞아요." 아저씨가 어머니에게 대답한 뒤 저를 보며 말씀을 이어가셨어요. "그런데 사위가 거길 지나는데 데벤란드에서 온 봇짐장수들이 있었다더구나."

그 말을 들은 제 심장이 쿵쾅대기 시작했어요. 아저씨가 든 두루마리에서 눈을 뗄 수가 없었죠.

"예소르가 예의 바르게 인사를 하고 떠나려는데 어떤 말 한 마리의 발굽에 돌이 박혀 있었다고 해. 예소르가 말을 잘 알잖니. 그 애 할아버지 때부터, 그러니까 예소르가 아주 어렸을 때부터 말을 키웠으니." 아저씨는 몸을 숙여 달걀과 치즈를 한 입 크게 베어 드셨어요. "글쎄, 그런데 그 말을 다 봐주고 나자 한 상인이 예소르에게 혹시 레드 수도원의 마레시 엔레스다욱테르를 아는지 물었다지 뭐니. 전해줄 것이 있다고. 예소르는 아주 잘 안다고 대답했지. 그렇게 그 애가 이 서신과 내가 문 옆에 세워둔 작은 꾸러미를 받아 왔단다." 아저씨가 꾸러미를 가리키며 말씀하셨는데 저는 아저씨가 말할 때까지 그게 거기 있다는 것도 전혀 눈치채지 못하고 있었어요.

"그 애는 상인에게 값을 치르지 못했는데, 지금은 그걸 좀 애석해하고 있단다. 결점도 좀 있는 아이지만 분별력이 있고 자존심도 강하지. 서신에 대한 값을 잘 쳐줘야 한다는 걸 알고 있었어. 그래야 서신을 무사히 전달하면 두둑한 보상을 받을 수 있다는 소문이 상인들 사이에

퍼질 테니 말이다. 그런데 그 상인이 대가를 한사코 거절했다더구나. 수도원에서 바란 대로 편지를 수신인에게 잘 전달한 것만으로도 영광이라고. 작은 해안 마을 출신인 그 상인의 어린 딸이 오랫동안 병을 앓았다더구나. 그래서 여름에 반신반의하며 수도원으로 딸을 보냈는데, 하! 가을 무렵 아이가 아주 건강하고 튼튼해져서 돌아왔다지 뭐냐. 그리고 지금은 양털을 사러 산을 넘어 아카데로 가는 길인데 한여름쯤 다시 발레리아로 내려가니 남쪽으로 보낼 편지가 있다면 그때 가져다주겠다더구나. 노루귀가 필 때 비석이 서 있는 곳으로 가면 된다."

타우에르 아저씨가 저를 보며 환히 웃었어요. 얼마나 크게 웃으셨는지 주름에 가려져 눈이 보이지 않을 정도였어요.

"그래, 그래, 옜다. 그런 눈으로 그만 좀 보려무나."

아저씨가 제게 편지를 건네자마자 저는 곧장 방으로 와 문을 닫았어요. 수녀님, 제가 지금 얼마나 흥분했는지 수녀님께선 아시겠죠. 아저씨께 감사하다는 말도, 가족들에게 인사도 하지 못했어요. 오늘 저녁은 그 누구도 아닌 수도원 사람들과 함께 있고 싶어요.

이제 편지를 읽고 올게요. 또 만나요.

— 당신의 수련 수녀, 마레시

사랑하는 야이에게,

야이, 답신 고마워! 내가 무사히 도착했다는 소식을 몹시 기다렸을 걸 알아. 보내준 빨간 실도 고마워! 망토에 구멍이 난 걸 어떻게 알았지? 걱정 마, 아주 작은 구멍이니까. 네가 보내준 실로 꿰매고 나면 아주 감쪽같을 거야.

응, 네가 말한 대로 나도 매달 초승달이 뜰 때 너를 생각할게. 고마워. 그렇게 하면 같은 시간 우리가 서로를 생각하고 있을 테니 그 사실을 알고 있는 것만으로도 훨씬 덜 외로울 것 같아.

내가 청혼을 받았다는 얘기가 그렇게 재밌었다니! 그건 내 인생 최초이자 마지막 청혼이라는 사실을 알아야 해. 난 그 기억을 평생 소중히 간직할 거라고! 있잖아, 우리가 지금 레몬나무 아래 앉아 함께 웃고 있다면 정말 얼마나 좋을까.

보물의 방에서 실컷 책을 읽을 수 있는 네가 너무 부러워! 보물의 방에 있는 책들을 내가 얼마나 그리워하는지 넌 상상도 못 할 거야. 너희보다 책이 더 그리울 지경이야! 물론 이건 농담이야.

그런데 정말 놀랍지 않아? 수도원에 요양하러 온 소녀를 네가 돌봐주었는데, 네가 쓴 편지를 우연히도 그 아이의 아버지가 내게 전달해 주셨다는 게? 수도원에 내가 모르는, 이제는 영영 알 길이 없는 수련 수녀들이 계속 새로 들어오는 모습이 잘 그려지지 않아. 그중에 너와도 잘 맞는 친구가 있으면 좋겠어, 야이. 진심이야. 그래도 네 마음 한편에 날 위한 공간을 조금은 남겨줘. 나의 친구 야이, 그래줄 거지?

- 너의 친구, 마레시

나르 수녀님께,

보내주신 씨앗, 정말 감사해요. 강황이 무척 그리웠거든요. 그건 대단히 유용한 식물이잖아요. 네, 수녀님. 무도 심어볼게요. 그 알싸한 향을 맡으면 어머니가 뭐라고 하실지 궁금해요! 전 여기 오고 나서 달팽이 때문에 골치를 앓고 있어요. 달팽이를 없앨 수 있는 좋은 방법이 있을까요? 그리고 다음 편지를 보낼 때는 허니플라워 씨앗을 보내드릴게요. 이 꽃을 아세요? 차로 끓이면 맛도 좋고 기운도 북돋아 주는 것 같아요. 혹시 이 꽃에 대해 뭔가를 알아내시면 제게도 꼭 알려주세요.

　건강히 지내고 계세요.

- 마레시

마레아네 수녀님께,

수녀님, 제게 다 자란 염소와 새끼 염소 한 마리가 생겼어요. 이들을 돌봐주는 데 도움이 되는 조언을 부탁드려요. 감사해요!

- 마레시

원장 수녀님께,

수녀님께서 저를 믿고 기꺼이 내주신 은화를 그렇게 써버린 걸 꾸짖지 않고 이해해 주셔서 감사해요. 제 마음의 커다란 짐을 덜어주셨어요. 수녀님 말씀대로 제 주변 사람들을 믿어볼게요. 수도원에서 친구들과 수녀님들을 믿었던 것처럼요.

　수녀님께서 달의 무도 때 크론의 계시를 받았다고 하셨죠? 전 그게 언니 배 속 아기의 죽음을 알려주셨던 게 아닐까 생각해요. 그 후로는 누가 죽거나 크론의 문이 나타난 적이 없었으니까요. 크론께서 이곳에도 계시다는 걸 저는 이제 깨달았어요. 그분의 존재를 느낄 수도 있죠. 그분은 어디에나 계시고 메이든과 마더도 마찬가지예요. 사람들은 각자 자기만의 방식으로 신을 부르고 그 모습을 상상하지만, 우리는 모두 태초의 어머니의 자식들이에요.

- 존경을 담아, 마레시

에오스트레 수녀님께,

수녀님의 답장은 잘 받았어요. 짧다고 하셨지만 제게는 그걸로 충분해요. 감사해요. 수녀님은 이해해 주실 줄 알았어요. 네, 맞아요. 지난해 마르게트의 행동이 딱 그랬어요. 사람들을 피하고 집에만 틀어박혀 나오지 않았죠. 사람들과 함께하는 일이나 축제에는 절대 참여하지 않았고요. 그 애를 탓하는 사람은 없지만 마르게트 스스로 자기를 탓하는 것 같아요.

수녀님, 해법은 단순하다고 하셨죠? 네, 마르게트를 돕는 데 필요한 건 이미 제게 다 있어요. 이제 제가 뭘 해야 하는지 알 것 같아요. 미처 이런 생각을 하지 못했다는 게 부끄러워요. 지금부터 그 애를 정말 잘 보살펴 줄 거예요.

그럼 이만 줄일게요.

- 마레시

사랑하는 엔니케에게,

응원의 말 고마워. 넌 정말 멋진 친구야. 그거 알아? 네가 아무리 메이든을 모시는 로즈라 해도 넌 내게 언제나 그저 엔니케, 수도원에서 가장 먼저 내게 손을 내밀어 준 가장 좋은 친구라는 걸. 그 사실은 달라지지 않아.

네가 카룬에 대해 퍼붓는 질문들을 보고 얼마나 웃었는지 몰라! 난 카룬을 몇 번 만난 적도 없어. 그냥 이웃 남자애일 뿐이라고. 뭐, 내가 두 번째 편지 꾸러미를 보내면 너도 그땐 알게 될 거야. 그리고 예로스에 대해서도 네가 틀렸다는 걸 알게 될 거야! 이상하게 몇 달 동안 그 애 생각이 전혀 나지 않았어. 아주 가끔 예로스와 했던 일들이 꿈에 나오기도 하는데 그 남자는 예로스가 아니라 얼굴이 없는 다른 사람이야. 네가 여기 있었다면 이 꿈을 가지고 한바탕 수다를 떨었을 텐데. 이건 정말 로즈와 얘기해야 할 문제란 말이야.

여신의 혀를 보내준 것도 고마워. 나중에 다시 남자를 만나고 싶어지면 필요할지도 모르니까. 난 엄마가 되는 일은 결코 원하지 않아. 그리고 내가 당장 쓰지 않더라도 누군가가 필요로 할 때 줄 수 있을 거야.

나는 메이든과 크론께는 가까이 있는 것처럼 느껴지는데 마더는 무척 힘든 일처럼 보여. 내 말 이해돼? 난 자유롭게 일하며 공부하고 싶거든.

예야도 정말 많이 컸다! 예야의 그림과 편지를 받아서 무척 기뻐. 야이가 예야를 잘 돌보고 있는 것 같아.

하지만 예야는 곧 나를 잊게 되겠지. 그 아이와 새로운 수련 수녀들에게 난 그저 길고 어두운 밤에 꺼내는 이야기 속 존재일 테니까…….

— 네 친구, 마레시

사랑하는 오 수녀님께,
수녀님의 편지는 일부러 아껴두었다 제일 마지막에 읽었어요. 타우에르 아저씨와 가족들과의 저녁 식사 같은 건 다 잊고 저녁 내내 혼자 가만히 앉아 편지를 읽었죠. 편지를 다 읽자마자 곧바로 답장을 쓰는 중이에요. 우리가 진짜 서로 대화하고 있는 것처럼 느끼고 싶어서요.

제게 종이를 보내주시다니 수녀님은 어쩜 그렇게 모든 걸 알고 계시는 거예요?

하지만 수녀님께서 제 어머니에 관해 조언해 주신 편지를 읽고는 깜짝 놀랐어요. 수녀님을 정말 좋아하지만 수녀님 말씀을 듣고 나니 조금 속상해요. 저는 지금도 어머니가 시키는 대로 하려고 온갖 애를 쓰고 있고, 어린 저를 떠나보내실 때 어머니가 힘드셨을 거라는 것도 이제 이해해요. 그런데 이렇게 제가 돌아온 지금, 저를 있는 그대로 받아들이는 게 어머닌 왜 그렇게 힘드신 걸까요? 수녀님은 어머니에게 열심히 배우라고 말씀하시지만, 어머니가 알고 계신 지식들은 제가 이미 다 아는 것들이에요. 로바스를 떠나기 전 9년 동안 다 배운 것들인 걸요. 레드 수도원에서 이미 많은 걸 배운 제가 산골에만 살았던 어머니께 더 배울 수 있는 게 뭐가 있겠어요? 제가 그리운 건 수녀님의 수업이에요!

수녀님, 제가 숲에서 들은 소리에 대해서는 아직 모르시죠? 그건 제가 편지를 보내고 나서 일어났던 일이니까요. 무섭기도 하지만 한편으론 매혹적인 소리인데…… 수녀님은 그게 뭔지 아세요? 솔개 울음소리, 그레이레이디의 발작, 숲에서 나는 소리…… 이런 현상들이 전부 연결돼 있는 것 같아요. 그런데 저는 그게 뭔지 모르겠고요. 이들이 제게 말을 거는 것 같은데 제가 그 말을 알아듣지 못하고 있는 것 같아요. 지혜를 달라고 신께 기도 드렸지만 아직 응답을 받지 못했어요.

지금처럼 머릿속이 뒤죽박죽일 때면 수녀님께 달려가 질문할 수 있었던 때가 그리워요. 수녀님은 제 질문을 그냥 넘기시는 법이 없었죠.

편지에 써주신 말, 조언 모두 감사해요. 제 마음이 약해질 때, 폭풍이 불어올 때, 확신이 들지 않을 때면 수녀님의 편지를 읽을게요.

지금은 처음 로바스에 돌아왔을 때처럼 완전히 이방인이 된 기분이 들진 않아요. 이제껏 불평만 늘어놓아서 죄송해요. 수녀님 말씀이 옳아요. 다른 사람들이 하지 못한 경험을 했으니 제가 사람들과 다른 건 당연한 일이에요. 수녀님 말씀대로 저만의 경험을 잘 활용해 볼게요. 아, 최근엔 타우에르 아저씨에게 배우는 것도 많아요. 아저씨는 책에서 지식을 배우신 것이 아니라 수녀님의 가르침과는 다르지만, 오랜 세월 사람들을 돕고 다양한 일을 경험하면서 쌓으신 지식이 많아요. 아저씨도 삶과 죽음의 친구예요. 제가 선택한 길과도 비슷한 길을 걸어오신 분이죠. 최근에 저는 삶이 죽음보다 더 무서운 것이라는 생각이 들어요.

원장 수녀님께서 달의 무도에서 보신 환영에 대해 말씀하셨나요? 크론의 문이 열려 있고 그 옆에 제가 서 있었대요. 그 환영이 제 조카의 죽음을 암시한 것 같긴 한데…… 그게 아닐까 봐 두려워요. 조카에게 죽음의 문을 열어준 건 제가 아니었거든요. 아이가 그 문을 넘을 때 저는 그 문의 손잡이를 잡고 있지 않았어요. 이곳에 온 뒤로는 크론의 문을 본 적이 없어요. 그분의 존재만 느낄 뿐이죠. 그 환영은 대체 무슨 의미일까요? 걱정돼요.

그런데 수녀님, 저도 원장 수녀님과 같은 생각이에요. 수녀님께는 수련 수녀가 필요해요. 수녀님의 고집은 정말 알아줘야 해요. 전 로바스에 있고 제 삶도 여기 있어요. 수도원에는 크론의 종이 필요하니 새로운 수련 수녀를 받으셔야 해요. 수녀님은 여전히 젊으시니 새로운 아이가 오고 크론의 부름을 받을 시간이 충분히 있잖아요. 수녀님께서 제게 가르쳐주셨던 크론의 신비를 그 아이에게 가르쳐주세요. 더구나 수련 수녀가 생기면 수녀님이 지금 혼자 하고 계신 일들을 도울 수도 있을 거예요.

— 당신의 수련 수녀, 마레시

원장 수녀님께,

지금은 늦은 저녁이에요. 하지만 이 시기의 로바스는 늦은 시간까지도 해가 밝아요. 저는 지금 낯선 집에 앉아 있는데, 이 집은 단번에 저의 집이 되어버렸어요. 지금까지 제게 주어졌던 집들과는 다른, 순전히 저만의 집이에요. 지금 제 팔에는 모기떼가 덤벼들고 있고, 상쾌한 나무 향기가 제 코끝을 찔러요. 이 나무 향이 정말 좋아요. 제 마음이 뭔가로 가득 차오르는데…… 뭔지는 모르겠어요, 수녀님. 아아, 이건 감사의 마음이에요. 제 마음은 지금 감사의 마음으로 가득 차 있어요.

오늘 이른 저녁 카룬이 저희 집에 들렀어요. 오 수녀님께서 제가 카룬에 대해 쓴 편지를 읽어주셨죠? 저는 마당에 앉아 아버지의 오래된 스웨터 올을 풀며 뛰놀고 있는 둘란과 마레사를 돌보고 있었고요. 어머니가 그 털실로 아이들에게 옷을 만들어준다고 하셨거든요. 나라에스와 얀날은 이웃 마을에 볼일이 있어 외출 중이었는데 아이들이 얌전히 앉아 제 부모를 기다릴 리가 없었죠.

로바스의 늦은 봄 저녁은 그야말로 특별해요, 수녀님. 한낮의 온기가 이어져 따스하고 해도 길고 땅에서 올라오는 흙 내음도 향기로워요. 여름이 서서히 깨어나 모기가 윙윙거리고 암퇘지와 새끼돼지들이 마당을 쿵쿵대며 돌아다니고요. 마레사는 한쪽에 앉아 가족들의 이름을 한 글자씩 써보고 있었어요. 나라에스의 이름이 어려워서 마레사는 그냥 '엄마'라고 써버려요.

어머니가 개숫물을 버리려고 나서시는데 카룬이 저희 집에 온 거예요. 카룬의 인사는 어머니가 버리는 물에 먹을 것이 없나 보려고 돼지들이 흥분해서 쿵쿵대는 소리에 묻혀버렸어요.

"이 집에 축복을 빕니다."

카룬이 인사했어요.

어머니는 경계하고 의심하는 눈초리로 카룬을 보셨어요.

"당신의 여정에 축복을." 퉁명스러운 목소리였죠. 어머니는 나무꾼이나 혼자 사는 사람을 좋게 생각하지 않으세요. 도통 믿을 수 없는 사람들이라면서요. "아키오스는 집에 없다."

"마레시와 할 얘기가 있어서 왔어요."

카룬이 조심스레 대답했고 그 말에 놀란 제가 카룬을 보았어요. 울타리 문 앞에 선 카룬은 셔츠를 걷어 건장한 팔뚝이 드러나 있었고 원래도 햇볕에 그을린 머리카락이 저녁 햇살에 금빛으로 반짝이고 있었어요. 봄볕에 탄 피부는 벌써 갈색으로 물들었고 머리는 단정하게 뒤로 묶은 모습이었어요. 그리고 그 눈. 저를 보는 카룬의 눈은 늘 그렇듯 투명했어요. 그는 저를 놀리거나 장난을 치지 않아요.

"잠시 나올래? 네게 보여줄 게 있어. 어머니께서 허락해 주신다면……."

제가 스웨터를 내려놓자 어머니는 탐탁지 않은 표정을 지으셨어요.

"어머니, 잠시만 애들 좀 봐주세요."

어머니는 저를 막거나 하진 않으시고 짧게 고개만 끄덕이셨어요. 그러고는 몸을 홱 돌려 집으로 들어가더니 잠시 후 제 지팡이를 들고 와

제게 주시는 게 아니겠어요? 전 지팡이를 받으며 어머니를 안심시키
듯 웃어 보였어요.

"어머니, 걱정하실 필요 없어요. 카룬은 아키오스의 친구인걸요. 위
험하지 않아요. 금방 돌아올게요."

하지만 어머니가 걱정하는 건 그런 게 아니라는 걸 저도 알고 있어
요. 결혼에 대한 제 생각이 어떻든 어머니는 카룬이 구혼자일지도 모
른다고 생각하신 거예요. 딸이 농장도 밭도 없는 가난한 나무꾼과 결
혼하는 일은 원치 않으시는 거죠.

카룬은 욜라로 가는 길 쪽으로 저를 안내했고 저는 아무것도 묻지
않고 그를 따라갔어요. 걸으며 몸을 움직이니 기분이 좋았어요. 최근
에 전 거의 집 안에만 머물며 수도원에서 온 편지를 읽고 또 읽고, 염소
젖을 짜고, 치즈 만드는 실험을 하고, 리코타 치즈를 만들고, 그런 일로
만 시간을 보냈거든요. 식물들이 싹을 틔우고 잡초도 무성하게 자라는
때라 정원에도 일이 많았고요.

꽃을 피우기 시작한 숲은 경이로울 정도로 아름다워요. 연녹색 잎사
귀가 하늘을 뒤덮고 그 아래로 죽 뻗은 나무 기둥에서는 새하얀 빛이
났어요. 제가 걷는 길 왼쪽에서 시냇물이 노래하듯 흐르고 오른쪽에는
작은 종 모양의 스노우블루꽃이 만발해 있었고요. 봄이 되면 늘 이곳
에 스노우블루꽃이 가득 피어 진한 꿀 향기를 풍겨요.

"수도원에서 편지가 왔다고 들었어." 카룬이 말했어요. "기쁘겠구나."

"응." 제 얼굴에 저절로 미소가 피어났지요. 지금까지도 편지만 생각
하면 기분이 좋아져요. "다들 잘 지내고 있다는 소식을 들어서 기뻐. 그
리고 아직 날 잊지 않고 생각해 주는 것도."

카룬이 저를 보며 물었어요.

"정말 거기엔 여자들만 있어?"

"응, 그게 그렇게 이상해?"

"조금. 여자랑 남자가 그렇게 따로 지낸다는 얘기는 낯설어서."

"너처럼 사냥하고 나무하고 목재를 띄우는 일을 하는 사람들은 죄다 남자들뿐인데?"

카룬은 고개를 끄덕이며 잠시 생각하는 듯하더니 말했어요.

"네 말이 맞아. 하지만 대부분은 자기를 기다리는 아내와 아이들이 있는 집으로 돌아가. 집을 그리워하고 가족 얘기도 자주 하지. 다들 어머니나 누나, 여동생들이 있고. 난 여자들과 지내는 일이 거의 없긴 하지만 그래도 아예 볼 수 없게 된다면 슬플 것 같은데. 너도 못 보게 되는 거잖아."

"처음 이곳에 다시 돌아왔을 때 나는 남자들이 있는 환경에 적응하는 데 시간이 걸렸어."

저는 머뭇거리다 입을 열었어요. 남자에게 이런 얘길 해본 적이 없거든요. 이곳에 오고 남자의 목소리를 처음 다시 듣게 되었을 때, 그리고 어느 곳에서나 매일 남자들을 보게 되었을 때 얼마나 기분이 이상했는지도 털어놨어요.

"그럴 만도 하지. 마르게트 일도 있었으니까."

카룬이 말했어요.

저는 카룬을 힐끔 보았어요. 지금까지 그 얘길 입 밖으로 꺼낸 사람은 없었거든요. 마르게트 일을 피하지 않고 말한 사람은 카룬이 처음이었어요.

"응, 하지만 난…… 수도원에서부터 죽 그랬어. 아주 사악한 남자들이 섬에 침입해 온 적이 있거든. 정말 무서웠어."

"그 남자들은 어떻게 됐는데?"

"내가…… 죽였어."

그렇게 말하려던 게 아니었어요, 수녀님. 그런데 말이 그냥 나와버렸어요. 이 끔찍한 일에 대해 아는 사람은 언니밖에 없어요. 죽음의 문이며 크론, 피…… 이런 얘기는 부모님에게도 할 수 없었거든요. 저는 말을 뱉자마자 후회했어요. 이제 카룬이 저를 다르게 볼까 봐 걱정됐어요. 그때 제가 카룬의 눈길을, 그 갈구하는 듯한 진실한 눈빛을 잃고 싶어 하지 않는다는 걸 알게 됐어요. 저는 울음이 터질 것 같아 땅만 보고 걸었어요.

"그래서 네 마음이 무거웠던 거구나." 카룬이 나지막한 목소리로 말했어요. "뭔가 있을 거라고 생각은 했어."

고개를 드는데 눈앞이 뿌옇게 흐려졌어요. 카룬이 걸음을 멈춰 제 앞에 섰고 그의 등 뒤로 저녁 해가 기울고 있었어요. 카룬의 눈빛은 저를 두려워하거나 혐오하는 눈빛이 아니었어요. 그저 저를 가만히 바라보았지요. 저는 차마 말이 나오지 않아서 고개만 끄덕였어요. 우리는 잠시 그렇게 서 있었어요.

로바스에 돌아온 뒤 가장 행복했던 순간이었어요, 수녀님.

저희는 계속 걸었고 이윽고 길이 갈라지는 곳에 다다랐어요. 새로 난 듯한 길이 북쪽 언덕으로 이어졌죠. 바다처럼 펼쳐진 숲바람꽃을 헤치고 개암나무 덤불 사이를 지나자 카룬이 새로 집을 짓고 있는 터가 나타났어요.

그런데 그건 더 이상 집터가 아니었어요. 그곳엔 멋지게 완성된 아름다운 집 한 채가 놓여 있었죠. 저녁 해에 금빛으로 물든 집에서는 좋은 향기가 났어요. 카룬이 남은 목재와 톱밥 같은 걸 전부 치운 뒤였는데도 집 주변에 짙은 나무 향이 깔려 있었어요. 방은 따로 없고 남쪽과 서쪽에 창문이 하나씩 나 있고, 진짜 굴뚝까지 달린 작은 집이었어요. 이곳의 오래된 집들이 그렇듯 간이식 연기 배출구가 있는 게 아니라, 진짜 굴뚝이 있는 집이었어요. 마을에 있는 그 어떤 집보다 사랑스러운 집이었죠. 낮은 언덕 위에 자리 잡고 있어 욜라의 들판을 한가롭게 거니는 양들이 보였고 경쾌하게 구불구불 이어지는 계곡도 내려다보였어요. 집 뒤와 북쪽, 그리고 동쪽에는 새들이 지저귀는 아름다운 숲이 펼쳐져 있었고요.

저는 감탄했어요.

"정말 아름다워, 카룬. 혼자서 이걸 다 지었다니 대단해."

"지붕 올리는 건 욜라 친구들이 도와줬어." 카룬이 머리를 긁적이며 대답했어요. "마지막 나무를 얹는 일도 도와줬고." 내가 장난치듯 카룬을 툭 밀자 그는 살짝 놀라면서도 미소를 지었어요.

"네 말이 맞아. 위치가 좋아. 그래서 여기로 터를 잡은 거야. 들어와 볼래?"

저는 카룬을 따라 안으로 들어갔어요. 집 안에 들어서니 서쪽 창을 통해 햇빛이 쏟아져 들어와, 신선한 나무로 세워진 벽이 마치 꿀이나 황금을 바른 것처럼 반짝였어요. 크기는 제 부모님 집만 할까? 아주 크진 않았지만 침실이 따로 없어 넓어 보였지요. 북쪽에는 모르타르를 바른 벽난로가 놓여 있었고 그 옆 벽에는 선반이 달려 있었어요. 집 안에 있는 물건이라고는 그게 다였지요.

"멋져." 그 말을 들은 카룬의 뺨에 보조개가 쏙 패였어요. 저의 칭찬이 카룬에게 중요해 보였는데, 그때는 그 이유를 전혀 알지 못했어요. "그런데 아직 이사는 안 했네?"

"아, 여긴 내가 살려고 지은 집이 아니야."

저는 몸을 돌려 카룬을 보았어요. 카룬이 목을 가다듬더니 두 손을 문질렀어요.

"이건 널 위해 지은 거야, 마레시."

저는 넋이 나가 카룬을 빤히 보았지요.

"네 학교로 쓰라고."

카룬이 제 얼굴을 살피듯 저를 봤어요.

"학교……?" 제가 겨우 입을 열었죠. "난 학교라고 부를 만한 걸 하고 있지 않은걸. 학생도 세 명이 전부고……."

카룬이 고개를 저었어요.

"넌 시작을 도와줄 사람이 필요할 뿐이야. 여기, 내가 나무를 하나 놓아준 거고. 이제 계속해서 쌓아가는 일은 네게 달렸어." 카룬이 방을 빙 둘러봤어요.

"학교에 뭐가 필요한지 몰라서 가구는 아직 못 만들었어. 하지만 말만 해. 시간은 얼마 안 남았지만 떠나기 전에 만들어주고 갈게."

"음…… 큰 책상?" 전 천천히 머릿속으로 학교의 모습을 상상해 봤어요. "긴 의자도."

저는 카룬을 보았어요. 어쩌면 제가 카룬을 진짜로 보게 된 건 그때가 처음이었던 것 같아요. 그는 저보다 나이가 조금 더 많은, 평범하기 그지없는 남자였어요. 아버지와 아키오스처럼 로바스에서 나고 자란 지극히 평범한 남자. 그런데도 그들과는 완전히 달랐어요. 다르고말고요. 너무나 달랐죠. 사시사철 노동으로 단련된 단단한 어깨, 강인한 팔, 거친 손을 가졌지만 멋진 부츠를 만들 수 있는 섬세함을 지녔어요. 무엇보다 그는 제게 대가를 바라지 않아요, 수녀님. 전 알아요. 저도 이제 메이든과 충분히 교감하고 있어 그런 걸 알거든요.

"카룬, 그런데 왜? 왜 이런 걸 내게 해주는 거야?"

카룬이 머뭇거리다가 말했어요.

"잠깐 앉을래, 마레시?" 카룬이 바닥을 가리키며 말했어요. 카룬은
제 앞에 다리를 포개어 앉고는 잠시 할 말을 고르는 듯했어요.

"내 아버지는 어머니와 결혼할 당시에 부유하셨대. 그런데 어느 날
술을 마시다가 주사위 놀이를 하게 됐어. 그 놀이에 엄청난 판돈이 걸
려 있다고 쓰인 종이가 있었지만 아버지는 그걸 읽거나 이해하지 못하
셨고. 그날 아버지는 집과 가축, 모든 걸 잃으셨어."

카룬이 멍하니 창밖을 보며 말했어요.

"그 뒤로 아버지는 딴사람이 되어버렸지. 사람들을 탓하고 툭하면
분노를 표출했어."

"네 어머니께 말이지."

"맞아. 부모님은 원래의 집에서 멀리 떨어진 곳으로 떠났어. 아버지
일을 아무도 모르는 곳으로 말이야. 나는 어릴 때부터 아버지의 화가
나나 어머니께 떨어지지 않도록 강해져야 했고 스스로 내 보호자가 되
어야 했어."

카룬은 숨을 한번 깊게 들이마시고 말을 이어갔어요.

"내가 어렸을 때, 어머니가 심하게 아프셨어. 아버지는 어머니가 죄
가 많아 벌을 받는 거라며 내가 어머니와 똑같은 병을 앓는 것도 어머
니 탓이라고 했어."

카룬이 무릎 위에 놓인 주먹을 꽉 쥐었어요.

"어머니가 돌아가시자 아버지는 그제야 타우에르 아저씨가 날 보살
피게 내버려 두셨지. 그래서 난 살아남을 수 있었던 거야."

카룬은 이를 악물고 있었어요.

"처음으로 뗏목 일을 했을 때 나와 똑같은 병을 앓는 동료들이 있었어. 우리는 이린디불에 도착하자마자 치료사를 불렀지. 치료사의 약 몇 방울에 동료들은 전부 씻은 듯 나았어. 그 병은 쉽게 치료할 수 있지만 치료하지 않으면 생명을 앗아갈 수도 있다고 치료사가 그랬지."

카룬이 몸을 숙여 제 손을 잡았어요. 전 너무 놀랐지만 카룬이 제 손을 잡고 있도록 가만히 두었어요. 거칠지만 따뜻한 손이었어요.

"알아야 자신을 지킬 수 있어, 마레시. 내 부모님도 좀 더 배우셨더라면 인생이 달라졌을 거야."

"고마워, 카룬 에이민슨." 저도 카룬의 눈을 지그시 바라보았어요. "날 믿어줘서 고마워. 학교를 지어준 것도 고마워. 네 도움이 헛되지 않게 열심히 할게."

카룬은 제가 혼자 시간을 가질 수 있도록 먼저 이곳을 떠났어요. 그래서 저 혼자 이곳에 남아 이제 저의 학교가 된 이 집을 마음껏 음미하고 있어요. 여길 어떻게 채워나가야 할지는 아직 모르겠어요. 하지만 이렇게 소중한 선물은 정말 잘 써야 할 것 같아요. 허투루 쓰거나 당연히 여기지 않을 거예요. 저에게는 이제 카룬이 놓아준 이 소중한 토대를 잘 키워나가야 할 의무가 생겼으니까요.

– 사랑과 존경을 담아, 마레시

오 수녀님께,

수녀님, 그저께 일어난 일을 꼭 들려드려야 해요. 요즘 제가 통 편지를 쓰지 못했죠?

이곳의 봄은 무척 바빠요. 저희는 진흙과 돌로 뒤덮인 땅을 갈고, 비료를 주고, 밭고랑을 꼭꼭 밟으며 땅과 하늘, 물에 대고 풍요를 기원하는 노래를 부르죠. 그래서 저도 이웃들과 함께 일하는 평범한 마레시의 모습으로 돌아갔어요. 어머니와 아버지, 아키오스와 다 같이 일하는 시간이 좋아요. 조금 이르게 도착한 봄의 모습도 정말 아름답고요. 밤에는 보슬보슬 비가 내리고 낮에는 따뜻한 햇볕이 내리쫴 씨를 뿌리기에 완벽한 날들이었어요.

이제는 초여름이 되어 씨앗들이 무사히 싹을 틔웠어요. 마을 사람들이 초록빛으로 물든 들판을 흡족한 표정으로 내려다보며 기록적인 풍년이 될 거라고 입을 모아 얘기해요. 배고프고 굶주리던 시절이 드디어 기억 너머로 사라질 거예요. 제 허브 정원에 있는 식물들도 무럭무럭 자라고 있어요. 이른 저녁이면 개구리가 사방에서 개굴개굴 울어대는데, 타우에르 아저씨 말에 따르면 그건 길고 무더운 여름이 될 거라는 신호래요. 아저씨는 미신 같은 말씀을 자주 하시지만 종종 그 말이 맞을 때도 있어요. 저의 작은 '학교'는 새로운 공간을 얻었지만 농장 일이 바쁜 시기가 지나고 열기로 했어요(원장 수녀님께서 제 편지를 읽어주셨죠?). 이곳은 지금 어른이고 아이고 할 것 없이 모두 바쁜 나날을 보내고 있거든요.

아, 제가 하려던 얘기는 이거예요. 그날 저녁에도 저는 평소처럼 마을을 산책하러 나간 참이었어요. 지난가을부터 저녁 무렵이면 산책을 하루도 빠뜨리지 않고 하거든요. 혼자 있는 시간이 필요해서요. 늘 지팡이를 가져가는데 가끔은 그레이레이디도 함께 가요. 어머니는 제가 얼마나 피곤하든 무슨 일이 있든 저를 꼭 밖으로 쫓아내듯 내보내시는

데, 이번에도 그랬어요. 마당에 있던 어머니가 한참을 숲을 보며 서 계셨어요. 무슨 소리를 들으려고 하는 것처럼 보이기도 했고…… 그렇게 한참 눈을 떼지 않고 서 계셨어요. 그러고는 허공에 대고 냄새를 맡으시더니 제게로 몸을 돌리셨어요. 저는 의자에 앉아 쉬고 있었어요. 온종일 쪼그려 앉아 잡초를 뽑은 뒤라 온몸이 아팠거든요.

"지금 쉬고 있을 때가 아니야!"

어머니가 날카로운 목소리로 외쳤고 그 낯설지 않은 퉁명스러움이 제 마음을 찔렀어요.

이 집에서 저는 성인이 아닌 것 같아요. 제 시간도 마음대로 쓸 수가 없죠. 어머니는 제가 게으르거나 나태하게 있는 모습을 참지 못하세요. 어머니는 집에 들어가 제 지팡이와 망토를 들고 나오시더니 망토를 볼 때마다 짓는 그 묘한 표정으로 그것들을 제게 건네셨어요.

"하, 어머니, 저 피곤해요."

저는 소용없을 줄 알면서도 우는소리를 했어요.

"피곤하든 어쩌든 할 일은 해야 하는 거야." 어머니의 목소리는 단호했어요. 입술도 딱딱하게 굳어 있었고요. "이제 곧 무엇이 닥쳐올지 너도 알잖니?"

어머니가 무슨 말씀을 하시는 건지 영문을 몰랐지만, 그때 저는 너무 피곤해서 대꾸할 기운도 남아 있지 않았어요. 저는 순순히 망토를 걸치고 어머니가 제 뾰로통한 표정을 보실 수 없게 모자를 뒤집어쓰고 밖으로 나왔어요. 그래도 밖으로 나오니 아름다운 광경이 펼쳐져 있었죠. 어머니 기분이 좋지 않다 싶을 때는 그냥 어머니에게서 잠시 떨어져 있는 것도 나쁘지 않다는 생각이 들었어요.

저는 마을을 거닐다가 이웃 마을로 발걸음을 옮겼어요. 지팡이를 들고 계곡을 따라 구불구불 이어진 길을 걸으며 제 허브 정원을 생각하고 학교에서 쓸 종이와 새 책을 어떻게 구할지도 궁리했어요. 그런데 대지 아래 저 깊은 곳에서 그 소리가 다시 울려왔어요. 저는 고개를 들었어요.

계곡에서 안개가 피어오르고 있었어요. 그 희뿌연 촉수가 배수로와 계곡 위로 스멀스멀 뻗어 나와 언덕과 들판으로 퍼져나가고 있었어요. 그리고 희미한 안개 속에서 제가 절대로 착각할 리 없는 냄새도 풍겨왔어요. 쇠와 피, 그리고 얼음처럼 차가운 추위. 그건 크론의 숨결이었어요.

수녀님께서 제게 그러셨지요? 크론께서는 죽음과 지혜만 다스리시는 게 아니라 추위와 폭풍, 어둠, 얼음까지도 다스리신다고요. 그 한기는 크론의 문 뒤에서 새어나오던 그것과 같은 것이었어요.

"안 돼." 저는 지팡이로 땅을 쿵 치며 외쳤어요. "안 돼요!"

발을 내딛는데 제 부츠 아래서 바스락 소리가 들렸어요. 이제 막 싹을 틔운 풀잎이 부서지는 소리였어요. 서리가 오고 있는 거예요. 이미 여름이 된 지금 말이죠. 이렇게 늦게 서리가 오는 일도 있다고는 들었지만 아주 오래전 일이라고 했어요. 한여름밤에 서리가 내리는 것을 저희는 철의 밤이라고 불러요. 지금 서리가 내리면 농사를 완전히 망치게 돼요. 두 번째 파종을 할 씨앗도 얻을 수 없죠. 그럼 저희는 다시 나도르에게 가서 터무니없이 높은 이자를 내고 씨앗을 빌릴 수밖에 없어요. 그러니까 지금 서리를 맞으면 저흰 다시 굶주리게 되는 거예요.

"안 돼!" 저는 걸음을 내디딜 때마다 은빛 나무 지팡이로 쿵 하고 땅을 세게 찧었어요. "지금은 안 돼. 여긴 안 돼. 제발요!"

욜라는 높은 언덕에 자리하고 있어 낮은 들판에 있는 저희 마을보다는 서리에 강해요. 저는 서둘러 몸을 돌려 사루로 향했어요. 마을에 들어서니 이미 훨씬 더 차갑고 짙은 안개가 계곡에서부터 퍼져나가고 있었죠. 저는 기운이 거의 없었음에도 제 온기와 생명력을 땅 깊숙이 심어보려고 있는 힘껏 발을 구르고 지팡이를 내리쳤어요. 제가 크론을 이길 수 없다는 사실은 너무나 잘 알고 있어요. 크론께서 원하는 게 있다면 그것을 가져가고야 말 거예요. 저는 저의 최선을 다하는 수밖에는 없어요. 기근이 닥치면 제일 먼저 위험해지는 얼굴들이 생각났어요. 둘란과 같은 아기들, 그리고 좀 더 큰 아이들. 저는 안개를 헤치며 발걸음을 옮길 때마다 쉬지 않고 외쳤어요. "안 돼!" 그렇게 하면 제 말이 현실로 이루어지기라도 할 것처럼 지팡이도 힘껏 내리쳤어요. 저는 굴복하지 않았어요. 그 무렵엔 마을 사람들도 밖으로 나와 계곡에서, 크론의 얼음처럼 차가운 땅에서 싸늘한 안개가 스멀스멀 올라오는 모습을 망연자실한 얼굴로 지켜보았어요. 사람들에게 설명할 시간이 없었어요. 저는 멈추지 않고 걸었죠.

들판의 서쪽 끝을 도는 순간, 제 뒤에서 발걸음 소리가 들려왔어요. 무겁게 땅을 울리며 걷는 소리가 쿵, 쿵. 그는 노래를 부르기 시작했지요. 저는 알지 못하는 옛 노래였지만 그 목소리의 주인이 누구인지는 알았어요. 그 목소리를 듣자 제 안에서 불이 화르르 지펴졌어요.

그건 어머니의 목소리였거든요.

어머니는 칼마라고 불리는 검은 백조의 노래를 부르셨어요. 칼마는 죽음의 땅에 사는 새인데, 세상을 떠난 영혼들이 은빛 나무에 도착하면 그 아래 있는 적막의 검은 호수를 건너게 해준대요. 어머니는 어둠과 죽음, 추위를 노래하고 있었어요. 모든 것에는 때가 있다고, 그때까지 날개에 얼굴을 묻고 기다려달라고 검은 백조에게 청하고 있었죠.

지금은 모든 것이 자라나는 여름이니 낮이 밤보다 짧아지면, 그래서 얼음과 추위의 계절이 돌아오면 그때 다시 오라고 어머니는 청하고 있었어요.

어머니의 노래를 여러 번 듣고 나니 저도 노래를 따라 부를 수 있게 되었어요. 어머니의 목소리와 노래가 제게 힘을 주었어요. 한 걸음, 그리고 또 한 걸음. 저는 그 선율을 따라 저의 스승이자 친구, 적이자 두려움의 대상인 크론께 기도했어요. 저희를 데려가지 말아달라고, 때를 기다려달라고요.

그러나, 제 지팡이에 고드름이 맺히기 시작했어요.

들판으로 나온 사람들은 이제 서리가 점점 가까워지는 모습을 지켜보며 절망에 빠져 할 말을 잃었어요. 아버지와 아키오스, 얀날, 아이들, 하얀 집 식구들, 그리고 아르반까지 전부 나와 있었어요. 그들은 저와 어머니를 봤어요. 깊은 수심에 빠져 그저 넋을 잃고 보고 있었어요.

그 순간, 어머니와 제 뒤에서 아름답고 깊은 어떤 목소리가 들려왔어요. 언니 나라에스였죠. 가슴이 벅차오르고 따뜻해졌어요. 발밑에서 풀잎이 바스락바스락 부서지고 하늘은 점점 더 어두워지고 있었지만 저는 되레 발을 더 높이 들어 땅을 더 세게 쿵, 쿵 굴렀어요. 땅이 제게 화답했어요. 얀날도 노래를 부르며 따르기 시작했고 그 뒤로 아키오스와 다른 사람들도 합류했어요. 저희는 어두운 밤하늘 아래 일렬로 함께 걸었어요. 아버지가 노래하고 마르게트도 목소리를 더하고 렌나도 화음을 넣었어요. 발아래 땅이 우르르 떨리고 그 진동 소리도 들려왔어요. 저는 얼어붙은 지팡이 때문에 손이 시렸지만 마음만은 따뜻했고 심지어 뜨겁기까지 했어요. 저희는 들판과 집을 빙빙 돌며 소리 높여 노래를 불렀고 저는 제일 앞에 서서 지팡이로 땅을 내리치고 발을 굴렀어요.

밤이 새도록 저희는 걷고 또 걸었어요, 수녀님. 어떤 사람들은 등불과 횃불을 가지고 나오기도 했지만 어차피 차오르는 초승달이 저희의 앞길을 비춰주었죠. 아침이 밝아오며 햇빛 한줄기가 숲 가장자리에 닿자 우리 마을과 숲 사이에 있는 들판이 서리로 하얗게 뒤덮인 광경이 눈에 들어왔어요. 그러나 연둣빛 새싹이 움튼 저희 농지는 계곡과 가까운 남쪽 가장자리에만 서리가 얇은 띠를 두르며 앉았을 뿐 조금도 해를 입지 않았어요!

저는 마침내 걸음을 멈추었고 뒷일은 기억나지 않아요. 어머니 말씀이 제가 머리부터 발끝까지 두껍게 서리를 뒤집어쓰고는 머리카락에 고드름까지 매달고 있었대요. 제가 쓰러지는 찰나 아버지가 저를 받아 집으로 데려오셨고 어머니가 물을 데워 제 몸을 녹이셨고요. 제 손이 싸늘하게 굳어 손에서 지팡이를 떼어내는 데 꽤나 고생하셨대요. 팔다리도 얼음장 같아서 가족들은 제가 손가락이나 발가락을 잃거나 더 나쁜 일이 생길까 봐 걱정했어요. 그런데 어머니가 제 옷을 벗기자 제 몸이 마치 스토브처럼 뜨겁게 달아올라 있었고 이내 그 열기가 팔다리에 서서히 퍼져 몸이 녹았대요. 피부도 동상에 걸릴 때 흔히 보이는 검푸른 빛이 아니라 장밋빛으로 발그레하고 부드러웠다고 하고요.

그래서 저는 어제 담요와 털을 산처럼 쌓아 덮고 내내 방 안에서 잠을 잤어요. 어머니가 종종 들어와 제게 따뜻한 차를 마시게 하셨죠. 꿈을 많이 꿨어요. 춥고 캄캄한 꿈, 생기 넘치고 웃음이 가득한 꿈, 아주 많은 꿈을요. 지금 이 글을 쓰는 동안에도 꿈에서 들은 웃음소리가 제 머릿속을 울려요. 간혹 누군가가 제 머리를 쓰다듬고, 낯익은 목소리가 제 이름을 부르기도 한 것 같은데 부드러우면서도 엄격한 느낌이었어요.

수녀님 목소리와도 무척 닮았는데 수녀님은 아니었어요.

오늘 잠에서 깨어나 보니 또 깜짝 놀랄 일이 있지 뭐예요. 저희 집 식탁에 먹을 것들이 산더미처럼 쌓여 있는 거예요. 아키오스는 입안에 음식을 잔뜩 넣고 제게 고개만 까닥해 인사했어요. 테이블 위에는 갓 구운 빵과 꿀이 가득 든 케이크, 훈제 햄, 신선한 달걀, 소시지, 벌꿀 술, 심지어 가염 버터까지 있었어요. 제가 놀라 어머니를 보자 어머니는 뺨이 붉게 달아올라서는 난로 옆에 서서 훌쩍이고 계셨어요.

"다 네게 온 거란다. 어제부터 사람들이 선물을 갖고 오지 뭐니."

달의 무도가 끝나면 늘 그랬듯 저는 이번에도 생전 음식을 처음 본 사람처럼 먹고 또 먹었어요. 마음이 따뜻하고 뭉클했어요. 이런 마음이 어디서 왔는지 저는 알아요, 수녀님. 저희 마을 사람들에게서 온 거예요. 제 마음이 로바스 사람들로 반짝거렸어요.

그날 저녁, 누가 저희 집 문을 두드렸어요. 타우에르 아저씨의 아들과 사위 예소르, 그리고 욜라에 사는 다른 아버지들까지 전부 저희 집 문 앞에 서 있었어요. 타우에르 아저씨의 딸과 결혼한 예소르가 대표로 입을 열었죠.

"저기, 이제 파종은 끝났잖아요. 그러니 지금부터 한동안 아이들이 할 일은 없어요. 그러니까 마레시가 아이들에게 글 읽기나 뭐 그런 것들을 가르칠 마음이 아직 있다면 그래줬으면 해요."

예소르가 말하자 다른 남자들이 웅성거리며 동의했어요.

"마레시만 괜찮다면 그 대가로 음식을 가져다줄게요."

소란을 듣고 방에서 나온 저를 보며 타우에르 아저씨의 키다리 아들 오르반이 말했어요.

"당신이 아는 걸 우리 아이들도 배웠으면 해요."

"어젯밤 제가 한 일은 배워서 할 수 있는 게 아니에요." 제가 조심스럽게 대답했어요. "그건 지식이 아니라 재능 같은 거라서요."

"그럼 그건 놔두고. 그래도 당신만 할 수 있는 게 하나 있잖아요. 글을 읽는 법 말이에요. 나도르는 까만 글씨가 쓰인 종이를 들고 와 몇 번이나 우리를 골탕 먹였지만 우리 아이들도 당하게 둘 순 없어요."

"네, 그럴 순 없죠. 아이들을 학교에 보내주세요."

저는 진지하게 그 청을 받아들였어요.

남자들이 돌아가자 어머니가 저를 보며 말씀하셨죠.

"이제 진짜 학교가 되었구나."

"네, 어머니. 수업을 해주고 음식을 받으면 이제 집안 살림에도 도움이 될 거예요."

"그건 걱정하지 않는단다. 하지만 그 일은 어쩌지? 우리 모두에게 정말 중요한 일이잖니."

그제야 어머니 얼굴을 쳐다본 저는 어머니가 얼마나 피곤하신지가 눈에 들어왔어요. 이제 막 설거지를 마친 어머니는 소매를 걷어 올린 채 젖은 앞치마를 입고 계셨죠. 그제야 어머니가 누구보다 먼저 밤새 저와 함께 걸으며 노래했고 다음엔 저를 돌봤으며 음식을 준비하고 집안을 청소하셨다는 사실을 깨달았어요.

그런데 어머니가 대체 무슨 말씀을 하시는 건지는 알지 못했어요, 수녀님. 제가 돌아온 뒤로 어머니는 계속 제가 이해하지 못할 말들을 하셨죠. 저는 벤치에 기대앉아 어머니를 물끄러미 바라보았어요.

"무슨 말씀이세요, 어머니?"

"무슨 말인지 잘 알잖니!" 어머니가 앞치마에 손을 닦으셨어요. "네가 여기 온 뒤로 지난가을부터 내내 한 일." 저는 영문을 몰라 어리둥절한 얼굴로 어머니를 보았어요. "어제도 했던 그 일 말이다!"

"어제는 서리를 물리쳤죠." 제가 천천히 입을 뗐어요. "지난가을에는 제가 뭘 했죠?"

어머니가 이마를 찌푸리셨어요.

"너 정말 모르는 거니?" 어머니가 제 옆으로 와 앉더니 제 얼굴을 유심히 들여다보셨어요. "너 정말 모르는구나. 맙소사, 곰의 발이시여, 정말 몰랐다니!" 어머니가 하하, 웃음을 터뜨리셨어요.

"네가 마을을 걸어 다닌 것하며 지팡이, 그리고 내가 본 빗."

저는 고개를 저었어요.

"네가 마을을 보호해 주고 있었잖니, 마레시. 난 네가 알고 한 줄 알았는데! 작년에 왜 특히 풍년이 들었겠니? 나도르 사람들은 왜 세금을 걷으러 오지 않고? 왜 우리를 괴롭히지 않았겠느냔 말이야."

"그게 저 때문이라고요?"

제가 조심히 물었어요.

"수도원에서 배우지 않았니? 당연히 네 덕분이란다, 마레시. 넌 그누구보다 더 큰 힘을 지니고 있어. 네가 지팡이를 짚으며 걸어 다닌 곳에 강력한 보호벽이 쳐져 마을이 무사했던 거란다. 지난가을에는 상인들도 우리를 찾지 못했지. 기억나니? 네가 세상으로부터 우리 마을을 숨겨준 거야."

"그래서 어머니가 저를 저녁마다 내쫓으신 거군요. 그래서 어머니가 절 이상한 눈으로 보신 거였어요."

어머니가 다정한 얼굴로 저를 보셨어요.

"내가 그랬니?"

저는 차마 대답하지 못하고 고개만 끄덕였지요.

"난 두려웠단다. 그게 다야. 네가 할 수 있는 그 모든 것이 말이다. 어렸을 때 그런 걸 본 적이 있어. 그때도 난 두려웠단다. 난 네가 그것들을 수도원에서 배워 왔다고 생각했어."

"아니에요. 배워서 안 게 아니에요. 전 어머니가 저녁에 잠시라도 저와 떨어지고 싶어 저를 내보내시는 줄 알았어요."

"내 딸." 어머니가 제 손을 잡았어요. "그런 건 단 한 번도 원한 적 없단다! 다시는 널 잃고 싶지 않아. 그것만은 알아야 해."

저희는 잠시 가만히 앉아 침묵했어요. 그러다 저는 문득 어머니의 빗 이야기가 생각났죠.

"제가 빗으로는 뭘 한 거죠?"

"나도 모르겠어. 하지만 네가 머리를 빗을 때면 주위의 뭔가가 아주 강하게 조여오는 느낌이 든단다. 어떤 때는 숨 쉬는 것조차 힘들 지경이 되지."

어머니는 생각만으로도 갑갑해지는지 헛기침을 하셨어요.

저는 밤마다 머리를 땋으며 나도르 남자들을 꽁꽁 묶는 상상을 했던 걸 떠올렸어요.

"머리를 빗으면서 남자들을 제 머리카락으로 묶어버리는 상상을 했거든요. 남자들을 단단히 묶어 우리를 보호하려고요."

어머니가 고개를 끄덕이셨지요.

"그런데 그 보호막이 여름 동안 약해졌던 것 같아. 이유는 나도 몰라. 그리고 병사들이 어린 소년을 심하게 괴롭히고 난 뒤 보호벽이 다시 강해졌지."

"음…… 그건…… 예로스 때문인 것 같아요." 그렇게 말하는 제 얼굴이 화끈 달아올랐어요. "예로스를 만나는 동안 마을을 걷지 않았거든

233

요." 어머니는 화내는 기색 없이 그저 고개만 끄덕이셨어요.

"하지만 어머니, 이 모든 걸 어떻게 아신 거예요? 서리가 오는 것도 먼저 알고 저를 내보내셨잖아요. 제가 하는 일들을 저조차 알지 못했는데 어떻게 다 알고 계셨던 거죠?"

어머니가 제 손을 놓으며 몸을 돌리셨어요.

"그냥 저절로 알게 되었단다. 살려고 발버둥 치다 보면 자연스레 알게 되는 것들이 있지." 어머니는 그렇게 말씀하시며 여전히 제게 등을 돌린 채로 겉옷을 입으셨어요.

"밤이 늦었구나. 닭들을 우리 안에 넣어줘야겠다. 내가 할 테니 넌 얼른 들어가 자거라."

그러고는 어머니는 제가 뭔가를 더 묻기도 전에 서둘러 밖으로 사라지셨어요.

오늘은 카룬이 지어준 새 학교에서 첫 수업을 했어요. 학교에 오는 아이들이 언덕을 오르는 모습을 지켜봤어요. 사루와 욜라에 사는 다섯 살이 넘은 아이들이 전부 학교에 왔죠. 아이들은 두 눈을 동그랗게 뜨고 저를 보았어요. 여자아이, 남자아이 모두 합해 열 명이에요. 맞아요, 수녀님. 저는 남자아이들도 받기로 했어요. 달리 도리가 없었어요. 테이블과 의자가 아직 준비되지 않아 아이들은 바닥에 앉았고 저는 나무판과 글씨를 쓸 석탄 조각을 나눠주었지요. 열린 창으로 따뜻한 볕이 들어왔어요. 드디어 저의 학교가 시작되었어요, 수녀님.

- 당신의 수련 수녀, 마레시

세 번째 서신 모음

여름

사랑하는 야이에게,

철의 밤이 지나고 얼마 뒤, 타우에르 아저씨의 손자가 내게 뛰어와 아카데에서 오는 상인들을 북쪽에서 본 사람이 있다고 알려줬어. 나는 그 즉시 비석이 서 있는 네거리로 달려갔지. 그런데 아무도 없는 거야. '내' 상인을 만나지 못할까 봐 두려워진 나는 아예 야영을 하며 기다리기로 했지. 보호자 역할로 아키오스도 같이 왔어. 우리는 숲에서 잠을 자고 새알을 찾아 먹고 아키오스가 집에서 가져온 치즈와 빵도 먹으며 기다렸지. 숲은 집처럼 아늑했고 마을에서 일에 허덕이다가 잠깐 나와 바람을 쐬니 기분이 좋았어.

그러다 둘째 날, 상인 행렬을 만났어. 상인들은 양털을 높게 쌓아 올린 마차를 느릿느릿 끄는 말과 노새들과 함께 나타났지. 나는 상인 친구를 찾아 그에게 편지를 건넸어. 상인은 내가 건네는 돈을 한사코 거절하고는 오히려 내게 최고급 양털을 줬어. 그래서 뭐, 난 전에 없이 더 열심히 일하고 있어.

학교는 나흘간 수업을 하고 다음 이틀은 쉬면서 아이들이 집안일을 도울 수 있게 하고 있어. 그리고 그 이틀이 지나면 다시 수업을 시작하지. 오 수녀님 방식을 그대로 따라 읽고 쓰고 생각하는 법을 가르치고 있어. 그런데 알맞은 필기도구가 없어서 수업이 쉽지 않아. 나무판자와 석탄으로 글씨를 쓰면 지울 수가 없어서 실용적이지가 않거든. 수업 시간에는 내가 글자를 보여주고 그것들이 어떤 소리가 나는지 알려준 뒤 그 글자로 단어를 만들어. 내가 소리 내어 읽어주는데, 내가 가진 책들은 거의 다 외국어로 쓰여 있으니 우리말로 바꿔 읽어줘야 해. 에르바의 책만 우리말로 쓰여 있지. 돌멩이와 전나무 방울을 가지고 간단한 셈법도 가르치고 있어. 아이들은 어릴 때부터 돼지나 염소에게 풀을 먹이러 다니니 자기 집 가축 수를 세는 일에는 꽤 익숙해. 아이들이 수업을 잘 따라오지 못한다거나 해서 어려운 건 전혀 없어. 다만 가르쳐주고 함께 해보고 싶은 일이 많은데 적당한 도구가 없는 게 아쉬울 뿐이야. 가끔 우리는 숲에 나가 약효가 있는 식물들을 공부하기도 하지. 그리고 몸을 깨끗이 씻는 법도 알려주고 있어. 몸을 청결히 하는 일이 집 안과 음식의 청결을 유지하는 것만큼이나 중요하다고 말이야. 아이들의 가족들은 좋아하지 않을 수도 있겠지만 이건 우리가 수도원에서 제일 먼저 배우는 거잖아, 안 그래?

마레사와 렌나는 이제 내가 자기들만의 선생님이 아니게 돼서 심술이 났어. 특히 마레사는 자기가 얼마나 심통이 났는지 보여주려고 온갖 장난을 벌이고 있어. 몇몇 아이들은 똑바로 앉아 수업을 듣는 일 자체를 어려워하기도 해. 그럴 만도 하지. 한 번도 그래본 적이 없는 아이들이니까. 학생 중엔 타우에르 아저씨의 손주인 에둔과 그의 여동생

까만 머리 나에리가 있는데, 이 에둔이라는 남자아이가 얼마나 예쁜지 몰라. 선생님은 학생을 편애하면 안 된다는 건 알지만 너도 에둔을 보면 아마 이해하게 될 거야, 야이. 크고 동그란 갈색 눈, 갈색 곱슬머리에 말수가 적은 이 아이는 수업을 할 때면 완전히 집중해서 한눈을 팔지 않아. 그래서인지 벌써 마레사와 렌나보다 글도 더 잘 읽게 됐어.

아키오스는 농장에 일이 많아서 학교에 오지 못하는 통에 속상해하고 있어. 그래서 저녁에 내가 기운이 남아 있을 땐 집에서 읽기 연습을 도와주고 있어.

하지만 학교 일 말고도 할 일이 아주 많아. 철의 밤 이후 마을 사람들이 날 대하는 태도가 변했거든. 난 사람들이 나를 무서워하거나 전보다 더 이상하게 볼까 봐 걱정했는데 예상과는 달리 내가 있어 다행이라 여기는 것 같아. 여전히 나를 그들과는 다른 존재라 생각하긴 하지만 말이야. 전에는 사람들이 아프거나 다치거나 임신을 하거나 염소가 다리를 절 때 그게 뭐가 되었든 타우에르 아저씨를 찾아갔는데 이제는 나를 찾기도 해. 그럼 나는 온 힘을 다해 그들을 돕지. 가끔은 정말로 도움을 줄 때도 있고 또 가끔은 그저 작은 위로나 조언밖에 할 수 없을 때도 있어. 이제 타우에르 아저씨의 이상한 처방이 사람들을 얼마나 많이 도와왔는지도 알게 됐어. 게다가 내 작은 허브 정원이 의외로 유용해서 식물을 돌보고 잡초를 뽑는 일도 열심히 하고 있지. 올겨울에는 말린 약초가 많이 필요할 것 같아서 틈나는 대로 약과 연고를 만들어두는데, 보관 장소가 부족할 지경이야.

이번 여름엔 날씨가 내내 좋았어. 비도 충분히 왔고 햇볕도 적당해. 그런데 이 좋은 날을 즐길 틈 없이 바쁘게 지내고 있어. 그래서 올해는 여름 의식에도 거의 참여하지 못했어. 얼마 전에 있었던 축제에서도 작은 견과류 빵만 겨우 구워 간 뒤 금세 집으로 돌아와야 했어. 빵은 에르스 수녀님의 나덤 빵에 비하면 형편없어. 참, 예로스는 투넬리와 약혼했어. 결혼식은 가을 수확이 끝나고 올린대. 집에 오기 전에 그 둘이 함께 춤추고 있는 모습을 봤는데 솔직히 말해서, 야이, 맹세코 전혀 슬프지 않았어. 자존심이 상하지도 않았어! 그 둘이 행복하길 바라. 정말이지 너무 피곤해서 집으로 돌아온 것뿐이야. 나는 요즘 항상 지쳐 있거든.

요즘 난 아침에 학교에 갈 때가 가장 행복해. 새벽이슬을 머금어 촉촉한 풀잎, 흥겹게 노래하는 새소리, 그 생명력 넘치는 노랫소리 덕분에 숲 전체가 노래하는 것처럼 들린다니까. 나는 로바스의 아름다운 여름을 만끽하지. 이제 곧 잡초를 베어야 할 때가 다가와서 학교는 잠시 닫게 될 거야. 아이들도 밭일을 도와야 하니까. 사실 난 그날을 기다리고 있어. 요즘 계속해서 일만 했으니 학교가 쉬는 동안 잠시라도 숨을 돌릴 수 있을 거야.

노새랑 염소도 돌봐야 해. 이 작은 가축들한테서 내 정원에 줄 비료와 우유, 치즈까지 얻고 있거든. 이제 난 염소젖을 짜는 데 선수가 되었어. 치즈도 잘 만드는데, 얼마 전엔 어머니가 내 치즈 만드는 솜씨가 자기보다 낫다고 하셨어. 그건 어마어마한 칭찬이라는 걸 알아줘. 아키오스와 함께 겨울에 가축들을 먹일 잔가지를 주우러 숲에 갔다가 치료나 요리에 유용한 야생 식물들도 캐 왔어. 학교에 가지 않으니 온종일 밖에 있을 수 있어. 그레이레이디도 함께 가서 내 짐을 옮겨주었지. 그런데 이번에도 이 고집 센 노새가 나를 숲으로 끌고 가려는 거야. 하지만 숲 근방에는 병사들이 다닌다고 들어서 나도 그레이레이디가 못 가도록 고집을 부렸어. 다행히 내가 쳐놓은 보호막 덕분에 병사들은 여전히 우리를 찾지 못하고 있어.

그러니 난 아무리 피곤해도 해질 무렵이면 늘 은빛 나무 지팡이를 들고 밖으로 나가 마을을 돌아. 그러고는 땅을 두드리며 단단한 보호막을 치지.

- 너의 친구, 마레시

사랑하는 로즈 엔니케에게,

지금 난 숲 초입에 앉아 네게 편지를 쓰고 있어. 이곳에 오면 작은 평화와 고요를 얻을 수 있어. 여기선 계곡과 들판 너머에 있는 마을이 훤히 내려다보여. 하지만 마을에서는 갈색 바지에 미색 셔츠를 입은 내 모습이 숲에 묻혀 보이지 않을 거야. 오후 햇볕이 뜨거워져 스카프를 눈까지 내려쓰고 있어. 이럴 때마다 날 혼내시곤 하던 로에니 수녀님이 생각나. 내 피부색도 여름 동안 짙은 계피색이 되었어. 내 등 뒤로는 껍질이 부드러우면서도 거친 소나무들이 서 있고 발아래에서는 따뜻하고 마른 풀의 알싸한 향기가 풍겨. 글씨가 너무 작지? 종이를 아끼려고 그런 건데 네가 읽는 데는 무리가 없길 바라.

이 편지는 에오스트레 수녀님과 함께 읽어도 좋아. 마르게트 일에 대해 특히 너와 수녀님께 이야기하고 싶었어.

난 지금 부끄러운 마음이 들어. 마르게트를 향한 내 행동들이 배신은 아니었을까 하는 생각마저 들어. 로바스를 떠나기 전에 난 마르게트와 친한 사이였는데, 난 왜 친구에게 소홀했을까?

그래서 지금은 그 애를 자주 찾아가고 있어. 그 일이 있은 뒤로 마르게트는 집에만 머물고 있으니 내가 가는 걸 반가워해. 위로가 될 만한 말이나 그 일을 잊게 해줄 방법 같은 건 떠오르지 않지만 그래도 우린 많은 얘기를 해. 마르게트가 수도원 생활을 궁금해해서 수업이나 수도원의 일상을 들려줬어. 나도 수도원 얘기를 할 수 있어서 좋아. 그 바람에 너희가 무척 그리워졌지, 그리운 나의 자매들.

마르게트는 이제 아키오스 이야기도 하지 않고 수를 놓던 신부용 세트도 어딘가로 치운 것 같아. 철의 밤이 며칠 지난 저녁, 냇가에서 같이 빨래를 하면서 혹시 아키오스가 지난번 일로 마르게트를 좋아하지 않을까 봐 걱정하고 있는지 조심스럽게 물어보았어.

"그냥 남자가 싫어." 마르게트가 아버지의 셔츠에서 물기를 짜내며 생각에 잠긴 얼굴로 말했어. "아키오스가 싫은 게 아니라 지금은 그냥 남자들이 다 싫어."

"그렇구나. 나도 처음 수도원을 나설 때 그랬어." 나는 조심스럽게 말을 꺼냈지. "남자 목소리만 들어도 겁이 났어. 솔직히 말하면 지금도 그래."

"수도원에서 무슨 일이 있었어?"

마르게트가 이마 위로 흘러내린 젖은 머리칼을 쓸어 넘기며 물었어.

그래서 남자들이 수도원에 쳐들어왔던 얘기를 꺼내게 됐어. 그 일에 대해 그렇게 자세히 얘기한 건 나도 처음이야. 신께서 로즈를 통해 다른 수녀님과 수련 수녀들을 구한 일, 남자들이 어린 수련 수녀들을 해치려 한 일, 내가 검에 찔렸던 일, 그리고 피, 크론의 땅으로 가는 문…… 전부 털어놓았지.

마르게트는 내게서 잠시도 눈을 떼지 않고 조용히 내 이야기를 끝까지 들었어. 우리를 둘러싼 자작나무 가지 위에 새들이 앉아 이따금씩 노래했고 숲 우듬지 위로 해가 저물고 있었어. 바위에는 우리가 까맣게 잊어버린 빨랫감이 뉘여 있었지. 마르게트는 나를 비난하거나 판단하지 않고 가만히 이야기를 들어줬는데 나는 그 점이 무척 고마웠어.

내가 이야기를 마치자 마르게트가 갈색 눈을 들어 나를 보며 내 손을 잡았어.

"우리가 함께 들판을 걸을 때면 나도 느껴, 마레시. 너와 이 땅속에 대단한 힘이 깃들어 있는 게 느껴져. 그 힘에는 누구도 맞설 수 없을 거야. 병사들도, 그 누구도. 나도 배우고 싶어, 마레시. 네가 할 수 있는 것들을 전부 배우고 싶어."

"내가 가르쳐줄 수 있는 건 전부 가르쳐줄게. 내가 한 일들은 사실 나도 어떻게 한 건지 잘 몰라. 가르쳐줄 수 있는 성질의 것인지도 모르고. 하지만 다 알려줄게." 친구를 도울 수 있을지도 모른다는 생각에 기뻤어.

"나의 자매, 마르게트."

그날 이후 내가 어딜 가든 마르게트가 항상 내 곁에 있어. 내가 처음 수도원에 갔을 때 기억나지? 난 네 그림자였잖아. 지금은 마르게트가 내 그림자가 된 셈이야. 네가 나에게 상냥했던 것처럼 나도 그러려고 노력하고 있어. 마르게트는 이제 새로운 사람이 된 것 같아. 뭐랄까, 어디로 불어야 할지 정확히 알고 있는 힘센 바람과 같달까. 마르게트는 학교에도 나오기 시작했어. 그 사실에 놀라는 사람들도 있는데 그 애 부모님이 못마땅해하고 있다는 건 분명해. 그 애의 부모님 눈에 딸은 학교에 갈 나이가 아니라 결혼을 해야 할 나이니까. 딸이 집에서 바느질을 하거나 수를 놓거나 젊은 남자들과 어울려야 한다고 생각하실 거야. 하지만 마르게트는 그런 일에 신경 쓰지 않아. 나도 그 애가 내 곁에 있어 기뻐.

이제 슬슬 집에 가 어머니가 음식 차리는 걸 도와야겠어.

- 너의 친구, 마레시

오 수녀님께,

올여름은 날이 좋았어요. 철의 밤 이후로 좋은 날씨가 이어져 곡식들이 잘 여물었고요. 그래서 농장 일로 무척 바쁘게 지냈고 창고에도 먹을 것들이 넘쳐나요. 어머니가 키우는 닭들이 다시 알을 낳기 시작해서 최근에 저희는 어린 수탉도 먹을 수 있게 됐어요. 그건 이곳에서 흔하지 않은 사치거든요. 제 정원에서 콩과 완두콩, 갖가지 채소도 나는데다 마을 사람들이 병이나 걱정이 있을 때마다 저를 찾아오면서 음식을 선물로 주고 가요. 달걀 바구니, 산딸기, 염장한 고기, 갓 잡은 송어, 제 키만 한 리넨 등을요. 수도원을 떠날 때만 해도 고향에 와서 이렇게 많은 책임을 떠안게 될 줄은 예상하지 못했어요. 종기에 찬 고름을 짜주고, 접질린 어깨를 맞춰주고, 무사마귀 약을 만들어주고, 월경통을 낫게 해주고, 아이를 갖지 않게 도와주고, 또 어떤 사람은 아이를 갖게 도와주고, 노인의 아픈 허리에 연고를 발라주고, 출산을 도와요. 그중 가장 힘든 건 제가 더는 도울 수 있는 게 없을 때예요. 페라와 투넬리 할머니에게 할머니의 시력을 낫게 할 수 있는 방법이 없다고 말해야 했을 때, 그럴 때 말예요. 아르반이 칼에 손을 깊이 베였을 때도 피를 멎게 해 그를 살릴 수는 있었지만 손가락을 붙이진 못했어요.

타우에르 아저씨는 마을 사람들의 병을 고치는 일을 나눠 할 사람이 생겨 기뻐하세요. 아저씨의 아버지에게는 옆에 있을 사람이 필요하고 욜라 사람들도 아저씨께 대단히 의지하니까요. 지금도 충분히 많은 일

245

을 하고 계시죠.

이제 수확 철이 와 학교도 잠시 문을 닫았어요. 학교 일로 많이 바쁘긴 하지만 정말 행복해요. 저의 학교도 수녀님의 학교처럼 만들고 싶어요. 수녀님께서 저를 자랑스러워할 거라고 생각하면 기분이 좋아요. 수녀님은 늘 곧은 자세로 서서 저희의 우스꽝스러운 질문도 그냥 넘기지 않으셨죠. 저희를 어떻게 가르쳐야 하는지 잘 알고 계셨어요. 저는 수녀님 방식을 그대로 따르고 있어요. 제가 먼저 단어나 문장을 낭독해 준 뒤 아이들에게 제 말을 따라 하게 하고, 어떤 일이든 앞뒤 사정과 맥락을 따져 이해하도록 가르치고 있어요. 토론도 빠뜨리지 않고요. 그래도 어린아이들이 교실에 날아 들어온 벌을 쫓거나 친구들의 머리카락을 잡아당길 때, 고양이 흉내를 낸다며 바닥을 기어 다닐 때는 아직 수녀님처럼 침착하게 대하지 못하겠어요.

오늘은 욜라에서 저희 집으로 꾸러미를 한 아름 보내 왔어요. 제가 가르치는 아이들의 가정에서 보내온 거예요. 거기엔 호밀 가루 두 포대, 꿀단지 하나, 닭 두 마리, 회색과 녹색 실 뭉치 네 개, 그리고 제가 가장 좋아하는 밀랍 양초까지 들어 있었어요. 저희 마을 사람들도 겨울에 할 수업까지 쳐서 음식을 아주 후하게 보내줬어요. 덕분에 어머니와 저는 온종일 찬장과 저장실 안을 정리하고 음식들을 잘 보관해 두느라 정신없는 하루를 보냈죠.

제가 산책을 하며 마을을 보호하고 있다는 사실을 알게 되고 서로의 마음을 터놓고 나서 저와 어머니 사이는 달라졌어요. 어머니도 더는 학교에 대해 나쁘게 말씀하시지 않고요. 제가 마을을 지키는 일도 게을리하지 않고, 학교 일을 해서 식구들이 먹을 음식도 생기고 있으니까요. 하지만 여전히 궁금한 것이 많아 답답해요. 저도 제가 뭘 하는지 몰랐었는데, 어머니는 어떻게 알고 계셨을까요? 그리고 왜 제 질문을 피하시는 걸까요? 어머니는 늘 헛기침만 하며 등을 돌리세요.

얼마 전, 언니에게 이 문제를 털어놓았어요. 언니는 어머니와 지금까지 죽 같이 있었으니 어머니에 대해 저보다 더 잘 알아요. 제가 수도원에 가 있는 동안 어머니와 저는 좀 멀어졌죠. 어머니 얘기를 꺼내자 마레사의 바지를 만들고 있던 언니가 한쪽 눈썹을 올리며 말했어요. 참, 마레사가 저를 따라 바지를 입고 싶다고 했거든요.

"어머니가 늘 조금은 이상한 분이셨다는 걸 너도 알잖아." 언니가 어깨를 으쓱했어요.

"게다가 어머니는 이곳 출신도 아니고, 스스로도 이 마을 사람이라고 느끼신 적이 없었던 것 같아. 이 마을에 오기 전의 이야기는 하고 싶어 하지 않으셔. 늘 지나간 일은 어쩔 수 없다고, 지난 일을 곱씹어 봐야 소용없다고 하시지."

네, 수녀님. 어머니는 사루 사람이 아니거든요. 이 근방 출신이 아니세요. 그 사실은 이미 알고 있었지만 그것에 대해 깊이 생각해 본 적은 없었어요. 어머니의 머리색은 로바스 사람들보다 조금 더 밝고 그 머리색을 아키오스가 물려받았어요. 생각해 보니 어머니의 부모님이나 친척을 만난 적도 없어요.

"어머니 고향이 어디지?"

실을 싹둑 자른 언니가 바지를 여기저기 살펴보며 말했어요.

"마레사 바지 무릎이 너무 빨리 닳아서 내 바느질 속도가 따라가질 못해. 치마를 입을 땐 이렇지 않았는데! 음, 어머니 고향은 서쪽이라고 했는데, 정확한 지명을 말해준 적은 없으셔."

언니가 어머니 이야기에 관심이 없어 보여 저는 아버지에게로 갔어요. 어머니가 제 말을 듣지 못하실 만한 때와 장소를 노려 오후에 아버지가 일하고 계신 헛간으로 갔죠. 낫과 도끼를 갈고 있던 아버지는 제가 숫돌 돌리는 걸 도와드렸더니 고마워하셨어요.

"네 엄마는 숲에서 만났지. 너도 알잖니." 아버지가 그때 기억을 떠올리며 미소를 지으셨어요. "너희는 어릴 때부터 이 이야기를 참 좋아했지."

"하지만 그건 그냥 지어낸 이야기잖아요. 어머니가 하늘에서 뚝 떨어졌을 리 없어요."

아버지가 낫을 살피며 고개를 저었어요.

"더 갈아야겠군. 흠, 하지만 네 엄만 정말 그렇게 나타났는걸. 겨울이었고 온 세상이 눈으로 뒤덮여 있을 때였지. 나는 사냥을 하러 혼자 스키를 타고 나섰는데 그때의 나도르는 네가 어릴 때의 나도르가 아니라 그의 아버지였단다. 사람들은 그를 두고 닭 사냥꾼이라고 불렀는데 왜냐하면……"

"네, 네, 그건 저도 알아요." 또다시 그 닭 이야기를 들으면 참을 수 없을 것 같았어요.

"보름달이 뜬 밤 아버지가 스키를 타고 숲으로 갔다가 뭔가가 덫에 걸려 있는 것을 발견하셨죠. 처음에 아버진 작은 곰인 줄 아셨고요."

"정말 곰처럼 으르렁거렸단다." 그렇게 이야기하는 아버지의 목소리에서 사랑이 묻어났어요.

"털옷을 몇 겹이나 걸치고 있었고. 그건 다름 아닌 네 엄마였단다. 그랬지. 그래서 난 한참을 네 엄마를 어르고 달래 진정시킨 뒤 천천히 다가가 덫을 풀어주었어. 그리고 집으로 데려가 내 어머니와 함께 보살폈지. 그러자 네 어머니는 차츰 회복되고 뼈밖에 없던 몸에 살도 붙

248

었단다. 무척 야위어 있었어서 만약 혼자 숲에 오래 있었다면 얼마 버티지 못했을 거다. 그렇게 지내다 우리는 자연스레 친해져 다음 여름에 결혼식을 올렸고."

"하지만 어머니는 어디서 오신 걸까요? 한겨울에 숲에서 혼자 뭘 하고 계셨고요?"

"나도 처음에는 몇 번이나 물었단다." 아버지가 자리에서 일어나셨어요.

"하지만 네 엄마는 말하고 싶어 하지 않더구나. 그래서 나도 관뒀지. 게다가 그땐 네 엄마가 로바스 말을 배우기 전이라 뭘 묻기가 쉽지 않았어. 그러고 나선 시간이 흘러서 그런 건 중요하지 않게 됐지."

저는 손잡이를 돌리다가 뚝 멈췄어요.

"어머니가 다른 말을 쓰셨다고요?"

아버지가 고개를 끄덕이셨지요.

"하지만 여기 말을 금방 배웠어. 너도 이제 네 어머니가 여기 출신이 아니라는 걸 모를 정도지? 로바스 문화나 관습 같은 것도 금세 배웠단다. 마을 사람들도 네 엄마가 여기 출신이 아니란 걸 지금쯤은 잊었을 거다. 나도 그래."

"어머니는 제게 이런 얘기는 하나도 해주지 않으셨어요! 이상해요. 어머닌 제가 모르는 것도 다 알고 계시고, 제가 집에 돌아온 후로는 아주 딴사람처럼 차가우세요!"

그때 저는 문득 아버지도 이제 나이가 드셨다는 걸 깨달았어요. 등도 구부정하고 얼굴에도 주름이 깊었지요.

"마레시, 네 엄마가 널 다시 데려오려고 했다는 걸 아니? 네가 떠난 날 저녁, 모자도 겉옷도 없이 혼자 밖으로 나갔단다. 내가 집에 오자 덩

그러니 남아 있던 아키오스와 나라에스가 그러더구나. 네 엄마가 어디로 간 줄도 모르면서 나도 뒤쫓아 나갔지. 나는 다음 날 네 엄마를 찾았다. 자기가 어디로 가는 줄도 모르고 계속 걷고 있더구나. 나를 알아보지도 못했어. 몸이 얼음장처럼 얼어붙은 네 엄마를 집으로 데려왔는데 며칠을 앓았지. 네 엄마를 잃는 줄로만 알았어. 살고 싶어 했는지나 모르겠다. 그 뒤로 사람이 변해버렸단다. 차가운 사람이 되었지. 네가 집으로 돌아왔을 때 난 네 엄마가 예전 모습으로 돌아올 줄 알았는데, 그러기엔 너무 늦은 모양이야."

아버지가 두 눈을 문지르셨어요.

"네 엄마는 널 보낸 일로 나를 원망하고 있단다. 내 설득에 못 이겨 마지못해 너를 보냈지만 곧 후회했지. 그 뒤로 나를 용서하지 못하고 있어."

저는 까맣게 몰랐어요. 수녀님. 마치 전에 몰랐던 사람들처럼, 부모님에 대해 제가 몰랐던 것들이 아주 많아요.

— 당신의 수련 수녀, 마레시

원장 수녀님께,

이곳은 아직 여름이지만 서늘해진 바람과 한발 일찍 찾아오는 저녁에는 이제 곧 가을이 오리라는 사실을 실감해요. 타우에르 아저씨 말이 이번 가을은 춥고 겨울도 일찍 찾아올 거래요. 하지만 저희 집 창고에는 먹을 게 쌓여 있으니 든든해요.

저희는 괜찮지만 다른 사람들은 어떨지 모르겠어요. 원장 수녀님, 여기 온 뒤로 저는 계속해서 로바스에 대해 새로운 사실을, 예전에는 미처 몰랐던 것들을 배우고 있는데, 아는 게 늘어날수록 두려워요. 저는 사루를 지키는 데만 급급해서 다른 곳에서는 어떤 일이 일어나는지 생각해 보지도 않았어요. 두 눈을 꼭 감은 채 굳이 보려고 하지 않았죠.

열흘 전쯤 행색이 남루한 노인이 저희 마을에 와 이 집, 저 집을 기웃거리며 먹을 것을 구걸했어요. 해가 질 무렵 마지막으로 저희 집에도 왔죠. 어머니가 포리지를, 제가 빵과 염소 치즈 한 조각을 내어주자 노인은 분명 다른 집에서도 음식을 얻어먹었을 텐데 음식을 처음 본 사람처럼 게걸스럽게 먹어 치웠어요. 저희 집 마당 벤치에 앉은 그 남자는 행색이 볼품없고 냄새도 고약하고 머리는 덥수룩한 데다가 수염은 잔뜩 엉켜 가슴까지 내려와 있었어요. 살갗은 타서 군데군데 벗겨졌고 주름에는 때가 끼어 있었고요. 어머니는 그 사람과 얽히고 싶지 않아 집 안에 계셨지만 저는 완두콩을 까던 참이라 마당에 있어야 했어요. 집 안에서 껍질을 까면 바닥이 엉망이 되거든요. 그래서 저는 노인에게서 조금 떨어진 곳에 앉아 입으로 숨을 쉬며 버티고 있었어요.

"이렇게 좋은 음식은 올여름 처음 먹어보는구나." 노인이 뜨거운 포리지를 후루룩 마시며 말했어요. "이 마을 사람들은 내가 마을 열 군데는 돌아야 먹을 수 있는 음식을 내어줬어."

노인이 그릇 위로 저를 물끄러미 봤어요.

"하마터면 여길 찾지 못할 뻔했지 뭐냐. 이쯤이면 분명 길이 있어야 하는데 갑자기 길이 사라지고 끊어지고. 하지만 내 아내의 어머니가 사루 출신이라 마을이 이쯤 있다는 건 알고 있었지. 그럼, 그렇고말고. 그래서 난 포기하지 않았다, 얘야. 강을 따라 천천히 계속 서쪽으로 이동했지. 뭔가가 이 마을을 찾지 못하게 방해하는 것 같았지만 그게 나

같은 사람은 따돌릴 수 없거든. 여기엔 못된 병사들도 없더구나. 오, 없
었지. 다른 평범한 길이랑은 달랐어. 다른 마을들과도 다르고."

저는 당장에 일어나 자리를 피하고 싶었어요. 노인이 전하는 진실도
외면해 버리고 싶었고요. 하지만 마음속 깊은 곳에서는, 수녀님, 저도
알고 있었어요. 그래서 저는 자리를 떠나지 못하고 고개를 숙인 채 애
꿎은 콩 껍질만 계속 벗겼지요.

"병사들이 그렇게 많나요?"

저는 최대한 침착한 목소리로 물었어요.

노인이 별 재밌는 얘기를 다 듣는다는 듯 코웃음을 쳤어요.

"많느냐고? 병사들이 길에 쫙 깔렸다, 애야. 그 칼날 앞에 시달리지
않고 지나갈 재간이 없지. 그래도 나처럼 행색이 누추한 사람들은 내
버려 두더구나. 그들은 이미 내가 가진 걸 모조리 약탈해 갔으니. 나도
르가 전부 가져갔지."

그렇게 말한 뒤 노인이 바닥에 침을 탁 뱉어 저는 깜짝 놀라 고개를
들었어요. 이곳에서는 어느 누구도 사람들 앞에서 나도르를 욕하지 않
거든요. 누가 어디서 듣고 있을지 모르니까요.

"세금을 내지 못하자 그자가 내 농장과 가축들을 전부 빼앗아 갔어.
그런데 흉년까지 닥치니 내가 뭘 더 할 수 있었겠니? 아내와 딸, 나, 가
족이 전부 거리에 나앉게 됐지. 그게 지지난봄 일이야."

저도 모르게 고개를 숙이고 콩만 쳐다봤어요. 싱그러운 연둣빛 껍
질에 동글동글하고 탱탱하고 달콤한 콩의 과육. 껍질은 돼지와 염소를
먹이고 콩은 난로 옆에서 말릴 거예요.

"헌데 이제 나 하나 남았지. 그런데 젊은 아가씨, 치즈를 좀 더 얻을
수 있을까?"

저는 무릎 위에 있던 콩을 바구니에 쏟아내고는 일어나 집 안으로 들어갔어요. 그러고는 치즈를 가지고 나와 다시 벤치에 앉지는 않고 그 앞에 팔짱을 끼고 섰지요. 노인은 우적우적 치즈를 먹어 치우고는 수염에 떨어진 부스러기까지 빠짐없이 주워 먹었어요.

"인생은 힘든 것이지. 병사들이 사람들을 따라다니며 괴롭히고 있으니, 원. 그들은 닭 한 마리, 밭 한 뙈기, 밀가루 포대 하나도 놓치지 않아. 이번 가을 세금은 무시무시할 거야. 내 말을 잘 기억해 둬."

저를 보는 노인의 눈이 잠시 날카롭게 빛났어요. "아, 하지만 여긴 괜찮겠군. 괜찮고말고. 아가씨가 이렇게 잘 지키고 있으니."

"뭘 알고 그러시는 거죠?"

제가 쏘아붙이듯 물었어요.

"내가 늙고 가난할진 몰라도," 노인은 누런 이빨을 드러내고 허공에 코를 킁킁거리며 냄새를 맡았어요.

"코는 멀쩡하다오. 아가씨에게서 나는 냄새가 있어. 그렇지. 나 같은 사람에게는 그런 냄새를 숨길 수 없어."

그때 저는 노인의 말을 이해하지 못했어요. 그런데 며칠 전, 잠을 청하려고 침대에 누워 있는데 불현듯 어머니가 가끔 제 몸 냄새를 맡듯 킁킁거리시던 기억이 나는 거예요. 제가 뭔가 능력을 쓰고 나면 냄새가 남는 듯해요. 제 생각보다 훨씬 많은 것을 알고 계셨던 어머니는 이 사실도 이미 알고 계셨던 거예요. 저는 제가 옷 속에 넣어둔 라벤더 향기를 맡으시는 거라고 늘 생각했거든요. 그런데 이제야 알았어요.

이 냄새는 평범한 사람들도 맡을 수 있는 건가 봐요. 여자만 맡을 수 있는 것도 아니고요. 정말 생각지도 못했던 일이에요. 제가 그동안 잘 모르고 있었던 게 정말 많은 것 같아요.

수녀님, 로바스 사람들은 힘들게 살고 있어요. 갑자기 이 모든 일이 저를 짓눌러요. 세상은 너무 커요. 해야 할 일도 너무 많고요. 저는 제 작은 학교를 운영하는 일만으로도 만족스러웠는데 이제 그걸로는 충분하지 않다는 사실을 깨달았어요.

저는 저 자신에게 물어요. 오 수녀님이라면 어떻게 하셨을까? 원장 수녀님이 곁에 계셨다면 내게 뭐라고 조언해 주셨을까? 해답은 이곳 어딘가, 아주 가까운 곳에 있을 거예요. 수녀님이라면 뭐든 하셨겠죠. 여우를 만난 토끼가 굴을 파고 들어가 있듯 여우가 지나가기만을 기다리지는 않으셨을 거예요.

여우가 점점 가까이 다가오고 있어요. 여우가 코를 킁킁대며 제 굴을 들여다보는데 저는 겁에 질려 그 안에서 떨고만 있어요. 저는 어떡해야 좋을까요?

- 존경을 담아, 마레시

가을

사랑하는 엔니케에게,

이제 수확이 끝났고 곧 학교도 다시 시작될 거야. 아직 할 일이 남은 집들도 있고 축제도 열리겠지만 그것들이 다 지나고 나면 드디어 작은 언덕을 오르는 아이들을 볼 수 있겠지. 이제 아침에는 옅은 서리가 풀밭에 앉기 시작했어. 올해는 확실히 가을이 빨리 오는 모양이야. 아아, 그래서 이번 서리에 겨울 사과를 몽땅 잃었지 뭐야. 도무지 사과가 익을 시간이 없었어.

참, 말이 나와서 말인데 요즘 내가 제일 그리운 게 뭔지 알아? 레몬이야! 여긴 레몬나무가 자라기엔 너무 춥거든. 야이가 그 노랗고 새콤한 레몬을 베어 물면 너랑 내가 얼굴을 잔뜩 찌푸리곤 했잖아. 하지만 요리할 때 레몬만큼 풍미를 돋우는 건 없어. 에르스 수녀님이 해주시던 구운 닭 요리가 생각나! 레몬과 올리브, 타임을 넣고 구워 육즙이 가득했지. 아아, 가끔은 수도원 음식이 너무 그리워서 생각만 해도 군침이 돌아. 가을이 되면 맛있는 음식을 많이 먹곤 했지……. 뭐, 넌 지금도 원 없이 먹고 있겠지. 꿀이랑 견과류가 가득 든 에르스 수녀님의 케이크! 홍합과 코르 뿌리, 향신료가 잔뜩 든 생선 스튜는 또 어떻고!

얼마 전 하이만 아저씨에게서 갈색 리넨을 받았어. 페이라 아주머니가 치통으로 고생하고 계셔서 얀날의 도움을 받아 이를 뽑아드렸거든. 그 천으로 바지를 만드는 중이야. 어머니는 여전히 내가 치마를 입고 머리를 땋길 원하셔서 바지 만드는 일을 도와주지 않으셔. 이제 나에 대한 건 거의 다 포기하신 것 같은데 내 차림새만은 받아들이기가 어려우신가 봐. 그래도 이제는 뭐라고 잔소리는 안 하셔. 어머니는 올가을에 기력이 많이 쇠하셨는데 내가 갖가지 차를 끓여드려도 기침이 영 낫질 않으시네. 가끔은 숨 쉬실 때 목에서 쌕쌕 소리가 나기도 해. 나르 수녀님께서 어머니를 직접 봐주실 수 있다면 좋을 텐데. 아무튼 야이의 섬세한 바느질 솜씨가 얼마나 그리운지 몰라! 이 바지도 야이가 만들었다면 벌써 며칠 전에 다 끝냈을 거야. 며칠째 저녁마다 이걸 붙들고 씨름 중인데, 바느질을 하다 보면 어느 순간 화가 치밀어 구석에다 던져버리고 바느질 따위 다시는 하지 않겠다고 다짐하게 된다니까. 하지만 지금 내 바지는 너무 낡아 이번 겨울을 버틸 수가 없어. 그래서 어쩔 수 없이 바느질감을 다시 주워 들지.

아, 그런데 내가 하려던 말은 이게 아닌데. 어젠 정말 오랜만에 학교에 잠시 들렀어. 모든 게 제자리에 그대로 있는지 확인해 두고 싶어서 아침 일찍 집을 나섰어. 가을 축제가 끝나고 나면 부모님은 커다란 장이 열리는 무리크로 가실 예정이거든. 학교를 열기 전이라 부모님은 나도 함께 그곳에 가길 바라시지. 아버지의 누나가 무리크의 부유한 집안 남자와 결혼을 해서 그곳에 살고 계셔. 고모의 아들 베르나티가 농장을 물려받았는데, 그는 얀날의 누나와 결혼을 했지. 그래서 형부도 자기 누나를 보러 언니와 함께 무리크에 갈 거야.

무리크는 우리 집에서 서쪽으로 이틀을 가야 있는 마을이야. 욜라와 사루에 비하면 엄청 큰 마을이라 장이 열릴 때면 아주 먼 곳에서도 상인들이 찾아와. 최근 우리 마을은 사람들이 찾을 수 없게 숨어버렸으니 사야 할 것들이 좀 있었어. 아버지는 새 도끼날이 필요하고 어머니는 주전자를 사고 싶어 하시지. 언니는 양을 사서 옷을 지을 털을 얻을 생각이야. 나는 늘 그렇듯 종이와 잉크가 필요하고 설탕이랑 소금도 좀 사고 싶어. 소금은 아주 귀해서 나도르가 지정한 상인들에게서만 병사들이 지켜보는 가운데 살 수 있어. 이래저래 그곳에 가는 게 썩 내키지는 않는데, 어쨌든 가긴 가야 해.

그래서 어제 일어난 일이 뭐였냐면, 나는 서리가 내려앉은 풀밭과 열매가 무성히 열린 장미 덤불을 지나 학교에 가고 있었어. 그 길을 지나며 조만간 장미 열매를 꼭 따야겠다고 생각했지. 나르 수녀님께 배운 건데 장미 열매를 말려 빻은 가루는 몸을 회복하는 데 도움이 되거든. 나는 붉은 망토에 부츠를 신고 어머니가 떠준 장갑을 끼고 걷고 있었지.

가을 햇살 아래 새하얀 서리로 뒤덮인 학교는 이린디불의 궁전처럼 빛이 났어. 그런데 굴뚝에서 연기가 피어오르는 거야. 나는 서둘러 달려가 문을 열었어.

"거기 누구 있어요?"

나는 짐짓 단호한 목소리로 말했어.

교실 안에서 연기와 짙은 나무 냄새가 풍겨왔어. 안에 들어선 나는 순간 깜짝 놀라 걸음을 멈췄어. 교실 중앙에 기다란 책상과 의자가 놓여 있는 게 아니겠어! 책상 끝이 살짝 들리듯 올라가 있어 얇은 상자처럼 보이는 게 무척 특이했어.

"나야, 마레시."

낮은 목소리가 들렸어.

카룬이었지. 그는 난롯가에 서서 장작을 쌓고 있다가 나를 보고 손에서 나무껍질을 털어내며 미소를 지었어. 이린디불에서 산 듯한 파란 셔츠를 입고 있었는데 그 때문인지 낯선 이방인처럼 보였어. 겨울을 나기 위해 남쪽으로 이동해야 하는데 길을 잃은 파란 새처럼 말이야. 소매를 걷어 올린 카룬을 보니 그의 넓은 어깨가 새삼 눈에 띄었지. 푸른빛 셔츠를 입고 있으니 그의 따뜻한 갈색 눈이 더욱 돋보였어. 인정할게, 카룬을 보니 기뻤어. 처음 카룬을 만났을 땐 내가 잘못 생각했던 거야. 그는 좋은 남자야.

"카룬!" 내가 소리쳤어. "돌아왔구나!"

내가 활짝 웃자 카룬도 웃었지.

"어, 돌아온 지는 좀 됐는데 일이 많았어. 네가 학교를 다시 열기 전에 몇 가지 일을 해두고 싶었거든." 카룬이 턱으로 책상을 가리켰어. "아직 완성된 건 아냐."

"정말 멋져!" 나는 연신 감탄했어. "그런데 이 끝은 왜 이렇게 만든 거야?"

"이린디불에서 들었는데 부잣집 남자아이들이 이런 책상을 쓴대. 그 위에 모래를 부어 글씨 연습을 한다나 봐. 그래서 레이디 폭포 아래 있는 강기슭에서 고운 모래도 몇 자루 가져왔어."

카룬이 열정적으로 설명했어.

"그래서 끝을 이렇게 만든 거야. 이 안에 모래를 채워 넣고 아이들이 막대기로 글씨를 쓸 수 있게. 덮개도 만들어줄게. 평소에는 평범한 책상처럼 쓸 수 있게."

"와, 카룬!"

멋진 아이디어에 놀란 내 입에서는 그저 탄성만 나왔지.

"바보 같은 생각일까? 넌 그렇게 가르치지 않을지도 모르는데……."

나는 팔짱을 끼고 서 있는 카룬에게로 달려가 그의 팔을 잡았어.

"정말이지 멋진 생각이야." 눈물이 차오르는데 참을 수가 없는 거야. "어떻게 하면 글씨 연습을 편리하게 할 수 있을까 고민하느라 머리가 아팠는데, 완벽해. 정말 완벽한 방법이야."

카룬이 자기 팔 위에 얹힌 내 손을 빤히 보는 바람에 나도 화들짝 놀라 얼른 손을 뗐어. 우리 사이가 너무 가까워진 바람에 카룬의 턱에 난 짧은 수염까지 다 볼 수 있었어. 날 보는 카룬의 눈빛에 내 뺨이 불에 덴 것 같았어. 나는 카룬의 팔을 다시 잡고 싶었지.

"여기 책장도 만들었어." 카룬이 여전히 내 눈을 보며 말했어. "그리고 이린디불에서 다른 것도 좀 사 왔어."

나는 장작더미 뒤를 보았지. 진한 갈색의 긴 책꽂이가 서 있고 선반 한쪽에는 밝은색 구슬에 이린디불 장식이 그려진 주판이 놓여 있었어. 하지만 나는 시선을 다른 쪽에 빼앗겼어. 그 옆에 책이 두 권 놓여 있지 뭐야! 나는 외마디 비명을 지르며 책장 앞으로 달려갔어. 가죽 장정의 책이었어, 엔니케! 책등을 쓸어보며 나는 할 말을 잃었어. 한 권, 그리고 또 한 권, 조심히 책장을 넘기며 아름다운 필체로 쓰인 글을 읽어 내려갔어. 한 권은 《우룬디엔의 국왕과 그들의 영토》라는 제목의 책이었고 다른 얇은 책은 《안데로의 네 희곡 그리고 오폴리의 지혜와 격언 모음집》이라는 책이었어. 난 들어본 적 없는 책들이었고 아마 오 수녀님도 이 책들은 모르실 거야. 당장 자리에 앉아 책장을 펼치고 싶었지.

하지만 책이 얼마나 비싼지 너도 알지, 엔니케? 책 한 장을 만들기 위해 얼마나 많은 노력이 필요한지도 말이야.

"선택할 수 있는 책들이 그다지 많지 않았어." 등 뒤에서 카룬의 목소리가 들려왔어. "수업에 도움이 되면 좋겠어."

카룬을 보기 전에 몇 번이나 울음을 삼켰는지 몰라.

"이건 과분해." 내가 카룬을 보았지. "책이랑 주판을 사려면 네가 번 돈을 다 써야 했을 텐데. 받을 수 없어."

"이건 네게 주는 게 아냐." 카룬이 내 눈을 보며 말했지. "아이들을 위한 거야."

나는 그 말에 반박할 말을 찾을 수가 없었어.

"게다가 그렇게 비싸지도 않았는걸." 그렇게 말하며 카룬은 조끼를 입었어. "이제 밖에 나가서 책상 덮개를 만들게. 너만 마음에 든다면."

책이 비싸지 않았다는 건 분명 거짓말이었을 테지만 나는 모른 척했어. 대신 모래를 채운 책상은 훌륭한 아이디어라고, 덮개도 만들어주면 무척 고마울 거라고 대답했지. 카룬은 내가 만들어준 장갑을 끼고 밖으로 나갔어. 난로에서는 장작이 타오르고 있었지만 갑자기 교실 안이 시원하게 느껴졌어. 주위를 죽 둘러보는데 또 뭔가가 눈에 띄는 거야. 벽난로 옆에 매트가 깔려 있고 그 위에는 뻣뻣한 담요도 놓여 있었어. 카룬이 학교에서 잤던 걸까? 그런데 왜? 하지만 그 궁금증은 금세 잊혀버렸어. 나는 가슴에 책을 품고는 몇 번이나 거의 넘어질 뻔하며 집으로 달려갔어. 그러고는 내 방에 숨어 밤늦게까지, 그리고 오늘 내 내 책을 읽었어. 부모님께서 뭐라 하시든 상관없었어. 새로운 책을 읽고 새로운 단어와 새로운 생각, 새로운 세상을 발견하는 이 일을 내가 얼마나 그리워했는지 몰라, 엔니케! 이 기분이 어떤 건지 야이도 잘 알 거야. 이 이야기는 야이에게도 말해줘야겠어. 아, 아냐, 내가 여기에 쓴 이야기를 네가 야이에게 전해줘. 나는 책을 좀 더 읽을게.

하지만 카룬 이야기는 너만 읽어야 해.

- 네 친구, 마레시

오 수녀님께,

수녀님, 제게 책이 두 권이나 생겼어요! 아니, 학교에 책이 생겼다고 해야 맞겠죠. 이린디불에서 온 책이고 로바스 말로 쓰여 있어요. 희곡이 실린 책도 있는데 수백년 전 사람으로 추정되는 안데로라는 남자가 썼대요. 이야기도 재밌고, 아이들에게 드라마를 가르치거나 작은 연극을 할 때 유용할 것 같아요. 이 책에는 오폴리라는 남자가 쓴 격언과 지혜도 실려 있는데 저는 이 두 번째 얘기가 더 흥미롭고 아름답게 느껴져요. 오폴리라는 이름을 들어본 적 있으세요? 처음 읽을 때는 좀 따분하고 진부한 격언처럼 여겨지기도 했지만 이야기 속에 더 크고 복잡한 진실이 숨어 있는 것 같아 집중해서 다시 읽고 있어요.

밤하늘처럼 까만 가죽으로 만들어진 《우룬디엔의 국왕과 그들의 영토》라는 책에는 얼마나 방대한 지식이 담겨 있는지 몰라요. 그런데 그 책은 권력자의 명령에 따라 쓰인 게 분명해 보여서 그건 감안해서 읽고 있어요. 어떤 식이냐면요, 아라와 수란도 시대에 수만 명의 라보라 병사들이 벤디로 군대에 맞섰다는 거예요. 하지만 라보라는 작은 나라라 그렇게 많은 병사가 있을 수 없었을 거예요. 어쨌거나 이곳에 관해 새로운 사실을 많이 배우고 있는 건 사실이에요. 지도도 있는데 로바스가 그려진 지도는 처음 봐서 신기해요. 책에는 왕들의 이름, 우룬디엔의 건국과 정복에 관한 신화뿐 아니라 누가 누구와 왜 결혼했는지, 그 많은 땅이 어떻게 정복되었는지, 혹은 라보라를 비롯한 어떤 땅들은 어떻게 해서 정복되지 않았는지, 통치자들이 얼마나 위대한 업적을 남겼는지 등이 적혀 있어요. 그런데 흥미로운 점 하나는 아라의 전설 속에 등장하는 에벤딜라나가 진짜 있었던 사람인 것처럼 적혀 있다는 거예요. 수많은 남자 주인공 속에서 여자인 그의 이야기는 아주 잠깐 나오지만 정말 매력적이고 신비로워요.

참된 왕 벤디로가 죽자, 그의 왕위를 이을 이는 딸 에벤딜라나뿐이었다. 그리하여 한동안 벤디로의 둘째 부인과 왕의 수석 보좌 마레나 공작이 임시로 나라를 다스리게 되었다. 이후 공주는 공작과 혼인하기로 예정되어 있었으나 그러지 않고 혼자 10년간 왕국을 통치했다. 일설에 의하면, 공주는 온갖 악기 연주에 능통했으며 그녀의 연주를 들으면 다 큰 성인 남자들도 눈물을 흘렸다고 한다. 그 후 적통인 카마렐이 통치권을 이어받아 퉁아리안산과 아홉 개의 은광 또한 정복했다.

제가 궁금한 건 에벤딜라나의 통치가 끝났을 때 그녀가 죽었다는 사실이 언급되지 않았다는 점이에요. 다른 왕들의 죽음에 관해서는 아주 상세하게 기록돼 있거든요. 에벤딜라나가 카마렐과 결혼을 했는지도 나와 있지 않아요. 후에 카마렐이 세 명의 부인과 아이들을 두었다는 내용은 나오는데 말이죠. 에벤딜라나는 책 첫머리에 잠시 언급되는 벤디로와 그의 첫째 부인 사이에서 태어난 딸 같아요.

벤디로는 스물한 살이 되는 생일, 로바스 총독의 딸 벤나와 결혼식을 올렸고 이로 인해 작고 가난한 나라와 거대한 왕국 사이에 동맹이 맺어졌다. 벤나는 무척 아름다웠던 여인으로, 벤디로와의 혼인을 거부하지는 않았지만 로바스와 우룬디엔 사이의 동맹 자체를 반대했다고 알려져 있다. 그녀는 벤디로와 결혼하고 몇 년 뒤 세상을 떠났는데 그 후 벤디로는 먼 친척의 동생인 탄다리의 타렌나와 재혼했다. 타렌나는 이때 말 서른 필과 군함 일곱 척, 공작 한 마리를 데리고 왔다.

그러니까 이 불운의 공주 에벤딜라나가 로바스 혈통이라는 거잖아요! 새로운 사실을 알게 돼 무척 신나요.

- 당신의 수련 수녀, 마레시

사랑하는 야이에게,

네게 마지막으로 편지를 쓴 뒤로 아주 많은 일이 일어났고 그 여파로 난 아직도 정신을 차리지 못하고 있어. 내가 보고 경험한 일이 중요하다는 건 알겠는데 그래서 이제 내가 어떻게 해야 할지, 이게 나와 로바스에 어떤 의미인지는 아직 잘 모르겠어.

엔니케가 얘기했는지 모르겠지만 우리 가족은 큰 시장이 열리는 무리크로 가는 중이야. 얀날의 누나도 무리크에 살고 있어서 형부와 언니까지 모두 함께 왔지. 먼 길은 여럿이 함께할수록 안전한 법이기도 하잖아. 길을 떠나기 전, 나는 마을 사람들이 준 침구용 리넨을 가지고 학교에 잠시 들렀어. 카룬이 학교를 위해 책상이며 책장, 책 등을 마련

해 줬으니 나도 작게나마 선물을 주고 싶었거든. 카룬은 요즘 학교에
서 지내며 필요한 것들을 만들고 있는 것 같아. 그의 오두막은 옛날에
지어져 제대로 된 굴뚝도 없고 겨울에 지내기가 좋지 않아. 이번 가을
은 특히 춥고 매일 밤 서리가 내리는 탓에 집 안도 일찍 춥고 어두워지
거든. 학교에 도착하니 카룬은 보이지 않고 동쪽 벽에 장작더미만 가
지런히 쌓여 있었어. 나는 리넨을 깔아 침대를 정리하고 챙겨 온 음식
을 테이블 위에 올려두었지. 삶은 달걀 몇 개랑 호밀 빵, 내가 만든 염
소 치즈를 가져갔어. 카룬은 농장 일을 하는 것도 아니고 혼자 사니 먹
는 게 변변찮아.

우리 가족은 엿새 전 동이 트기 전에 길을 떠났어. 그레이레이디가
이웃에게 빌려 온 수레를 끌고 나는 지팡이를 들고 노새 옆에서 걸었
지. 직접 바느질해 만든 바지를 처음 입었는데 딱 맞진 않았지만 최소
한 구멍난 데는 없고 따뜻했어. 무리크에서 열리는 장은 축제 분위기
여서 나도 나름 신경을 써 차려입었어. 춥지 않은 날을 골라 헛간에서
커다란 통에 따뜻한 물을 채우고 비누로 목욕을 한 뒤 수도원에서 가
져온 빗으로 머리를 빗었어. 언니가 수를 놓아준 리넨 블라우스와 어
머니가 뜨개질해 만드신 스웨터를 입고 카룬이 만들어준 부츠를 신었
지. 마을 사람들에게 받은 좋은 양털로 만든 스카프를 머리에 쓰고 어
머니가 주신 검정색, 빨강색, 흰색이 섞인 벨트도 허리에 맸고. 물론 붉
은 망토도 둘렀지. 내가 가진 옷 중에 제일 좋은 옷이잖아. 로바스의 그
어떤 옷도 이 붉은 망토에 비할 수 없어.

마레사와 둘란이 수레 위에 타고 어른들은 그 뒤를 따라 걸었지. 장
에서 팔거나 교환할 것들도 수레에 실었어. 밀가루 몇 포대, 달걀 두 바
구니, 내가 만든 염소 치즈, 리코타 치즈, 나라에스의 베리 절임, 아버

지의 바구니, 말린 허브, 향신료, 약, 연고 등등. 우리는 욜라를 지나 남서쪽을 향해 계속해서 걸었어. 하늘은 맑았지만 기온이 낮아 사방에 서리가 내려앉아 있었지. 마가목에는 열매가 무겁게 달려 있었는데 타우에르 아저씨 말로는 혹독한 겨울이 될 거라는 징조래. 그레이레이디는 처음으로 우리가 가는 길을 순순히 따라왔어. 드디어 노새가 원하는 대로 우리가 움직였던 거야. 마을을 떠나는 것, 그게 바로 노새가 원하는 거였어. 욜라를 벗어나자마자 나는 그 소리를 들었어. 땅을 울리는 진동에 다리와 몸, 이가 덜덜 떨렸어. 그건 나를 기다리고 있었지. 강력한 어떤 힘이 내 발끝부터 머리끝까지 차올라 잠시 세상과 차단된 듯했어. 나는 덜컥 겁이 났어. 그건 크론의 음성, 로바스의 음성이었어. 어쩌면 그 둘은 같은 건지도 모르겠어. 이곳에서 크론은 그런 식으로 내게 말을 걸어. 우리 마을에 있을 때는 이 소리가 들리지 않았는데, 내가 보호막을 쳐놓아서 그런 걸까? 보호벽 안으로는 그 어떤 것도 침범해 오지 못한다는 느낌이 들어. 크론께서 내게 뭔가를 원하고 계신데 나는 여전히 그게 뭔지 이해하지 못하고 있어. 그건 대체 뭘까?

하지만 난 그것과 대면하고 싶지 않아.

곧이어 다른 소리도 들려왔어. 발밑에서 풀잎이 바스락거리고 수레가 삐거덕 소리를 내며 바퀴를 굴렸어. 들뜬 마레사가 제 할아버지에게 이것들 좀 보라며 사방을 가리켜댔지. 솔개가 장엄한 날갯짓을 하며 우리 위를 맴돌고 마지막 철새 무리가 남쪽을 향해 날아가고 있었어. 새들을 따라 남쪽으로 가고 싶은 마음은 다행히 지난해보다 좀 나아졌어. 조용히 늘어선 녹색 소나무들 뒤로 빨간색, 오렌지색, 황금색으로 옷을 갈아입은 나무들의 잎사귀가 눈부시게 반짝이고 있었지.

허기가 진 우리는 오렌지빛으로 물든 마가목 아래 앉아 어머니와 언니가 싸 온 음식으로 주린 배를 달랬어. 그러고는 다시 길을 나섰는데 계곡에서 작은 강으로 물길이 넓어지는 곳을 만나는 바람에 건널 만한 곳을 찾아 다시 거슬러 올라가야 했지. 우리는 낡은 다리를 찾아내 겨우 강을 건넜어.

나무들이 밑동만 남은 노란 들판을 지났던 오후, 조그만 회색 통나무집 네 채가 모여 있는 작은 마을에 도착했어. 집들은 중앙에 있는 뜰을 빙 두르고 있었는데 가축은 없어 보였고 굴뚝에서는 연기가 피어오르고 있었지. 어머니가 어느 집 앞으로 가 문을 두드렸어. 얀날은 수레에서 아이들을 안아 내리는 중이었고 나는 잠시 앉아 쉬고 있었어.

어머니는 우리 로바스 사람들이 늘 그렇게 하듯 노크를 한 뒤 집 안으로 들어서려 했는데, 그 순간 문이 열리면서 회색 카디건에 거친 리넨 치마를 입은 깡마른 여자가 나왔어.

"이 집에 축복을 빕니다."

여자는 낯익은 로바스식 인사에 조금 안심하는 기색이었지만 여전히 문 앞에 서서 어머니를 들여보내 주지 않았어.

"당신의 여정에 축복을. 무슨 일이시죠?"

여자가 조용히 물었어.

"저희는 장이 열리는 무리크에 가는 길이에요." 어머니가 공손하게 대답했지. "이 댁 난로에서 물을 데우고 아이들의 몸도 잠시 녹일 수 있을까 해서요."

어머니가 마레사와 둘란을 가리키자 여자는 그제야 미소를 지으며 안으로 들어오라고 길을 비켜주었지.

"오, 들어오세요. 무례함을 용서하세요. 하지만 요즘은 낯선 사람을 믿을 수 없는 세상이니까요. 들어와서 몸 좀 녹이세요. 드릴 만한 건 아무엇도 없지만⋯⋯."

그 소박한 집은 나무로 된 마루 위에 직접 짠 듯한 오래된 러그가 깔려 있었고 두 벽에는 침대가 네 개 놓여 있었어. 짙은 색 나무로 된 길고 깨끗한 테이블과 자수를 놓은 쿠션이 올려진 가느다랗고 긴 의자도 있었는데 모든 게 낡고 빛바래고 해져 있었어. 나는 난로 위에 차를 끓였지. 집에는 아키오스 정도의 나이로 보이는 딸, 그리고 그보다 어린 딸이 둘 있었는데 각각 금발과 짙은 색 머리카락을 굵게 땋아 내리고 있었고 몸이 가늘고 무척 예뻤어. 아주머니가 병사들을 두려워할 수밖에 없었지.

우리가 차를 마실 동안 어린아이들은 까만 고양이와 놀고 여자와 큰딸은 그 마을의 사정을 들려주었어. 지지난 겨울 아주머니의 남편이 병에 걸려 세상을 떠난 뒤 근처에 사는 삼촌의 도움을 받아 농장을 꾸려가고 있는데 그 흔한 닭조차 이제 남아 있지 않다고 했지.

"몇 마리는 나도르가 세금 명목으로 가져갔고 나머지는 잡아먹을 수밖에 없었어요." 여자는 덤덤하게 말했어. 이번에 닥친 서리 일도 무감한 어조로 말했지. "올해 세금도 이미 다 걷어 갔어요. 올겨울은 어떻게 나야 할지⋯⋯."

그 집 어린 딸의 몸에 빨간 발진이 심하게 올라와 있어 내가 자세히 들여다봤어.

"귀리를 보면 그걸로 포리지를 만들어 차갑게 식힌 뒤 몸에 발라봐. 귀리는 발진을 가라앉혀 주거든."

아이는 어깨를 으쓱한 뒤 고개를 돌렸어.

그 집을 나서기 전, 어머니와 아버지가 눈길을 교환하더니 어머니가 잠시 밖에 나가 앞치마에 달걀을 한가득 담아 오셨어. 그러고는 여자에게 건네셨지.

"감사의 표시예요."

아주머니는 달걀을 잠시 물끄러미 보았지만 이내 시선을 거두며 고개를 저었어.

"우리 로바스에서는 대가를 받고 이웃을 대접하지 않잖아요. 난로와 물을 쓰게 해줬다고 돈을 받는 선례가 되고 싶지 않아요."

"그럼 이웃의 선물이라고 생각해 주세요."

어머니의 고집에 여자는 결국 달걀을 받았어.

우리는 침묵 속에서 남은 길을 걸었어. 아이들은 따뜻한 털가죽을 덮고 수레 위에서 잠이 들었지. 해가 저물기 시작해 우리는 산 중턱에 야영지를 마련했어. 저 멀리 무리크에서 연기가 피어오르는 모습이 보였고 다음 날 정오쯤이면 장에 도착할 수 있을 듯했어. 아키오스와 내가 불을 피우고 어머니가 음식을 나눠주셨어. 식사를 마친 뒤 나도 그레이레이디가 풀을 뜯는 소리를 들으며 이내 잠이 들었지. 로바스 땅이 웅웅 울리는 소리도 여전히 들려왔어.

이건 아주 긴 편지가 될 거야. 이해해 주길 바라, 야이. 내가 말이 너무 많지? 오 수녀님이 보셨다면 분명 이렇게 말씀하셨을 텐데. 요점을 말해야지, 마레시! 하지만 난 이렇게 써야 무슨 일이 일어났는지, 그래서 내 기분이 어땠는지 정확히 말할 수 있는걸. 이 편지는 며칠 동안 써야 할 것 같아. 이제 너무 어두워진 데다 손도 아프네. 내일 또 쓸게. 잘 자, 내 친구 야이.

*

　지금은 오후고 모두 나간 참이라 혼자 집에 있어. 요즘엔 지팡이를 들고 마을을 돌아다닐 때 말고는 혼자 있어본 적이 없는 것 같아. 최근에 마을을 더 열심히 돌고 있거든. 내가 너무 자주 나가니 몸이 상할까봐 어머니가 걱정하실 정도야. 몸이 고단한 건 사실이야. 마을을 지키느라 다리가 후들거릴 때까지 걷는 통에 다음 날 아침까지 아주 푹 잔다니까.

　내가 만약 무리크의 셸라스나 사촌 베르나티의 집에 살았다면 고독의 시간 같은 건 절대 누리지 못했을 거야. 무리크는 내가 여태껏 본 로바스의 마을 중에서 가장 커. 스무 채의 집이 있고 근방에는 아름답고 비옥한 계곡도 있어. 오래전부터 사람들이 터를 잡고 살아서 숲은 외곽으로 밀려나고 마을의 땅이 안정적으로 경작되어 있지. 여름에는 숲이 아주 근사할 것 같아! 지금은 들판에 까만 진흙만 남아 휑뎅그렁한데도 여전히 멋지거든. 마을 안에 있는 50채는 족히 넘을 듯한 건물들을 보며 아키오스와 아이들은 입을 다물지 못했어! 언니도 베르나티 농장으로 가는 내내 눈이 동그래져서 연신 주위를 둘러봤지. 시장이 열리는 시기라 오가는 사람들도 정말 많았어. 마을에 닿기 전부터 그 떠들썩함이 눈에 보였지.

　마을 초입에는 천막과 가판이 여기저기 세워져 있고 말과 소들은 한데 묶여 있었어. 대장장이들이 세운 임시 대장간과 음식 노점상에서는 연기가 피어오르고 노랫소리와 사람들이 왁자지껄 떠드는 소리가 섞여 바람을 타고 기분 좋게 들려왔지.

　마레사는 흥분해서 두리번거리다가 수레에서 떨어질 뻔했다니까.

하지만 우리는 우선 베르나티 집에 들러 인사를 하기로 했어. 그의 집은 번잡한 소음과 냄새에서 벗어난, 마을 끝자락의 언덕 위에 자리하고 있었어. 그들의 집이 크고 호화롭다는 건 알고 있었지만 막상 그 앞에 실제로 서보니 정말 큰 집이었어. 여러 집을 합쳐놓은 것처럼 거대해서 깜짝 놀랐어. 야이! 상상이 되니? 지붕이 있어야 할 자리에 다른 층이 있고 그 층에도 벽과 창문이 있지 뭐야. 한 집에 여러 건물이 붙어 있어서 그 집 한 채가 마을이나 다름없었어. 삼면으로 이루어진 집이었는데 뜰을 지나고 나서야 진짜 울타리와 문이 나타났어.

그 집에서 우리가 제일 먼저 만난 건 창고 문 앞을 떡하니 버티고 서 있는 따분한 표정의 경비병이었어. 그는 허리에 칼을 차고 있었지. 우리는 그 앞에서 쭈뼛쭈뼛 멈췄어. 곧바로 아버지가 우리 여자들 앞으로 나섰고 형부도 아버지를 따라 그 앞에 섰어. 둘이 경비병에게 뭐라고 중얼거리듯 말했지만 그는 우리를 힐끗 보기만 할 뿐 비켜줄 생각이 없어 보였어.

그때 문이 열리고 미라에스 고모가 나타난 거야.

"엔레!" 병사는 고모의 커다란 목소리를 들었지. "네 여정에 축복을!"

"이 집에 축복을."

아버지가 얼떨떨한 표정으로 대답했어.

"어서 와요들, 어서 와." 고모가 말했어. "먼 길을 왔구나. 어린 것들도 같이. 미오스가 좋아하겠어! 내 막내 손주 말이야. 얼른 들어오렴. 이쪽으로."

아버지가 문을 잡아주셨고 우리는 고모 집으로 들어갔지. 고모는 하나도 변한 게 없었어. 아버지처럼 앙상한 얼굴에 툭 튀어나온 귀도 여전했지. 목이 높은 깃에 빨강, 초록 실로 자수가 놓인 새하얀 블라우스,

줄무늬 리넨 치마, 그 위에는 크고 깨끗하고 정교하게 놓인 수가 돋보이는 앞치마도 입고 계셨어. 난 고모 집에 와본 적이 한 번도 없었어. 말과 마차가 있어 하루면 우리 집에 오실 수 있는 고모와 고모부가 늘 우리를 방문하셨으니까. 고모는 우리에게 선물을 가져다주는 일을 한 번도 잊지 않으셨지. 탄 고모부가 직접 깎아 만든 장난감이랑 고모가 갓 구운 케이크 같은 것들을 들고 오셨어. 고모의 딸 테시와 아들 베르나티는 우리보다 나이가 많아 주로 어른들과 어울렸지만 난 그들을 무척 따랐어. 특히 테시는 상냥한 데다 재미있는 얘기도 많이 해줬거든. 우리 집에 올 때면 늘 어머니께 커다란 버터와 자기네 소에서 얻은 우유로 만든 치즈, 그리고 가끔은 달콤한 크림도 가져다주었지. 테시는 아직 결혼하지 않고 가족들과 함께 살고 있어.

물론 이건 전부 기근이 닥치기 전의 이야기야.

우리는 그레이레이디를 수레에서 풀어 한쪽 벽에 있는 고리에 묶은 후 먹이를 줬어. 그동안 경비병은 우리에게서 눈을 떼지 않았어. 고모 집이 얼마나 멋진지 설명해 볼게. 왜냐면 이 집은 로바스에서 가장 큰 농가 중 하나일 테니까. 물론 도시에는 이보다 더 크고 멋진 집이 많겠지만 이런 시골에 방이 여러 개 딸린 2층짜리 집은 정말 흔치 않거든.

고모네 식구들은 주로 1층에서 생활하는데, 일층에는 벽돌로 지어진 커다란 난로와 빵을 굽는 오븐이 있어서 미라에스 고모와 셀라스가 함께 요리를 해. 집이 크니 솥도 얼마나 큰지 몰라. 응접실도 정말 넓어. 크고 긴 테이블이 중앙에 놓여 있고 양쪽에 긴 의자가 있어. 양쪽 벽에는 침대가 있는데 농장 일을 하는 소년들과 우유 짜는 소녀들이 밤에 거기서 커튼을 치고 잠을 잔대. 남자아이 세 명, 여자아이 두 명이 고모 집에서 일을 하고 있어. 방은 우아하고 기품이 넘쳐. 자, 상상해 봐. 나무로 된 마룻바닥에 벽에는 집에서 만든 줄무늬 카펫과 털이 긴 러그가 깔려 있고, 창이 두 개밖에 없어서 실내는 약간 어둡지만 깨끗하고 단정해. 한쪽 벽에는 큰 접이식 테이블이 기대어져 있는데 춥고 바람이 매서운 겨울에는 밖에 나가지 않고도 실내에서 목공 일을 할 수 있어. 그리고 또 셀라스와 베르나티, 그들의 어린 아들 둘이 함께 자는 침실이 있지. 베르나티의 아들 미오스는 마레사와 나이가 비슷하고 쿤날은 열 살이야. 마지막으로 우유 저장실이라고도 불리는, 음식을 보관하는 서늘한 창고도 있어. 계단을 오르면 2층에는 고모 부부의 침실과 테시와 베르나티의 딸 우넬리의 침실이 있는데 그 방에는 물레도 있었어.

그러니까 전부 합치면 이 집에 열세 명이 사는 거야. 우리가 도착했을 때는 미라에스 고모만 집에 있고 모두 시장에 나가 있었어. 고모는 하인들만 두고 집을 비울 수 없어 집에 계셨대. 고모는 우리보고 식탁에 앉으라고 하시며 집을 간단히 안내해 주고는 커다란 그릇에 따뜻하고 맛있는 포리지를 내오셨어. 고모네 집의 나무 숟가락조차 아름답고 정교한 장식품 같았지.

"소금 상인이 우리 집에 와 있어." 고모가 경계하는 눈초리로 문 쪽을 힐끔 보셨어.

"그 상인이 다른 상인 둘이랑 시장에 나갔다 오는 동안 병사가 소금 창고를 지키고 있는 거야. 우리 집이 마을에서 가장 커서 그들을 집에 묵게 해줘야 할 의무가 있거든. 경비병들은 여기 1층에서 일꾼들과 함께 자고 소금 상인은 베르나티네 방에서 묵고 있어. 베르나티 내외는 우리랑 함께 자고, 우유 짜는 여자아이들은 테시의 방으로 보냈지."

고모가 걱정스러운 얼굴로 우리를 보셨어.

"일꾼들과 병사들을 헛간 다락으로 옮기고 너희들이 1층에서 자면 될 거야. 소금 상인을 옮길 수는 없으니."

"저흰 걱정하지 마세요." 아버지가 대답하셨어. "어디든 괜찮으니."

하지만 아버지와 어머니 사이에 불안한 눈빛이 오갔어. 소금 상인은 늘 경비병들을 대동하고 다니는데 우리 같은 평민들은 병사들과 마주치는 일을 원치 않으니까.

"어쩔 수 없죠." 어머니가 조용히 말씀하셨어. "달리 잘 데도 없으니까요."

"이틀 밤만 묵고 떠날 거예요. 마레사와 마레시는 테시와 자고 우린 아래층에서 자면 돼요."

"너, 상인과 병사들에게 예의 바르게 굴어야 해." 언니가 엄격한 얼굴로 마레사를 보며 말했어. "될 수 있으면 가까이 가지 말고 그들이 말을 걸 때만 대답해."

"네, 엄마." 마레사가 입안에 포리지를 가득 문 채로 대답했지. "이제 시장에 가도 돼요?"

"잠깐만. 곧 갈 거야." 얀날이 말했어. "이번 여름엔 좀 어떠셨어요?"

"뭐, 괜찮았어." 고모가 테이블 맡에 서서 우리가 배불리 먹었는지 살펴보며 대답하셨어.

"최근에 서리 때문에 해를 입긴 했는데 피해가 크진 않아. 곡식도 잘 자라고 암퇘지들이 낳은 새끼돼지들도 건강하게 잘 컸지. 물론 병사들이 마을 곳곳에 깔려 있긴 하지만."

고모가 한숨을 푹 내쉬었어.

"세금이랍시고 새끼돼지 아홉 마리를 데려갔단다. 곡식은 말할 것도 없지. 매년 걷어 가는 세금이 극악무도하게 늘고 있어. 왕은 대체 우리가 얼마나 더 많은 세금을 내야 한다고 생각하는 건지, 원. 이 집에는 먹여야 할 입도 많은데 암울한 겨울이 될 게다."

고모는 고개를 절레절레 저으셨어.

"그래도 뭐, 괜찮을 거야. 우리도 힘들긴 하지만 우리만큼 운이 따르지 못한 사람들도 많으니……."

"다른 사람들은 올해 농사가 안 좋았나요?"

어머니가 물으셨어.

"아니, 그렇진 않아. 그런데도 지난 굶주림의 겨울 이후로 내내 상황이 좋지 않아. 내야 할 세금이 쌓여 있으니 나아질 기미가 없구나. 장에 가보면 알 게다."

"말조심하셔야 해요." 아버지가 낮은 목소리로 말씀하셨어. "나도르 사람들이 들을지도 모르잖아요."

"아, 하지만 이건 나도르 탓이 아닌걸." 고모가 놀란 얼굴로 말씀하셨어. "나도르도 왕의 명령을 따르는 것일 뿐 진짜 착취자는 우룬디엔의 왕이야."

이윽고 식사를 마친 우리는 시장으로 갔어. 몸은 피곤했지만 아이들은 잔뜩 신이 났고 우리가 가진 시간은 이틀밖에 없으니 마음이 바빴지. 우리는 고모 집에 짐을 두고 부산한 소음과 온갖 냄새가 뒤섞인 시장통을 걸었어.

시장은 굉장했어. 한쪽 변두리에서 그 일을 맞닥뜨리기 전까지는 그랬지. 그전까지는 한껏 차려입은 사람들과 맛있는 음식 사이에서 갖가지 천과 실, 털실, 냄비, 프라이팬 등 멋진 물건들을 구경하며 흥겨웠어. 모루를 앞에 둔 금속 세공사와 대장장이도 있고, 바구니 기술자, 악사, 광대, 치료사, 향신료 상인도 있었어. 그 한가운데 검붉은 캐노피를 치고 가판대 양옆에 병사 두 명을 거느린 소금 상인이 있었지. 병사들은 시장 안을 어슬렁거리며 삯을 치르지도 않고 손에 잡히는 대로 물건을 집고 어리고 예쁜 여자아이들을 눈으로 좇았어. 나는 우리 마을에 왔던 병사들을 마주칠까 봐 내내 두려웠어. 내 은화를 전부 가져가고 마르게트를 모욕한 놈들 말이야.

우리는 모두 함께 움직였어. 마레사는 제 아버지의 어깨 위에 올라타고 언니가 둘란을 안은 채 마치 시골 닭들처럼 무리 지어 가판대 사이를 걸었지. 뭔가 이상하다는 걸 먼저 알아차린 사람은 언니였어.

"가축을 파는 사람이 거의 없어. 음식도 없고."

사실이었어. 가축이라고는 가격이 터무니없이 높은 삐쩍 마른 새끼 돼지 몇 마리, 병아리 조금, 오리 알이 다였지. 음식도 남서쪽에서 왔다는 상인이 파는 훈제 소시지와 몸이 크고 볼이 붉은 여자가 파는 돼지구이가 전부였고. 아버지는 시장에서 음식을 이렇게 비싸게 파는 건 처음 본다고 하셨어. 사람들은 비축해 둔 음식이 없으니 다가올 겨울이 두려웠던 거야. 언니가 사려던 양은 그림자도 찾을 수가 없었어.

"그냥 양털을 사야 할까 봐." 언니가 실망한 목소리로 말했어. "양을 사서 키워보고 싶었는데……."

종이와 잉크도 찾을 수가 없었어. 사실 읽고 쓰는 일이야말로 로바스에서 가장 필요 없는 일이지.

바로 그때였어. 몇 마리 되지 않는 가축을 파는 상점 한쪽 구석을 지나고 있는데 그들을 맞닥뜨린 거야. 병사들이 쓰레기 더미 위에서 움직이는 뭔가를 겨냥해 사과 조각을 던지고 있었지. 병사 하나가 먹다 남은 사과를 던졌고 검은 털 뭉치 같은 게 쓰레기 더미 속으로 쏙 숨어들었어. 그러고는 털 뭉치가 다시 위로 쏙, 그 옆에서도 쏙 나타났지.

그건 털 뭉치가 아니라 아이들이었어. 뼈만 앙상하게 남은 아이들이 누더기를 걸친 채 먹을 걸 찾아 쓰레기를 뒤지고 있는 거였어. 성별도 구분되지 않는 아이 하나가 병사가 던진 사과 조각을 휙 낚아채 한입에 삼켰어. 병사는 욕지거리를 뱉으며 큰 돌멩이를 집어 아이를 향해 힘껏 던졌고 그중 한 명이 다리를 맞았지. 아이는 비명을 지르진 않았지만 기다시피 해서 달아났어.

내겐 지팡이가 있었지만 은빛 문이 나타나진 않았어. 병사들은 수가 많았고 우리에게는 아무것도 없었지. 나는 그들을 마음속 깊이 저주했어. 크론의 분노와 메이든의 저주, 마더의 화를 불러오고 싶었어. 그때 병사 중 하나가 나를 향해 몸을 돌렸어.

그 남자는 지난봄에 우리 마을에 와 내 은화를 가져간 남자였어. 다른 사람들보다 화려한 옷을 입고 있던. 나는 재빨리 고개를 돌리고 망토에 달린 모자를 푹 내려 썼지만 남자는 뭔가를 기억해 내듯 미간을 찌푸렸지. 내가 어머니 뒤로 슬쩍 몸을 숨겼지만 그는 우리가 인파 속으로 사라질 때까지 나를 눈으로 좇았어. 내 심장이 분노와 두려움에 방망이질 쳤어.

이번 여행에서 나는 빈곤과 기아를 눈으로 봤어. 아이들뿐만이 아냐. 성인인데도 거리로 내몰린 사람들을 봤어. 사람들은 세금이나 빚을 갚지 못해서, 혹은 척박한 땅에서 더는 버티지 못해서 자기가 살던 곳에서 쫓겨나 다른 마을을 전전하고 있었어.

한번 눈이 뜨이고 나니 그때부턴 어딜 가나 그런 사람들만 보였지. 처음에는 온통 멋진 모직이며 까만 냄비 같은 것만 보였는데 말이야. 그들은 배고픈 얼굴로 유령처럼 가판대 사이를 떠돌아다니고 있었어. 올이 거의 다 풀린 담요를 두르고 땅바닥에 앉아 지나가는 사람들에게

빈손이나 나무 그릇을 내밀고 구걸을 했지. 말할 힘조차 없어 보이는 사람들도 있었어. 어린아이를 데리고 구걸하는 가족은 차마 볼 수가 없었어. 그 부모의 눈, 자기 자식을 돌보지 못하는 고통으로 가득 찬 두 눈을 쳐다볼 수가 없었지.

그날 저녁 식사는 고문이었어. 소금 상인과 병사들과 같이 식사하게 되는 바람에 여자들은 전부 그들의 시중을 들어야 했거든. 분위기는 무겁고 딱딱하고 사람들은 말이 없었어. 키가 크고 머리가 하얗게 센 이린디불의 소금 상인 마혜란은 계속 로바스 사람들을 깔보는 말을 해 내 신경을 거슬렸어. 로바스 사람들은 게으르다는 둥, 나도르가 질병과 기아에 허덕이는 로바스 사람들을 도우려고 얼마나 노력하는데 사람들이 고집스럽고 바보 같아 소용이 없다는 둥, 그런 말들을 서슴지 않고 내뱉었어. 그런데 어느 누구 하나 반박하기는커녕 오히려 그 반대였어! 미라에스 고모 식구들은 모두 고개를 끄덕이며 그의 말에 동의했고 특히 사촌 베르나티는 한술 더 떠, 이 모든 건 우룬디엔 왕이 과도하게 세금을 거둔 탓이라며 중재자인 나도르는 자기 일을 열심히 하고 있는데도 감사는커녕 양쪽에서 비난만 듣고 있다고 말했어.

"나도르는 로바스를 위해 할 수 있는 모든 노력을 다하고 있다고요." 진주가 박힌 검정 벨벳 상의를 입은 사촌이 말했어. 상인은 고모가 준비한 어린 수탉 고기를 손에 들고 쪽쪽 빨고 있었지. "나도르는 곤경에 처한 사람들에게 돈도 빌려주고 있잖아요. 그건 무상 지원 같은 게 아니라 분명 빚인데도 사람들은 그걸 갚아야 한다는 사실에 난동을 피우고 있어요."

나는 그 순간 아버지와 눈이 마주쳤지만 우리는 잠자코 아무 말도 하지 않았지. 병사들이 아이들에게 돌을 던지며 괴롭혔다는 말 같은 건 하지 않았어. 마르게트와 다른 소녀들에 대해 우리가 들은 이야기도 하지 않았고, 하늘 높은 줄 모르고 치솟는 금리에 대해서도 말하지 않았지. 우리가 얼마나 어처구니없게 집과 땅을 빼앗길 뻔했는지도 모두 함구했어. 우리는 그저 접시만 뚫어져라 쳐다봤어. 이 어려운 시기에도 그들을 대접하느라 호화롭게 차린 음식들을 내려다보며 우리는 아무 말도 하지 않았지.

그날 밤, 우넬리와 마레사가 잠이 들고 나는 테시와 한 침대에 누워 있었는데 테시가 말을 꺼냈어. 그날 내가 본 아이들은 병이나 기아로 부모님을 잃은 고아들이고 돌봐주는 사람이 아무도 없대. 이건 로바스에서는 흔치 않은 일이야. 우리는 늘 어려운 사람들을 보살피거든. 만약 아이들이 부모 없이 혼자 남겨지면 이웃들이 데려가 돌봐주고, 아이가 있는 여자가 남편을 잃으면 이웃과 친구들이 파종과 수확을 돕지. 이게 우리가 살아가는 방식이야. 항상 그래왔어. 적어도 지금까진 그랬어.

그런데 지금은 너무 많은 사람이 굶주리고 빈곤하고 고립되어 있어. 모두 자기 상황이 남을 돌볼 만큼 좋지는 않다고 생각하지. 테시는 가끔 고아가 된 아이들에게 주려고 밖에 음식을 두고 오기도 하는데 베르나티와 부모님이 없을 때만 그렇게 한대. 다가올 겨울을 걱정하느라 그들의 신경이 무척 날카로워.

"우린 돌봐야 할 아이들이 있잖아, 라고 늘 핑계를 대시지." 따스한 어둠이 내린 방 안에서 테시가 나직이 말했어. "우리 앞길을 먼저 살펴야 한다고. 하지만 난 그렇게 생각하지 않아."

테시 이야기를 듣자 나는 잠이 오지 않았어. 어깨에 숄을 두른 채로 한참을 어둠 속에 가만히 앉아 있었지. 어릴 때 너무 배가 고파 톱밥과 나무껍질로 빵을 구워 먹고 풀과 나뭇가지를 뜯어먹었던 일이 생각났어. 오늘 쓰레기를 먹다가 돌을 맞던 아이들의 모습도. 결국 나는 일어나 옷을 갈아입은 뒤 살금살금 계단을 내려갔어. 숨소리도 내지 않았다고 생각했는데 거실에 들어서자마자 누가 내 팔을 잡는 거야.

어머니였어.

"쉿." 어머니가 내 귀에 대고 속삭였지. "따라와."

어머니는 나를 데리고 뒷문으로 나가셨어.

"밤에도 병사들이 소금 창고 앞을 지키고 있어. 서둘러." 변소를 지나치는데 어둠 속에서 그림자 하나가 우리를 향해 다가오는 거야. 나는 심장이 멎는 것 같았지. "아버지야." 내가 얼어붙자 어머니가 말씀하셨어. "음식을 가져온 거란다."

나는 놀란 마음을 진정시키며 말했어.

"아이들 때문에요. 잠을 잘 수가 없었어요."

"알아. 도우러 가자꾸나."

아버지가 커다란 자루를 지고 오셨지.

"서둘러야 해."

아이들을 돕고 싶어 방을 나선 건 맞지만 내게는 계획이 없었어. 하지만 어머니와 아버지는 아이들을 본 순간 계획을 세우신 거야.

"아이들이 비쩍 말랐더구나." 아버지가 말씀하셨어. "그 끔찍한 굶주림의 겨울 때의 너희 모습 같았다. 여기에 둘 수 없어. 하지만 미라에스는 몰라야 해."

"자기 식량이 축날까 봐 무척 날이 선 상태니까." 어머니가 마당을

279

나서며 못마땅하다는 듯 혀를 차셨어.

"우리 거 조금, 미라에스네 거 조금 가져왔어. 어차피 우린 이제 시장에서 살 것도 별로 없으니까. 어제 사람들이 하는 얘길 들었는데 아이들이 어디서 자는지 찾을 수 있을 것 같아."

우리는 마을 외곽, 건초가 가득 쌓인 헛간에서 아이들을 찾았어. 열 살쯤 된 여자아이와 먼저 마주쳤는데 그보다 나이가 많은 것 같기도 했지만 가늠하기가 어려웠어. 뭘 먹지 못해 어려 보이는 것 같았거든. 그 아이는 물끄러미 우리를 쳐다보더니 이내 아버지를 보며 말했어.

"구리 동전 세 냥. 어린아이들만 내버려 둔다면 제가 해줄게요." 앙상하게 뼈만 남은 그 여자애는 아버지의 자루를 보았지. "빵도 좋아요. 빵만 줘도 해줄게요."

아버지는 할 말을 잃으셨지. 나도 그랬어. 그러자 어머니가 아버지의 자루를 열고 그 안에서 빵을 꺼내 아이에게 주었어. 그러고는 머리카락에 지푸라기를 붙인 채 지독한 냄새를 풍기고 있는 아이 앞에 쪼그려 앉으셨지.

"여기 빵. 어서 먹어. 그리고 넌 아무것도 하지 않아도 돼."

아이의 눈길이 잠시 어머니에게 머물렀다 곧 빵으로 옮겨 갔어. 다음 순간 아이는 빵을 홱 낚아채 입으로 가져가서는 더는 들어가지 않을 때까지 계속해서 욱여넣었지. 아이는 빵을 꼭 쥐고 먹으면서도 어머니에게서 눈을 떼지 않았어.

"여기 있는 친구들은 다 해서 몇 명이니?"

어머니가 아이에게 물으셨어.

아이는 다급하게 먹느라 대답하지 못했어.

"우리랑 같이 가지 않을래? 우린 동쪽 사루라는 마을에 살아. 거기가면 먹을 것도 있고 따뜻한 곳에서 지낼 수도 있단다."

"왜요? 우리한테 무슨 짓을 할 건데요?"

아이는 의심하는 눈빛이라기보다는 셈을 따져보는 듯한 눈빛으로 어머니를 봤어. 가면 여기보단 나을까? 낯선 사람들을 따라나서는 위험을 감수할 만한 일일까? 그건 아이 얼굴에서 보여서는 안 되는 표정이었지. 나는 그 표정을 절대 잊을 수 없을 거야.

"아무 짓도 안 해. 내 아이들도 굶주린 적이 있단다." 어머니가 천천히 대답했어. "만약 나와 남편이 먼저 세상을 떠났게 됐다면 나도 누군가가 우리 아이들을 돌봐주길 바랐을 거야."

아이가 마지막 빵 부스러기까지 삼킨 뒤 말했어.

"미크, 벨라, 저, 미크 여동생이요. 걔 이름은 몰라요. 미크가 그냥 동생이라고만 해서요."

"부모님이 살아 계신 아이도 있니?"

아이가 고개를 저었어.

"제 어머니는 지난겨울에 돌아가셨고 아버지는 못 본 지 몇 해 됐어요. 미크랑 동생 부모님은 지난봄에 돌아가셨고요. 병사들이 죽였어요. 벨라는…… 모르겠어요. 하지만 돌봐줄 사람이 있다면 여기 있진 않겠죠."

"친구들한테 말해. 내일 해가 지면 계곡에 있는 징검다리에서 만나자고. 어디 있는지 아니?"

아이가 고개를 끄덕였어. 어머니가 자루에서 빵, 치즈, 소시지, 당근을 꺼내 아이에게 주셨지.

"친구들과 나눠 먹어. 하지만 한 번에 다 먹지는 마. 배탈이 나니까."

어둠 속에서 아이가 가만히 음식을 쳐다보다가 치즈를 가져가 품에 안았어.

"이름이 뭐야?"

내가 묻자 아이가 고개를 들고 동그란 눈으로 나를 봤어.

"실라예요."

우리는 어둠 속에 몸을 숨겨 다시 고모네 집으로 돌아갔어. 나는 부모님의 다음 계획을 알지 못했지만 부모님의 용기와 실행력에 정말 감탄했어. 내가 부모님의 딸이라는 사실이 자랑스러웠지. 이층으로 올라가기 전 나는 어머니의 손을 꼭 쥐었고 어머니가 내 손을 톡톡 두드려주셨어.

다음 날 우리는 장에 가 필요한 것들을 사고 우리 물건들도 조금 팔았어. 하지만 장에 나와 있는 건 도끼머리나 못, 주전자, 실, 털실, 리넨, 향신료 등 흔히 볼 수 있는 물건들뿐이고 음식이나 가축은 거의 없었지. 슬쩍 보아도 먹을 수 있는 건 눈에 띄지 않았어. 원래 우리는 달걀과 치즈를 팔 생각이었어. 하지만 어머니와 아버지, 나는 잠시 눈길을 주고받은 뒤 별다른 말 없이도 음식을 다시 집으로 가져가기로 결정했어. 아이들을 데려가면 먹을거리가 많이 필요할 테니 내가 만든 치즈 몇 덩이만 팔았어.

시장에서 각자 필요한 것을 산 뒤 우리는 시장 한가운데 있는, 음식을 파는 가판대가 몇 개 서 있는 작은 광장으로 갔어. 아버지가 마레사와 둘란에게 돼지고기 구이를 사주기로 약속하셨거든. 그런데 그 구이집에 닿기도 전에 인파를 밀치며 광장 중앙으로 향해 나아가는 병사들과 마주쳤어. 세 명 중 두 명은 의식이 거의 없는 남자를 질질 끌고 가고 있었어. 나는 가슴이 철렁 내려앉았어. 광장은 순식간에 물을 끼얹은 듯 조용해졌고. 언니가 조카들의 몸을 홱 돌려 그 자리를 떠나려 했지만 호기심에 찬 군중과 병사들이 그들을 뒤따르고 있어 빠져나갈 수가 없었어. 의식 없는 남자를 끌고 온 병사 둘이 그를 말뚝에 묶었고 화려한 가죽 장갑을 낀 세 번째 남자가 두루마리를 주르르 펴더니 말뚝 높은 곳에 걸었지.

"왕명에 따라 우리의 자애롭고 높으신 나도르께서 이 죄인의 악랄한 죄를 벌하실 것이다." 남자가 큰 목소리로 외쳤어. "이 자는 왕께서 임명한 소금 상인의 집에서 소금을 훔쳤다. 소금을 훔치는 행위는 가장 극악무도한 범죄다. 그러나 무한히 자비로우신 나도르께서 남자의 목숨은 살려주시기로 하셨다. 다만, 죄인의 오른손을 잘라 평생 자기가 저지른 범죄를 잊지 않게 할 것이다."

"아아, 로바스의 정령이시여."

아키오스가 나직이 욕을 뱉었어.

나는 순간 그를 툭 쳤어. 누가 들을까 봐 두려웠거든. 병사들의 얼굴에는 메노스의 지하실에서 만난 남자들의 눈에서 비쳤던, 폭력을 갈구하는 무자비함이 서려 있었어. 그런데 이번에도 크론의 문은 나타나지 않았어. 하지만 내 몸 안에서 어떤 파동이 요동쳤고 이가 떨리고 눈앞이 흐려졌어.

병사들은 곧 형을 집행했어. 우리는 고개를 돌렸지만 남자가 내지르는 비명을 피할 수는 없었지. 병사들이 남자의 피를 멎게 하려고 팔 끝을 태우는 동안 살이 타는 냄새도 피할 수 없었어. 아키오스가 내 손을 꽉 쥐었어. 나는 내 옆을 지키는 아버지에게 기대 땅만 쳐다보며 아버지의 스웨터에서 나는 털과 땀 냄새에 집중하려고 애를 썼어. 어린 조카들이 걱정됐지만 아이들을 차마 쳐다볼 수도 없었지.

형 집행이 끝나자 병사들이 남자를 풀어주었고 남자가 땅에 풀썩 쓰러졌어. 동시에 어떤 여자가 울부짖으며 달려가 쓰러진 남자를 품에 안았어. 자기 무릎 위에 남자의 머리를 누인 여자가 어쩔 줄 몰라 하는 모습을 보며 병사들이 키득댔지. 나는 천천히 쓰러진 남자를 향해 걸어갔어. 여자는 남자의 딸인 것 같았어. 내가 여자 옆에 앉자 병사들의 시선이 내 등에 꽂히는 것이 느껴졌지.

"이 사람을 데려갈 곳이 있어요?"

훌쩍이며 고개를 끄덕이는 여자를 잠시 살펴보았더니 얼굴과 손이 더러웠어.

"상처 부위를 깨끗하게 해야 해요. 알아들어요? 더러운 손으로는 절대로 상처를 만지면 안 돼요. 이 남자분을 만지기 전에는 꼭 손을 씻어야 한다고요. 열이 오르면 버드나무 껍질을 끓여서 마시게 해요. 할 수 있겠어요? 아니면 라임꽃을요. 우리 집에 라임꽃이 있는데…… 여긴 없는 것 같아요."

나는 낮은 목소리로 빠르게 설명했어. 여자는 계속 울었지.

"소금을 훔치지 않았어요. 우리는 소금 따위 필요 없어요. 먹을 게 필요했던 거예요! 그런데 아무도 믿어주지 않았어요. 아무도 우릴 도와주지 않았어요."

나는 여자의 어깨를 붙잡고 소리쳤어. 얇은 리넨 블라우스 아래 여자의 어깨가 뼈만 앙상했지.

"기억해요! 라임꽃이나 버드나무 껍질. 손을 꼭 씻고요!"

바로 그때, 어린아이의 목소리가 허공을 갈랐어.

"여긴 그렇게 적혀 있지 않아요. 여기엔 '소금을 훔치는 자는 소 한 마리나 그에 상응하는 벌금형, 혹은 다섯 번의 채찍질에 처한다'고 적혀 있어요. 사형이나 손을 자르는 벌 같은 얘긴 없어요."

마레사가 말뚝 앞에 서서 눈을 가늘게 뜨고 남자가 붙여놓은 두루마리를 노려보고 있었어. 우룬디엔의 왕이 직접 보낸 교지였지.

자기들끼리 시시덕거리던 병사들이 말을 멈추고 마레사를 보았어. 아니, 쏘아봤어. 얀날이 황급히 달려가 마레사를 안아 올렸지만 너무 늦고 말았어. 화려한 장갑을 낀 지휘관이 성큼성큼 걸어왔어.

"이 아이가 뭐라고 했지?"

"아무것도 아닙니다." 얀날이 기어가는 듯한 목소리로 대답했어. "아이가 이야기를 지어낸 겁니다. 한창 그럴 나이지요."

"아니에요. 지어낸 게 아냐!" 마레사가 바락바락 소리를 지르며 나를 봤어. "난 글을 읽을 줄 안단 말이야! 마레시가 가르쳐줬어, 그렇지? 이모! 사람들한테 얼른 말해줘!"

내가 자리에서 천천히 일어섰어. 나는 불타는 듯한 붉은 망토를 입고 광장에 섰지. 로바스 사람들은 한 번도 본 적 없는 옷을 입고서 말이야. 아아, 그 순간 내가 그 망토를 입고 있지 않았다면 얼마나 좋았을까. 죄수와 딸을 모른 척할 수 있었다면, 그들과 말을 섞지 않았다면, 아니, 애초에 로바스 같은 곳에 돌아오지 않고 수련 수녀의 집에 남아 따뜻하고 안전한 내 침대에 머물렀다면 얼마나 좋았겠느냔 말이야. 그 순간 나는 그것들을 간절히 바랐어.

"이렇게 어린아이가 글을 읽을 수 있을 리가요. 당연히 사실이 아닙니다." 나는 천천히 입을 뗐어. "나도르의 성에서 일하시는 높은 분들이라면 모를까, 글을 읽을 수 있는 사람은 이곳에 없지요."

마레사의 눈에 순식간에 눈물이 차올랐어. 제 아빠의 어깨에 얼굴을 묻고 엉엉 울었지.

"이모는 바보야!" 마레사가 훌쩍이며 말했어. "바보 마레시, 나빠!"

얀날은 마레사가 다른 말을 못 하게 하려고 딸을 더 꼭 안았어. 이제 병사들의 관심이 마레사에게서 내게로 옮겨왔지. 그사이 얀날과 마레사는 군중 속으로 사라질 수 있었어.

"마레시." 남자가 말했어. "넌 어디에 살지, 마레시?"

남자는 이제 내 이름까지 알게 되었어. 내 몸이 덜덜 떨렸어.

"북쪽 아사에서 왔습니다."

"이 죄인을 아나?" 남자가 땅에 쓰러져 있는 남자를 가리켰고 나는 고개를 저었어. "그런데 왜 이 여자랑 말을 나눴지?"

나는 할 말을 찾을 수 없었어. 땅 위에 쪼그려 있던 여자가 고개를 들어 날 쏘아보며 소리쳤어.

"저 여자가 뭘 훔쳐 가려고 했어요! 돈이랑 소금을 찾았어요."

"그렇군." 남자가 웃음을 터뜨렸어. "네 망토. 그것도 훔친 건가?"

그 순간 나는 내가 뭘 해야 하는지 깨달았어. 나만 들을 수 있게 로즈의 이름을 불렀지. 그러고는 일어나 남자를 향해 미소를 지었어.

"아닙니다. 이건 소금 상인께서 제게 주신 것입니다. 그분이 저를 아주 아끼시거든요."

남자의 얼굴에 핀 음흉한 미소를 보자 속이 뒤틀리는 것 같았어.

"그렇단 말이지? 네 재능이 특출난가 보구나."

나는 망토를 덮은 몸을 살랑 흔들며 대답했어.

"직접 물어보시면 아시겠지요."

"아니면 오늘 밤 네가 보여주면 되겠구나. 그런 망토는 줄 수 없어도 내 사례는 톡톡히 하지."

나는 애써 미소를 지었어.

"예, 어디로 가면 될까요?"

"옌날라 농장으로. 어딘 줄 아나?"

나는 떨리는 심장을 누르며 태연히 고개를 끄덕이고 무릎을 굽혀 인사를 한 뒤 사람들 틈으로 숨어들었어. 나를 따라오는 사람은 없었어.

광장 끝까지 가자 나는 더 가지 못하고 땅에 털썩 주저앉아 그날 먹은 것을 다 토해냈어. 어머니가 나타나 내 망토를 벗겨 품에 숨겼고 나를 부축해 서둘러 고모 집으로 데리고 가셨지. 우리는 밤이 될 때까지 기다릴 수 없었어. 곧바로 떠날 채비를 해서 길을 떠났어. 나는 마을을 벗어날 때까지 그레이레이디의 수레 안에 숨어 털실과 리넨, 보따리들 밑에 몸을 웅크리고 있었지. 짐 사이에 누운 마레사는 집으로 돌아오는 내내 울음을 그치지 않았어. 기대했던 돼지고기 구이를 먹지 못했고, 사촌의 멋진 농장과 신나는 것들이 가득한 시장을 갑작스레 떠나게 됐고, 사랑하는 이모가 자길 배신했으니 이해가 안 되는 일도 아냐.

숲에 도착한 우리는 야영지를 마련했고 해가 질 무렵 어머니와 나는 아이들과 약속한 징검다리로 나갔어. 그곳엔 벌써 아이 셋과 이제 막 걸음을 뗀 어린아이가 적막 속에서 벌벌 떨며 우리를 기다리고 있었어. 우리는 야영지로 아이들을 데려가 음식을 먹인 뒤 함께 집으로 향했어. 마레사 덕분에 아이들 마음이 금방 풀렸어. 배불리 먹은 덕도 있었겠지만 말이야.

어쩌면 실라라는 아이가 메노스로 갈지도 몰라. 지금은 겨울이니 어렵고 봄이 오면 보낼까 해. 실라는 메노스에 어울리는 아이야. 그 아이를 보면 그냥 알 수 있어. 실라에겐 안전한 집과 학교가 필요하고 그건 수녀님들만이 해줄 수 있는 일이잖아. 나는 벌써 계획을 세우는 중이야. 요즘 어머니와 나는 아이들을 입힐 옷을 바느질하고 뜨개질하며 시간을 보내고 있어. 실라와 벨라는 우리 집으로 왔고 미크와 여동생 에이나는 언니 집으로 갔어. 미크가 얀날을 정말 좋아해. 그래서 얀날이 가는 곳은 어디든 따라다니는데 그 아이는 자기가 얼마나 멋진 남자인지 뽐내는 걸 좋아해. 나라에스는 둘란과 에이나가 비슷한 나이라 둘을 돌보는 게 특별히 더 어렵지는 않다고 하지만 그 말을 믿지는 않아. 그래도 언니는 싫어하진 않는 눈치야. 새로운 식구를 반기지 않는 사람은 마레사뿐인데, 미크는 말 잘 듣는 하인처럼 마레사의 말이라면 뭐든 들어줘. 그래서 마레사 마음이 서서히 풀리고 있어.

그리고 벨라. 이 검은 머리 소녀는 아홉 살쯤 되는 것 같은데 말이 없고 대하기가 어려워. 음식이나 물건을 빼돌려 헛간과 건초 더미 안에 숨기고 며칠씩 사라져버리기까지 해. 그래도 늘 금방 집으로 돌아오지. 벨라는 실라랑 있을 때만 입을 열어. 아직 우리랑 얘기할 준비가 되지 않은 것 같아.

- 너의 친구, 마레시

오 수녀님께,

저희 가족이 무리크에서 돌아오고 있을 때 병사들이 욜라에 들이닥쳤대요. 제가 없어서 그랬던 것 같아요. 저는 사루에만 보호벽을 치고 있었지만 그 힘이 욜라에까지 미쳤었나 봐요. 오랫동안 욜라에도 세금을 걷거나 사람들을 괴롭히는 병사들이 나타나지 않았으니까요. 제가 마을을 떠나자 보호벽이 약해진 듯했어요. 사루의 보호벽에는 분명 아무 이상이 없었는데 욜라가 잠시 노출되고 말았죠.

병사들이 세금을 들먹이며 무자비하게 창고와 헛간을 약탈해 갔어요. 다행히도 숲에 있던 예로스가 멀리서 오는 병사들을 보고는 샛길을 달려 마을에 먼저 도착했고 사람들에게 알릴 수 있었어요. 그 덕에 언덕 옆에 만들어놓은 지하 창고에 어린 여자아이들을 숨길 수 있었고요. 창고 입구가 무성한 수풀과 덤불로 덮여 있어 병사들이 찾을 수 없게 되어 있거든요.

그래서 저희 사루 사람들은 나라에스의 집에 모여 의논한 끝에 욜라에 음식을 가져다주기로 했어요. 이제 저희 집 창고는 초가을만큼 음식이 넘치지는 않지만 그래도 괜찮아요.

저는 이제 밤낮으로 욜라까지 열심히 걷고 있어요. 지팡이로 땅을 너무 열심히 내리친 탓에 땅을 쿵 찧고 나면 그 반동으로 발끝부터 머리끝까지 잠시 띵 하고 울려요. 머리도 열심히 빗어요. 그 바람에 제 머리숱은 줄어들고 있지만 빠진 머리카락으로 땋는 머리는 점점 길어지고 굵어지고 있어요. 전 두려워요, 수녀님. 제 고국이, 이 세상이 변해가는 모습이 두려워요. 제가 뭘 어떻게 해야 하는지도 모르겠어요. 제 마을과 사람들을 보호하는 것 말고 제가 뭘 더 할 수 있을까요?

학교를 다시 열어 기뻐요. 생각을 환기할 수 있으니까요. 이제는 모래 책상이 생겨서 글씨 연습도 한결 쉬워졌어요. 나도르가 제 학교에 대해 알게 될까 봐 걱정이에요. 그가 알면 절대 가만두지 않을 텐데요. 마레사가 제 이름을 그렇게 불러댔으니 이제 제 이름도 알게 됐을 거예요. 마레사가 글을 읽을 줄 안다는 사실도요. 간신히 주의를 돌리기는 했지만 마레사가 두루마리에 쓰여 있던 글씨를 정말 읽을 수 있었다는 걸 병사들이 결국 알게 됐을지도 몰라요. 저는 병사들이 까막눈이거나, 최소한 글씨를 잘은 못 읽거나, 그것도 아니면 교지는 읽지도 않고 명령만 따랐기를 바라고 있어요. 그 두루마리는 형식에 불과했으니까요.

로바스에 글을 읽는 사람이 있는 것도 모자라 글을 가르치기까지 하는 사람이 있다는 걸 나도르가 알게 되면 어떻게 될지 감히 상상도 하고 싶지 않아요. 저는 소금 상인이 한 거짓말을 믿지 않아요. 나도르는 순진한 중재자가 아니에요. 사람들을 고통으로 몰아넣고 있는 악의 근원이죠. 그는 로바스 사람들이 무지에서 벗어나게 하려는 사람에게 자비를 베풀지 않을 거예요.

학교에는 새로운 학생이 세 명 늘었어요. 실라, 미크, 벨라요. 미크는 잠시라도 여동생을 돌보지 않아도 된다는 기쁨에 젖어 정말 열심히 배우고 있어요. 실라는 장난이 심해 다른 학생들에게 방해가 되는데 서서히 집중하는 법을 배우길 바라요. 예상 밖으로 벨라는 가만히 앉아 창밖만 보는 것 같은데도 늘 정답을 맞히는 거죠. 결국 제 수업을 잘 듣고 있었던 거예요. 이제는 제가 묻는 말에 대답도 곧잘 해요.

— 당신의 수련 수녀, 마레시

사랑하는 엔니케에게,

이제 여긴 정말 추워졌어. 아직 가을인데도 하늘은 그런 것엔 관심 없다는 듯 밤에는 싸늘한 서리가 내리고 낮에는 춥고 매서운 바람이 불어. 매일 아침 제일 먼저 학교에 도착해 불을 피워놓는데도 교실 안이 너무 추워서 아이들은 얼어 죽지 않으려면 수업 중에도 외투를 입고 있어야만 해. 아이들은 메마르고 빨개진 손으로 막대기를 쥐고 글씨 연습을 하지. 그래서 나는 몸을 덥히라고 아이들에게 교실을 몇 바퀴 뛰게 하기도 해.

마르게트가 실라를 잘 다뤄. 둘이 가까워지면서 실라는 조금 차분해졌고 다른 아이들을 크게 방해하지 않게 됐어. 가끔은 학교가 끝나면 마르게트네 집에 가서 일을 돕다가 저녁까지 먹고 오기도 해.

마을을 돌 때면 여전히 가끔 마르게트와 함께 걷고 있어. 방해가 되는 건 아니지만 혼자 걸을 때와 다르긴 하지. 한번은 마르게트에게 걸으며 무슨 생각을 하느냐고 물었는데 그 애가 이렇게 말했어.

"듣고 있어. 그리고 배우지."

마르게트는 내가 어떻게 마을을 보호하는 건지, 어떻게 내 에너지를 땅으로 흘려보내는 건지 알고 싶어 해. 나도 설명할 수 있으면 좋겠지만 설명할 방법을 모르겠어. 마르게트는 그래서 더 궁금해하는 것 같아. 로바스에 돌아온 뒤 처음으로 진짜 친구가 생긴 기분이야. 어릴 때부터 알던 사이라서 다시 친구가 된 게 아니라 마르게트가 지금 내 모습을 정말로 좋아해서 우리가 함께 어울리고 있는 거잖아. 붉은 망토를 입은 별종이자 서리 추방자, 이방인, 선생님인 나를 말이야.

그 애는 가끔 우리 집에 와서 내가 하는 일들, 옷을 수선하거나 치즈를 만들거나 약을 만들려고 식물 뿌리를 으깨는 일들을 거들어. 가족들에게 책을 읽어줄 때면 한때 자기 아버지 것이었던 커다란 카디건을 두른 채 내 발치에 앉아 귀를 기울이지. 내가 특별할 것 없는 이야기를 들려줄 때도 마르게트는 감동해서 두 눈을 반짝여. 헤오가 옆에 있는 것 같다니까. 그 느낌이 좋아.

몹시 추운 날 아침, 이제 막 동이 터 오르는 어슴푸레한 숲을 걷고 있었어. 그러다 카룬의 오두막 앞에 다다랐는데 지붕 한쪽 판자가 몇 개 떨어져 있는 거야. 그렇게 된 지 한참 된 것 같았어. 아직 이른 아침이니 카룬이 집에 있을 거라고 생각한 나는 곧장 그의 집 앞으로 가 문을 두드리고 안으로 들어갔지.

집 안이라고 해도 밖보다 크게 따뜻하지는 않아. 문 앞에 놓인 물통은 꽝꽝 얼어 있었고 카룬은 이제 막 불을 피우는 중이었지. 막 잠에서 깬 듯했는데 가죽 조끼에 부츠까지 신고 있는 모습이 분명 옷을 있는 대로 다 껴입고 잔 것 같았어. 집 안에 들어서며 서둘러 문을 닫았지만 집 군데군데 난 틈으로 찬바람이 쌩쌩 들어왔어.

카룬이 난로 문을 닫고 손에서 나무를 털어냈어.

"마레시, 학교 일은 잘돼가?"

카룬이 말했어.

깊고 낮은 카룬의 목소리를 듣고 있으면 심장에까지 그 낮은 진동이 전해지는 것 같아. 지붕에 난 구멍을 보던 나는 시선을 돌려 그를 보았어. 분명 비가 샐 텐데…….

"응, 다 좋아. 네가 만들어준 책상 덕분에 가르치는 일이 훨씬 더 수월해졌어. 들었는지 모르지만 학생도 세 명 더 늘었고. 무리크에서 아이들을 데려왔거든."

"응, 숲에서 너희 아버지를 만났어. 너와 가족들이 좋은 일을 하는구나, 마레시."

"부모님 생각이었어. 아이들이 굶는 걸 차마 그냥 보지 못하셨어."

"좋은 분들이야. 네가 이렇게 자란 것도 당연해."

카룬의 다정한 말에 내 뺨이 달아올랐어.

"네가 준 책들도 유용하게 쓰고 있어. 주판도 그렇고." 그 순간 나도 모르게 불쑥 다음 말이 나와 버렸어. "다만……."

"응?" 실내가 어두워서 내 얼굴이 잘 보이지 않자 카룬이 내 쪽으로 다가왔지. 나도 카룬에게 한 걸음 다가갔어.

"아침에 너무 추워. 내가 먼저 가서 불을 피워놓는데도 추워서 아이들이 수업에 집중하질 못해."

긴장한 탓인지 카룬이 준 부츠 속에 있는 내 발가락이 오그라들었어. 그 부츠를 신고 있는 한 발이 시리지는 않거든.

"바람이 들지 않게 지으려고 애썼는데……"

카룬이 그렇게 말하며 한 걸음 물러나자 우리 사이에 바다가 놓인 듯 멀게 느껴졌어. 내 입에서 왜 그런 엉뚱한 말이 나왔을까! 내가 하려던 말은 그게 아니었는데.

"그게 아니라……." 나는 말을 더듬었어. "혹시 네가…… 학교로 들어와 살면 어떨까? 너무 큰 부탁인 건 알아. 하지만 그렇게 해준다면 아이들이 정말 좋아할 거야. 네가 아침에 일어나 불을 피우면 아이들이 도착할 즈음 교실이 데워질 테고 우리가 학교를 쓸 때는 넌 어차피 밖에서 일할 시간이니까."

카룬이 어리둥절한 눈으로 나를 봤지.

"그런 제안은 거절할 수 없겠는걸." 카룬이 천천히 대답했어. "겨울이 오기 전에 집을 손보려고 했는데 시간이 없었거든. 비도 새고."

"우리야말로 네 덕분에 따뜻한 교실에 들어설 수 있으니 크나큰 축복이야."

으으, 엔니케, 내가 그렇게 어색하고 딱딱하게 말했다니 바보 같아.

"네게 방해만 되지 않는다면 나도 좋아."

나는 재빨리 고개를 흔들었지만 그를 쳐다볼 용기는 나지 않았어. 얼른 그곳을 벗어나야겠다는 생각에 혼자 이상한 말을 중얼거리며 서둘러 그 집을 나왔어.

어제는 수업이 없었고 오늘 아침에야 학교를 향해 나섰지. 멀리서도 굴뚝에서 연기가 피어오르는 모습이 보였어. 학교로 올라가는 길의 서리 덮인 돌계단 위에 커다란 발자국이 찍혀 있었고 학교 안에 들어서니 희미한 포리지와 연기 냄새가 풍겼어. 따뜻하고 아늑했어. 카룬은 주로 포리지를 먹는 것 같아. 한쪽 벽에는 대충 형태만 갖춘 침대 위에 내가 준 리넨 담요가 개켜져 있었어.

고마움의 표시로 종종 카룬에게 음식을 가져다줄 생각이야. 매일 포리지만 먹고 살 순 없잖아. 욜라에 음식을 나눠준 뒤에도 우리 집에는 먹을 게 여전히 많아. 빵 한 조각, 소시지 몇 개가 없어졌다고 해도 어머니는 개의치 않으실 거야. 내 염소들이 주는 우유로 치즈를 만들어 줄 수도 있어. 가끔 이번 겨울에는 내 새끼 염소를 잡아야 하는 게 아닐까 하는 걱정에 문득 휩싸이기도 해. 이제 더는 새끼라고 부를 순 없지만. 나중에 진짜 새끼 염소가 생기고 그 염소들이 다 커서 우유를 짤 수 있는 염소가 우리 집에 두 마리나 생긴다면 정말 멋질 거야.

– 네 친구, 마레시

오 수녀님께,

수녀님! 편지가 도착했어요! 전혀 상상도 못 한 경로로 편지가 온 거 있죠. 수녀님께 한 해에 두 번이나 편지를 받다니 행복해요! 며칠 전, 수업이 끝나고 아이들이 모두 집으로 돌아갈 때까지 카룬이 밖에서 저를 기다리고 있었어요. 저를 본 카룬이 환하게 웃었지요. 제게 특별히 할 말이 있는 게 분명했어요. 카룬은 아이들이 갈색 언덕을 다 내려갈 때까지 기다렸다가 조용해진 학교 안으로 들어왔어요. 그러더니 옷소

매 안에서 뭔가를 꺼내는 게 아니겠어요.

"칸드팔에서 온 사냥꾼을 우연히 만났어. 그 사람한테서 받은 거야."

카룬이 두꺼운 두루마리 뭉치를 제게 건네며 말했어요.

"그 사냥꾼은 북쪽으로 배를 타고 가던 어떤 상인에게서 받았다는데 그 상인이 어디서 왔는지는 모르겠어. 어쨌든 너한테 온 거야."

생각지도 못한 기쁜 소식에 놀란 저는 다리가 후들거려 앉아야 했어요. 어디에서 온 서신인지 단번에 알아차렸죠. 저는 두루마리에 제 뺨을 가져다 댔어요. 다시 수녀님의 말씀을 들을 수 있다니. 그것도 이렇게 빨리요! 카룬이 그런 제 모습을 보고 미소를 지었어요.

"기다리던 소식인가 보구나."

카룬을 보며 고개를 끄덕이는데 눈물이 떨어질 것 같았어요.

"집에서 온 편지야."

제가 나직이 대답했어요.

"집……."

카룬이 제 말을 되뇌어 보다가 자기 손을 내려다보았어요. 그러고는 조용히 돌아서서 숲으로 걸어 들어갔어요.

저는 곧장 난로 옆에 앉아 편지를 읽어 내려갔어요. 평화롭게 혼자 편지를 읽을 수 있는 공간이 있음에 감사한 마음이 들었죠. 하지만 이번에는 곧바로 답장을 쓰지는 않을 거예요. 대신 앞으로 일어날 일들을 충분히 음미하고 제 안에 묵힌 뒤 쓸게요. 겨울이 지나고 나서야 편지를 보낼 수 있으니 시간이 좀 있기도 하고요. 제겐 시간이 아주 많아요. 수녀님은 아름답고 긴 글을 보내주셨더군요! 그간 두서없이 제멋대로 휘갈겨 쓴 제 편지가 부끄러워졌어요.

수녀님의 편지는 제게 무척 소중한 보물과 같아요. 편지를 읽는 동안 수녀님께서 저의 학교를 얼마나 많이 응원해 주고 계신지, 학교를 얼마나 중요하게 생각하시는지가 느껴졌어요. 제가 지난번에 이미 말씀드렸죠? 학교에 남자아이들을 받기로 했다고요. 수녀님이 옳았어요. 로바스는 야이의 고향과는 아주 다른 곳이에요. 여긴 남녀 구분 없이 모두에게 배움이 금지되어 있죠. 이곳에서는 여자와 남자가 무슨 일이든 함께하고요. 그런데 남자아이들만 학교에 오지 못하게 하는 건 어리석은 일이에요. 이제야 깨달았어요. 왠지 모르지만 저는 으레 여자아이들을 위한 학교를 세우고 여자아이들에게 지식을 전하는 일만을 생각해 왔어요. 하지만 저도 계속해서 배우고 있어요. 계속 앞으로 나아가고 있어요, 수녀님.

수녀님은 제게 사람들과 연대하라고 하셨죠? 다른 사람들을 배제하지 말라고요. 저는 그 말씀을 계속 곱씹고 있어요. 그 말은, 제가 저희 마을만 지켜서는 안 된다는 뜻일까요? 하지만 제가 이 마을을 보호하지 않는다면 마을 사람들은 어떻게 하죠? 수녀님 말씀을 듣고 나니 제가 잘하고 있는 건지 걱정이 돼요. 수녀님은 수도원의 방식이 언제 어디서나 맞는 것이 아니니 조언을 하거나 뭐가 맞고 틀린지 말해줄 수 없다고 하셨죠. 조언한들 로바스에는 맞지 않을 수도 있다고요. 수녀님 말씀이 옳아요. 하지만 저 혼자서만 생각하고 내리는 결정도 틀릴 수 있잖아요, 안 그런가요? 저 혼자 나도르에 맞서 로바스를 지킬 수는 없어요. 불가능한 일이에요. 저는 평범한 사람일 뿐인걸요. 수녀님께서 말씀하신 '연대'에 담긴 의미가 제가 로바스 땅 전체를 지켜야 한다는 뜻일까요? 수녀님과 마주 앉아 얼굴을 보며 조언을 구하고 싶어요!

수녀님께선 제게 경전에서 지혜를 찾으라고 하셨지만 모르겠어요. 수도원에서 가져온 책과 카룬이 사다 준 책은 처음부터 끝까지 몇 번이나 반복해 읽었는데도 해답을 구할 수가 없어요.

네, 크론께도 기도하고 있어요. 하지만 그분은 묵묵부답이시죠. 어쩌면 보호벽 때문에 그분이 하시는 말씀을 제가 듣지 못하고 있는지도 몰라요. 메아리 같은 그 울림에 저는 이만 시려요.

언니는 다시 아이를 가졌어요. 다행히 이번엔 따뜻한 기운만 느껴지고 크론의 한기는 느껴지지 않아요. 신의 온기가 이런 것이겠죠. 눈을 감아도 눈꺼풀 위로 붉은 기운이 느껴져요. 어머니는 요즘 건강이 악화되고 기침도 심해지셨어요. 아버지의 주름도 깊어져서 걱정이에요. 간혹 어머니는 환한 대낮에도 침대에 누워 쉬시는데 어머니가 그러시는 모습은 처음 봐요.

참, 수녀님, 종이 감사해요! 종이는 언제나 제게 최고의 선물이에요. 여기 온 뒤로 내내 종이 부족에 시달리고 있었거든요.

헤오에게도 편지 고맙다고 전해주세요. 글만 봐도 성숙해진 게 느껴져 이제 저의 귀여운 헤오는 찾아볼 수가 없더군요. 이제 어리지 않은데다 달의 수련 수녀까지 되었고요. 달은 선택할 필요가 없다고 헤오가 그랬죠. 그게 무슨 뜻인지 알아요. 달은 메이든, 마더, 크론의 세 가지 모습을 모두 갖고 있으니까요. 하지만 저는 달이 아니고 신도 아닌 걸요. 평범한 저의 길은 더욱 좁아요.

아, 지금 생각해 보니 카룬이 이 편지를 전해준 사냥꾼에게 삯을 치렀을 것 같아요. 그런 사람들은 아무 대가 없이 이런 일을 해주지 않잖아요. 다음에 카룬을 만나면 꼭 보답해야겠어요.

— 당신의 수련 수녀, 마레시

사랑하는 야이에게,

네 진심이 가득 담긴 세 통의 편지는 잘 받았어. 고마워! 편지를 읽는 동안 네가 내 옆에 있는 것만 같았어. 외로움이 찾아오면 네 편지를 꺼내 읽어야겠다는 생각을 해. 지난가을, 겨울 내가 수도원을 무척이나 그리워했던 거 알지? 지금은 조금 달라졌어. 그리운 마음이 사라졌다거나 덜 그리워졌다는 건 아냐. 그 마음과 함께 살아가는 법을 배운 거지. 철의 밤에 마을을 지켜내고 학교도 열고 난 뒤에는 이곳에도 내 자리가 조금씩 생기고 있어. 마르게트라는 내 그림자 친구까지 생겼어. 하지만 누구도 네 자리를 대신할 수 없다는 걸 알아줘, 야이!

네가 말한, 그 트셀라라는 아이는 좋은 아이 같아. 너와 나만큼이나 책을 사랑하는 아이가 수도원에 새로 들어왔다니 기분이 이상해! 네 말대로 트셀라와 내가 만났다면 아마 금세 친구가 되었을 거야. 하지만 고문헌을 다룰 때는 아주 조심해야 한다고 네가 트셀라에게 이미 주의를 시켰겠지? 너도 알다시피 오 수녀님은 그 문헌들을 정말 아끼시잖아. 트셀라가 특히 옛날 책들을 좋아한다는 얘기를 들으니 괜한 걱정이 들어. 그 애가 보물의 방에 그렇게 자주 가는 것도 오 수녀님께서 허락하신 거겠지?

나라에스를 너무 나무라진 마. 언니 말이 맞기도 해! 난 내 임무에 집중해야 해. 언니가 내게 약속해 달라고 한 일 기억하지? 그 이후로는 언니 말대로 일에만 몰두해 지내고 있어. 예로스와 헤어지고 학교도 열었잖아. 물론 카룬의 도움 덕분이었지만 말이야. 그나저나 예로스를 계속 만났더라면 마을 사람들에게도 끔찍할 일이 될 뻔했어. 그 애를 만나는 데 정신이 팔려 마을을 지키는 일은 뒷전이었으니! 아무튼 난 고향에 돌아와 하려고 했던 일들을 차근차근 해나가고 있어. 사실, 그보다 더 많은 일을 하게 된 것 같아. 마을을 보호하게 되리라고는 생각도 못 했거든. 하지만 너와 오 수녀님 둘 다 나를 혼내고 있으니 이것만으로는 둘을 만족시킬 수 없는가 봐. 화내지 마, 야이, 부탁이야. 아무리 작은 일이라도 네가 나에게 실망했다고 생각하면 난 너무 속상해. 특히 이유를 모를 땐 더더욱! 넌 내가 아르반 같은 사람과 결혼하는 일은 바라지 않을 거야, 그렇지? 이곳에서 결혼한 여자들의 삶이 어떤지 너는 상상도 못 할 거야. 아니, 네 어머니를 생각해 봐. 온갖 집안일과 아이들을 떠맡은. 어머니가 집안일 말고 다른 일을 하시는 걸 본 적 있니? 자기를 위한 아주 작은 일이라도 말이야. 어머니가 학교를 운영하거나 아픈 사람을 치료하거나 공부하실 시간이 있었을까? 아닐 거야. 네 어머니께 그런 시간이 주어지지 않았다는 걸 너도 알 거야. 난 이 모든 일을 하고 싶어.

　물론 나도 남자와 가정을 꾸리는 삶을 꿈꾸기도 해. 예로스를 만나보고 나니 내가 앞으로 무엇을 놓치며 살게 될지 알게 됐지. 하지만 그런 일은 내게 그렇게 중요하지 않아. 아이는 글쎄, 내겐 조카들이 있잖아. 난 그 애들만으로도 충분해. 언니는 또 임신을 했고 그 아이는 곧 또 손길이 필요하게 되겠지. 언니는 더 많은 도움이 필요할 거야. 게다가 학교에서 날 기다리는 아이들도 있고.

　네가 매일 밤 날 위해 초를 밝혀준다니 기뻐. 가끔은 수도원 사람들이 날 잊을까 봐 두렵거든. 트셀라 같은 아이들이 들어와 내 자리를 채우고 있잖아. 하지만 지금은 그냥 네 창에 밝혀둔 촛불만 생각할게. 그 환한 촛불이 너를 그리워하는 내 마음을 따뜻하게 달래주는 듯해.

- 네 친구, 마레시

사랑하는 로즈 엔니케에게,

네가 예로스에 대해 쓴 편지를 지금에서야 받아 읽으니 기분이 이상해. 그 애랑 함께 지냈던 여름이 난 벌써 아득하거든. 내 얘기가 마치 남의 얘기처럼, 마레시라는 이름의 어떤 여자애한테 일어난 일처럼 느껴져. 난 우리가 했던 일들이 전혀 부끄럽지 않아. 예로스를 만나서 비로소 내가 메이든과 그분의 비밀에 더 가까워질 수 있었다고 생각해. 네가 무척 아름다운 비유를 했지? 그건 '기도와 비슷하다'고. 그 경험 덕분에 난 여자와 남자를 좀 더 이해할 수 있게 됐어. 우리 몸이 가진 힘과 그 힘이 우리에게 전하는 파동, 삶에서 몸이 얼마나 중요한 의미를 갖는지 그런 것들을 깨닫게 됐어. 몰랐더라면 어리석은 짓을 하며 살았을 거야.

보름 전쯤 일이야. 학교에 갔는데 카룬이 아직 침대에 있는 거야. 교실은 춥고 어두웠고 카룬은 창백한 얼굴로 눈을 감은 채 누워 있었어.

"어디 아파?"

걱정된 내가 물었어. 나는 서둘러 부츠에 묻은 서리를 털어내고 침대로 갔어. 아직까진 눈이 내리지 않아. 카룬은 고개를 저었어.

"다리가 부러졌어."

카룬이 미처 막기도 전에 나는 담요를 획 걷었어.

"어디? 여기? 여기?"

"정강이."

카룬이 힘없는 목소리로 대답했지.

나르 수녀님께 배운 대로 카룬의 다리를 짚어보니 골절된 부위가 확연히 느껴졌어. 내 손이 다친 부위에 닿자 카룬은 소리를 내진 않았지만 거친 숨을 훅 들이켰어. 다행히 뼈가 여러 조각으로 부서진 건 아니었지만 다리에 열감이 있었어. 어쩌다 그랬느냐고 묻지는 않았어. 카룬은 나무를 베는 일을 하는데 숲에서 다칠 수 있는 경우는 너무나도 많을 테니까.

"여기까진 어떻게 왔어?"

대신 나는 물었어.

"걸어왔어."

카룬이 겨우 대답했지.

"진통제랑 해열제, 항생제를 가져올게. 그리고 부목을 대야겠어."

나는 다리에 조심스레 담요를 다시 덮어준 뒤 난로에 불을 지폈어.

"아이들이 오면 네가 설명 좀 해줘. 금방 다녀올게."

카룬이 뭐라고 불평하는 듯했지만 나는 그대로 문을 닫고 서둘러 학교를 나왔어. 집에 가는 길에 마주치는 아이들에게는 자초지종을 설명해 준 뒤 늦을 거라고도 말해 두었어. 집에 도착하자마자 필요한 허브와 물건들을 챙겨 다시 학교로 달려갔지. 그런데 대견하게도 아이들이 난로에 장작도 더 넣어두고 냇가에서 물도 떠 오고 페라와 렌나는 불 위에 물도 올려두었지 뭐야. 그래서 학교에 도착하자마자 뜨거운 물을 사용할 수 있었어. 그 기회에 나는 아이들에게 약효가 있는 허브를 다루는 법, 약과 연고를 만드는 법을 가르쳐주었어. 마르게트는 내가 하는 사소한 이야기 하나에도 귀를 기울이고 있다가 옆에서 나를 도왔어. 나는 진통을 달래고 열을 가라앉혀 줄 차를 끓여 카룬에게 주었지. 그러고 나서는 뼈가 크게 조각났을 때 부목을 대는 법과 뼈가 어긋났을 때 그걸 맞추는 법도 아이들에게 알려줬어. 집에서 가져온 부드러운 양털로 카룬의 다리를 감싼 뒤 아키오스에게 얻은 얇은 널빤지 두

개를 대 부목을 만들었어. 카룬은 이따금 고통에 찬 숨을 쌕쌕 내쉬었는데 그래도 별말 없이 잘 따라와 줬어.

그렇게 처치를 다 끝낸 뒤 나는 카룬에게 수프를 만들어주었지. 고개를 돌리자 아이들이 똘망똘망한 눈으로 나를 쳐다보고 있었어.

"오늘은 특별한 날이었지? 오늘 수업은 접고 환자랑 같이 에르바 책을 읽으면 어떨까?"

아이들이 와 하고 기쁨의 함성을 터뜨렸고 나는 가방에서 책을 꺼냈어. 그러고는 책을 낭독하기 시작했지.

"뱀 셰알이 심해에서 처음 스르르 미끄러져 나온 건 라보라가 존재하기 이전의 일이며 그 시기에 부족들은 끝이 보이지 않는 전투를 벌이고 있었다. 영웅 올로크는 그중에서도 가장 작은 부족 출신이었다."

로바스 말로 쓰인 책이 있어서 얼마나 기쁜지 몰라!

셰알 이야기는 조금 무섭기도 해서 조금 큰 아이들이 어린아이들을 안고 내 이야기를 들었는데 어린아이들을 달래주기 위해서인지 자기들이 무서워서인지는 모르겠어. 카룬도 조용히 누워 내 이야기를 들었지. 꼼짝도 하지 않길래 처음엔 자는 줄 알았는데 두 눈을 빛내며 귀를 기울여 듣고 있었어.

낭독이 끝난 뒤 나는 카룬이 쉬어야 하니 다음 날은 수업이 없을 거라고 일러주며 아이들을 집으로 보냈어. 마르게트가 허브와 붕대, 요리하느라 어질러진 물건들을 정리해 줬지.

나는 카룬에게 수프를 더 먹게 했어.

"네가 만들어준 차를 마시고 나니 훨씬 나아." 카룬이 수프를 먹으며 말했어. "그런데 아픈 걸 잊는 데는 네 이야기가 최고의 약인 것 같아. 재밌었어."

"덜 아프다니 다행이야. 어제는 못 잤지?"

"응."

난 카룬을 바라보았어. 뺨이 여전히 창백한 걸 보니 통증이 심한 듯했지. 그 순간 나는 손을 뻗어 카룬의 이마와 머리칼, 거친 뺨을 쓰다듬고 싶은 충동이 일었어.

"무엇보다 잠을 잘 자는 게 제일 중요해. 혼자 있으면 안 될 텐데."

"아키오스를 보내줘. 필요한 게 있으면 아키오스한테 부탁하면 돼."

나는 얼굴이 화끈 달아올랐어. 카룬이 화장실을 갈 때 도와줄 사람이 필요하겠다는 생각이 그제야 들었거든.

어제 땅거미가 질 무렵, 아키오스가 담요와 몇 가지 물건을 챙겨 카룬을 돌봐주러 학교로 향했어. 그리고 오늘 아침 나는 먹을거리를 가지고 학교에 갔지. 교실 안에 들어서는데 뭔가 심각한 이야기를 나누던 그 둘은 나를 보자 말을 멈췄어. 아키오스를 떠봐도 그는 솜씨 좋게 내 질문을 교묘히 피해 갔지.

카룬은 내게 수업을 계속해야 한다고 했어.

"아픈 사람을 여기 두라고 이 집을 지은 게 아냐."

카룬이 예의 그 진실한 얼굴로 말했어.

"이제 곧 겨울이 닥칠 텐데 그럼 아이들은 학교에 올 수 없잖아. 지금부터 매일 와도 보름밖에 남지 않았어. 겨울이 오면 부모들이 아이들을 학교에 보내지 않을 거야. 그러니까 지금은 수업을 해야 해. 난 괜찮아. 나도 배울 수 있고."

그래서 내일부턴 아이들이 올 테고 수업도 할 거야.

카룬이 있는 교실 안에서 아이들을 가르친 지 열흘이 됐어. 처음엔 어려웠는데 나도 이제 적응이 됐어. 나를 뚫어져라 쳐다보는 카룬의 시선과 그 때문에 일렁이는 내 마음에도 아주 조금은 익숙해졌지.

카룬의 눈길은 정말이지 신경이 쓰여. 인정할게. 넌 이미 예상하고 있었다고 했잖아. 나도 몰랐던 마음을 넌 어떻게 안 거야?

가끔 카룬 옆에 있으면 다리에 힘이 풀리기도 하고 내 심장 박동 소리 때문에 아이들의 말소리가 들리지 않을 때도 있어. 카룬과 함께 있고 싶어. 예로스에게 들었던 감정이랑 비슷한데 좀 달라. 내 몸은 카룬을 원해. 하지만 난 그 이상을 원해……. 내가 뭘 원하는 건지는 나도 잘 모르겠어. 카룬을 돌보는 일이 좋아. 그가 잘 먹는지, 침대는 깨끗한지, 잘 있는지 알고 싶어. 그리고 무엇보다 카룬 옆에 있고 싶어. 그와 이야기하고 싶어. 카룬은 내게 자기 어린 시절 얘기를 전부 들려줬어. 어머니가 세상을 떠난 뒤 어린 카룬은 자신을 스스로 돌봐야 했대. 난롯불을 지킬 수 있는 나이가 되자마자 아버지는 나무를 베거나 사냥을 하러 자주 숲으로 가셨고 카룬은 오랫동안 혼자 지냈지. 가끔 집을 나서서 멀리까지 혼자 가보기도 했대.

"그해에 길을 너무 자주 잃어서 지금은 길을 절대 잃지 않게 됐어."

카룬은 이렇게 말했지. 타우에르 아저씨와 함께 있으면 집에 있는 것처럼 포근했고 커가면서는 타우에르 아저씨 부부가 소년인 카룬이 옷을 제대로 입을 수 있게 도와주셨대. 한번은 내가 카룬에게 외롭지 않은지 물은 적이 있는데 카룬이 날 보며 다정하게 웃었어. 그렇게 천천히 미소 짓는 그 애 얼굴을 보면 울창한 숲 위로 떠오르는 태양이 생각나. 천천히 얼굴을 드러내다가 어느 순간 온 세상을 금빛으로 물들이는 그런 태양 말이야. 그 미소를 보면 내 안에도 따스한 불이 지펴지는 것 같아. 계속 그렇게 카룬을 웃게 해주고 싶어.

"외로울 일이 없는걸." 카룬이 대답했어. "나무와 새, 동물, 바람, 태양이 바로 내 옆에 있잖아. 최고의 친구들이 늘 곁에 있지."

카룬은 새의 노랫소리를 들으면 단번에 그 새가 어떤 새인지 알아. 동물의 발자국이나 이빨, 발톱, 분비물만 보고도 어떤 동물인지 대번에 알지. 그들과 친구처럼 지내서, 동물 이야기를 할 때면 목소리가 한결 더 부드럽고 다정해져. 어느 봄날 자기에게 새끼를 보여주었다는 암사슴과 아버지가 죽고 혼자 오두막에 남겨졌을 때 매일 저녁 자길 찾아왔다는 고슴도치 이야기도 해줬어. 그토록 다정한 카룬의 목소리를 듣고 있으면 영원히 그의 얘기만 듣고 있고 싶어져.

수업 시간에 아이들에게 책을 읽어줄 때면 난 카룬 생각만 해. 며칠 전엔 '뱃사람 운나'라는 연애 시를 읽어줬는데 내가 읽는 문장, 문장이 파도를 타고 그에게 건너가는 것만 같았지.

그런데 그중에 내가 제일 좋아하는 게 뭔 줄 알아? 그건 나를 바라보는 카룬의 눈빛이야. 종종 그의 시선이 내 얼굴이나 내 몸 어딘가에 잠시 머물 때가 있는데 그럴 때면 몸에 불이 붙는 듯한 기분이 들어……. 이걸 어떻게 설명하면 좋을지 모르겠어, 엔니케. 카룬도 나를 원하고 있다는 걸 알아. 나도 그렇게 순진하기만 한 나이는 아니니까. 내 몸을 휘감고 요동치는 이 감정에 항복해 지금 그의 침대로 간대도 카룬은 나를 거부하지 않을 거야. 매일 밤, 혼자 침대에 누우면 그런 꿈을 꿔. 카룬의 넓은 어깨, 힘센 두 팔이 눈앞에 어른거리고 나를 안는 그의 몸을 느끼고 싶어지지. 내 입술과 손끝에 닿는 그의 살결을 느끼고 싶어. 카룬의 냄새를 깊이 들이마시고 싶어.

이렇게 글로 쓰고만 있어도 얼굴이 달아올라. 하지만 넌 로즈이니 날 이해할 수 있을 거야, 그렇지? 넌 여자의 몸과 욕망에 어떤 힘이 감쳐져 있는지 알고 있잖아.

하지만 난 로즈의 종이 아니지. 공식적으로는 수련 수녀가 된 적이 없지만 어쨌든 난 크론의 종이잖아. 카룬은 예로스와는 달라. 난 카룬의 몸만으로 만족할 수 없을 거야. 그리고 나라에스가 내게 빠져선 안 된다고 신신당부한 그 덫에 걸려들게 되겠지. 난 내 소명에 방해가 되는 일은 하지 않을 거야.

이 얘긴 너에게만 털어놓는 거야. 야이에게 이런 얘기는 할 수 없어. 왜냐하면 야이는 내 말의 뜻을 이해하지 못하는 것 같거든. 지난번 편지에서 야이는 내가 다른 길을 택했으면 하는 것 같았어. 야이가 아이들을 너무 좋아해서일까? 야이는 어린 수련 수녀들을 돌보는 일도 무척 좋아하잖아. 난 야이랑은 다른 것 같아. 물론 수도원에 있을 때 나도 주니어 수련 수녀들이 정말 좋았어. 하지만 그건 그 애들이 어려서가 아니라 그냥 그 아이들이 좋았던 거야. 내 말 이해돼? 특히 난 헤오를 아꼈지. 하지만 딸이 아니라 동생을 대하듯 아꼈어.

그래서 내가 지금 대단한 희생을 하고 있다거나 슬프다거나 하다는 건 절대 아냐. 진심이야. 그런데도 카룬을 바라보다 문득 그런 삶은 내 것이 아니라는 생각이 들면 조금 서글퍼져. 카룬에게 가까이 가거나, 그를 보살펴 주거나, 카룬이 자기가 사랑해 마지않는 숲을 이야기할 때 높아지는 목소리에 귀를 기울이거나 하는 일은 애초에 하면 안 됐어. 카룬을 웃게 하고 그가 웃을 때 나도 행복했던 그런 일은 애초에 만들지 않았더라면 더 좋았을지도 몰라. 카룬의 마음을 상하게 하거나 우리 사이가 더 발전할 수 있다고 생각하게 하고 싶지 않아.

카룬은 다리가 곧 나을 테고 예전의 고독한 생활로 돌아가겠지. 나도 그럴 거야. 그게 옳아. 그래도 정말 그렇게 된다면……

엔니케, 내 세상은 온통 잿빛이 되겠지.

- 네 친구, 마레시

겨울

오 수녀님께,

어머니 병세가 점점 나빠지고 있어요. 어머니가 수척해진 모습이 부쩍 눈에 띄어요. 타우에르 아저씨와 제가 온갖 차와 약을 써 기침을 낫게 하려고 애를 쓰는데도 아주 잠시 효과가 있을 뿐 그마저도 차츰 어려워지고 있어요.

이곳엔 이제 겨울이 왔고 눈이 내려요. 이런 날씨에는 아이들이 학교에 오기가 쉽지 않아 학교를 닫았지만, 수업이 있었다 해도 취소했을 거예요. 어머니 곁을 너무 오래 비우고 싶지 않거든요. 마을을 걸으러 나갈 때만 어머니 곁을 떠나는데, 그때는 아버지와 아키오스가 교대로 집에 머물러요. 어머니는 최근 몇 주 사이에 상태가 더 나빠지셔서 침상에서 일어나지 못하시거든요. 어머니가 이대로 영영 일어나지 못하실까 봐 두려워요. 음식도 아주 조금밖에 넘기지 못하시는데, 그마저도 가끔 토해내고요. 원래 마르신 분인데 지금은 종잇장처럼 얇은 살가죽만 붙어 있어 어머니의 몸을 닦아주거나 옷을 갈아입혀 드릴 때 갈비뼈를 셀 수 있을 정도예요. 어머니의 음식 맛을 그대로 흉내 내면 좀 드실까 해서 요리를 했는데 숟가락을 몇 번 뜨지 못하셨어요. 그래도 어머니는 믿을 수 없을 만큼 용감하게 나름의 애를 쓰고 계세요. 그런데도 차도는 없어요.

"이렇게 갑자기 엄마를 돌봐야 한다니 힘들지?" 어느 날 어머니가 제 손을 쓰다듬으며 말씀하셨어요. "사랑하는 사람이 변해가는 모습을 지켜보는 게 어떤 건지 나도 잘 안단다."

"제가 어릴 때 어머니가 절 보살펴 주셨잖아요." 저는 눈물을 삼키며 말했어요. "이젠 제가 어머니를 돌볼 차례예요. 어머니는 변하지 않으셨어요. 늘 한결같으시죠. 여전히 제 어머니고요. 그 사실은 결코 변하지 않아요."

오 수녀님, 어머니가 돌아가실까 봐 두려워요. 제가 이제는 죽음이 두렵지 않다고 했었죠? 크론은 이제 제 친구와 다름없으니 저는 그분의 문 앞에서 벌벌 떠는 사람들과 다르다고 생각했었죠. 그런데 수녀님, 제가 틀렸어요! 완전히 틀렸어요. 저는 어리고 어리석고 오만했어요! 제가 두렵지 않은 건 저 자신의 죽음뿐이에요. 사랑하는 사람을 잃는 건 완전히 다른 문제였어요. 어머니와 오랫동안 떨어져 있다가 이제야 어머니를 되찾았는데 이렇게 떠나보낼 수는 없어요. 제가 한시도 떨어지지 않고 밤낮으로 어머니 곁을 지키면 크론이 오지 못하시지 않을까요?

어머니는 가끔 심한 기침 발작을 하실 때도 있지만 아직은 말하실 기력이 있어 제 이야기를 듣고 싶어 하세요. 그래서 저는 책을 읽어드리거나 수도원에서 있었던 일을 이야기해요. 어머니는 예전과 달리 수도원 이야기도 잘 들어주시고요.

"네가 떠나고 난 한동안 충격에서 헤어나지 못했단다." 어느 날 저녁, 제가 양 기름으로 어머니 발을 마사지하고 있을 때 어머니가 말씀하셨어요. 어머니 목소리가 너무 작아 몸을 숙여 들어야 했죠.

"그때 내 안의 일부가 죽어버렸어. 그 뒤에 돌아온 넌 완전히 다른 사람이 되어서 내가 보지도 경험하지도 못한 것들을 말했지. 다른 여자를 마더라고도 하더구나. 왠지 모르게 가슴이 아팠단다. 넌 나 없이도 아주 많은 것들을 배웠어. 독립적인 사람이 되었지. 이제 네게 엄마는 필요 없는 것처럼 느껴졌단다."

"저는 어머니가 필요해요! 늘 그랬어요. 어머니 없인 살 수 없어요!"

저는 더는 말을 잇지 못했어요. 어머니가 그런 말을 꺼내실 때마다 저는 눈물이 터지고 말아요.

"내가 없어도 괜찮을 거야, 아가. 그래도 그렇게 말해주니 고맙구나. 레이만도 죽기 전에 내게 그런 말을 했었는데 이제야 그가 무슨 뜻으로 한 말인지 알겠구나. 네 아버지가 널 보낸 걸 이젠 나도 후회하지 않는다는 걸 알아주렴. 널 보내지 않았다면 네가 지금의 모습으로 자라진 못했을 테니. 이런 네 모습을 보지 못했다면 내가 떠나고 난 뒤 네가 어떻게 살지, 먹고살 수는 있을는지 걱정하다 떠났을 거야. 하지만 지금은 걱정할 필요가 없다는 걸 잘 알고 있지."

그 뒤로 어머니의 기침이 다시 심해져 저는 어머니께 얼른 쉬시라고 말씀드렸어요. 어머니는 곧 잠이 드셨죠. 주무시는 동안만은 고통이 없을 테니 제 마음도 조금 놓여요. 저는 난롯가에 앉아 있는 아버지 곁으로 갔어요. 아버지는 손에 조각칼을 드신 채로 어둠 속에 멍하니 앉아 계셨어요. 저는 아버지 옆에 앉아 어깨에 머리를 기댔죠.

"좋은 삶이었다더구나." 아버지가 천천히 입을 떼셨어요. "네 엄마가 그러더구나. 나와 살아서 행복했다고. 그리고 날 탓하지 않는다고."

"어머니는 계속해서 좋은 삶을 사실 거예요."

제가 그렇게 말하자 아버지가 몸을 고쳐 앉으시며 제 얼굴을 똑바로 바라보셨어요.

"마레시, 넌 지금 부정하고 있는 거야. 네 엄마는 죽어가고 있어. 그 사실을 인정해야만 해. 우리가 할 수 있는 건 네 엄마가 최대한 편안히 죽음을 맞을 수 있게 돕는 것뿐이야."

아버지가 그런 말을 하다니 믿을 수가 없었어요. 그것도 제 아버지가 말예요!

"그냥 이렇게 포기하면 안 돼요!"

제가 외쳤어요.

"이건 누가 이기고 지는 싸움이 아니란다." 아버지가 제 어깨를 감싸며 말씀하셨어요. "그런 싸움이 아니야, 마레시."

아버지는 틀렸어요, 수녀님. 아버지가 틀렸다고 말씀해 주세요! 저는 서리를 몰아냈어요. 크론에도 맞서 싸울 수 있어요. 제 의지를 보시면 크론께서 물러나실 거예요. 제가 크론이 이곳에 오시지 못하게 막을 거예요. 저는 마을에 보호벽을 세워 크론을 막아냈어요. 제 노래가, 로바스의 노래가, 수도원의 노래가 크론을 막아냈다고요. 그 보호벽이 얼마나 굳건한지 제 살과 뼈로 느낄 수 있어요.

이번엔 제가 그렇게 만들 거예요.

마지막으로 편지를 쓰고 며칠이 지났어요. 어머니는 숨 쉬기조차 힘들어 이제 말씀도 하지 않으세요. 제가 할 수 있는 일이 아무것도 없어요. 나르 수녀님이 여기 계셨다면 어머니를 낫게 해주셨을 텐데, 제 지식과 능력으로는 어머니의 병을 치료할 수가 없어요. 제가 할 수 있는 건 그저 어머니 곁을 지키는 것뿐이에요. 어머니는 제가 숟가락으로 떠드리는 물도 겨우 한 모금씩 삼키고 계세요.

아키오스는 차마 어머니 방에 오지 못해요. 이렇게 추운데 어디로 가는지 모르겠지만 실라와 벨라를 데리고 밖으로 나가요. 그 점이 고맙기도 해요. 지금은 집에 누군가 있는 게 어쩐지 불편하거든요. 언니는 아침저녁으로 저희 집에 들르지만 대부분 조카들은 집에 두고 와요. 아이들이 할머니를 건강했던 모습으로 기억했으면 좋겠다는데 저는 그 말에 불쑥 화가 치밀었어요.

"애들이 할머니를 어떻게 기억한다는 둥 그런 말은 왜 하는 거야? 어머니가 여기 살아 계시는데! 어머닌 죽지 않았어!"

저는 언니도 제게 화를 내서 저희가 싸우게 될 거라고 생각했어요. 전 싸우고 싶었어요. 그런데 언니는 두 팔로 저를 꼭 안고 아무 말도 하지 않았죠.

지금 밖에서는 사나운 눈보라가 몰아치고 있어요. 바람이 얼마나 거센지 벽이 흔들릴 정도예요. 올겨울 들어 제일 강한 폭풍이요. 벽 틈으로 새어들어 오는 차가운 바람결에 크론의 목소리가 들리는 듯해요. 하지만 크론의 문은 보이지 않아요. 어머니를 부르는 그의 목소리도 들리지 않고요. 아버지와 나라에스, 타우에르 아저씨 전부 틀렸어요.

아버지와 제가 돌아가면서 어머니를 간호하고 있어요. 어머니는 지금 제 침대에서 주무시고 아키오스는 난로 위 선반에서 자고 있고요. 저는 계속해서 장작을 넣어요. 가끔은 어머니의 가쁜 숨소리를 듣는 일이 괴로워 방을 잠시 나오기도 해요. 얼음장처럼 차가운 어머니의 몸은 제가 아무리 문지르고 마사지를 해도 따뜻해지지 않고 온갖 차를 끓여드려도 차도가 없어요.

어머니가 말씀을 못 하시게 된 뒤 어느 날이었어요. 어머니는 몹시 야위셨고 몇 가닥 남지 않은 머리카락 아래로 두피가 훤히 드러나 있었죠. 그래서 언니와 제가 어머니의 머리카락이 엉키지 않도록 짧게 잘라드렸어요. 어머니는 초점을 잃은 멍한 눈으로 이따금 저를 쳐다보시며 뭔가를 말하고 싶어 하셨어요. 하지만 저는 그게 어떤 말인지 알지 못했어요.

제가 마지막으로 제대로 잠을 잔 게 언제인지도 기억나지 않아요.

식욕도 잃었어요. 아버지가 포리지를 끓이시고 언니가 빵을 가져오지만 음식이 넘어가지 않아요. 마을을 걷는 일도 점점 힘들어요. 지칠 줄 모르고 불어 닥치는 폭풍 때문이기도 하지만 제 몸도 약해졌어요. 잿빛 겨울 속에 웅크리고 있는 뭔가가 저를 억누르고 저 멀리서 크론의 목소리가 들려와요.

아버지와 아키오스는 창고에서 뭔가를 만드느라 바빠요. 그게 뭔지는 저도 알고 있어요. 동이 트면 그들은 집을 나서요. 도안을 그리고 사포질을 하고 톱질을 하고 못을 박아요. 그 모습을 보고 있자니 화가 치밀지만 제가 할 수 있는 일은 없어요. 어머니를 살리는 일, 저는 그 일에만 집중하고 있어요. 어머니는 살아 계세요. 모두 어머니가 곧 떠날 거라고 말하지만 어머니는 여전히 여기 살아 계신걸요.

시간이 흘렀어요.

오늘 저녁 언니가 집에 왔어요. 아버지는 가축들을 돌보고 계셨고 아키오스는 어딘가로 사라진 뒤였지요. 제가 포리지를 앞에 두고 멍하니 앉아 있자 언니가 제 손에 숟가락을 들려주었어요.

"먹어. 그렇게 세상 끝난 것처럼 슬퍼하고만 있지 말고. 마레시, 어머니는 좋은 삶을 누리셨어. 오래 사시진 못할지언정 좋은 삶이었어. 어머니에겐 아버지와 우리가 있었잖아. 그쯤 해둬, 마레시."

언니는 울고 있었어요. 언니가 우는 낯선 모습에 제 마음도 아팠어요. 저도 엉엉 울고 싶었지만 제 눈물은 다 말라버렸어요.

"나도 어머니가 그리워." 언니가 말했어요.

"강인하고 생기 넘치던 어머니 모습이 그리워. 나는 지금의 모습이 아니라 건강하시던 어머니를 기억하고 싶어. 난 그저 어머니가 고통스럽지 않게 편안하게 죽음을 맞으셨으면 했어. 그런데 그럴 수 있을 것 같지가 않아 너무 슬퍼."

저는 한쪽으로 그릇을 밀고 자리에서 일어났어요. 더는 그런 얘기를 듣고 싶지 않았죠. 어머니의 방에서 쌕쌕거리는 거친 숨소리가 들려왔어요. 어머니는 따뜻한 가죽 담요를 여러 겹 덮고 계셨는데 얼마나 마르셨는지 이불 밑의 형체가 거의 드러나지 않았어요. 제가 어머니 곁에 앉자 어머니가 저를 보셨어요. 입에서 신음이 흘러나왔고요. 그런데 가까이 귀를 대어보니 어머니가 아주 힘겹게 입을 떼 뭔가를 말씀하고 싶어 하셨어요.

"밖……." 목소리가 거의 들리지 않을 정도로 작았어요. "바깥……."

"어머니, 밖에 나가고 싶으시다고요? 밖엔 폭풍이 불어서 추워요."

어머니가 간청하는 눈빛으로 저를 바라보셨어요. 그 순간, 저는 깨달았어요. 어머니가 뭘 원하시는지 깨닫고 말았어요. 신께 맹세코, 칼에 찔렸을 때보다 더 마음이 아팠어요. 수도원 지하실에서 검에 찔렸을 때보다 수만 배 더 아픈 고통이었어요. 어머니가 그렇게 아프셨던 건 저 때문이었던 거예요. 제 탓이었어요.

"네, 어머니. 가세요." 저는 울음이 터져 말이 제대로 나오지 않았어요. "저를 용서하세요, 어머니. 이제 편안히 가세요."

제 눈에서 눈물이 흘러 반지 위로 뚝뚝 떨어졌어요. 그러자 그 뱀은 크론의 문 위에 있는 형상처럼 빛을 한 번 반짝였어요. 그 문은 어머니가 죽음의 벼랑 끝에 서 계셨을 때도 나타나지 않았어요. 어머니는 그 벼랑 끝에 너무 오랫동안 서 계셨어요.

저는 일어나 한쪽 구석에 서 있던 지팡이를 꺼내 들었어요. 그러고는 밖으로 나갔어요. 얼음처럼 차갑고 청명한, 별이 반짝이는 밤이었어요. 매서운 바람이 코끝을 통해 폐 속으로 들어와 제 안에 한기를 가득 채웠어요. 마을에는 제가 몇 달에 걸쳐 세워놓은 보호벽이 마치 각인처럼 공기 중에 새겨져 있었지요. 그건 땅 아주 깊은 곳, 나무뿌리 사이사이까지 깊숙이 박혀 있었어요. 공기에서는 쇠와 흙 맛이 났어요. 저는 새카만 하늘을 향해 은빛 지팡이를 높이 들어 올리고 있는 힘을 다해 그것을 내려쳤어요. 제 머리 위로 높게 들고 다시, 또다시. 허공을 향해 지팡이를 휘두를 때마다 벽을 만났어요. 제가 만든 보호벽 말이에요. 그건 정말이지 굳게 둘러진 벽이었어요, 수녀님. 다시 굶주리게 될까 봐, 나도르의 남자들이 올까 봐, 그리고 이제야 다시 만난 사랑하는 사람들을 잃을까 봐 진실로 두려운 저의 마음이 쌓아올린 벽이었지요. 또 그 벽에는 지식과 지팡이의 힘, 고대로부터 내려온 마법, 신의 힘이 모두 깃들어 있었어요. 지팡이로 벽을 내리치고 나니 그 벽이 얼마나 굳센지 알게 됐어요. 그 보호벽은 제 힘으로 지은 게 아니었어요. 그런 힘은 평범한 인간이 지닐 수 있는 힘이 아니었어요. 그 힘은 신께서 지닌 무한한 능력에서 나온 것이었고 저는 단지 그분의 통로일 뿐이었어요. 초대 수녀님들께서 능력을 부여받은 샘 아니의 힘이자 아라가 자신의 노래로 바람과 불을 불러일으켜 산을 무너뜨린 그 힘이었어요. 헤오의 먼 조상이었던 한 여자가 자기 백성에게 균형을 되찾게 해준 힘이며 수도원에서 제게 크론의 문을 열게 해 남자들을 휩쓸어 버린 그 힘이었어요. 그건 어느 한 사람의 힘이 아니에요. 그보다 훨씬 더 위대한 힘이에요. 그 모든 것 뒤에는 대단히 강력한 생명력이 살아 숨쉬고 있어요.

하지만 저는 그 벽을 부수었어요. 빨갛게 갈라진 손으로 온몸이 아플 때까지 벽을 부수고 또 부쉈어요, 수녀님. 저희 집 주변을 돌며 제가 쳐놓은 그 방어벽을 무너뜨렸어요. 벽이 모두 사라지고 나자 저는 어떤 힘의 파동에 밀쳐져 땅에 쓰러지고 말았지요. 그 웅웅 울리는 소리, 진동이 저를 에워쌌고 그 순간 또렷이 제 귀에 들렸어요,

마레시, 내 딸아.

크론이 속삭였어요.

저는 서둘러 일어나 집 안으로 들어갔지요. 언니와 아버지, 아키오스가 어머니의 침대를 둘러싸고 있었어요. 어머니의 한쪽 손을 아버지가, 다른 손을 아키오스가 잡고 있었고 언니는 어머니의 이마를 쓰다듬었어요. 그리고 마침내, 침대 발치에 크론의 문이 서 있었어요. 저는 어머니에게로 걸어갔어요. 어머니에게 입을 맞춘 뒤 귀에 대고 작별 인사를 건넸어요. 무슨 말을 했는지는 아무에게도 말하고 싶지 않아요. 그건 오로지 어머니와 저만이 나눈 인사예요. 우리의 마지막 인사예요.

저는 일어나 크론의 문을 향해 걸어갔어요. 제 손에는 저의 피도, 어

머니의 피 혹은 로즈의 피도 묻어 있지 않았죠. 하지만 다시 한번 저는 그 문을 열었어요. 문은 제 손을 익숙한 듯 받아들였어요. 제 손에 긴 반지처럼 뱀이 자기 꼬리를 무는 형상을 한 그 손잡이를 다시 한번 잡자 크론의 영토로 가는 문이 활짝 열렸어요.

이번에는 제가 먼저 말했어요.

"당신의 것이 여기 있습니다." 어둠에 대고 제가 말했어요. "제 어머니를 고통에서 자유롭게 해주세요."

마레시.

크론이 제 이름을 불렀지만 저는 더 이상 그 목소리가 두렵지 않았어요. 부드러운 음성이었어요, 수녀님. 마치 수녀님의 목소리 같았죠. 제 손에 닿은 손잡이는 얼음장처럼 싸늘하고 공기에는 제가 잘 아는 냄새가 배어 있었어요. 크론의 숨결이었죠. 하지만 제 뜻대로, 제 손으로 기꺼이 그 문을 열자 이번에는 완전히 다른 세계가 펼쳐졌어요. 피의 제물은 필요하지 않았어요. 비명도 없었지요. 저는 어머니를 보내드렸어요. 어머니가 짧은 숨을 한 번 내쉬었고 시간이 정지한 것만 같았어요. 이윽고 다시 한번 거친 숨이 훅, 그러고는 완전한 정적이 내려앉았어요. 크론께서 어머니를 받아주신 거예요. 어머니가 이제 크론의 신비 안으로 걸어 들어가셨다는 걸, 크론도 떠나셨다는 걸 알 수 있었어요.

저는 무너지는 마음으로, 천천히, 조용히 그 문을 닫았어요.

이제 어머니는 이곳에 계시지 않아요.

언니와 제가 온 정성을 다해 어머니의 시신을 거두었어요. 어머니의 몸을 깨끗이 닦고 짧은 머리칼도 빗겨드렸어요. 이제 어머니의 얼굴에서는 제가 알던 그 모습을 찾을 수 없었죠. 난 이제 이곳에 없다고 말하는 듯한 얼굴이었어요. 준비를 다 마친 뒤 저는 언니를 바라봤어요.

"언닌 나보다 어머니와 훨씬 더 오래 함께 살았어." 제가 조용히 말했어요. "내가 태어나기 전 3년, 그리고 내가 떠나 있었던 8년."

"맞아." 언니가 제 손을 잡았죠. "불공평한 일이지." 언니가 작은 한숨을 내쉬었어요. "이제 어머니 옷장을 찾아보자. 어떤 옷을 입혀드릴지 봐야 하니까."

언니가 침대 옆에 있는 궤를 열어 몇 안 되는 어머니의 옷을 하나씩 꺼냈어요. 블라우스 세 개, 속옷 세 개, 매일 입는 치마와 특별한 날 입는 치마 하나, 그리고 축제 때 입는 자수가 놓인 앞치마. 그런데 궤의 맨 아래에 회색 천으로 칭칭 감아놓은 물건이 하나 있었어요. 저는 그걸 꺼내 바닥에 내려놓고 천천히 풀어봤죠.

그건 검이었어요. 길고 무겁고 날카로운 검이었고 전장에서 한두 번 쓰인 검이 아닌 듯했어요. 저는 조심히 그 검을 들어 살펴보았죠. 칼자루에 뭔가가 새겨져 있었는데 대장장이의 솜씨는 아니었고 누군가가 뾰족한 막대로 새긴 것 같았어요. 나오라, 라고 적혀 있었어요. 그건 어머니의 이름이에요. 뒤에는 레이만이라는 글자도 새겨져 있었어요. 순간 어머니가 얼마 전 그 이름을 언급한 사실이 불쑥 떠올랐어요.

"그건 네 엄마가 전남편에게서 받은 거란다."

우리 뒤에서 나타난 아버지가 말씀하셨어요. 저희가 고개를 돌리자 아버지가 뒤에서 검을 내려다보고 있었어요.

"숲에서 너희 엄마를 처음 만났을 때 그 검을 가지고 있었지. 내 어머니와 내가 고열에 시달리는 그녀를 보살필 때도 몇 차례나 그 이름을 불렀단다."

318

"그럼 레이만이라는 분이 어머니의 전남편이라는 말씀이세요?"

제가 검에 새겨진 이름을 보며 물었어요.

"그렇단다. 둘은 어릴 때 결혼한 모양이더구나. 네 엄마가 여기 왔을 때 그는 이미 세상을 떠난 뒤였고."

"어쩌다 돌아가신 거예요?"

"그건 나도 몰라. 나오라는 우리가 만나기 전의 일을 말하고 싶어 하지 않았거든. 그래서 나도 묻지 않았지. 우리가 결혼하고 나서도 난 네 엄마가 정말 나와 함께 살고 싶어 한다는 사실에 늘 새삼 놀랐어. 네 엄마는 어렸을 때 지금과는 아주 다른 삶을 살았던 것 같아. 하지만 난 네 엄마를 내 아내로, 너희 어머니로만 알 뿐이야. 그리고 내가 진정 사랑했던 사람으로 말이다."

저는 아버지가 그런 말을 입 밖으로 내시는 건 처음 들었어요. 저는 일어나 아버지를 꼭 안았어요. 아버지는 어머니를 진심으로 사랑하셨어요. 저는 어머니가 어떤 분인지 잘 알지 못했을지 몰라도 알아야 하는 단 한 가지 사실은 잘 알고 있어요. 어머니가 제 어머니였다는 사실 말이에요.

아버지와 언니, 아키오스, 저, 저희에게 서로가 있어 참 다행이에요. 저희는 혼자 슬퍼하지 않아도 돼요. 어머니가 건강하셨을 때의 모습과 이런저런 추억들도 함께 나눌 수 있어요. 제가 이렇게 잘 커줬기에 아버지가 저를 보냈던 일을 이제 더는 탓하지 않는다고 말씀하시던 어머니 모습이 떠올라요.

어머니 말씀이 맞아요. 그런데 이상해요, 수녀님. 어머니가 너무 보고 싶어서 제 가슴에 커다랗고 검은 구멍이 난 것 같은데…… 또 동시에 어머니가 여전히 살아 계신 것처럼 느껴져요. 예전과 다른 점이 있다면 어머니가 제 마음 안에 살아 계시다는 거예요. 저는 앞으로 언제나 어머니를 제 몸과 마음, 가슴에 품고 살아갈 거예요.

저희는 어머니를 침대에 뉘여 마을 사람들이 어머니께 마지막 인사를 할 수 있게 했어요. 사람들은 노래를 부르고 어머니를 위한 작은 선물을 준비했죠. 아버지와 아키오스는 화장을 하기 위한 장작 더미를 준비했고요. 겨울에는 은빛 나무의 뿌리도 꽁꽁 얼어붙어 땅을 팔 수가 없어요. 그래서 저희는 시신을 화장한 뒤 묘지의 숲으로 가서 재를 뿌려요.

이제 어머니는 관 안에 누워 계세요. 아버지와 아키오스가 어머니를 위해 정성껏 만든 아름다운 관이요. 언니와 제가 어머니의 시신을 천으로 덮었고 조카들이 그 곁에 선물과 낟알, 소금, 빵을 놓았어요. 어둠이 내리기 시작하면 남자들이 관을 들어 마을 밖에 준비된 장작 더미 위로 옮길 거예요. 별이 쏟아지는 겨울밤, 아버지가 불을 붙이시겠죠.

그 모습을 제가 지켜볼 수 있을지 모르겠어요. 노력해야겠죠. 타오르는 불에 어머니의 몸이 한낱 재가 될 거라고 생각하면 견디기가 힘들어요.

생각조차 하고 싶지 않은 그 일들이 모두 끝나고 나면 그 재를 들고 숲으로 갈 거예요. 추위는 매섭고 눈도 내리고 있으니 쉬운 여정은 아닐 거예요. 제 귀에는 다시 크론의 속삭임이 들리기 시작했어요. 수도원에서 들었던 그 음성이에요. 그동안은 제가 쳐놓은 방어벽 때문에 그 소리가 들리지 않았던 거예요. 그 벽은 크론의 목소리조차 막을 수 있었어요. 어떻게 그런 일이 가능했던 걸까요? 하지만 크론을 막는다고 해도 죽음을 막을 수는 없는 거였어요.

묘지에는 나중에 갈 수도 있었지만 아버지와 저는 지금 가야만 한다고 느껴요. 언니도 동의했고요.

"꿈에 네가 나왔어." 언니가 오늘 제게 이렇게 말했어요. "네가 은빛 나무 아래 서 있고 나무들이 피를 흘리고 있었어."

아버지가 어머니의 검을 넣을 칼집을 만들어 제게 건네주셨어요. 가족들은 제가 그 검을 물려받아야 한다고 했어요.

식구들은 아직 자고 있어요. 저는 조용히 일어나 옷을 입고 포리지를 먹고 수녀님께 편지를 쓰고 있어요. 어머니가 가시는 마지막 길을 저도 함께 걸어 인사를 드리기로 했어요. 저는 수녀님을 많이 생각했어요. 그래서 지금 하는 생각을 글로 전하고 싶어요. 어머니의 장례를 지내다 보니 수녀님이 세상을 떠나실 때 제가 함께하지 못할 거라는 생각이 문득 들었거든요. 수녀님께서 크론의 땅으로 건너가실 때 저는 곁에 있지 않겠죠. 마지막 길을 배웅하고, 차갑고 어두운 묘실에 수녀님의 뼈를 안치할 때도 저는 그곳에 없을 거예요. 그 사실을 깨닫고 나니 마음이 아파요. 그런데 그보다 더 슬픈 건 제가 살아 있는 동안 수녀님을 다시는 만나지 못할 거라는 거예요. 그것이 현실이라는 것을 선명히 깨달아요. 수녀님, 부디 저를 용서하세요. 그래서 저는 한 번도 한 적 없는 이 말을 꼭 글로 쓰고 싶었어요, 수녀님. 수녀님은 제게 정말 소중한 분이세요. 그리고 제게 가장 소중한 보물을 주신 분이시죠. 수녀님은 지식과 글을 향한 제 사랑을 키워주셨지요. 어린 제가 수도원에 갔을 때 제게 안식처가 되어주셨어요. 제 머리를 쓰다듬어 주시던 손길을 기억해요. 어머니 말고 저를 그렇게 부드럽게 안아준 사람은 처음이었어요. 수녀님께서 제게 가르쳐주신 모든 것, 제게 주신 모든 것에 무엇으로도 보답할 수 없을 거예요. 게다가 수녀님께선 제가 저만의 길을 갈 수 있도록, 비록 그 길이 수도원과 수녀님에게서 멀어지는 길이라 해도 그 길을 따라갈 수 있도록 격려해 주셨어요. 이 모든 것에 감사드려요.

숲으로 떠나기 전 저는 가진 옷을 전부 꺼내 껴입었어요. 오늘은 가장 추운 날이거든요. 지팡이와 검도 챙겼지요. 검을 보니 예전에 로즈 사원에서 봤던 은빛 접시가 생각나요. 이전 로즈를 도와 엔니케, 야이와 함께 성물을 닦은 적이 있거든. 어떤 은빛 접시에 전사의 모습을 한 메이든이 그려져 있었는데, 검을 높이 든 채 가슴을 드러내고 풍성한 머리칼을 늘어뜨리고 매서운 표정을 하고 있었어요. 검을 들고 어머니를 저쪽 세상으로 인도하러 가는 일이 어쩐지 그 모습을 생각나게 해요. 지금 크론이 다시 저를 부르고 있어요. 그분의 목소리가 또렷이 들려요.

마레시.

어둠 속에서 크론이 속삭여요.

마레시.

살을 에는 바람결에도 그의 목소리가 실려 와요.

뭔가가 저를 기다리고 있어요. 검은 별이 어둡고 달이 낮아요. 가장 길고 어두운 밤이 저희 앞에 놓여 있어요. 조짐이 안 좋아요, 수녀님. 제 뼈와 피가 그렇게 말하고 있어요. 제가 돌아오지 못할 경우를 대비해 이때까지 쓴 편지를 모아 제 침대 옆 궤 위에 올려둔 뒤 수도원으로 편지를 꼭 보내달라는 쪽지를 아키오스에게 남겨두었어요. 큰 글씨로 또박또박 써서 아키오스가 마레사의 도움을 받지 않아도 되게 해두었지요. 크론이 제게 내내 말하려던 게 이것일까요? 크론은 제게 경고하고 있어요. 하지만 동시에 저를 부르며 유혹하고 있지요. 이제는 그분의 목소리를 분명히 들을 수 있으니 두렵지는 않아요, 수녀님. 제가 크론의 부름에 따르고 있다는 걸 저는 알고 있어요. 필요하다면 그분이 제 손을 잡고 이끌어 줄 거라는 사실도요. 하지만 행동은 저의 몫이에요. 제 행동에 따른 책임과 비난 역시 제가 감당할 몫이고요. 저는 혼자가 아니에요. 기꺼이 크론을 맞이하는 한 혼자가 될 일은 결코 없지요. 전에는 크론을 떠올리면 갈구하는 검은 입, 누런 이빨, 여기저기 뻗친 머리카락, 발톱처럼 기다란 손을 가진 마녀가 떠올랐어요. 사실 처음 크론의 문을 연 뒤 두려움이 사라지고 나서도 제 머릿속에 각인된 그 이미지는 사라지지 않았어요. 하지만 지금은 아니에요. 지금은 어머니의 모습이 떠올라요. 한 번도 화낸 적 없고 모질지 못했던 할머니의 얼굴이 떠오르고요. 제가 아는 현명하고 강인한 여자들, 저 이전에 크론의 문으로 걸어 들어간 그들의 얼굴과 목소리, 마음들이 떠올라요. 제가 그들을 무서워할 이유가 어디 있겠어요? 이제는 제 곁에 그들이 있고 저는 두렵지 않아요.

저는 준비가 됐어요.

시간이 좀 지났어요. 지금 저는 숲속에 만든 쉼터 안에서 편지를 쓰고 있어요. 너무 추워서 손가락이 얼어붙었으니 글씨가 엉망이라도 이해해 주세요. 불을 피우니 좀 나아요. 하지만 너무 늦기 전에 글을 써둬야 해요.

그 일을 다시 떠올리려니 무서워요. 정말 끔찍한 일이었어요. 믿기지 않아요. 모르겠어요……. 저희는 이제 어떻게 해야 할까요, 수녀님?

저희는 매서운 겨울바람 속에서 마을을 떠나 숲으로 향했어요. 사람들은 전통대로 한때 어머니의 것이었던 물건이나 어머니가 만든 것, 혹은 어머니가 선물한 물건을 가지고 모였죠. 옷, 연고, 어머니가 뜨개질한 장갑 같은 물건들이었고 저는 검과 벨트를 챙겼어요. 어머니의 재도 들었고요. 아버지는 앞장서 걸으며 어머니가 길을 잘 찾아오실 수 있도록 나무에 도끼로 흔적을 남기셨어요. 나라에스와 아키오스는 제 뒤에서 향나무 가지를 흩뿌리며 어머니가 죽은 자들의 땅에서 다시 돌아오는 일이 없도록 노래를 불렀죠. 저는 어머니의 재가 담긴 주머니를 품에 안고 선율에 맞춰 지팡이로 땅을 내려치며 생각에 잠겼어요. 저희는 왜 죽은 이가 돌아오는 걸 그토록 겁내는 걸까요? 필요하다면 그들과 함께 살아갈 수도 있지 않을까요? 그들이 죽음의 땅에서 우리가 알지 못하는 무시무시한 것을 데려올까 봐 겁내는 걸까요? 아니면 우리를 데려갈까 봐 두려워하는 걸까요? 하지만 그들이 왜 그런 짓을 하겠어요? 살아 있는 동안 우리를 사랑했던 이들이 죽었다고 해서 우리를 사랑하지 않을 이유가 없잖아요.

죽음에 관해서는 저도 잘 모르겠어요, 수녀님. 은빛 문 뒤에 있는 땅이 죽음 그 자체인 걸까요? 아니면 그건 그저 불가해한 어떤 영역을 제가 이해해 보려고 스스로 만들어낸 환영에 불과할까요? 은빛 나무의 뿌리 아래에는 어떤 세상이 있는 걸까요? 아니면 죽음이란 완전히 다른 어떤 것인가요? 우리가 죽고 난 뒤에도 이 세상에서 일어나는 일들을 볼 수 있을까요? 아니면 두 세계는 완전히 단절되어 있을까요?

저희는 먼저 제의 숲으로 갔어요.

그런데 그곳에 있어야 할 제의 숲이 없었어요. 숲이 사라져 버렸어요.

전에 얘기한 것처럼 제의 숲은 계곡 안에 있어요. 저희가 제사를 드리는 엘더 오크를 중심으로 아주 오래되고 거대한, 활엽수들이 자라고 있죠. 북동쪽으로는 물이 흐르고요.

그런데 그날 오후 계곡에 도착해 보니 그곳에는 아무것도 없었어요. 나무가 전부 사라져 버렸어요. 제의 숲에는 집채만 한 나무도 있었는데 전부 사라지고 그루터기만 덩그러니 남아 있었어요. 말라비틀어진 나뭇가지들이 사방에 널려 있고 나무를 끌고 간 흔적이 땅에 역력히 남아 있었죠. 저희는 할 말을 잃고 넋이 나간 채로 그 자리에 서 있었어요. 텅 빈 계곡에서 싸늘한 바람 한 줄기가 훅 불어왔어요. 나무꾼들이 불을 피운 흔적을 보고 나서야 저는 카룬이 했던 말이 생각났어요.

이런 일이 일어날 거라는 걸 진작 알았어야 했어요. 조짐을 알아차렸어야 했는데. 보호벽 때문에 제가 방심했었나 봐요. 어쩌면 어머니 걱정으로 머릿속이 가득 차 다른 일은 신경 쓸 여력이 없었거나요.

마레시.

바람을 타고 크론의 목소리가 들려왔어요.

서둘러.

"내 아버지가 이곳에서 기도를 드렸었는데."

아버지가 말씀하셨어요.

"아버지는 이 땅을 귀히 여기며 제물을 바쳤어. 아버지의 아버지와 어머니도 그랬고 그들의 어머니도 그렇게 하셨지. 그 옛날에도 엘더 오크는 이미 크고 오래된 나무였는데……."

"이제…… 우리는 어디서 제를 지내야 하죠?"

언니가 망연자실한 목소리로 말했어요. 저희는 더는 할 말을 찾지 못하고 서둘러 묘지의 숲으로 걸음을 옮겼어요.

제의 숲은 사루와 욜라, 두 마을만 쓰는 곳이에요. 다른 마을 사람들은 각자 자기들의 제의 숲을 가지고 있어요. 하지만 묘지의 숲은 로바스 사람 모두를 위한 숲이죠. 죽은 사람을 모시는 방식은 마을마다 다르지만요. 시신을 화장한 뒤 재를 가져가거나, 마을 근처에 시신을 묻고 시간이 흐른 뒤 뼈만 남았을 때쯤 다시 파내 뼈만 가져가거나 방식은 다양한데, 어쨌든 로바스 사람이라면 누구나 묘지의 숲에서 삶의 여정이 끝나요. 성스러운 은빛 나무 아래서 영원한 안식을 얻어요.

어슴푸레한 초승달 빛 아래 저희는 계속해서 걸었어요. 손과 발이 얼음장처럼 차갑긴 했지만 그건 문제가 되지 않았어요. 저는 지팡이로 땅을 힘껏 내려치며 걸었어요. 땅은 제 부름에 응답했고 로바스는 제게 서두르라 말했어요.

은빛 나무가 있는 묘지의 숲에 도착한 건 해가 지고도 한참이 지난 뒤였어요. 하얀 눈 덕분에 길을 찾을 수 있었어요. 두 개의 언덕 사이로 난 산길을 따라가면 골짜기가 나와요. 하지만 그 길은 더는 산길이라고 부를 수 없게 변해 있었어요. 누군가 그 길을 풀 한 포기 남기지 않고 밀어버린 거예요. 동쪽 언덕 위에서 뭔가가 반짝였어요. 소리는 들리지 않았지만 나무꾼들이 피워놓은 불 같았어요. 저는 그레이레이디의 고삐를 꽉 쥐고는 노새가 울지 않기를 기도하며 골짜기를 향해 걸었어요. 썰매를 탄 사람들이 조용히 눈길을 미끄러져 갔어요. 저희는 감히 입을 열지 않았고 숨소리조차 내지 않았어요. 골짜기에 거의 다다랐을 즈음 구름이 달을 가려 앞이 보이지 않았어요. 저는 언니 손을 꼭 잡고 기다렸어요. 숨도 멈췄어요.

이윽고 구름이 지나가고 골짜기에 달빛이 들었어요. 사방이 은빛으로 반짝거렸어요. 묘지의 숲의 나무들이 자리를 지키고 있었어요! 저는 긴장이 풀려 마른 침을 넘기며 지팡이에 몸을 기댔어요.

하지만 골짜기 아래로 내려서자 나무꾼들이 이미 일을 시작했다는 걸 알 수 있었죠. 입구에는 이제 막 벤 듯한 나무들이 쓰러져 있었어요. 가족 나무를 찾기에는 이미 너무 어두워서, 저희는 학살당한 나무들 사이에 야영지를 마련하고 불을 피웠어요. 삯꾼들이 저희를 발견하면 무슨 짓을 할지 모르니 위험하긴 했지만, 불을 피우지 않고서는 밤을 나지 못할 테니 달리 도리가 없었어요.

다음 날 아침, 저희는 장작의 마지막 불씨까지 밟아 끄고는 깊은 숲속으로 이동했어요. 아버지를 따라 가족 나무를 찾아갔죠. 아키오스가 닭을 잡고 언니는 나뭇가지에 은빛 나무로 만든 숟가락을 매달았어요. 저는 나무뿌리 아래 땅을 파 동전 한 닢을 묻었고요. 눈 덮인 땅이 단단히 얼어붙어 있어 아주 조금 파낼 수 있었어요. 아버지가 나무 주변에 어머니의 재를 뿌렸고 저희는 땅의 노래를 불렀어요. 저는 노래하는 가족들의 얼굴을 하나씩 둘러봤어요. 각자의 슬픔을 가지고 있었지만 누구도 외로이 혼자 슬프지 않았죠.

잠시 후 저는 나무를 돌며 한 바퀴씩 돌 때마다 마더와 메이든, 크론께 기도를 드렸어요. 그러고는 멈춰 서서 떠오르는 태양빛에 비친 눈 덮인 땅과 나무, 잎사귀가 서서히 밝아지는 모습을 바라보며 어머니가 제게 보여주고 가르쳐주신 것들에 감사를 드렸어요.

가족들이 짐을 챙기느라 바쁜 틈을 타 저는 망토를 고쳐 입고 그곳을 빠져나왔어요. 그러고는 고요하고 새하얀 숲속을 걸어 골짜기 입구를 향해 갔죠. 바람이 제 뺨을 매섭게 스쳤어요. 지팡이가 장갑 낀 손에서 자꾸 미끄러졌고 등에 맨 어머니의 검이 걸음을 옮길 때마다 제 등을 쳤어요.

그때 나무꾼 두 명이 골짜기에 들어서고 있었어요. 다섯 명이서 땅에 쓰러진 나무의 가지를 쳐내고 있었고 두세 명으로 이뤄진 다른 무리는 벌목할 또 다른 나무를 도끼로 툭툭 쳐보고 있었죠. 다 합해서 스무 명쯤 돼 보였어요. 병사들은 보이지 않았고요.

하지만 저는 병사들도 곧 오리라는 사실을 알고 있었어요.

"당신의 집에 축복을 빕니다."

제가 인사를 건네자 몇 명이 고개를 들어 저를 보았지만 이내 고개를 돌리고 자기 일을 계속했어요. 그들은 로바스 사람들이었어요. 그러니 자기가 하는 짓이 얼마나 금기시되는 일인지 잘 알고 있었을 거예요. 로바스에서는 조상이 묻혀 있는 곳에서 도끼를 들고 있는 것조차 불명예스러운 일로 여겨지거든요. 이마까지 내려오는 털모자를 쓴 남자들이 저를 가만히 쳐다봤어요.

"그 나무 아래에 무리크에 사는 어느 가족의 7대가 묻혀 있어요."

저는 손을 들어 일꾼 두 명이 이제 막 벌목하려던 참인 나무를 가리켰어요. "그 나무들은 로바스 남쪽에 있는 이스토 사람들이 쉬는 마지막 안식처고요."

"우릴 내버려 둬."

키가 작고 수염이 없으며 니트 목수건으로 얼굴의 절반을 가린 남자가 제게 말했어요. 그는 허리에 걸린 도끼를 만지작거리며 제 앞에 와 섰어요. 더 가까이 오진 않아서 저도 뭔가를 하진 않았어요.

"당신들에게 그 일을 멈출 것을 명령합니다." 저는 지팡이에 손을 올려 몸을 곧게 세우고 말했어요. "이곳은 성스러운 땅이에요." 저는 모두가 들을 수 있게 목소리를 높였어요.

"아주 오래전부터 로바스 사람들이 죽으면 묻히는 곳이지요. 이 숲에는 수많은 로바스 사람의 시신이 묻혀 있어요. 그만큼이나 많은 재가 뿌려진 곳이고요. 죽은 자들의 땅입니다. 돌아가세요. 그리고 다시는 돌아오지 마십시오. 그러면 크론의 화는 피할 수 있습니다."

그 순간 저는 남자들이 크론을 알지 못할 거라는 생각이 들었어요. 저는 재빨리 머릿속으로 우룬디엔과 로바스 사람들이 숭배하는 대상을 떠올렸지요.

"조상들의 화가 닥칠 것입니다. 칼마 새 또한 배반자의 마지막 여정을 안내하지 않을 것이고요."

로바스 사람으로 보이는 남자들이 나무와 약간 거리를 두며 서로 불안한 눈빛을 주고받았어요. 그들은 손에 들고 있던 도끼를 내렸죠.

"우린 그 노파인가 뭔가 하는 그런 여자는 두렵지 않소." 감독관처럼 보이는 남자가 대답했어요. 그는 침착했고 화를 내지는 않았지만 목소리에 짜증이 섞여 있었어요. "우린 그저 할 일을 하는 거요. 아가씨는 집에 돌아가요. 오늘 숲이 무척 추우니."

"그럴 수 없어요."

제 목소리도 차분했어요. 저는 로바스 사람들을 향해 돌아섰어요.

"여긴 로바스에서 가장 성스러운 땅이에요. 당신들도 로바스 사람들이지요. 조상들의 나무에 도끼를 든 것을 부끄럽게 여기세요. 당신의 어머니와 아버지의 나무도 벨 셈입니까? 그렇게 그냥 명령에 따르겠다고요?"

저는 다시 감독관을 향했어요.

"이곳은 죽음의 땅이에요. 제가 다스리는 땅이죠. 저는 죽은 이들의 수호자이며 그들은 제 사람들입니다."

바로 그 순간, 크론의 문이 나타났어요. 남자의 왼쪽에 높고 반짝이는 문이 가만히 기다리고 있었어요. 저는 그곳으로 걸어가 문을 열기만 하면 됐어요. 그 문이 제 손에 복종하리라는 것을 저는 알고 있었어요. 문은 기꺼이 제물을 받아들일 준비가 되어 있었어요. 묘지의 숲 또한 지식의 집 지하실과 마찬가지로 크론이 다스리는 구역이에요. 수도원에서 제가 크론의 문을 열어젖혔을 때처럼, 그분은 이 남자들을 집어삼킬 준비가 되어 있었어요.

"오이만, 우린 못 하겠소."

로바스 사람 중 연장자 한 명이 말했어요. 로바스 사람들이 한쪽으로 모였죠. 그들은 서로 눈길을 주고받다 감독관을 봤어요.

"은빛 나무에 해를 입히는 건 단순히 불길한 일 이상의 것이오."

"여보시오." 오이만이라는 남자가 참을성 있게 말했어요.

"나도르께서 은빛 나무를 가져오라고 하지 않았소. 그분은 이걸로 우룬디엔에서 후한 값을 받길 바라오. 그런데 은빛 나무는 여기에서만 자라지. 알고 있지 않소. 그래서 여기로 온 거고."

"그렇다면 우린 이제 나도르를 위해 일할 수 없소."

연장자는 진지한 목소리로 말했지요.

별다른 도리가 없는 오이만은 어깨를 으쓱했어요.

"알겠소. 하지만 이때까지 일한 삯은 포기해야 할 거요, 알겠소?"

남자들은 웅성거렸지만 저항은 하지 않았어요.

"마음대로 하시오." 오이만이라는 감독관은 뒤를 돌아, 쓰러진 나무 옆에 서 있는 우룬디엔 사람들을 가리키며 말했어요. "이제 당신들이 나무를 베시오."

로바스 사람들을 대표해 말하던 연장자가 고개를 저었어요.

"그렇게 둘 수는 없소."

로바스 사람들이 흩어져 도끼를 들고 나무 앞에 섰어요. 오이만의 표정이 차츰 굳어갔어요.

"일이 이렇게 돼가는군그래."

오이만은 자기 사람들에게 가더니 잠시 상의를 하는 듯했고 로바스 사람들이 저를 쳐다봤어요. 또 다른 웅성거리는 소리가 들려 뒤를 돌아보니 제 뒤에는 어느새 가족들이 와 서 있었어요. 나라에스는 아기를 보호하듯 배를 감싸고 있었고 아버지와 아키오스는 심각한 얼굴을 하고 있었어요. 그들은 절대로 저를 혼자 둘 마음이 없었어요.

결국 오이만과 그 일당은 연장과 밧줄을 챙겨 말에 싣고는 아무 말 없이 뒤도 돌아보지 않고 숲을 떠났어요. 그들이 시야에서 사라지자 언니가 제게 달려왔고 아버지와 아키오스도 뒤를 따라왔어요.

"네가 해냈구나!" 언니가 제 손을 잡으며 외쳤어요. "네가 그 사람들을 쫓아버렸어!"

아버지는 나무꾼들에게 가 인사를 했죠.

"그들은 곧 다시 올 거예요, 그렇죠?"

"맞아요." 금발에 상냥해 보이는 푸른 눈을 가진 젊은 사내가 어두운 표정으로 답했어요. "더 많은 사람이 오겠죠."

"병사들도 올 거예요." 다른 남자가 말했어요. "아주 많은 병사가." 남자들이 제 지팡이를 가리키며 물었어요. "당신이 서리 추방자요?"

저는 고개를 끄덕였어요.

"이제 어떻게 할 작정이오?"

저는 가족들에게로 고개를 돌렸어요.

"우선 가족들을 집으로 보내고 저는 여기에 남아 제가 할 수 있는 일을 할 거예요."

"그렇다면 집에서 필요한 것들을 보내주시오. 음식, 담요, 털, 무기 같은." 그는 다른 남자들에게로 몸을 돌렸어요. "우리는 여기 쓰러진 나무들로 방어벽을 세웁시다. 마레크, 레사스랑 언덕에 가서 우리 장비가 있는지 보고 챙겨 와. 빌라티, 메란, 쉼터를 만들어줘. 서리 추방자 것도."

하지만 그러기 전에 남자들은 전부 쓰러진 나무들 주변에 모여 우바스라는 연장자의 주도 하에 용서를 구하는 기도를 드렸죠.

그리고 그들은 일을 시작했어요.

*

사흘이 흘렀어요. 남자들은 부지런히 나무를 쌓아 꽤나 괜찮은 방어벽을 세웠어요. 쉼터도 세 개를 지었는데, 그들이 제게 혼자 하나를 쓰라고 권했지만 저는 그들과 함께 지내도 괜찮다고 대답했어요.

"당신들은 저의 형제나 마찬가지예요. 그러니 제 형제를 믿듯 당신들을 믿어요."

남자들은 잠시 웅성거렸지만 겸손하면서도 얼마간 기쁜 얼굴로 멋쩍은 듯 수염을 만졌어요. 남자들은 다섯 명이었는데 금발에 푸른 눈을 가진 마레크가 제일 어려요. 그와 레사스는 로바스 남쪽에서 왔대요. 둘은 사촌 지간이거나 가까운 사이인 듯해요. 빌라티는 서쪽 출신이고 아이들이 아들 하나, 딸 둘 이렇게 셋 있대요. 아이들을 몹시 보고 싶어 해서 틈만 나면 가족들 얘기를 해요. 가슴까지 털이 덥수룩하고 한쪽 눈에 커다란 흉터가 있는 메란은 무리크 근방에서 왔어요. 사람들을 주도했던 우바스 아저씨는 평생 벌목과 뗏목 일을 하며 살아와 집이 없대요. 제가 혹시 카룬을 아는지 물었더니 잘 알고 있었어요. 오랫동안 여름이 오면 카룬과 함께 뗏목 일을 했대요. 우바스 아저씨는 제가 서리 추방자인 것보다 카룬의 친구인 점을 더 높이 샀어요. 정직하고 성실한 사내라며 카룬을 칭찬했죠.

아버지와 언니는 저를 두고 집에 가는 것을 탐탁찮아 해서 저를 설득하려고 애를 썼어요. 하지만 처음엔 반대했던 아키오스가 제 옆에 남기로 하자 아버지는 결국 제 말에 동의해 주셨죠. 집으로 떠났던 아버지와 언니가 오늘 그레이레이디가 끄는 썰매에 제가 부탁한 물건들을 싣고 다시 돌아왔는데, 음식과 털 말고도 또 뭐가 온 줄 아세요? 사루와 욜라 사람들이 전부 함께 이곳에 왔어요. 믿어지세요, 수녀님? 마을 사람들이 전부 다 왔다고요! 어린아이들까지요. 다리가 부러진 카룬과 거동이 불편한 어른들만 마을에 남았어요. 욜라 사람들이 끌고 온 썰매에는 필요한 물건들이 넘쳐났고 아이들도 함께 타고 있었지요. 언니가 두 팔을 벌려 저를 안았어요. 저는 울컥해 언니의 어깨에 얼굴을 묻었어요. 익숙한 냄새가 났어요. 어머니가 저를 안아주는 것 같은 기분이었어요.

정말 그랬어요.

마르게트도 제게 달려와 저를 꼭 안아주었어요.

"나라에스가 다 말해줬어." 친구가 제 귀에 대고 말했어요. "정말 용감해. 정말 강해. 하지만 너 혼자 다 떠맡을 필요는 없어, 알지? 도움이 필요할 땐 그렇다고 말만 해주면 돼. 우리도 알 건 다 안다고."

"네 말이 맞아, 마르게트. 그동안 난 몰랐던 것 같아. 수도원에서 배운 지식들만이 진짜 지식이라고 생각했나 봐. 그래서 뭐든 혼자 해야 한다고 생각했고. 하지만 내가 틀렸다는 걸 사람들이 이렇게 보여줬어. 다들 이렇게 와줘서 기뻐."

수녀님, 사람들을 밀어내고 혼자 행동하던 그동안의 방식은 이제 고쳐야겠어요. 친구들과 가족들을 밀어내고 우리 마을만 세상에서 따로 떨어뜨려 놓은 그런 방식요. 대신 저에게 마음을 여는 사람들에게 저도 마음을 열 거예요. 그리고…… 이건 가장 두려운 일인데요. 세상을 향해 마음을 열어볼 거예요. 피하지 않으려고요. 최소한 노력은 해볼 거예요. 더 나은 세상을 만드는 거요. 이렇게 쓰고 보니 우스꽝스러울 만큼 건방진 얘기 같기도 하고 유치하게 들릴지도 모르겠어요. 그렇다면 한때 수녀님의 학생이었던 정을 생각해 이해해 주세요. 젊은이의 치기로 생각하셔도 괜찮고요. 하지만 저는 이제야 저의 진짜 소명을 찾은 것 같아요.

- 당신의 수련 수녀, 마레시

사랑하는 야이 그리고 엔니케에게,

종이도 모자라고 시간도 없어서 둘에게 한꺼번에 편지를 쓰기로 했어. 우리는 지금 묘지의 숲에 적당한 야영지를 짓고 있어. 여기에 얼마나 오래 머무르게 될지는 모르겠지만 아이들을 계속해서 밖에서 재우긴 힘드니까. 나무꾼들도 여기 남기로 했어. 다들 성실한 사람들이라 도움이 많이 돼. 소박하긴 하지만 벌써 오두막을 두 채나 지어줬어. 옛날 집처럼 껍질을 벗기지 않은 통나무로 만든, 천장에 배기구를 내고 흙 바로 위에 난로를 두는 집이야. 그래도 이것도 없이 지낼 때보다는 훨씬 나아. 물론 나무는 남자들이 언덕 위로 가서 구해 왔어. 이제 은빛 나무에 도끼를 드는 사람은 없어. 어떤 사람들은 자기 집안 나무에 가서 기도하고 오기도 했어.

묘지의 숲에서 야영을 하는 건 사실 옳지 않아. 이곳은 신성한 구역이라 죽은 자들에게만 허락되고 산 자들은 시신을 매장하러 올 때만 들어올 수 있거든. 이곳에 오면 우리는 목소리를 낮추고 제사를 지낸 뒤 곧바로 떠나지. 그런 전통에 익숙한 어른들은 여기 있으니 뼈 마디마디가 시리다고 해. 그분들은 밤에도 쉽게 잠이 들지 못해. 나도 크론의 한기를 느껴. 몸도 움츠러들고 재빠르게 움직이지 못하지. 그렇다고 여길 그냥 내버려 두고 떠날 수는 없어. 잠시라도 비우면 안 될 것 같아. 나는 사람들이 이 죽음의 땅에서 먹고 자는 데 얼른 익숙해지도록 노력하고 있는데, 사람들이 죽은 사람의 영혼을 두려워하니 쉽지가 않아. 나는 사람들에게 이야기를 하나 들려줬어. 늑대가 나오는 로바스 전설인데, 어느 늑대가 죽을 때가 다 되어서야 여태껏 평생을 함께 달리고 자던 늑대 친구들이 자기만 빼고 사실은 다들 유령이었다는 걸 알게 되는 내용이야. 로바스의 아주 오래된 시에 나오는 얘기라 로바스 사람이라면 누구나 이 이야기를 들으며 자라. 나는 이 얘기를 들려주며 죽은 사람은 살아 있는 사람에게 해가 되는 일을 하지 않는다고 안심시켰어. 제사를 지낸 것도 도움이 됐지. 우리 마을에서 가장 연장자인 실드 할머니의 주도 아래 우리는 조상과 나무, 흙에 대고 기도를 드렸어. 그러고 나니 사람들이 한결 더 편안해진 것 같아.

우리에게는 다행히 추위와 바람을 막아줄 은신처가 있고 음식도 있어. 그래서 기다리고 있어. 뭘 기다리고 있는 건지, 얼마나 더 기다려야 하는 건지도 모르지만. 나무꾼들의 수장 우바스 아저씨와 실드 할머니, 욜라의 최고 연장자 카반 할아버지 그리고 나, 이렇게 넷이 매일 아침 모여 이제 어떤 일이 일어날지, 그에 어떻게 대응할지 대책을 세워.

"누가 오든 제가 물리칠 수 있어요."

우리의 첫 모임에서 내가 이렇게 말했고 그 누구도 이에 반문하지 않았어. 그들은 내가 무엇이든 할 수 있을 거라고 믿었지.

"그런 뒤에는 더 많은 병사가 올 거야." 우바스 아저씨가 수염을 긁적이며 말했어. "나도르는 계속해서 병사를 보내겠지."

"영원히 여기만 지키며 살 수도 없어. 네가 그렇게 할 수 있다 해도 말이다, 마레시."

실드 할머니가 말했어.

"맞아요. 어떻게 하는 게 좋을까요? 그들이 여기 오지 못하게 보호 벽을 칠 수는 있어요. 할 수 있을 거예요. 하지만 그러려면 매일 여기에 와야 해요."

"우리는 네가 어떤 능력을 지니고 있는지 모른다, 마레시 엔레스다 욱테르." 카반 할아버지가 말했어. "하지만 나도르가 이곳에 다시는 발을 들이지 못하게 하려면 아주 대단한 것이어야 해."

"병사들을 그저 겁주거나 심지어 죽인다고 해도 나도르를 막기는 어려울 것 같은데, 원……."

실드 할머니가 대꾸했지.

할머니 옆에는 목발이 있었지만 무척 정정해 보이셨어. 지난번에 병사의 말에 밟혀 허리를 다치신 뒤로는 목발 없이 걷지 못하게 되셨어. 자수가 놓인 치마 위에 주름진 손을 곱게 포개 올린 모습은 여느 로바스 노년 여성과 별다를 게 없었지. 자식들과 손주들에게 둘러싸여 난롯불 옆에서 실을 잣는 일 외에는 아무것도 기대할 일이 없는 그런 노년 여성 말이야. 하지만 할머니는 지금 나와 남자 둘과 함께 전투 준비를 하고 계셔. 할머니 안에 있는 크론은 강해. 그런 할머니가 내 곁에, 우리 곁에 있어서 기뻐.

"나도르에게 우리의 능력을 보여줘야 한다. 너의 능력을 말이다."

나를 보며 말씀하시는 할머니의 목소리가 결연하면서도 왠지 모르게 들떠 있었지.

"병사들이 올 거야." 우바스 아저씨가 말했어. "그리고 틀림없이 나도르에게 소식을 전하겠지. 그걸 이용하면 어떨까? 나도르를 여기 오게 해야 해."

"방법을 알 것 같아요."

내가 말했어.

나는 메노스에서 일어났던 일을, 빗과 폭풍 이야기를 하나도 빼지 않고 들려주었지. 이야기를 하다 보니 나도 모르게 들떠 언성이 높아졌어. 표현은 안 했지만 이야기를 듣는 남자들의 표정이 점점 겁에 질려갔어. 그들은 서로 눈빛을 교환하더니 땅만 쳐다보았지. 우리는 작은 은빛 나무 아래 모닥불을 피워두고 그걸 둘러싼 각자의 그루터기에 앉아 있었어. 나무꾼들이 의자로 쓰라고 만들어준 것이었지. 그곳은 우리의 작은 회동 장소야. 원로들의 공간이자 나의 공간이지.

내가 이야기를 마치자 실드 할머니가 즐거워하며 웃으셨어.

"그럼 그렇게 하면 되겠구나." 몇 번이나 거듭 말씀하시며 고개를 끄덕이셨지. "그러면 되겠어."

"하지만 이 병사들은 죽으면 안 돼요." 내가 말했어. "그들은 살아서 나도르에게 가야 해요. 자기들이 본 것을 전해야 하니까요."

"그럼 그렇게 하지."

카반 할아버지가 동의했고 그 일은 그렇게 결정됐어.

*

열흘이 흘렀어.

우리는 그동안 방어벽도 더 높이 쌓고 계획도 보강해 필요할 경우 사람들이 달아날 퇴로도 생각해 두었어.

나는 이곳에 작은 학교도 열었어. 어른들도 많이 와서 아이들과 함께 앉아 매일 수업을 들어. 내가 아이들을 가르치는 모습을 부모들에게 보여줄 수 있어서 좋아. 특히 책을 읽어주는 날이면 오두막은 사람들로 가득 차지.

결국 새벽에 병사들이 들이닥쳤어. 크론이 나를 깨워준 덕분에 그들이 오고 있다는 걸 미리 알 수 있었지. 나는 일어나 밖으로 나갔어. 내가 일어나자 몇몇은 몸을 뒤척였어. 문을 열자 병사들이 가까이 다가오는 소리가 들렸어. 말 울음소리, 무기들이 부딪치는 소리, 말발굽 아래 눈이 뽀드득 밟히는 소리. 희부연 어둠 속에서 방어벽 앞을 지키며 보초를 서고 있던 나무꾼들의 파이프 불씨도 보였어. 나는 서둘러 다시 오두막 안으로 들어가 검을 매고 지팡이를 챙기고 필요한 다른 물건들을 작은 주머니에 넣어 어머니가 만들어주신 벨트에 걸었지. 그러고는 밖으로 천천히 걸음을 옮기며 나르 수녀님의 나뭇잎을 입 안에 넣고 씹었어. 자고 있는 사람들을 깨우지 않았지만 사람들은 밖에서 들리는 소리에 하나둘씩 일어나고 있었어.

나는 적의 말이 도착하기 전에 방어벽 가장 높은 곳으로 올라갔어. 크론의 문이 내 옆에 나타났지. 그 문은 나만 볼 수 있었어. 나는 문을 쓰다듬으며 마음을 가라앉혔어. 나는 문을 열고 싶지 않아. 이건 오 수녀님께도 말하지 못한 건데, 아마 영영 말할 수 없을 거야. 내가 다음 편지를 쓰지 못할지도 모르고. 나는 또 다른 죽음을 일으키고 싶지 않아. 세상엔 지금도 충분히 많은 사람이 죽어가고 있잖아. 야이, 넌 내 말을 누구보다 더 잘 이해해 줄 거야, 그렇지? 너도 경험한 일이니까. 우린 그 일을 단 한 번도 입 밖으로 꺼낸 적 없지만 난 네가 그 일로 괴로워한다는 걸 알아. 네가 자면서 하는 말을 들은 적이 있어. 가끔 울기도 했지. 그럴 만한 이유가 있는 사람을 죽음의 세계로 인도하는 일이 아니라면 그 문을 열고 싶지 않아. 오 수녀님께 말하지 못한 또 다른 얘기가 하나 더 있는데, 내 귀엔 지금도 지하실에서 울부짖던 남자들의 비명 소리가 들려. 뼈가 으스러지는 소리, 그 피비린내. 아무리 애를 써도 기억에서 떨쳐지지가 않아. 밤이 되면 남자들이 내 앞에 나타나. 그들이 우리를 죽이려 했고 한 명은 날 칼로 찌르기까지 했는데도 여전히 난 그들이 애초에 섬에 오지 않고 죽을 짓을 하지 않았더라면 좋았을 거라는 생각을 해.

하지만 나는 할 일을 해야만 하지. 나의 개인적인 소망은 이제 중요하지 않아.

나는 크론의 문 옆에 서서 등을 펴고 빗을 든 채로 잎을 씹었어. 잎에서 쓴맛이 나 입안에 침이 고였지.

"멈추어라!"

선두에 선 말을 보고 내가 큰 소리로 외쳤어. 말에 탄 병사가 고삐를 당기며 손을 들었지. 다른 병사들이 그의 주위로 모여들기에 그 수를 세어보니 스무 명이었어. 모두 무장을 하고 말을 타고 있었지. 생각보다 많은 숫자는 아니었어. 나도르는 별일 아니라고 생각했을 거야. 걱정할 이유가 뭐가 있겠어? 그의 눈에 우리는 나무꾼과 소작농이 모인 오합지졸이었을 텐데.

"이곳은 금지된 땅이다."

고요한 겨울 아침 숲에 내 목소리가 쩌렁쩌렁 울려 퍼졌고 양쪽에 있는 언덕과 울창한 나무들에 반사되어 메아리쳤어.

"이곳의 나무들은 신성하다. 다른 곳에서 온 자들은 모를 수 있다. 그러니 지금 말한다. 이곳의 나무 아래에는 로바스 사람들이 조상 대대로 묻혀 있다. 이 숲 전체가 묘지나 다름없다."

"저 여자를 알아!" 무리 속에서 병사 하나가 소리쳤어. "시장에서 본 창녀야!"

소리친 남자의 얼굴은 보이지 않았지만 그가 누군지는 알 수 있었어. 나는 손을 떨지 않으려고 이를 꽉 물었어. 등 뒤에서는 마을 사람들이 나와 방어벽 뒤에서 싸울 태세를 갖추는 소리가 들렸어. 사람들은 조용히 상황을 지켜보았지. 나를 도울 수 있는 건 거의 없었는데도, 사람들은 밖으로 나와 내 곁에 함께 서 있었어. 나를 혼자 두지 않았지. 내 어깨 너머로 힐끔 봤더니 여자들이 한쪽에 모여 땋아 올린 머리를 풀어 내릴 준비를 하고 있었어.

나는 한 손에는 지팡이를, 한 손에는 빗을 들었어. 숲 위로 해가 떠올랐어. 바람 한 줄기 불지 않는 청명한 날이 되겠군, 생각했지.

그들의 지휘관이 외쳤어.

"항복하라. 그러면 아무도 다치지 않을 것이다. 너희가 지금이라도 집으로 돌아간다면 나도르께서 너희를 용서해 주실 것이다."

지휘관 뒤에 선 병사들이 낄낄거렸어. 물론 그의 말은 거짓이었지.

활을 쏘는 병사는 없어 보였어. 우리를 공격하려면 방어벽을 빙 돌거나 타고 넘어야 했지.

"나 또한 말한다. 이곳은 크론의 땅이다. 칼마, 위대한 늑대, 네가 뭐라고 부르든 그 정체는 같지. 이곳은 죽음의 땅이다. 항복하라, 그러면 목숨은 구할 것이니."

내 발아래서 땅이 떨려왔어. 어둠 속에서 기다리고 있던 크론이 속삭였지. 지휘관이 손을 들어 공격을 지시했어.

나는 머리를 길게 빗어 내렸어. 그러고는 몸을 돌려 방어벽 오른편에 있던 여자들을 향해 빗을 던졌지. 마르게트가 그 빗을 받았어. 머리를 풀고 있던 마르게트가 묘한 표정으로 자기 머리를 한 차례 빗었어. 그러자 훅, 바람이 불었지.

병사들이 다가오고 있었어. 고개를 들어 하늘을 보자 우리의 바람이 검은 구름을 불러오고 있었어. 나는 어둠과 폭풍, 추위의 주인인 크론께 대고 그의 힘을 잠시 빌려달라고 기도했어. 그러고는 발밑에 있는 은빛 나무의 몸통에 지팡이를 깊숙이 꽂았지. 살아 있는 동안 내내 로바스 조상들의 안식처가 되어주고 그들과 교류했던 은빛 나무가 곧바로 내 기도에 응답했어. 숲의 골짜기가 파르르 몸을 떨었지. 그 진동은 땅 깊은 곳까지 퍼져나가 로바스의 흙과 만났어. 골짜기를 사이에 둔 양쪽 언덕 꼭대기에 쌓인 눈도 이에 화답해 몸을 떨기 시작했어. 그 떨림은 점점 더 거세졌지. 고삐를 쥔 병사들이 불안한 눈으로 언덕을 올려다봤어. 하얀 눈이 마치 연기처럼 부르르 피어오르기 시작했어.

내 뒤에 있는 여자들이 머리를 빗자 바람이 거세졌어. 유령처럼 짙은 안개의 바람이 멈출 줄을 몰랐지. 이윽고 거대한 눈사태가 일어나 전속력으로 쏟아져 내렸어. 검은 구름이 해를 가렸지.

나는 지팡이를 꼭 쥐고 서서 노래를 불러 산을 옮겼다는 검은 머리칼의 아라를 생각했어. 원했다면 나도 그렇게 할 수 있었을 거야. 나는 혼자가 아니었고 내 사람들이 함께 있었으니까. 크론의 싸늘한 숨결이 문틈으로 새어나오기 시작했어. 나는 지휘관을 보았지.

"지금이라도 떠나라! 그리고 나도르에게 가서 전해라. 로바스 사람들이 무엇을 할 수 있는지. 우리는 바람을 불러일으킨다. 태산 같은 하늘도 너희 머리 위로 무너뜨릴 수 있다. 우리가 햇빛 한 줄기까지 막은 것을 보았느냐! 우리는 물러서지 않는다. 나도르에게 직접 여기로 오라고 일러라. 이 숲은 아무도 해칠 수 없다."

병사들은 잠시 머뭇거렸지만 우르릉 소리를 내며 맹렬히 무너져 내리는 눈은 머뭇거리지 않았지. 병사 하나가 말을 돌려 전속력으로 달아나자 다른 병사들도 앞다투어 숲을 떠났어. 그들은 양쪽에서 쏟아지는 눈사태를 간발의 차로 피했어. 나도 눈을 피하려고 방어벽 위에서 뛰어내리려야 했지. 하지만 방어벽은 무너지지 않았어. 두 언덕 사이로 난 길은 눈에 막혀버렸고 골짜기는 사람이 빠져나갈 수도 들어올 수도 없게 되었어.

- 너희의 친구, 마레시

원장 수녀님께,

저희는 이제 나도르를 기다리고 있어요. 그가 우리의 소환에 응할지는 이제 그에게 달렸어요. 그런데 놀라운 일이 일어나고 있어요. 부르지 않은 사람들이 하나둘씩 모여들고 있어요.

그러니까 로바스 사람들이 전부 이곳에 온 거예요!

제일 먼저 온 사람들은 이곳에서 멀지 않은 남쪽에 사는 사람들이었어요. 병사들이 떠나고 며칠 지나지 않아 그들은 스키와 썰매를 타고 쏟아져 내린 눈을 넘어 이 골짜기로 왔어요. 천막과 음식도 가지고 왔죠. 아이, 노인 할 것 없이 가족 전체가 왔고 키우던 돼지와 염소를 데리고 온 사람들도 있었어요.

"당신의 집에 축복을 빕니다."

새로 도착한 나이 든 여자가 말했어요.

"당신의 여정에 축복을 빕니다."

제가 대답했죠.

저희 마을 사람들은 수줍어하면서도 그들을 반갑게 맞아주었고 마르게트와 아키오스가 돌아다니며 따뜻한 차를 내주었어요. 독주는 없어요. 여자가 차를 마신 뒤 제게 건네주어 저도 그 잔을 받아 남은 차를 마셨죠.

"어떻게 알고 오신 거예요?"

제가 물었어요.

동그란 얼굴에 따뜻한 갈색 눈, 그리고 눈가에 주름이 진 그는 보는 사람을 기분 좋게 하는 부류의 사람이었어요. 여자가 제 손을 쓰다듬는데 제 어머니가 생각났어요.

"죽은 영혼들이 우리를 불러냈단다. 밤마다 우리를 찾아왔어. 은빛 나무 아래에 있는 세계로 마지막 여정을 떠난 사람들이 계속해서 우리 꿈에 찾아왔지. 그래서 우리는 회의를 했고 그것이 우리를 부르는 신호라는 걸 깨달았어. 정령들에게 우리가 필요한 거라고. 그래서 오게 됐단다."

저희는 그간 있었던 일들을 얘기해 줬어요. 밤에는 새로 온 마을의 아이들을 저희가 지은 쉼터 오두막에서 따뜻하게 재우기로 했어요.

하루하루 날이 갈수록 더 많은 사람이 모여들었어요. 모두 크론과 정령, 땅의 부름을 듣고 왔대요. 그중 무엇이었는지는 저도 모르겠어요. 하지만 중요한 건 사람들이 오고 있다는 거예요. 여기는 처음에는 가을 축제 같았다가 다음에는 가을 시장, 그리고 지금은 흡사 거대한 집회 같아졌어요. 이렇게 많은 사람이 모인 건 처음 봐요. 하지만 분위기는 어둡고 무거워요. 어두운 축제라니, 이상하죠? 저희는 여기 모인 이유를 잘 알고 있어요. 마지막으로 한번 제대로 싸워보려고 이 자리에 모인 거예요. 우리를 지배하고 억압하고 이용하는 이 흉포한 남자들에게 여기가 끝이라는 걸 알려주기 위해서 말이에요. 그들의 끝은 바로 여기, 죽음의 땅이에요. 우리 로바스 사람들이 가장 신성시하는 곳이죠.

무리크에 사는 저희 사촌들도 정령들의 부름을 듣고 마지못해 이곳에 왔어요. 미라에스 고모와 탄 고모부, 테시, 베르나티, 셀라스, 그리고 아이들까지요. 테시 말로는 베르나티는 오고 싶어 하지 않았대요. 이 모든 건 미신이고 농장을 비워둔 채 떠나는 건 어리석은 짓이라며 끝까지 오지 않으려고 했는데 꿈에서 어지간히 괴로웠나 봐요. 결국 아예 잠을 자지 못했대요.

"매일 밤 베르나티가 눈을 감으면 굶주림과 병으로 죽어간 이웃들과 친구들이 꿈에 나타나 뼈만 앙상히 남은 손으로 베르나티를 끌어당겨 은빛 나무 아래로 데려가려고 했대. 베르나티는 완전히 겁에 질렸어."

테시가 고개를 절레절레 저었어요.

"내 꿈에는 할머니들이 오셨어. 내가 어렸을 때처럼 달콤한 자장가를 불러주셨지. 그 노래가 얼마나 부드럽고 달콤한지 꿈에서 깨고 싶지 않을 만큼 행복했어. 할머니들이 다시 살아 돌아오신 것만 같았어."

제가 이해하기로는 사람들이 모두 제각각의 방식으로 부름을 받은 것 같아요. 어떤 이들은 사랑 때문에, 또 어떤 이들은 두려움 때문에 이 곳으로 왔어요.

가족들 눈치를 보느라 고아들을 돌보지 못한 테시는 그들을 데려가 보살펴 줘서 고맙다고 했어요. 저는 제가 아니라 어머니와 아버지가 한 일이라고 말했죠. 그러곤 눈물이 터져버렸어요. 어머니 얘기가 나오면 종종 그래요. 하지만 이젠 가슴이 찢어지는 듯한 고통은 조금 사그라들었어요. 울고 나면 마음이 한결 홀가분해져요. 어머니의 마지막 몇 해를 함께할 수 있었으니 그걸로 기뻐요. 함께 있을 수 있었고 전에는 몰랐던 어머니의 모습들을 알게 되어 기뻐요. 저는 내심 어머니가 제 꿈에 나타나기를, 그래서 어머니를 다시 만날 수 있기를 바라는데 그런 일은 일어나지 않아요.

한편 사람들은 약간 들떠 있는데, 아이들이 특히 그래요. 아이들은 이런 경험이 없는 데다 진짜 위험을 맞닥뜨린 적이 없으니 추상적으로만 알죠. 아이들은 이곳에서 새로운 친구를 사귀어요. 모닥불을 둘러싸고 오가는 대화는 이른 아침부터 밤늦게까지 이어지고요. 은빛 나무 아래에 이렇게 많은 생명이 모인 건 처음일 거예요. 피어나는 건 우정만이 아니에요. 이곳에서 피어난 사랑으로 생겨난 생명도 한두 명은 될 거라 장담해요. 보이시나요, 원장 수녀님? 메이든, 마더, 크론, 이 모두가 한 자리에 있어요. 그 사실이 제게 큰 힘과 위안을 가져다줘요. 어떤 일이 닥치든 신께서 온전히 제 곁에 함께 계실 거라는 걸 알고 있으니까요. 이제는 신께서 이곳에 계시다는 걸 알겠어요. 지금은 그 사실을 온몸으로 느끼고 있죠. 신께서 지니신 힘이 땅을 통해 전해지고 있어요. 한겨울인데도 그 부글거리는 에너지가 느껴져요. 생명이자 죽음인 그것이 끝나지 않는 영원의 춤을 추고 있어요.

가장 긴 겨울밤이 지나고 낮이 길어지고 있어요. 이따금 눈부신 햇살이 들고 날씨도 온화해졌죠. 기분이 좋아요. 쉼터 덕분에 최악의 추위는 피할 수 있었어요. 햇볕 좋은 날에는 새들이 노래를 불러요. 사냥하기 적당한 양의 눈이라 사람들은 무리를 지어 숲으로 사냥을 떠나고요. 저희는 그럭저럭 잘해 나가고 있어요. 이곳은 물론 우룬디엔 왕의 숲이지만 필요가 법을 이기는 법이에요. 요리를 맡은 사람들이 사냥으로 얻은 사슴과 토끼, 새를 굽고 모닥불 위에 포리지 솥도 걸었어요. 저희는 각자 솥에서 포리지를 덜어 먹고 그 뒤에 자기가 먹은 만큼 밀가루나 옥수수 가루를 솥 안에 넣어요.

그런데 가장 놀랍고 마법 같은 일이 뭔 줄 아세요, 수녀님? 아침마다 부모들이 자식들을 제게 데려온다는 거예요.

"욜라와 사루 아이들이 읽고 쓸 수 있다면 우리 아이들도 할 수 있지 않겠어요?"

이렇게 말하면서요.

이제 제게는 백여 명의 학생들이 생겼어요. 이건 기적이에요! 처음 엔 제가 평생 알았던 사람들에게조차 자식을 학교에 보내달라고 간청해야 했는데 지금은 제가 감당할 수 없을 정도로 많은 학생이 생겼어요! 저는 아이들이 최대한 많이 배울 수 있게 몇 개의 무리로 나눴어요. 상급 학생들, 아주 어린 아이들, 중간 나이의 아이들, 나이가 찬 아이들 이렇게요. 아키오스가 저를 도와 기본적인 철자와 단어들을 가르쳐요. 저는 자기 이름을 쓰고 다른 사람의 이름을 읽는 법을 가르치고요. 책을 읽어줄 때도 있는데 그 시간에는 어른들도 와 함께 들어요. 그럴 때면 사람들이 제 목소리에 귀를 기울이느라 숲 전체가 고요해져요.

원장 수녀님, 제 말에 사람들이 귀를 기울이는 모습이 상상되시나요? 처음 수도원에 도착했을 때 제가 얼마나 서투르고 무지하고 어린 애 같았는지 기억나시죠? 그때 수녀님께선 저의 미래를 알고 계셨나요? 저는 상상도 못 했어요! 제일 이상한 점은 그때나 지금이나 제가 똑같은 사람처럼 느껴진다는 사실이에요. 그때도 지금도 저는 실수를 저지를까 봐 두렵고 저 자신을 드러내는 일이 무서워요. 사람들이 저를 경청할 만한 사람이 아니라 한낱 애송이에 지나지 않는다고 생각할까 봐 두렵고요. 그래도 신께서 저와 함께 계시다는 걸 알고 나니 조금은 마음이 놓여요. 아주 조금은요.

여기까지가 이곳의 상황이에요. 저희는 그럭저럭 만족하며 지내고 있어요. 하지만 기다리는 일은 쉽지 않고, 어떤 일이 벌어질지, 이 기다림이 언제 끝날지 모르는 채로 기다리는 일은 더 쉽지 않네요.

- 존경을 담아, 마레시

로즈 엔니케에게,

엔니케, 어제 누가 온 줄 알아? 카룬이 왔어! 카룬의 다리는 이제 많이 나아서 걸을 수 있을 정도야. 카룬은 학교 근처를 지나가는 무리크 사람들을 만나 그 썰매를 얻어 타고 왔대. 나는 새로운 사람들이 은빛 나무 숲에 도착했다는 걸 몰랐거든. 이제 내가 사람들을 맞이하는 일은 그만뒀어. 많은 사람이 계속해서 오고 있어 우리는 돌아가며 새로 오는 사람들을 환영하고 천막을 소개하고 지금까지의 사정을 들려주고 이곳에서 어떻게 지내는지 알려주지. 이제 은빛 나무 숲에서 아주 멀리까지 천막이 퍼져 있어.

저녁 무렵 카룬이 나를 찾아왔지. 나는 잠시 혼자 있을 시간이 필요해 방어벽 위에 올라가 있었거든. 쏟아져 내린 눈이 방어벽을 거의 덮다시피 쌓여 있어 사실 벽이 필요가 없어졌어. 우리는 이제 방어벽을 쌓지 않아. 나도르가 군대 전체를 끌고 나타난다면 어차피 우리가 쌓아둔 평범한 방어벽은 의미가 없을 테니까. 우리에게는 다른 계획이 있어.

나는 방어벽 높은 곳에 앉아 남쪽 언덕 너머로 해가 지는 풍경을 보는 게 좋아. 지금은 겨울이라 해가 남서쪽으로 비스듬히 지거든. 해가 지고 나면 별들이 경쟁이라도 하듯 하나둘씩 모습을 드러내며 반짝이지. 오늘 저녁의 승자는 검은 별이야. 새카만 어둠 속에서 빛나는 모습이 꼭 크론의 눈 같았어. 하늘을 올려다보며 앉아 있는데 밑에서 누군가가 헛기침을 하는 거야. 나는 속으로 얕은 한숨을 내쉬었어. 난 정말 혼자 있을 시간이 필요했거든. 낮에는 너무 많은 일을 하고 많은 책임을 떠맡고 있어 정신이 없어. 우바스 아저씨와 언니가 야영지 운영을 맡고 있어 그나마 다행이지. 어쩌다 언니가 그 역할을 떠맡게 됐는지는 모르겠지만 온종일 사람들에게 지시를 내리고 요리나 교대로 해야 할 일들을 조정하고 뭔가 문제는 없는지 살피고 있는데 정말 잘하고 있어. 그 일을 즐기고 있는 것 같기도 해. 언니가 바쁘게 일하는 동안 아이들은 아버지와 얀날, 얀날의 부모님이 돌보고 있지.

아, 다시 하던 얘기로 돌아갈게. 아래를 내려다보니 가죽조끼를 입고 목발을 짚은 남자가 서 있었어. 하지만 남자는 방어벽 그림자에 가려진 데다 하얀 입김 때문에 얼굴이 잘 보이지 않았어. 남자가 나를 찾는 일은 어렵지 않았을 거야. 핏빛의 붉은 망토를 입은 사람은 나밖에 없으니까. 남자가 내 이름을 불렀어.

"마레시."

순간 나는 아래로 굴러 떨어질 뻔했어. 두 손으로 간신히 바닥을 짚었지. 그의 낮은 목소리가 내 마음을 뒤흔들었어.

솔직히 말하면 여기에 온 뒤로 계속해서 카룬을 생각했어. 내 마음을 모른 체하고 그의 눈과 손, 잠깐씩 닿던 그 감촉을 잊으려 노력했지. 헛된 노력이었어. 그렇지만 그 기억들이 날 강하게 만들어줬어. 카룬은 처음부터 믿을 수 없을 만큼 내게 잘해줬어. 그처럼 나를 다정하게 돌봐준 사람은 없었어, 엔니케.

"응……?"

처음에 나온 내 목소리가 너무 작아 나는 목을 가다듬고 다시 대답해야 했어.

"내려와 볼래?"

"잠시만."

나는 몇 번이나 심호흡을 했지.

카룬은 웃을 때 보이는 입가의 주름이 정말 아름다워. 어떻게 여태껏 그것도 몰랐을까? 카룬은 내가 내려가는 걸 도와주려고 손을 내밀려다가 멈칫했어. 별로 현명한 행동이 아니라고 생각한 것 같아. 나는 그의 도움 없이 훌쩍 뛰어내렸지.

"다리는 어때?"

내가 카룬의 다리를 들여다보며 물었어. 카룬이 다정하게 미소를 지었어.

"이제 걸을 수는 있어. 하지만 썰매를 얻어 타지 못했다면 여기까지 오지는 못했을 거야."

나는 간신히 눈을 들어 카룬을 봤어. 그건 그냥 다정하기만 한 눈이 아니야, 엔니케. 아아, 뭐라고 설명해야 할까. 그 두 눈을 바라볼 때 내 몸에 흐르는 이 감정도 뭐라 설명해야 좋을지 모르겠어. 난 행복해, 두려워, 흥분돼, 마음이 아파. 이 모든 감정이 동시에 들어.

"부모님이 꿈에 나타나 나를 부르셨어. 이곳에 와야 한다는 걸 알았지." 카룬이 내 눈을 피하며 말했어. "내가 여기 있다는 걸 알려주고 싶었어. 너에게 내가 필요하다면 말이야."

카룬이 더 말할 것이 남아 있는 듯 가만히 서 있었어. 나는 입이 말랐어. 그가 더 말해주길 바랐지. 하지만 그다음에 카룬이 한 말은 내가 듣고 싶은 말이 아니었어.

"난 가진 것 하나 없는 나무꾼이야, 마레시. 나도 알아. 네게 줄 수 있는 게 별로 없지……." 카룬은 말끝을 흐렸어. "하지만 필요한 게 있으면 뭐든 말만 해, 뭐든."

그러고는 카룬은 황급히 돌아서 목발을 짚고 다리를 절뚝이며 자리를 떠났어.

나는 그 자리에 남아 한참을 멍하니 서 있었어. 카룬이 떠난 자리에 진한 송진과 연기 냄새가 남아 있었는데 내 상상이었는지도 모르겠어.

그 뒤로는 카룬을 보지 못했어. 야영지가 무척 크니까. 카룬도 어딘가에 혼자 있을 텐데……. 그가 가까이에 있다는 사실만으로도 밤에 잠이 오지 않아. 내 몸이 달아오르는 기분이야. 카룬과 닮은 사람만 언뜻 보여도 심장이 너무 빨리 뛰어.

- 네 친구, 마레시

사랑하는 오 수녀님께,

이 편지는 긴 글이 될 거예요. 전 지금 녹초가 되었지만 수녀님이 가르쳐주신 대로 기억이 생생할 동안 글을 남겨두려고 해요. 아무리 사소한 내용도 나중에 중요한 의미를 가질 수 있다고, 인간의 기억력에는 한계가 있다고 수녀님께 배웠으니까요. 특히 떠올리기 괴로운 기억이라면 더더욱 그렇죠. 평범한 사람에게 망각이란 축복일 테지만 기록자에게는 저주나 다름없어요. 제겐 계속해서 기록해야 할 책임이 있다는 걸 알고 있어요. 이 서신들은 메노스에서 로바스로 귀환한 마레시 엔레스다욱테르의 연대기예요. 수녀님께서 이 서신들을 모아 수도원의 기록으로 보관하실 거라는 걸 알고 있으니 제가 지금 쓰는 이 글이 연대기로서 가능한 한 사실적이고 분명한 글이 되도록 저는 최선을 다해야겠죠.

먼저, 개 이야기부터 해볼게요.

병사들이 계곡을 떠나고 서른 번째 되는 날, 마침내 나도르가 이곳에 왔어요. 숲에 사람들이 얼마나 많았는지 정확히는 모르지만 아마 수천 명은 족히 넘었을 거예요. 저희의 상황은 그리 좋지 않았고 음식도 바닥나 있었죠. 하지만 제가 아는 한 포기하고 집으로 돌아가거나 불평하는 사람은 한 명도 없었어요. 물론 저희는 돌아갈 집이 없을 가능성까지 고려하고 있었어요. 버려진 농가에 나도르가 무슨 짓을 했을지 누가 알겠어요?

저희는 내내 흐트러짐 없이 만반의 태세를 갖추고 있었어요. 하지만 사흘 전 아침, 나팔 소리가 들려오자 저희는 당황했어요. 지난 사흘 동안 벌어진 사건에 저는 아무런 대비가 되어 있지 않았어요. 의지할 곳도, 조언을 구할 곳도 없었죠. 전적으로 본능에 따라 한 행동들이 잘한 일인지, 아니면 더 나은 선택을 할 수도 있었는지 여전히 모르겠어요. 저희는 일제히 천막과 오두막, 쉼터에서 나와 골짜기의 남쪽 입구를 쳐다봤어요. 눈 덮인 하얀 언덕 위에 수백 명은 될 듯한 기병들이 서 있는 광경이 보였어요. 그들이 차고 있는 무기가 햇빛에 반사돼 번득였고 방패와 깃발은 빨간색, 진녹색, 검푸른색, 금색, 은색의 화려한 장식을 뽐냈어요.

저는 계획했던 대로 아이들을 오두막 안으로 피신시키라는 지시를 내리려고 사람들에게로 몸을 돌렸는데, 제가 뭐라고 소리치기도 전에 다시 한번 나팔소리가 뿌우 하고 울리며 계곡 전체에 쩌렁쩌렁 울려 퍼졌어요. 그리고 또 다른 소리, 개들이 짖는 소리가 들려왔어요.

50마리 혹은 그보다 더 많은 사냥개가 검은 입을 벌리고 전속력으로 언덕을 달려 내려오는 거예요. 개들의 네 발은 빨랐고 얼음 위에서도 깃털처럼 가벼웠어요. 그 순간 그저 심장이 마구 뛰었고 아무 소리도 들리지 않았어요. 입안이 말라 말도 나오지 않았죠. 그야말로 미친 듯이 내달리는 개들이 크게 벌린 빨간 입속으로 길고 뾰족한 송곳니가 보였어요. 제 뒤에서는 여자들이 비명을 지르며 자식들을 오두막 안으로, 나무 위로 올라가게 했어요. 조카들 얼굴이 제 머리를 스쳐 지나갔어요. 임신 중인 언니도요. 하지만 그 와중에도 저는 제 안위를 제일 많이 걱정했어요, 수녀님. 그 날카로운 이빨이 제 살에 박히는 상상을 하면서요.

다행히도 사람들이 모두 저처럼 어이없이 넋을 놓고 있었던 건 아니었어요. 아버지들과 남자들, 아들들은 무기가 될 만한 건 뭐든, 몽둥이, 돌멩이, 심지어 은빛 나무 가지까지 들고 방어벽 앞으로 나와 섰어요.

그들은 자기들이 살아 있는 한 여자들과 아이들이 있는 방어벽 안쪽으로는 개를 한 발자국도 들이지 않을 작정이었어요. 그중에는 여자들도 섞여 있었어요. 더는 잃을 게 없는 할머니들이 곱게 땋은 회색 머리카락을 늘어뜨리고 카디건을 입은 채로 두 다리를 딱 벌리고 서서 결연한 눈빛으로 빗자루와 몽둥이를 들고 기다리고 있었죠.

방어벽에 다다른 개들이 눈길에 미끄러지고 넘어졌어요.

"멈춰."

제가 속삭이듯 작게 외쳤어요. 그렇게 말할 힘이 어디서 나왔는지는 여전히 수수께끼예요. 그 한마디를 하는 게 너무 어려웠거든요. 저는 빗도, 지팡이도, 검도 없었어요. 가진 건 목소리뿐이었죠.

그런데 개들이 멈췄어요. 개들은 주둥이를 제 쪽으로 돌리고 검은 눈을 반짝이며 저를 쳐다봤어요. 한참을 그렇게 있었어요. 그러더니 몸을 돌려 제게 살금살금 걸어왔어요. 제 손을 킁킁대며 꼬리를 얌전히 내렸어요. 그러곤 그 자리에 털썩 누워 자기 발에 얼굴을 묻고 쉬는 게 아니겠어요.

순식간에 개들에 둘러싸인 저는 주위를 둘러봤어요. 고요했지요. 새들조차 노래하지 않았어요. 화려한 색색의 병사들이 번득이는 무기를 차고 언덕 위에서 기다리고 있는 모습이 보였어요. 그들은 어쩔 줄을 몰랐죠.

병사들은 개들의 공격에 저희가 혼비백산하길 바랐어요. 말을 타고 눈이 쌓인 미끄러운 비탈길을 달려와 저희를 공격할 계획은 애초에 없었던 거예요. 저희의 방어가 썩 훌륭하지는 않았지만 얼마나 진지하게 대비하고 있는지는 분명히 내려다보였을 거예요. 새하얀 은빛 나무가 가려주어 잘 보이지는 않았겠지만요. 곳곳에서 피어오르는 연기와 천막, 사람들을 보고 수가 적지 않다는 것을 알았을 테고요. 그러나 저희가 전사가 아닌 평민이라는 사실도 알았을 거예요.

병사들과 휘황찬란한 색깔로 치장한 기병들이 후퇴했어요. 저희는 크게 안도하며 대열을 재정비했어요. 아이들을 최대한 먼 곳으로 보내 보호하고, 싸울 의지가 있는 사람들은 방망이나 도끼, 활 등을 쥐고 앞으로 나왔어요. 개들은 눈밭에 누워 검은 눈으로 제가 움직이는 모습을 좇고 있었는데 기분이 좋지는 않았어요. 우바스 아저씨와 다음 작전을 논의하고 있을 때 병사 한 명이 스키를 타고 골짜기로 내려왔죠.

저는 그를 맞으러 방어벽 쪽으로 걸어 나갔어요. 전투 준비를 하는 사람들 틈에 서 있는 가족들이 보였어요. 언니와 조카들만 그곳에 없었어요. 아버지는 얼굴에 걱정이 서려 있었지만 저를 보자 격려하듯 웃어 보이셨어요. 아키오스는 푸른 눈을 반짝이며 제게 손을 흔들었고요. 카룬도 보였어요. 제가 우바스 아저씨와 함께 방어벽 제일 높은 곳으로 올라가는 동안 카룬은 내내 저를 지켜봤어요. 저는 방어벽 위에 우뚝 섰어요.

스키를 타고 온 전령은 병사였지만 무기를 지니지는 않고 있었어요. 그는 방어벽에 다다르자 눈보라를 일으키며 스키를 멈췄어요. 그러고는 숲 전체가 들을 수 있게 큰 소리로 외쳤어요.

"우룬디엔의 보란네 여왕, 그리고 로바스의 나도르 센드멘 투로의 전령이다. 이번 반란을 주도한 수장은 내 진영으로 와 나를 알현할 것을 요구하는 바다."

여왕이라니! 우바스 아저씨와 저는 어리둥절해 서로를 쳐다봤어요. 우룬디엔의 왕이 이 작은 변방의 땅에 와서 뭘 하고 있는 거지? 병사는 저희의 대답을 기다렸어요.

"폐하와 나도르에게 가겠다고 전하시오."

병사는 다른 말을 더 기다리는 듯한 눈치였어요. 제가 아저씨를 흘 깃 보자 아저씨가 목을 가다듬었어요.

"나무꾼이자 사냥꾼 우바스 함메이르손이 가겠다고 전하시오."

아저씨가 제게 고개를 돌렸어요. 저도 심호흡을 한 뒤 입을 뗐지요.

"서리 추방자이며 들짐승을 길들이는 자, 신의 말을 듣고 죽음의 땅 으로 가는 문을 여는 자, 붉은 망토의 마레시 엔레스다욱테르도 가겠 다고 전하시오."

병사가 스키를 타고 언덕으로 돌아가자 제가 아저씨를 보며 살짝 웃 었어요.

"겁 좀 주려고요. 뭐가 뭔지 모르게요."

아저씨도 수염 아래로 씩 웃었어요.

"마레시, 로바스에서 너 같은 아이는 처음 봤다. 내가 아들만 있었더 라도 둘을 맺어줬을 텐데."

"전 결혼 안 해요."

제 입에서 습관처럼 그 말이 튀어나왔어요.

저희는 방어벽을 내려갔어요. 아버지와 아키오스, 나라에스가 달려 왔죠. 언니의 뺨이 빨갛게 달아올라 있었어요.

"그래, 여왕을 만나러 가는구나."

순간 저는 언니가 제 옷을 단정히 만져주고 머리를 땋아주려는 건가 하는 생각이 머리를 스쳤지만, 대신 언니는 제게 지팡이를 건네주었어 요. 아키오스는 어머니의 검을 주었고요. 저는 어머니의 벨트에 빗을 챙겨 넣었죠. 그러고는 언니와 아버지, 동생과 차례로 이마를 맞대고 인사를 했어요. 다른 말은 하지 않았어요. 그리고 사람들이 왔어요. 우리 마을 사람들과 이곳에 와서 지내며 알게 된 사람들이요. 그들은 제 어깨를 두드렸고 제게 이마를 대고 기도하듯 인사를 건넸어요.

"당신의 여정에 축복을."

마르게트는 한참을 제게서 이마를 떼지 못했어요. 수도원 자매들이 옆에 있는 듯한 기분이 들었어요, 수녀님. 그리고 카룬이 왔어요. 그의 입에서 희부연 입김이 나왔어요. 그가 제 앞에 서서 제 눈을 지그시 바라보자 사납게 달려드는 개들을 봤을 때처럼 심장이 빠르게 뛰었어요.

저는 카룬에게 한 걸음 다가가 몸을 숙여 그의 귀에 속삭였어요.

"카룬, 넌 정말 특별한 남자야. 누구도 너처럼 사려 깊고 상냥하고 강하지 못하지. 널 사랑한다는 말을 꼭 하고 싶었어."

카룬이 훅, 숨을 멈췄고 그의 짙은 두 눈이 동그래졌어요. 저는 미소를 지었지만 입가가 부르르 떨렸어요.

"아무것도 바라지 않아. 뭘 바라고 하는 말이 아냐. 나는 어려운 길을 가기로 결심했고 다른 사람에게 그 길을 함께 가달라고 할 수 없다는 것도 알아. 단지 내 마음을 전하고 싶었어."

"마레시……."

제 이름을 부르는 카룬의 그 낮고 깊은 음성에 다시 가슴이 떨렸어요. 카룬은 말을 잇지 못하고 그 자리에 얼어붙은 듯 그저 서 있었고요. 저는 황급히 몸을 돌리며 등에 맨 검을 단단히 조였어요. 그도 같은 마음일 거라고 생각했는데 아니었나 봐요.

이윽고 저와 우바스 아저씨는 떠날 채비를 했어요. 저는 스키를 빌리고 지팡이를 스키폴로 썼죠. 아저씨는 도끼를, 저는 검을 들었어요. 떠나기 전, 저는 개들을 향해 외쳤어요.

"이리 와."

그러자 개들이 단번에 일어나 혀를 대롱대롱 내밀고 검은 눈을 제게서 떼지 않은 채로 조용히 저를 향해 걸어왔어요. 그렇게 50마리의 개들을 데리고 저희는 골짜기를 나섰어요.

골짜기를 나서자마자 손에 검을 든 스무 명 남짓한 병사들이 저희를 기다리고 있었어요. 험악한 인상에 눈동자가 짙은 병사들은 제 붉은 망토와 지팡이, 조용히 저를 따르는 개들을 차례로 쳐다봤어요. 그러고는 아무 말 없이 저와 아저씨를 둘러싸고 숲 안쪽으로 데려갔죠. 잿빛 하늘은 고요했고 바람 한 점 없는 날이었어요. 저희를 둘러싼 숲은 어둑어둑해서 마치 비밀을 품고 있는 듯했고요. 두려웠지만 이 땅은 저의 땅이라는 사실을 계속해서 스스로 되뇌었어요. 여왕과 나도르가 내 땅에 발을 들인 거야. 이 땅에 흐르는 힘은 내 것이야. 그렇게 생각하니 마음이 좀 가라앉았어요.

병사들의 행진에 땅이 울렸고 저희는 조심스레 스키를 밀며 길을 따라갔어요. 아저씨가 모자 아래로 저를 흘깃 보셨고 저는 짧게 고개를 끄덕였죠. 아저씨가 제 곁에 있어줘서 감사했지만 결국 저 혼자 치러야 할 싸움이라는 걸 알고 있었어요. 나도르가 묘지의 숲을 다시는 건드리지 못하게 하는 것, 그것이 제게 맡겨진 임무였어요.

다만 그 일을 어떻게 해야 할지 방법을 모른다는 것이 문제였어요.

잠시 후 숲속 어느 빈터에 도착했어요. 나무를 베어 넓은 터를 만들어놓은 곳이었어요. 짐승이나 강도, 혹은 저희를 막기 위해 쌓은 벽으로 둘러싸여 있었죠. 안에는 가문비나무 가지와 가죽으로 만든 막사들이 군데군데 있었고 무장한 병사들이 그 사이를 지나다니고 있었어요. 특히 크고 화려한 천막 두 개가 한가운데 서 있었는데 그 앞에는 고급 털 망토와 모자를 걸친 신하들이 여유롭게 거닐고 있었고요. 저와 아저씨와 사냥개들, 그리고 병사들이 야영지로 들어서자 순식간에 사방이 고요해졌어요. 모두가 저를 쳐다봤어요. 그들은 저희를 가장 큰 천막으로 데려갔고 경비병 두 명이 천막 문을 열었어요.

"앉아."

개들은 제 명령에 따라 천막 오른쪽에 자리를 잡고 가만히 저를 쳐다봤어요. 그러자 여자들과 남자들이 서로 눈길을 주고받았죠. 저와 아저씨는 스키를 벗고 천막 안으로 들어갔어요.

천막 안은 무척 따뜻했어요. 한쪽 벽에는 철로 만들어진 작은 스토브가 있었는데 기다란 관이 밖으로 연기를 뿜어내고 있었어요. 그렇게 잘 만들어진 난로는 처음 봤어요. 로바스에도 그렇게 훌륭한 대장장이가 있을까 궁금해졌어요. 쇠붙이가 그렇게 뜨거운 열을 견딜 수 있다는 걸 어떻게 안 걸까요?

스토브 주변에 자태가 우아한 여자와 남자들이 서 있었어요. 너나 할 것 없이 똑같이 긴 망토를 걸치고 부드러운 가죽 부츠를 신은 남자 셋 중 과연 누가 나도르인지 알 수 없었어요. 수염을 짧게 깎은 매부리코 세 사람은 얼굴도 무척 닮아 있었거든요. 하지만 여왕이 누구인지는 단번에 알 수 있었죠. 여왕은 이끼처럼 진한 녹색의 최고급 모직으로 만들어진 긴 드레스를 입고 하얀 담비 털이 달린 까만 망토를 어깨에 두르고 있었어요. 아름답게 땋아 올린, 짙은 밤처럼 새카만 머리는 왕관처럼 보이기도 했고 머리를 장식하는 보석들은 탁자 위에 놓인 램프 불빛에 반사되어 눈부시게 반짝이고 있었어요. 여왕의 위엄 있는 자태와 그 아래 서 있는 사람들, 그리고 그들이 한시도 눈을 떼지 않고 여왕의 움직임을 주시하고 있는 모습을 보니 알려주지 않아도 누가 여왕인지는 아주 자명해 보였어요.

"폐하, 각하." 병사가 고개 숙이며 그 둘에게 절을 했어요. "나무꾼이자 사냥꾼, 우바스 함메이르손이 왔습니다." 그런 다음 병사는 잠시 머뭇거리며 저를 힐끔 봤어요.

"그리고 서리 추방자이자 들짐승을 길들이는 자, 신의 말을 듣고 죽음의 땅으로 가는 문을 여는 자, 붉은 망토의 마레시 엔레스다욱테르도 함께 왔습니다."

저희도 고개를 숙여 인사를 했어요.

"그래, 이들이 당신이 진압하지 못한 로바스의 평민들이란 말이지요. 나의 셴드멘 경."

여왕은 저희에게 가까이 오라고 손짓했어요. 매부리코 남자 하나가 볼멘소리로 말했어요.

"폐하께서 진압할 기회를 주지 않으셨잖습니까." 그가 분개한 듯 말했어요. 자세히 보니 그 남자의 옷은 다른 두 명보다 화려했고 목에는 굵은 금목걸이도 걸려 있었어요.

"폐하께서는 이런……" 남자는 적당한 말을 찾으려다가 귀찮다는 듯 손사래를 치며 말했지요. "하찮은 일로 사냥까지 중단하며 나서실 필요가 없으십니다."

"이 희귀한 은빛 나무가 자라는 숲에 로바스 사람들이 다 모였다지." 여왕이 말했어요. "당신이 내게 한 줌도 안 되는 사람들이라고 호언장담을 했는데."

여왕은 나도르에게 말하면서도 시종일관 저를 쳐다보았어요.

"이곳 사람들이 막아선 덕분에 내 신하들이 나무를 베지 못하고 있소. 로바스 사람들이 이 숲을 지키기 위해 농장과 집을 버리고 왔다고……. 나는 이 일이 하찮지 않다고 보는데. 오히려 최근 일어난 일 중

가장 흥미로운 사건이오. 센드멘 경, 나는 호기심이 생겼소. 사슴 사냥
보다 이쪽이 훨씬 더 관심이 가."

여왕이 드러내 놓고 저를 관찰하길래 저도 똑같이 여왕을 쳐다보
는 모험을 감행했어요. 그녀는 너무 늙지도 젊지도 않은, 나라에스보
다 열 살 정도 많은 나이로 보였어요. 저는 우룬디엔의 왕이 여자라는
사실을 전혀 몰랐으니 아마도 왕위에 오른 지는 오래되지 않았을 거예
요. 저는 그곳에 서서 관찰당하는 동안 속으로 그동안 읽은 우룬디엔
의 역사, 특히 몇 안 되는 여자 군주에 대해 알고 있는 정보를 모조리
떠올려봤어요.

"그래, 마레시 엔레스다욱테르, 그리고 우바스 함메이르손." 여왕이
왼손에 낀 반지를 천천히 돌리며 말했어요. "당신들은 왜 우리 충직한
신하들이 하는 일을 방해하는 거지?"

"폐하." 그것이 여왕을 부르는 적절한 호칭이기를 바라며 제가 말했
어요. 제가 궁의 문화에 대해 뭘 알겠어요? 지팡이를 쥔 손에 괜히 힘
이 들어갔어요.

"저희 또한 폐하의 충직한 백성이옵니다. 저희는 이제껏 왕께서 임
명하신 나도르에게 반기를 든 적이 없습니다. 허락된 숲에서만 사냥을
하고 나무를 베었고 왕의 숲을 침범한 적도 없지요. 그렇게 대대로 잘
지내왔습니다. 하지만 이 숲은 다릅니다. 여긴 신성한 땅이지요."

저는 손을 들어 나도르를 가리켰어요.

"그런데 새로운 나도르께서는 저희가 흙과 공기, 잎사귀 하나도 소
중히 여기며 기도를 드리는 제의 숲에 도끼를 드셨습니다. 대대로 저
희는 그 숲에서 새로운 계절이 오는 것을 기뻐하고 기도하며 감사를
드려왔습니다. 그런 저희의 숲을 나무꾼들을 보내 파괴할 때도 저희

는 맞서지 않았어요. 그러나 이곳— 이곳은 다릅니다. 이곳은 로바스 사람들 모두의 묘지입니다. 정령들의 땅이지요. 나도르가 저희의 가장 신성한 땅에 도끼를 든 것입니다. 이 새하얀 나무 아래에는 세상을 떠난 로바스 사람들이 묻혀 있습니다. 그리고 그 죽은 자들……."

제 목소리가 떨렸어요.

"그 죽은 자들 옆에 저희도 곧 묻히게 될 겁니다."

우바스 아저씨가 무뚝뚝한 목소리로 제 말을 대신 이어받았어요.

"묘지를 훼손하면 저희도 곧 화를 당할 터인데 어느 누가 제 어머니와 아버지의 무덤이 파헤쳐지도록 놔두겠습니까?"

"그래서 사람들을 모두 부른 것이냐?"

여왕의 물음에 저는 고개를 저었어요.

"저는 사람들을 부르지 않았습니다, 폐하. 사람들을 부른 것은 죽은 이들입니다."

"말도 안 되는 소리." 나도르가 옆에서 코웃음을 치며 말했어요. "완전히 헛소리입니다! 미치광이 마녀가 지껄이는 소리를 듣지 마십시오, 폐하."

"저 여자는 글도 읽을 수 있습니다!"

천막 한쪽 구석에서 누군가가 외쳤지만 저는 그를 향해 고개를 돌리지 않았어요. 감정에 휘말리면 안 됐으니까요. 하지만 그 말을 한 사람이 무리크 시장에서 만난 남자라는 사실은 알 수 있었죠. 여왕이 한쪽 눈을 치켜떴지만 나도르는 그 말을 무시한 채 더 열을 내며 말했어요.

"명령만 내려주십시오, 폐하. 저희에게 감히 반기를 든 이 소작농 무리를 모조리 쓸어버릴 병력이 준비되어 있습니다."

"그렇소?" 여왕이 나도르에게로 눈을 돌렸어요. 여왕은 뭔가를 꾹

361

참듯 입술을 다물었다가 입을 열었어요.

"지금 당신이 다스리는 땅의 남자, 여자, 아이까지 모조리 학살하겠다는 건가? 그렇다면 그 땅은 이제 누가 일구지, 친애하는 셴드멘 경?"

자신의 군주를 노려볼 수 없는 나도르는 대신 저를 노려보았어요. 그 순간, 저는 한 줄기 희망을 보았죠. 여왕은 어리석거나 살인과 폭력을 즐기는 것 같지 않았고 그렇다면 협상할 만한 여지가 있을 것 같았어요. 하지만 여왕은 자부심이 강한 사람이었죠. 여왕의 체면을 지키면서 문제를 해결할 수 있는 해법을 찾아야 했어요. 여왕은 체면을 잃었다고 생각되는 순간 저희에게 등을 돌릴 그런 부류의 사람이었어요. 저는 지팡이의 손잡이를 만지작거리며 크론께 기도를 드렸죠. 아키오스의 도움을 받아 두개골 형상으로 깎아 만든 그 손잡이를 잡고 말예요. 저를 옳은 길로 이끌어 달라고, 크론의 지혜를 제게 달라고요.

"걔들은 어떻게 한 거지?"

여왕이 제게 물었어요.

"모르겠습니다, 폐하. 그저 멈추라고 말했을 뿐인데 걔들이 따랐습니다. 그런 다음, 다시 저를 따라오라고 일렀고 이리로 온 것입니다."

"그럼 눈사태는, 그것도 네가 한 것이냐?"

"네, 하지만 도움을 받았습니다. 여자들과 신, 그리고 로바스 땅에게서요."

"또 무엇을 할 수 있지?"

저는 제 손에 들린 지팡이를 봤어요. 내가 뭘 할 수 있지? 전 아는 게 없었어요. 하지만 그렇게 말하면 안 된다는 것만은 알고 있었죠. 특히 여왕의 천막 안에서는요.

"해야 할 일이라면 그게 무엇이든 할 수 있습니다."

저는 여왕의 두 눈을 보며 분명히 말했어요. 여왕도 저를 보았죠. 제 말을 곱씹고 있는 듯한 얼굴이었어요. 나도르가 또다시 비웃으며 말했어요.

"빈말입니다. 눈사태는 자연 현상에 불과하고 개들은 제대로 된 훈련을 받지 못했을 뿐입니다."

"내 개들의 훈련 상태가 형편없다는 뜻인가, 친애하는 센드멘 경? 당신이 하려는 말이 그건가? 게다가 이 마법 같은 눈사태가 즐거운 내 사냥을 방해했을 때 당신은 내게 말도 없이 혼자 이곳으로 달려왔지."

여왕이 일부러 그러듯 나도르의 이름을 부를 때마다 그는 여왕이 자기를 그토록 친근하게, 그리고 동시에 권위적으로 부른다는 사실을 참을 수 없다는 듯이 두 눈을 질끈 감았어요. 나도르가 여자를 군주이자 왕으로 모시는 일에 분개하고 있다는 것을 알 수 있었죠. 그리고 여왕이 말끝마다 '친애하는'이라는 말을 붙이는 것은 그녀가 나도르를 조금도 좋아하지 않기 때문이라는 사실도요.

나도르가 여왕에게로 몸을 돌렸어요.

"폐하, 이렇게 청하옵니다. 이 반역자들을 제가 처리할 수 있게 허락해 주십시오. 폐하의 귀한 사냥 시간을 여기에 허비하실 이유가 전혀 없습니다. 무슨 일이 생기든, 이 마녀가 무엇을 할 수 있든 혹은 할 수 없든 상관없습니다. 제가 처리할 수 있습니다. 폐하의 그 어여쁜 머리를 어지럽히실 이유가 없습니다. 근처에 사슴과 멧돼지가 많이 살고 있습니다. 흰 늑대들도요. 이린디불로 돌아가실 때 멋진 전리품이 되지 않겠습니까? 궁에 있는 숙녀분들께 흰 늑대 가죽을 하나씩 선물할 수 있지요."

천막 안에 있는 사람이라면 그 누구라도 여왕의 얼굴에 드러난 경멸에 찬 표정을 보지 않을 수가 없었어요.

"왜 그렇게 은빛 나무를 베지 못해 안달이지, 친애하는 셴드멘 경?"

"왜라니요, 그야 물론……." 그는 실크 손수건을 꺼내 눈썹을 닦았어요. "이들에게 무리하게 높은 세금을 지우지 않기 위해서지요. 폐하께서 명시하신 세금을 맞추기 위해 제가 열심히 찾아낸 방도입니다. 은빛 나무처럼 훌륭한 물건은 우룬디엔 그 어디에도 없어요. 이 눈처럼 새하얀 나무는 누레지거나 까매지지도 않을뿐더러 불에도 타지 않습니다. 궁에 쓰여도 멋지겠지요. 가령 왕궁 연못 옆에 하얗게 빛나는 별관을 세운다거나……."

나도르가 저희 세금을 덜어준다는 둥 말할 때 우바스 아저씨와 저의 눈이 마주쳤어요. 여왕의 날카로운 눈이 그것을 놓치지 않았고요. 여왕이 갑자기 나도르를 향해 환한 미소를 지었어요.

"나에 대한 당신의 충성과 노고를 높이 사고 있네, 훌륭한 셴드멘 경. 그리고 당신 말이 맞소. 이런 협상은 꽤 지루하군. 이런 건 남자들에게 맡겨두겠소."

여왕이 기지개를 켜며 하품을 했어요.

"에아라, 탈라나, 내 천막으로 돌아가겠다."

여왕이 자리에서 일어나자 남자들이 고개를 숙여 절을 했어요.

각각 회색과 파란색의 아름다운 드레스를 입은 두 여인이 여왕의 뒤를 따랐고 여왕이 천막을 나설 무렵 나도르가 투덜거렸어요.

"이것 봐, 변덕이 얼마나 심한지. 이래서 내가 여자에게 왕의 자리를 내주면 안 된다는 거야." 여왕은 그의 목소리를 듣지 못한 것 같았죠. 곧 천막 밖에서 저를 부르는 위엄 있는 목소리가 들려왔어요.

"마레시 엔레스다욱테르, 무엇을 꾸물대고 있는 것이냐? 협상은 남자들에게 맡긴다고 내가 말했거늘. 따라오거라."

제가 우바스 아저씨를 보자 아저씨는 제게 어서 가보라고 손짓을 하셨어요. 저는 우룬디엔과 로바스의 왕을 따라나섰고 나도르는 그런 제 뒷모습을 노려봤어요.

오 수녀님, 눈이 자꾸만 감기려고 해요. 잠시 눈을 붙여야겠어요. 지금은 더는 못 쓰겠어요. 촛불도 거의 남지 않았는데 더 달라고도 못 하겠고요. 여왕님께서 허락하신다면 내일 다시 쓸게요.

벌써 이틀이나 지났네요. 지금은 아침이에요. 이제야 몸이 피로에서 조금 회복된 것 같아요. 이곳 사람들이 저를 자지도 못하게 하면서 일을 시켜대고 있거든요. 전혀 예상하지 못했던 일들이 계속해서 닥치고 있어요.

지난번에 쓰다 만 얘기부터 계속해 볼게요.

천막에서 나오자 여왕이 개들을 둘러보고 있었어요.
"이제 개들은 네 말만 따르는 것이냐?"
여왕이 물었어요.
"사실 저도 모릅니다, 폐하." 저는 조심스레 답했어요. "이런 일은 처음이에요. 제가 지닌 힘은 저 혼자만의 힘이 아닙니다. 크론과 땅, 로바스 사람들에게서 부여받은 힘이지요. 저는 그저 평범한 사람이고요."
"나는 여태껏 글을 읽을 줄 아는 로바스 사람은 본 적이 없어." 여왕이 왠지 모를 쓸쓸한 웃음을 지으며 말했어요. "그것만으로도 평범한 사람이 될 순 없지. 그 남자가 한 말이 사실이라는 걸 안다."

"예, 폐하. 저는 글을 쓰고 셈을 할 줄도 압니다."

"흠, 우선 내 훈련사가 개를 데려갈 수 있게 해주면 고맙겠구나. 여기 이렇게 길을 막고 있으니, 원."

저는 쪼그려 앉아 개들에게 말했어요. 쉰 쌍의 검은 눈이 저를 쳐다보고 있었죠.

"이제 가렴."

제가 조용히 속삭였어요.

그러자 개들이 한 마리씩 일어나 몸을 털고는 유유히 제 갈 길로 흩어졌어요. 그리고 어디선가 갈색 가죽 재킷을 입은 남자들이 뛰어와 호루라기를 불자 그쪽을 향해 달려갔죠. 여왕은 내내 제 모습을 지켜보았어요. 그러고는 몸을 돌려 시중을 드는 여자들과 함께 두 번째로 큰 천막 안으로 들어갔어요.

천막은 조금 작았지만, 바닥에는 카펫이 깔려 있었고 안쪽에는 간이 침대와 테이블과 접이식 의자, 첫 번째 천막에 있던 것과 비슷한 스토브가 있어 한층 더 아늑했어요. 시중을 드는 여자들이 바삐 움직이며 램프를 켰고 저는 문 앞에 서서 그 안을 둘러봤죠. 여왕이 회색 옷을 입은 여자에게 뭐라고 말하자 여자가 병 하나를 가져와 유리로 만들어진 잔에 붉은빛이 도는 음료를 따랐어요.

"너희 로바스 사람들이 뭐라고 하더라……. 당신의 여정에 축복을?"

여왕이 잔을 들어 한 모금 마신 뒤 제게 건넸어요. 저 마레시 엔레스 다욱테르가 여왕이 내미는 그 환영의 잔을 받았어요.

"이 집에 축복을 빕니다."

제가 조심스럽게 대답했어요. 그 포도주는 달의 무도가 열릴 때 저희가 마시던 포도주보다 훨씬 더 달콤했어요. 맛있었어요.

여왕이 테이블에 앉았어요.

"그래, 마레시, 서리 추방자여. 너도 이리 와 앉아라. 할 얘기가 무척 많은데 시간이 없구나."

"네⋯⋯? 그럼 아까는 핑계를 대셨던 거예요? 일부러 지루한 척을 하신 거고요?"

미처 생각도 하기 전에 제 머릿속 말들이 입 밖으로 마구 쏟아져 나왔어요. 저는 저의 참을성 없음을 저주했죠. 전 여전히 배운 게 없어요! 하지만 다행히도 여왕이 조용히 웃으셨어요.

"물론이지. 나도르의 방해 없이 너와 조용히 의논할 방법을 찾아야 했거든. 그 작자는 멍청하기 짝이 없어. 그리고 넌 그자가 무슨 짓을 해서라도 내가 듣지 못하게 하려는 사실들을 내게 전하고 싶어 하는 것 같았지. 이제 그만 이리 와 앉아라. 여왕은 같은 말을 반복하는 데 익숙하지 않다."

저는 황급히 테이블로 걸어가 시녀가 내어주는 의자에 앉았어요.

"우선 한 가지를 일러둬야겠구나." 표정이 자못 심각해진 여왕이 손짓하자 파란 옷을 입은 여자가 포도주를 더 따랐어요.

"나는 우룬디엔의 왕이다. 나도르를 포함한 내 고문들은 내가 가진 권한을 부정하고 내가 나라를 다스리는 일보다는 여자들이 주로 하는 일에 시간을 쏟기를 바라고 있지. 그들은 내가 하루라도 빨리 혼인해 내 남편이 나라를 다스리기를 바라고 있어. 그리고 본인들 중 한 명이 그 남편이 되기를 희망하고 있지. 하지만 나는 그럴 마음이 전혀 없다. 그래, 넌 글을 읽을 줄 안다고, 마레시 엔레스다욱테르. 글은 어디서 배웠지?"

"폐하, 혹시 이린디불 궁에서 레드 수도원에 관한 노래나 이야기를 들어보신 적이 있나요?"

여왕이 다정한 눈으로 저를 바라봤어요.

"들어본 적이 있다. 내가 아주 어렸을 때 그런 이야기를 들려준 유모가 있었지."

"네, 하지만 수도원은 옛 이야기 속에만 존재하는 곳이 아니에요. 제가 그곳에서 왔어요. 레드 수도원은 아주 먼 남쪽 섬에 실제로 존재해요. 일과 지식, 배움, 그리고 자매애가 있는 곳이지요. 10년 전 제 부모님께서 저를 굶주림에서 구하려고 그곳으로 보내셨어요."

"로바스에 굶주리는 자들이 많았나?"

"예, 폐하. 제가 본 것만 3년이었고, 끔찍한 기근이었어요."

"국고로 들어오는 로바스의 세금이 턱없이 적은 게 그것 때문이었겠군." 그 순간 저의 표정을 본 여왕이 물었어요. "그런가?"

"폐하, 더 일찍 말했어야 했는데…… 세금이 높은 것이 기근의 원인입니다."

저는 최대한 예의를 갖춰 대답했죠.

"그것이 사실이냐? 나도 늘 나도르가 완전히…… 솔직하다고는 생각지 않았어. 로바스와 그곳에 사는 사람, 그들이 낼 수 있는 세금 규모를 더 알고 싶구나. 곧 이 문제에 대해서 긴 논의가 필요하겠어. 하지만 그 전에 우리에겐 더 시급한 문제가 있지. 그 골짜기에서는 무슨 일이 있었던 것이냐?"

저는 그간의 일을 하나도 빠뜨리지 않고 전부 여왕께 설명했어요. 로바스의 신앙, 땅과 영혼의 세계, 제 개인적 신앙, 그리고 크론에 대해서도요. 제가 크론의 목소리를 듣고 그분의 존재를 느끼며 그분의 세계로 가는 문을 볼 수 있다는 사실도 털어놓았어요. 저희 숲이 파괴되는 광경을 어떻게 발견하게 됐는지, 어쩌다 로바스의 나무꾼들이 이 싸움에 동참하게 됐는지, 눈사태가 일어나고 병사들이 떠난 뒤 로바스 사람들이 모이기 시작한 일, 그리고 숲에서 학교를 열어 아이들을 가르치고 있다고도 말했지요. 여왕은 이 대목에서 특히 흥미를 보였어요. 여왕은 제가 말하는 동안 한 번도 끼어들지 않으셨는데, 제가 한꺼번에 너무 많은 고민거리를 안겨드리긴 했죠. 여왕은 입을 다문 채 와인만 한 모금씩 마시며 제가 계속해서 말을 이어가게 했어요. 그러고는 마침내 제가 이야기를 끝내자 분노한 듯 테이블 위에 잔을 거칠게 탁 내려놓으며 소리쳤죠.

"내가 그를 추궁하면 셴드멘은 분명 이 모든 이야기를 몰랐다며 발뺌할 거야. 하지만 아버지의 수염에 대고 맹세코, 자기가 다스리는 땅의 문화와 전통에 대해 아는 것이 나도르의 임무 아니더냐! 그자는 네가 저항하자마자 자기가 신성한 땅을 침범했다는 사실을 알았을 거야. 그래도 상관하지 않았겠지. 자기 주머니를 채우는 것 외에는 관심이 없는 족속이니까. 나도 오랫동안 그를 의심해 왔지만 증거가 없었다. 그자가 얼마 되지 않는 반란자들이 왕의 명을 거부했다며 내 개들을 풀게 했어."

여왕이 벌떡 일어섰고 저도 의자에서 일어났어요. 아무것도 모르는 저도 여왕이 일어서면 함께 일어나야 한다는 정도는 알 만큼 눈치가 있었어요. 여왕은 천막 안을 이리저리 서성거렸죠.

"그 작자 때문에 내가 곤란한 상황에 처했어. 내가 개를 풀고도 여기서 항복한다면 나는 약해빠진 왕이 되겠지. 체면과 명성에 먹칠을 하는 거야. 하지만 그보다 더 나쁜 건 여태껏 내가 잘 지내보려고 애써온 망할 노인네들한테 신임을 잃는다는 거지. 그들이 내게서 왕위를 빼앗으려고 얼마나 교묘한 속임수를 쓰고 수작을 부리는지 넌 상상도 못 할 거다. 그자들은 여자인 내가 왕이 되자 일이 더 쉬워졌다고 믿고 있어. 이제 막 왕위에 오른 나는 내게 조언하고 도움을 주는 사람들까지도 경계해야만 해."

여왕이 저를 향해 몸을 확 돌렸어요.

"나도 로바스 사람들이 다치지 않길 바란다. 네 사람들은 곧 내 사람들이기도 하지. 왕의 임무는 그들을 학살하는 게 아니라 돌보는 것이고. 하지만 나도르는 본보기를 보이길 원하고 있어. 자기가 여기서 물러나면 로바스에서 장악력을 잃을까 봐 무척 두려워하고 있지. 그리고 나 또한 내 사람들과 대신들 앞에서 체면을 잃을 순 없어."

여왕이 의자 위로 털썩 앉았어요.

"물론 믿을 만한 대신도 없지만. 내 편이 없어."

여왕은 땋아 올린 머리를 신경질적으로 헝클어뜨리며 만지작거렸어요.

"폐하." 제가 여왕 옆에 무릎을 꿇으며 말했어요. "제가 감히 한 말씀 드려도 될까요? 저는 우룬디엔의 박식한 대신도 무엇도 아니지만요."

여왕이 괴로워하는 얼굴로 저를 쳐다봤어요. 저는 마른침을 꿀꺽 삼켰죠.

"저 또한 여왕님께서 체면이 깎이시거나 존경을 잃으시는 일 없이 문제가 해결되길 바라요. 저희도 집으로 무사히 돌아가고 묘지의 숲도 지키면서요."

여왕이 비통한 눈빛으로 말했어요.

"내게 선택지가 있느냐?" 여왕은 한숨을 폭 내쉬고는 고개를 흔들었어요. "아아, 내가 어떻게 해야 하지?"

여왕은 시녀에게 저희의 잔을 다시 채우게 한 뒤 제게 앉으라고 권했어요. 저는 초조해서 입이 바짝 탔어요. 전 책에서 읽은 우룬디엔의 역사를 떠올렸어요. 해결책이 될지도 모르는 것이 하나 생각났거든요. 어떻게 말을 꺼내야 할까 고민하며 두 손을 문질렀어요.

여왕은 의자 옆에 놓인 바구니에서 기다란 바늘을 꺼내 실을 잣기 시작했죠. 최상급의 양에서 얻은 부드럽고 멋진 털이었고 여왕의 손놀림도 민첩하고 정확했어요. 그 모습을 보고 있자니 어쩐지 마음이 진정되었어요. 저는 의자를 당겨 여왕 가까이 다가가 앉았어요.

"폐하, 혹시 우룬디엔에 왕보다 높은, 그런 것이 있는지요? 대단히 신성하여 군주조차 그 아래 머리를 숙여야 하는 그런 것 말입니다."

여왕이 바늘을 손에 쥔 채 미간을 찌푸리며 눈알을 굴렸어요.

"흠, 내게는 상황 판단이 빠르신 아버지가 있었다, 로바스의 마레시. 아버지는 막내아들이었기 때문에 왕이 될 거라는 기대는 하지 않았지. 그래서 아들을 낳아야 한다는 압박도 받지 않으셨고, 나도 이린디불 외곽에 있는 아버지의 집에 살며 궁의 음모와 술수에서 멀리 떨어져 자랄 수 있었어. 내 할아버지는 장수를 누리셨지만 아들을 둘이나 잃는 불행을 겪으셨어. 한 명은 병으로, 한 명은 사냥을 나갔다가 말도 안 되는 사고로."

여왕이 혀를 찼어요.

"그래서 내 아버지는 중년의 나이에 갑작스레 왕위에 오르게 됐지. 하지만 아버지도 오래 사시지는 못했어. 그래서 내가 그 자리를 물려받게 되었다."

여왕이 말하는 동안 두 시녀가 달콤한 케이크와 따뜻한 차를 아름다운 접시에 담아 저희 앞에 가져다주었어요. 그동안에도 여왕의 손은 쉴 새 없이 움직였고 그 아래서 고르고 가는 실이 흘러나오고 있었어요. 털을 쥐고 있는 손의 각도가 제가 배운 방법과는 달라서 우룬디엔의 여자들은 그런 식으로 실을 잣는 건지 여왕의 방식이 특이한 건지 궁금해졌어요.

"자기 형들이 죽자 아버지는 언젠가 내가 왕관을 써야 할 날이 오리라는 것을 깨닫고 훗날을 대비해 나를 훈련시키셨어. 하지만 머지않아 아버지도 세상을 떠나시면서 내 훈련은 짧게 끝나버렸지. 그건 내 적수들이 나를 계속해서 공격할 빌미가 됐어. 하지만 내가 아주 어렸을 때조차 분명히 알고 있었던 사실 하나는 우룬디엔에서는 그 무엇보다 법이 가장 우선한다는 것이다. 왕 또한 그 법 아래에 있지."

여왕의 말에 제가 안도의 숨을 너무 크게 내쉰 나머지 여왕이 저를 보며 웃었어요.

"우룬디엔의 법에 대해서는 저도 조금 알아요." 저는 기억을 더듬어 그 법과 관련된 사람들의 이름을 떠올렸어요.

"제 기억이 맞다면 옛날에 우룬디엔에는 벤디로라는 왕이 있었죠. 그는 로바스 통치자의 딸 벤나와 결혼을 했고요. 강대국과 약소국 사이의 동맹을 확실히 하기 위해서였지요."

그런데 수녀님, 지금 생각해 보니 제가 또 신나게 떠드느라 누구를 상대로 얘기 중인지 잊었던 게 아닌가 하는 걱정이 들어요.

"그 당시 로바스는 몹시 가난해서 우룬디엔의 도움을 많이 받고 있었죠. 특히 벤디로의 딸 에벤딜라나가 통치한 10년 동안 말예요. 전 애초에 우룬디엔이 왜 로바스를 도와줬는지 궁금해요. 로바스는 보답할 만한 것이 없었는데요. 숲 때문일까요?"

여왕이 바늘을 무릎 위에 올려놓았어요.

"나무 때문일 수도 있지. 벤디로는 영토를 확장하고 싶어 했어. 동쪽으로 가는 무역 통로를 얻고 싶어 했다. 그래서 해안 지역인 라보라를 정복하는 데 혈안이 돼 있었지. 그리고 나선 함대를 지을 생각이었는지도 모르겠구나. 그렇다면 로바스의 나무가 유용했을 테니. 하지만 그보다는 로바스가 북쪽에 있는 아카데의 공격을 막아주는 방패가 될 수 있었기 때문일 거야. 아카데가 지금처럼 온순한 유목민이 되기 전엔 그다지 평화로운 민족이 아니었단다."

"그때 일들을 더 알고 싶어요." 그러나 저는 곧 이 이야기를 꺼낸 목적을 기억해 냈어요.

"아무튼 하던 얘기로 다시 돌아가면, 그 옛날 로바스의 벤나는 무척 훌륭한 분이셨던 것 같아요. 왜냐면 로바스와 우룬디엔 사이에 협정이 맺어질 때 세 가지 법이 생겨났거든요. 첫 번째 조항은 세금에 관한 거예요. 로바스는 수확물의 10분의 1을 매해 우룬디엔에 세금으로 내야 해요. 두 번째 조항은 숲에 관한 것이고요. 로바스 남쪽과 서쪽은 왕의 구역이며 왕이 필요할 때 사냥과 벌목을 할 수 있도록 보전되어야 한다고 적혀 있죠. 하지만 나머지 땅은 로바스 사람들이 자유롭게 쓸 수 있고요. 그리고 마지막 조항, 이 세 번째 조항이 특이한데, 우룬디엔의 법에는 이런 조항이 없지만 벤나의 주도로 만들어졌어요. 로바스는 우룬디엔의 간섭을 받지 않고 자유롭게 저희 신앙과 전통을 따를 수 있다고 명시되어 있어요."

순간 여왕의 두 눈이 반짝였어요.

"이 얘길 어디서 들었는데! 아버지는 아니었고……." 여왕이 손뼉을 쳤어요.

"쎈드멘이야! 함께 사냥을 갔을 때 내게 설교를 늘어놓았지. 우리가 숲에서 사냥할 수 있는 권리 따위를 떠들고 있었는데 물론 그 '신앙과 전통' 하는 얘긴 비웃으며 가볍게 지나갔고. 아!"

여왕이 자리에서 벌떡 일어났어요.

"나는 그자가 백성의 세금을 빼돌리고 있다는 생각에 여기 온 거였는데……. 로바스가 지금처럼 세금을 적게 낸 적이 없었으니 말이다. 그런데 이건!"

여왕이 차가운 회심의 미소를 지었어요.

"그가 자기 무덤을 팠군그래. 알면서도 법을 거스르고 있었던 거야."

여왕이 따라 일어선 저의 어깨에 손을 얹으며 말했어요.

"로바스의 마레시 엔레스다욱테르, 너는 나의 위신을 세우면서도 헛된 피를 흘리지 않고 이 일을 해결할 방법을 찾아주었다. 나는……."

불현듯 여왕이 말을 멈췄어요. 천막 밖에서 소란스러운 소리가 들려왔죠. 저희가 얘기에 몰두하느라 밖에서 일어난 소동을 알아차리지 못한 것 같았어요. 철커덩대는 무기 소리, 말 울음소리, 남자들의 고함이 한데 뭉쳐 들려왔어요. 곧 말들이 일제히 언 땅을 박차고 달려나가는 소리가 들렸죠.

파란색 옷을 입은 시녀가 천막 밖으로 고개를 내밀더니 잿빛 얼굴이 되어 여왕에게 외쳤어요.

"병사들이 말을 타고 달려나가고 있어요! 전부요!"

마레시.

천둥소리 같은 말발굽 소리를 뚫고 크론의 목소리가 들려왔어요.

서둘러라, 나의 딸.

여왕은 점잖은 숙녀가 하기에는 굉장히 심한 욕을 퍼부으며 천막 밖으로 달려나갔어요. 그러고는 금세 다시 달려와 소리쳤어요.

"벌써 다들 떠났어! 내 경비병들만 남겨두고." 여왕이 재빨리 망토를 고쳐 입었어요.

"이 미치광이 같은 작자. 반역자 같으니! 감히 여왕인 내게 말도 없이 허락도 받지 않고 혼자 나서다니! 자기에게 통솔권을 넘긴 줄 알았다고 변명할 테지. 탈라나, 내 장갑. 에아라, 말을 가져와. 지금 당장!"

여왕은 장갑을 끼며 밖으로 달려 나갔고 에아라와 저도 그 뒤를 따랐어요.

천막 밖에선 우바스 아저씨가 제 검을 들고 기다리고 있었어요.

"감히 여왕님을 방해할 수가 없어서……." 아저씨가 하얗게 질린 얼굴로 말했어요. "네가 천막을 나가자마자 그들이 나를 내쫓았어. 뭘 하려는 작정인지 모르겠다."

"공격이요." 제가 검을 매며 말했어요. "저는 여왕님과 함께 갈게요. 말을 구해 곧장 따라오세요. 아니면 스키로요."

여왕이 곧바로 말에 올라탔고 손을 내밀어 저를 그 뒤에 태웠어요. 저희는 뭔가를 상의하거나 할 새도 없이 야영지를 달려 나갔죠. 저는 제 숲을 향해, 제 사람들을 향해, 저의 죽은 자들을 향해 달려갔어요.

죄송해요. 탁자 위에서 편지를 쓰다 그대로 잠이 들어버렸어요. 그래도 이제 제 탁자와 의자도 생겼어요. 제가 머물고 있는 방의 북쪽 벽에 있는 작은 난로에 불을 피울 수 있게 장작도 받았고요. 지금은 자정이 다 된 것 같아요. 밖에는 매서운 바람이 불지만 이곳은 돌로 지어져 있어 바람 한 줄기 새어들지 않아요. 잠에서 깨고 보니 제가 오른쪽 팔을 벤 채로 엎드려 자고 있었더라고요. 아직도 팔이 저려요. 필체가 엉망이라도 이해해 주세요. 방금 편지를 쓰려고 장작을 더 넣어 불을 밝혔어요. 촛불은 이미 다 타버려서요. 자기 전에 초를 껐어야 했는데 제 실수예요.

계속 이어 쓸게요. 지금부터 쓰는 내용은 굉장히 중요한 의미를 지닌 것 같아요. 이번 일로 크론의 여러 가지 얼굴을 이해하게 됐어요, 수녀님. 크론은 제가 알고 있던 것보다 훨씬 더 대단한 분이세요.

저희는 전속력으로 숲을 내달렸어요. 여왕은 몸을 최대한 낮추고 사정없이 말을 몰았고 저는 그런 여왕의 허리에 팔을 두르고 말의 등에 다리를 꼭 붙인 채로 매달렸지요. 그렇게 빠른 말은 난생처음이었어요. 저는 여왕의 까만 망토만 보일 뿐 앞이 보이지 않았기에 말이 장애물을 뛰어넘거나 휘청일 순간을 미리 알 수 없었어요. 병사들은 저희보다 훨씬 앞서 있고 마찬가지로 전속력으로 달리고 있었죠. 나도르가 그렇게 지시했을 테니까요. 여왕이 알자마자 자기를 막을 거라는 사실을 알고 있었을 거예요.

저는 이를 악물고 크론께 기도했어요.

저희가 계곡에 다다르자 사람들의 비명소리가 들려왔어요. 저는 순식간에 공포에 사로잡혔어요. 길은 여전히 눈으로 막혀 있었고 말을 탄 병력은 골짜기의 서쪽 언덕을 통해 내려간 듯했어요. 그쪽이 눈이 덜 쌓여 있을 테니까요. 그들은 우리 방어벽 쪽이 아니라 언덕으로 내려가 불시에 공격했던 거예요. 공포에 질린 제가 팔다리에 힘이 풀려 말에서 미끄러져 눈 위로 떨어져 버렸어요. 여왕은 제가 떨어진 것도 모른 채 계속해서 앞으로 달렸죠. 눈 더미를 헤치고 일어서니 방어벽 앞에 선 여왕과 여왕이 탄 말의 굴레를 붙잡고 있는 병사의 모습이 보였어요. 여왕은 버럭버럭 고함을 질렀지만 방어벽 너머 골짜기에서 들려오는 비명소리에 묻히고 말았죠.

오 수녀님, 저는 왜 결정적인 순간만 되면 늘 겁에 질려 몸을 옴짝할 수도 없는 거죠? 저는 왜 이렇게 나약할까요? 저는 아래로 내려가고 싶지 않았어요. 방어벽 반대편에서 일어나는 일을 마주하고 싶지 않았어요. 당장 뒤로 돌아 숲속으로, 빽빽한 가문비나무 사이로 숨어들어 한 걸음도 나오고 싶지 않았어요. 하지만 저는 천근만근인 발을 들어 한 걸음씩 앞으로 나아갔어요. 병사는 분명 여왕을 막으라는 지시를 받은 듯했지만 감히 막아서지는 못했죠. 여왕은 방어벽을 돌아가기 위해 말에서 내려 다시 언덕을 올랐어요. 그 방어벽은 제가 지어 올린 것이니 저는 그 벽을 타 넘는 법을 알고 있었어요. 저를 가로막는 사람도 없었고요. 저는 가까스로 방어벽을 기어올라 그 위에서 잠시 숨을 고르며 눈을 감았지요. 그리고 눈을 떴어요.

골짜기에서는 말을 탄 병사들이 사람들을 향해 무자비하게 칼을 휘두르고 있었어요. 그들의 말이 앞발을 높게 쳐들고 사람들을 짓밟았지요. 까만 망토를 두른 나도르는 말 위에서 서슬 퍼런 칼을 사방으로 내질렀고요. 방망이와 도끼를 들고 싸우는 로바스 사람들이 보였어요.

상황을 파악해야 했어요.

아이들은 보이지 않았어요.

사람들이 아이들을 오두막이나 안전한 곳으로 피신시킨 듯했어요.

나이 든 사람들도 보이지 않았죠. 아이들과 함께 있는 것 같았어요.

여자들과 남자들이 병사들에 맞서 함께 싸우고 있었어요.

어떤 병사들은 칼의 넓적한 면으로만 사람들을 쳤어요. 그러면서 로바스 사람들을 숲 밖으로 내몰려고 애를 쓰고 있었죠. 그러나 사람들은 날카로운 칼과 말을 피해 이미 언덕 위로 도망치는 중이었어요. 어떤 병사들은 양심의 가책 따위는 느끼지 않았어요. 번득이는 검을 휘

둘러 사람들을 베었죠. 새하얀 눈밭이 빨간 피로 물들고 있었어요. 병
사들은 로바스 사람들을 한쪽 구석으로 내몰았어요. 이대로 진다면 저
희는 영영 숲을 뺏길 처지였어요. 나도르는 은빛 나무 숲의 마지막 한
그루가 쓰러지는 그 순간까지 멈추지 않을 테니까요. 눈 위에 얼굴을
묻고 쓰러진 여자가 보였어요. 누군지는 알 수 없었지만 그건 중요하
지 않았어요. 그녀는 제 언니, 친구, 이웃, 조카, 그리고 아직 한 번도 가
져본 적 없는 딸과도 다름없었으니까요.

저는 몸을 곧게 세웠어요. 바로 그때, 눈앞에 크론의 문이 나타났어
요. 그 문은 눈부신 겨울 햇살 아래 눈부시게 빛나고 있었죠. 강력한 힘
이 새어나오고 있었어요. 저를 두렵게 하는 동시에 유혹하는 힘이었어
요. 피와 죽음의 냄새가 흘러나왔죠. 크론의 음성이 들려왔어요.

"안 돼요." 저는 조용히 말했어요. "더 이상의 죽음은 원치 않아요."

저는 장갑 낀 손으로 눈물을 닦았어요. 거센 바람이 한 줄기 훅 불어
와 제 망토가 등 뒤로 활짝 펼쳐졌어요. 그 순간 사람들이 일제히 고개
를 돌려 저를 봤어요. 사람들 눈에 저는 불에 활활 타고 있는 깃발 같았
을 거예요. 시간이 멈춘 것만 같았죠. 어떤 로바스 사람들은 무릎을 꿇
었어요. 바람에 제 머리칼이 휘날리고 눈을 찌르기도 했어요. 저는 마
지막 순간까지도 문을 열고 싶지 않았어요, 수녀님. 이 세상에는 이미
죽음과 고통, 슬픔이 차고 넘치잖아요. 그것들이 더해질 필요는 없잖
아요.

하지만 그건 제가 결정할 일이 아니었지요. 저는 문을 향해 손을 뻗
었어요. 그러고는 그 문을 물끄러미 바라봤어요.

그런데 그건 제가 알던 예의 은색 문이 아니었어요.

제 앞에 있는 문은 은빛 나무로 만들어진 새하얀 문이었어요.

까만 눈의 뱀 모양 손잡이는 똑같았고요. 그 문은 로바스 흙에서 자라 바위처럼 단단하고 눈처럼 새하얀 은빛 나무로 만들어진 문이었었어요. 수녀님, 저는 어째서 그토록 무지했을까요? 제가 어리석었어요. 지금까지 저는 크론의 힘이 한쪽으로만 흐른다고 생각했었어요. 크론을 그렇게 단순하게 생각했다니! 그렇게 약한 것으로 여겼다니! 죽음을 그렇게 단순한 것으로 여겼었다니요!

저는 장갑을 벗고 손잡이를 잡았어요. 계곡 전체가 숨을 죽였죠. 저는 마침내 그 손잡이를 돌려 문을 활짝 열었어요.

그러자 그들이 사나운 돌풍처럼 들이닥쳤어요. 저희가 지키기 위해 발버둥 친 그들이요. 아름답고 강인하고 격노한 그들이 죽음의 문을 열고 쏟아져 나왔어요. 살아 있을 때 그 모습 그대로요. 저희는 단번에 그들을 알아보았죠. 선두에는 제 어머니가 계셨어요. 어머니를 보자 왈칵 눈물이 쏟아질 것 같았어요. 저는 그대로 검을 꺼내 어머니에게 던졌고 어머니가 그 검을 받아 드셨어요. 어머니는 검을 높게 쳐들고 정령들을 이끌어 계곡 아래로 달려가셨어요.

로바스의 정령들이 복수를 위해 돌아온 거예요. 병사들과 우룬디엔 사람들은 공포에 질려 비명을 지르며 달아나기 시작했어요. 그들은 순식간에 비굴해져 혼비백산했지요. 검을 손에 쥔 채로 허우적거리며 눈밭을 굴렀고 완전히 겁에 질려 자기 얼굴을 할퀴거나 구토를 하는 병사도 있었어요. 그들에게 로바스의 정령들은 시뻘건 눈과 날카로운 발톱을 가진 무시무시한 유령으로만 보였을 거예요. 그들의 사지를 갈기갈기 찢고 죽음의 땅으로 끌고 가려고 나타난 유령 말예요. 이건 나중에 여왕님이 상황을 묘사해 준 말이에요.

어리석은 자들 같으니. 그 문은 정령들을 위한 문이었어요. 살아서는 지나갈 수 없는 문요. 그 문에서는 정령들이 계속해서 쏟아져 나왔어요. 세대에 세대를 거슬러, 아주 먼 옛날의 조상들까지도 자신의 후손과 땅을 지키기 위해 나선 거예요.

겁에 질린 말들은 병사들을 떨어뜨리거나 그대로 매달고 줄행랑을 쳤어요. 어머니가 검을 휘둘렀고 그 검은 실체 없는 유령이 아니었지요. 그녀가 휘두르는 검에서 빨간 피가 후두둑 떨어졌어요. 로바스 사람들이 양쪽으로 물러서자 이번에는 병사들이 계곡을 빠져나가고 언덕 위로 뛰어올랐어요. 정령들은 계곡을 벗어나면서까지 그들을 뒤쫓지는 않았어요. 그들의 영혼은 묘지의 숲에 매여 있는 것 같았어요. 하지만 병사들은 뒤도 돌아보지 않고 달아났어요. 말을 잃고 우왕좌왕하는 나도르 위로 어머니가 검을 드셨어요. 그는 애원했지만 어머니는 자비를 베풀 마음 따위는 없으셨어요. 어머니는 검을 쓸 줄 아는 분이셨고. 적을 향해 칼을 든 게 처음이 아니었으니까요.

"그만!"

결연한 목소리가 허공을 갈랐어요. 목소리가 조금 떨리긴 했지만요. 망토가 온데간데없이 사라진 여왕이 정령들 앞으로 달려나갔어요. 그러고는 어머니 앞에 무릎을 꿇으며 두 손을 들었지요. 피를 흘리며 쓰러진 나도르는 하릴없이 비명을 지르며 입을 떡 벌리고 있었어요.

"압니다. 저희는 당신들의 자비를 구할 자격이 없지요. 허나 이렇게 청합니다." 여왕은 감히 어머니의 눈을 마주 보지는 못했지만 그 자태에는 여전히 위엄이 서려 있었어요.

"저는 이들의 왕입니다. 물론 당신들의 왕은 아니지요. 아마 저희 산 자의 눈에 당신들의 왕은 보이지 않을 것입니다. 산 자들의 왕인 제가 이렇게 청합니다. 앞으로 그 누구도 이 숲에서 도끼를 드는 일은 없을 거라는 걸 제가 맹세합니다. 이 숲에서 도끼를 드는 자는 엄벌에 처해 질 것입니다. 이 우룬디엔이 있는 한, 법을 수호하는 군주가 통치하는 한, 로바스 사람을 제외한 누구도 이 땅에 발을 들이지 못할 것입니다."

정령들의 군대가 싸움을 멈췄어요. 마지막 병사가 땅바닥을 기어 계곡에서 달아나자 골짜기에는 나도르와 여왕만이 남았죠. 나도르의 입에서 그의 의지와 상관없이 신음 소리가 흘러나왔어요. 로바스 사람들은 숨을 죽인 채 그 광경을 지켜봤어요.

어머니가 검을 들어 여왕을 향해 뻗었어요. 여왕은 일순의 망설임도 없이 그 칼끝에 자신의 손바닥을 가져가 그었어요. 붉은 핏방울이 새하얀 눈 위에 뚝뚝 떨어졌어요.

"제 왕족의 피를 걸고 맹세합니다."

여왕이 말했어요.

"우리는 듣고 보았다." 제가 로바스 사람들을 향해 외쳤어요. "우룬디엔의 왕이 한 서약을 들었다."

"우리가 듣고 보았다!"

여자들과 남자들이 모두 나무 아래에 모여 외쳤어요.

어머니가 짧게 고개를 숙여 인사한 뒤 뒤를 돌았어요. 그제야 정령들은 무릎을 꿇은 여왕과 한심하게 쓰러져 있는 나도르를 내버려 두었어요. 그들은 자기 가족을 찾기 시작했어요. 정령들은 저희를 안거나 말을 건넬 수는 없었죠. 하지만 살아 있는 우리는 그들에게 못다 한 마지막 말을 건넬 수 있었어요. 끝끝내 전하지 못해 지금껏 마음을 짓눌렀던 말, 비탄에 잠겨 잠들지 못했던 그 마음을요. 저는 품에 뭔가를 안고 있는 제 할머니를 만났어요. 할머니 품에 안겨 있는 건 아주 작은 남자 아기였죠. 할머니가 언니를 향해 다가갔어요. 언니의 눈에서 눈물이 흘렀고 언니는 아이의 귀에 입을 대고 아주 조용히 사랑한다고 속삭였어요.

이윽고 정령들이 돌아갈 시간이 되었어요. 하나둘씩 그들의 영토로 돌아가기 시작했죠. 어떤 영혼들은 문 옆에 선 제게 고개를 끄덕여 인사하기도 했어요. 그때 문득 누군가 제 곁에 다가와 아래를 보았더니…….

안네르가 제 옆에 와 있었어요. 사랑하는 내 동생. 안네르는 제가 기억하던 모습 그대로였지만 동시에 완전히 달랐어요. 동생은…… 조금 더 자랐어요. 좀 더 예뻤고요. 안네르는 제가 기억하던 동생이 아니었어요. 인간 세계에 있는 영혼은 말을 할 수 없어요. 하지만 그런 동생을 보니 기뻤고 마음이 따뜻해지고 위안을 받았어요. 동생이 죽은 뒤 여태껏 저를 무겁게 짓눌러 왔던 죄책감이 눈 녹듯 사라졌어요.

마지막으로 어머니가 문 앞에 섰어요. 어머니는 제게 검을 넘겨주셨죠. 손에 받아 든 그 검은 무겁고 단단했어요.

어머니가 세상을 떠날 때 하고 싶은 말을 모두 전한 저는 어머니에게 할 말이 남아 있지 않았어요. 어머니에게 듣고 싶은 말도 없었죠. 어머니가 이미 다 말해주셨으니까요. 그렇게 잠시 서서 서로를 바라보는 것만으로도 어머니의 사랑을 충분히 느낄 수 있었어요. 그 사랑은 이 세상에 실재하는 어떤 것보다 단단했어요.

저는 지금도 그 사랑을 느끼고 있어요.

문을 닫기 전, 저는 그 문에 잠시 이마를 대고 크론에게 조용히 인사를 전했어요.

네, 그렇게 된 거예요.

– 당신의 수련 수녀, 마레시

사랑하는 야이 그리고 로즈 엔니케에게,

사건은 마무리됐지만 내 일은 아직 끝나지 않았어. 맨 먼저 해야 할 일은 사망자와 부상자를 돌보는 일이야. 많은 사람이 다쳤고 심각한 수준으로 다친 사람들도 있어. 사람들은 머리나 얼굴에 칼을 맞아 살갗이 벌어지거나 뼈가 부러지거나 금이 가기도 했고, 칼을 막으려다 손가락이 잘리거나 말에 밟혀 온몸에 멍이 들었어. 나르 수녀님께 갖가지 치료법을 배워둬서 얼마나 다행인지 몰라. 이른 아침부터 밤늦게까지 쉴 새 없이 움직이며 상처를 꿰매고 뼈를 맞추고 약을 만드는데도 전부를 보살피진 못해.

서른한 명이 죽었어. 우리 마을에서는 내 소꿉친구 마로스가 우리 곁을 떠났어.

카룬은…… 내가 사랑한다고 고백해 버린 뒤 좀 어색해졌어. 카룬은 전보다 말이 더 없어졌고 내 고백에 대해서도 이렇다 할 말이 없어. 그렇지만 그는 내 곁을 잠시도 떠나지 않아. 내가 적어도 하루에 한 끼는 먹도록 끼니를 챙겨주고 밤에 잠시라도 눈을 붙이도록 보살펴 줘. 내가 부상자들 곁을 떠나지 않으니까. 그리고 야영지를 운영하는 사람들을 각각 치료 담당, 음식 담당, 분쟁 조정 담당, 유가족 담당, 귀향자 담당 이런 식으로 나눠 내게 일이 몰리지 않게 해주고 있어. 내가 부상자들을 돌보는 일에 오로지 전념할 수 있도록 말이야. 나 혼자 일하는 건 아냐. 사람들은 각자 자기가 잘하는 일을 도맡아 나를 도와주지. 그래도 중요한 결정을 해야 할 땐 다들 내게로 와.

내가 피로에 찌들어 잠시라도 휘청이면 어느새 카룬이 내 옆에 와 손을 내밀고, 배가 고프거나 잠이 부족한 것 같을 땐 의자에 앉혀 뭐라도 먹게 해. 또, 끈질기게 따라붙는 어두운 기억 때문에 내가 잠들지 못

할 때면 카룬은 어느새 눈치채고 내 옆에 와서 누워. 그러면 나는 그제
야 안심하고 잠이 들지. 야, 내가 네 손을 잡아야만 잠들던 때 기억
해? 카룬이 옆에 있으면 그때처럼 내가 혼자가 아니라는 사실에 안도
하게 돼. 그런데 그 기분과는 또 달라. 카룬의 크고 거친 손을 잡으면
카룬도 날 사랑하는지 궁금해져. 카룬도 분명 나와 같은 마음인 것 같
은데 말을 꺼내진 않아.

 *

　사람들이 묘지의 숲을 떠나 집으로 돌아가기 시작하자 보란네 여왕
이 나를 찾아왔어. 여왕이 나를 직접 찾아오다니 내가 왕족이라도 된
듯한 기분이었지. 나는 상태가 제일 안 좋은 부상자들이 머무는 오두
막에 있었는데, 여왕이 그곳으로 와 내게 잠시 얘기를 나누자고 했어.
　"더 필요한 것이 있느냐?"
　여왕이 장갑을 벗으며 단도직입적으로 물었어. 여왕은 지난번처럼
까만 망토를 걸치고 까만 머리에는 흰 털모자를 쓰고 있었지. 거동을
할 수 있는 사람들은 경황없어하면서도 여왕 앞에 무릎을 꿇었지만 여
왕은 그럴 필요 없다며 손사래를 쳤어.
　"아닙니다, 폐하. 이미 음식이며 붕대 같은 것을 넘치게 준비해 주셨
는걸요. 다들 위험한 고비는 넘겼고 이제 집에 갈 수 있을 정도로 회복
하기만 하면 됩니다."
　"그게 얼마나 걸리지?"
　여왕이 손바닥에 장갑을 가볍게 치며 물었어.
　나는 언니가 빌려준 앞치마에 손을 닦으며 대답했지.

"글쎄요…… 저기 있는 남자는 슬개골이 부서졌는데 집이—"

"내 말들을 빌려주마." 여왕이 내 말을 뚝 자르며 말했어.

"말을 타고 갈 수 있는 자들은 그렇게 해. 내 병사들이 호위할 것이다. 나도르의 병사가 아니라 내 병사들이. 그리고 말을 탈 수 없는 자들은 마차에 탈 수 있게 해주마. 자, 마레시 엔레스다욱테르, 이제 이 사람들에게는 네가 필요 없어. 내게 네가 필요하지."

"네?"

"나와 함께 칸드팔로 가자. 나도르의 세금 장부를 들여다볼 사람이 필요해. 그자가 그동안 저지른 농간을 증명할 증거가 있어야 해. 그의 성품에 관한 증거는 이미 차고 넘쳐. 보호해야 할 백성을 도리어 공격하고, 여왕인 나를 거역하고, 신성한 땅을 파괴하려 했으니. 그자는 이미 이린디불로 호송되어 재판을 기다리고 있다. 하지만 앞으로 세금 문제를 바로잡으려면 그가 그동안 무슨 짓을 했는지 알아야겠지. 그래서 네가 필요하다. 이 문제를 정리하고 나면 앞으로 로바스를 어떻게 통치하면 좋을지, 세금은 어느 정도가 적당할지 새로운 지침을 마련해 보자꾸나. 네 학교에 대해서도 석연찮은 부분이 하나 있어. 얘기할 게 무척 많구나. 난 곧 궁으로 돌아가야 하니 시간이 얼마 없어. 궁에도 날 기다리는 문제들이 산적해 있다."

여왕이 학교 이야기를 꺼내니 따라나설 수밖에 없었어. 학교를 지키기 위해서라면 뭐든 할 거야, 나의 자매들. 그게 어떤 일이든 말이야.

그날 저녁 나는 짐을 챙겼고 다음 날 아침 여왕이 보낸 병사들이 부상자들을 위한 말과 수레를 끌고 나타났어. 나는 부상자들을 좀 더 돌보고 싶었는데 그들은 하루빨리 집으로 돌아가기만을 손꼽아 기다리고 있었지. 나는 그들이 집에 돌아가고 나서도 상처 부위를 계속 돌볼 수 있게 치료법을 세세히 알려줬어. 사람들이 어서 낫길 바라. 하지만 집으로 돌아가는 길이 춥고 길 텐데 걱정이야. 다 합해 열 명 남짓한 부상자들과 그 가족들도 집으로 돌아갔고 내 가족들도 사루로 돌아갔어. 아버지가 남겠다고 하셨지만 내가 고집을 부렸어. 농장 일도 많이 쌓여 있을 테고 무엇보다 아키오스의 왼손이 부러졌거든. 내가 말했었나? 아키오스도 얼른 집에 가서 휴식을 취해야 했어. 마르게트도 오른쪽 뺨에 난 상처가 꽤 심해. 흉터가 남을 것 같아. 그래도 내가 붕대를 잘 감아 다른 감염은 앓지 않게 해두었어. 언니와 형부는 무사해. 그래서 조카들을 데리고 제일 먼저 떠났지.

욜라와 사루 사람 중 남은 사람은 카룬뿐이야.

내가 계곡을 떠나는 날 아침, 병사 한 명이 멋진 마구를 쓴 말을 데려와 내게 고개를 숙였어. 떠나기 전 마지막으로 주위를 둘러보는데 아니나 다를까 카룬이 있었지. 늘 그랬듯 내 가까이에.

"이제 가는구나."

카룬이 말했어.

내 눈을 지그시 바라보는 카룬의 두 눈에 슬픔이 담겨 있었어. 그는 평소와 다르게 내 눈을 제대로 마주치지도 못했지. 나는 말을 쓰다듬고 병사에게 잠시 기다려달라고 말하고는 카룬에게로 갔어. 가죽 조끼를 입고 서 있는 카룬을 보자 그의 넓은 어깨에 손을 뻗지 않도록 조심해야 했지. 카룬은 내가 준 장갑을 끼고 있었어.

카룬에게 할 말을 따로 생각해 둔 건 아니었어. 어떤 결심 같은 걸한 상태도 아니었고. 그런데 그 앞에 서니 내가 무엇을 바라는지 아주 분명히 알게 됐어. 뭐라고 말해야 할지 생각할 필요도 없었지. 내 마음이 알고 있었어. 하지만 카룬이 뭐라고 답할지는 전혀 짐작이 가지 않았어.

나는 카룬의 손을 잡고 그의 두 눈을 보았어. 뱃속이 꿈틀거리고 간지러웠지. 카룬과 눈이 마주치거나 손이라도 닿으면 늘 그래.

"응, 지금 떠나. 카룬 에이민손, 하지만 네가 원하면 난 절대 떠나지 않을 거야."

그 말을 하고 나니 숨이 멎는 것만 같았어. 떠나기 전에 카룬의 대답을 듣고 싶었어.

카룬이 내 손을 꽉 쥐었지.

눈에 눈물이 차올랐어. 깊게 숨을 들이마시고 말했지.

"네가 원하면 난 너와 함께할 거야, 카룬."

"내가 원한다면이라니." 카룬이 나를 끌어당겨 꼭 안았어.

"물론이야, 마레시. 그것 말고는 바라는 게 없어. 너를 처음 만난 그 순간부터 그것만 바라왔는걸. 아키오스 옆에 서 있던, 황금빛 왕관처럼 반짝이는 머리카락을 풀어헤친 너를 본 그 순간부터. 그런데…… 난 가진 게 없어. 네게 줄 수 있는 게 없어."

카룬의 눈이 반짝거렸어. 갈구하는 눈빛이었지.

"난 아무것도 필요하지 않아. 너만 있으면 돼."

나는 카룬의 귀에 대고 속삭였어.

그러고는 말야, 내 사랑하는 친구 야이, 엔니케, 카룬이 내게 입을 맞췄어.

- 마레시

387

오 수녀님께,

저는 오늘도 여왕과 일하다 이제 막 제 방으로 돌아왔어요. 전 지금 나도르의 성에 묵고 있는데 오늘이 열흘째예요. 매일 여왕과 머리를 맞대고 앉아 숫자들이 빼곡히 적힌 두루마리와 책을 샅샅이 살펴보고 있어요. 어떤 해에 나도르는 로바스 수확량의 거의 절반을 세금으로 걷은 뒤 그중 10분의 1만 궁으로 보냈어요. 그 돈으로 무척이나 사치스러운 삶을 즐긴 것 같아요. 값비싼 태피스트리에 양탄자, 실크 침구, 여왕의 것보다 더 호화로운 테이블까지 있지 뭐예요. 여왕은 나도르가 방탕하게 써버린 국고를 채워놓기 위해 벌써부터 값나가는 나도르의 물건들을 전부 팔아 치우고 있어요. "봄이 오면 농부들은 씨앗이 필요할 거야." 여왕이 말했죠. 여왕은 이린디불로 돌아가자마자 새로운 나도르를 임명할 계획인데 적당한 사람을 찾는 데 시간이 걸릴 테고 그가 이곳에 도착하기까지는 더 오랜 시간이 걸릴 것 같아요. 그동안 시녀 탈라나가 성에 남아 일이 문제없이 돌아가도록 도와줄 거예요.

"탈라나가 나도르가 되면 좋을 텐데." 며칠 전 늦은 저녁, 거의 영원에 가까운 시간 동안 숫자를 노려보고 있는데 여왕이 입을 뗐어요.

"탈라나는 일도 잘하고 영민하지. 그리고 최소한 이런 문제는 만들지 않을 게 확실해."

그러고는 한숨을 푹 내쉬며 포도주를 한 모금 마셨죠. 여왕의 테이블에는 늘 포도주가 준비돼 있어요. 여왕은 포도주를 얼마나 많이 마시는지 몰라요. 저는 술을 마시고 나면 숫자가 머릿속에 들어오질 않아서 보리 음료나 발효 우유를 달라고 해요. 여왕은 발효 우유라니 끔찍하다고 하면서도 늘 저를 위해 차가운 우유를 준비해 두세요.

"아아, 하지만 그럴 순 없어. 탈라나를 임명하면 적들이 또 생길 테니까."

"제 생각엔 누구를 새로운 나도르로 앉히시든, 로바스 여자와 결혼할 마음이 있는 사람을 임명하시는 게 좋을 것 같아요."

제가 대답했죠.

요즘 저는 여왕이 묻지 않았을 때조차 불쑥불쑥 제 의견을 말하는데 익숙해지고 있어요. 여왕께서 제가 그러길 바라셨거든요. 그래서 뭐든 편하게 말하고 있어요. 처음에는 어려웠지만 여왕은 아무리 우스꽝스러운 의견도 잘 들어주시는 분이고 가끔은 속으로 짜증이 나신 것 같을 때조차 진지하게 얘기를 들어주세요.

"벤디로가 벤나와 결혼했던 것처럼 말이지? 그것도 괜찮은 생각이야." 테이블 위에 잔을 내려놓던 여왕이 갑자기 저를 물끄러미 보더니 말했어요.

"결혼 후보자로는 네가 딱 맞겠구나. 네가 옆에 있다면 어떤 나도르도 감히 허튼짓은 못 할 게다."

그러고는 겁에 질린 제 표정을 보고 웃음을 터뜨리며 고개를 저었어요. 그렇게 웃을 때면 여왕은 영락없는 장난꾸러기 소녀 같아요. 저는 여왕의 그런 모습을 무척 좋아해요.

"진정해. 농담이야. 말도 안 되는 얘기지. 남자들은 너 같은 여자에게 조언을 듣거나 지시를 받는 걸 견디지 못해. 하물며 나 같은 여자에게도 그런걸."

여왕이 작게 한숨을 내쉬었어요.

"어쨌든 새로운 나도르 옆에는 로바스에 대해 넌지시 알려줄 여자가 필요해. 남편이 도움을 받고 있다고 느끼지 못하도록 능숙하게 도와줄 그런 여자 말이야."

"이린디불의 신분이 높은 남자들은 그럴 수도 있겠군요."

제가 조심스레 대답했어요. 여왕의 의견에 지나치게 반하는 말을 하는 건 현명하지 못한 처사니까요.

"넌 남자에 대해 나와 다른 견해를 가지고 있구나. 알겠다." 여왕이 비꼬듯 말했지요.

"아무튼 넌 동의한 거야. 나는 내 타락한 궁 안에서 그나마 머리를 좀 쓰고 충성스러운 남자를 찾아볼 터이니 너는 그의 아내를 찾는 일을 돕는 거야. 하지만 지금은 봄이 다가오고 있으니 우선 로바스에 사람이 몇 명이나 살고 있는지 알아야겠구나. 내가 모두를 도울 수 있을는지……. 네가 농사에 거름이 그토록 중요하다는 사실을 알려주었지만 거름을 얻으려면 각 농장에 소가 있어야 하지 않겠니?"

그렇게 저희는 밤늦게까지 계속해서 일을 했어요. 오래전에 만들어진 법들을 공부하고 다음 나도르를 위한 새로운 규정을 만들었죠. 저는 마음을 다해 여왕을 돕고 있어요. 이걸로 로바스에 도움이 되길 바라요. 하지만 제 능력이 한참 부족하다는 사실을 매일 깨닫고 있어 괴로워요. 로바스에는 사람이 몇 명이나 살고 있을까요? 제가 아는 마을과 로바스의 크기를 따져서 그저 추정할 뿐이에요. 여왕께는 인구 조사를 해보시기를 제안했어요. 그리고 로바스는 기후가 좋지 않고 땅이 척박해서 지나치게 높은 세금은 기대하지 말아야 한다는 점도 말씀드렸어요. 하지만 저희가 무탈하게 살면 여왕은 충직한 백성을 얻게 되는 셈이니 북쪽 요새로서도 솜씨 좋은 사냥꾼과 나무꾼으로서도 쓸 만할 거라고요. 울창한 숲을 가진 저희 로바스의 강점이죠. 제 생각은 그래요. 나라를 다스리는 일에 대해 제가 대체 뭘 알겠어요? 크론께서도 이런 일은 알려주시지 않아요.

저희는 학교 문제로 길고 열띤 논의를 벌였어요. 여왕은 학교를 열렬히 지지하는 편은 아니었어요.

"백성이 너무 똑똑하면 다스리는 데 힘이 들어."

여왕은 이렇게 말씀하시며 제가 학교 얘기를 꺼낼 때마다 입을 꾹다무셨죠.

"기근이 닥칠 때는 식량을 원조하고 로바스의 신앙 또한 인정하기로 했다. 게다가 대기근 때는 세금을 걷지 않겠다고도 했지. 그런데도 넌 도무지 만족을 모르는 아이구나, 마레시 엔레스다욱테르."

"네, 폐하. 말씀하셨듯 글을 읽고 쓰는 백성을 속이는 일은 어렵습니다. 하지만 바로 그 점 때문에 새로운 나도르도 백성을 속일 수 없을 것입니다. 백성이 글을 깨치게 되면 예전 나도르가 일삼던 짓은 다시 일어날 수 없을 거예요. 그렇게 되면 결국 나도르가 왕을 속이기도 어렵게 되겠지요."

"그럴듯한 말이기는 하다만…… 잘 모르겠구나." 여왕이 혼잣말을 하듯 말했어요. "하지만 정령을 불러오는 자의 말을 내가 어찌 감히 거역하겠느냐?"

여왕이 웃으며 말했어요. 하지만 여왕이 정말 저를 겁내시는 건 아니에요. 조금…… 은 겁낼지도 모르지만요. 아이들은 집안과 농장의 일을 돕느라 어차피 시간이 그리 많지도 않다고 제가 설득했어요. 글자 조금, 숫자 조금, 우룬디엔의 역사 정도만 배울 거라고요. 물론 저는 그보다 더 많은 걸 가르칠 계획이지만 여왕이 모든 걸 알아야 하는 건 아니니까요. 최소한 지금은요.

결국 여왕은 학교 운영을 허락하는 대신 왕의 숲에서 사냥하는 자는 벌금형에 처한다는 조항을 내걸었어요. 서로 주고받는 게 있어야 하니 저는 이에 동의했죠. 그러곤 벌금을 내야 할 경우를 대비해 이를 어떻게 충당해야 할지 머리를 이리저리 굴리고 있었어요. 그런데 그때 여왕이 오래전 협약된 어떤 양피지 서류를 하나 들고 오는 게 아니겠어요. 그건 왕명으로 로바스의 나무를 벨 때 로바스에 주어지는 보상금이 적힌 종이였어요. 저는 그거면 됐다고 생각했어요.

그런데 수녀님, 숫자를 들여다보고 여왕에게 조언하는 일보다 더 어려운 일이 하나 있어요. 보아하니 군주의 의무에는 중요한 사람들과 오찬을 갖고 무도회를 여는 일까지도 포함이 돼 있나 봐요. 여왕은 종종 제가 그런 행사에 참석하기를 원하는데 그런 자리에는 향신료로 한껏 풍미를 돋운 생선 요리와 말린 과일 등 새로운 음식이 넘쳐나요. 그리고 궁의 여자들이 입는 드레스도 입어야 하죠. 제 평생 그렇게 불편한 옷은 처음 입어봤어요. 제가 머리를 감고 빗는 일을 탈라나가 도와주었는데, 제 머리카락을 땋으려고 하길래 저는 이렇게 말했어요.

"폭풍이 불어 닥칠지 누가 알겠어요?"

그랬더니 탈라나는 저를 내버려 두었죠. 탁자에 둘러앉은 수염이 하얀 남자들이 저는 알지도 못하는 소문이나 사건을 떠들어댔고 제게 로바스의 역사를 가르치려고 안달했어요. 대부분의 내용이 사실과 달랐고요. 밤마다 여왕과 숫자를 두고 씨름하느라 지친 가운데 후끈한 무도회장 안에서 사람들이 춤추는 모습을 하릴없이 지켜봐야 했어요. 여왕은 절대로 지치는 법이 없어요. 밤에는 법률을 만들고 낮에는 자기 말만 하는 공작들과 춤을 추고 사과 콩포트도 흐트러지지 않은 자세로 먹죠. 여왕은 저와 단둘이 있을 때만 마음 놓고 자신을 드러내는 것 같아요. 아름다운 장식으로 휘감은 머리카락 아래 감춰둔 지능도 마음껏 드러내고요.

여왕의 제일가는 무사가 그러는데 어머니의 검이 백 년도 넘은 것이 래요. 제 눈에는 평범해 보이는데 무사는 칼이 벼려진 솜씨와 그 아름다운 형태에 감동을 받은 듯했어요. 앞으로 몇백 년 동안은 검을 따로 갈거나 관리하지 않아도 계속 날카롭게 쓸 수 있다고 해요. 서쪽에서 만들어진 것 같지만 정확한 지역은 모르겠고요. 아무튼 자기가 여태껏 본 검 중 가장 특별한 검이라고 했어요.

오 수녀님, 저는 이제 집으로 돌아가고 싶어요. 이곳의 침대와 방은 휘황찬란해요. 그렇지만 저는 제 집과 침대가 그리워요. 아침이면 일어나 만들어 먹는 포리지가 그립고 아키오스의 상처도 확인하고 싶어요. 제 염소가 새끼를 낳았는지도 궁금하고요. 마을을 산책하던 일도 그립고 모든 게 그대로인지 문제는 없는지 알고 싶어요. 마을에 보호벽을 세우는 일은 이제 하지 않을 거예요. 더구나 학교도 저를 기다리고 있을 거예요.

학교, 그리고 카룬이요. 수녀님, 저는 이제 카룬을 놓지 않을 거예요. 저와 카룬은 서로를 좋아해요. 언니에게 언니가 틀렸다는 걸 보여줄 거예요. 저는 남자와 가족, 일 모두 가질 수 있다는 걸 보여줄 거예요. 카룬과 함께라면 저도 할 수 있어요. 수녀님께서 제게 너무 실망하지 않으셨으면 좋겠어요. 크론의 종은 결혼해서는 안 된다는 법 같은 건 없잖아요, 그렇죠? 그리고 어쩌면 저는 크론만 섬기고 싶은 게 아닐지도 모르겠어요. 사람의 인생에서는 시기에 따라 신의 어떤 한 모습이 특히 더 중요해지는 것 같아요. 에오스트레 수녀님께서도 한때는 메이든의 종이었지만 지금은 마더와 더 가까우시잖아요. 둘 중 하나가 더 훌륭하거나 덜 훌륭한 것도 아니고요. 달의 종처럼 저도 태초의 어머니가 지닌 세 가지 모습을 다 품을 수 있어요. 저는 그만큼 넓어졌어요. 그만큼 강해졌고요. 저는 알아요. 뭐든 다 할 수 있을 것 같은 기분이에요. 그 기분이 정말 좋아요. 하지만 그렇게 되기 위해서는, 계속 잘 해 나가기 위해서는 제 곁을 지키며 저를 사랑해 줄 사람이 필요해요. 기꺼이 제 옆에 서려는 사람, 기꺼이 제게 도움의 손을 내미는 사람이요. 그럼 저는 뭐든 할 수 있어요.

- 당신의 수련 수녀, 마레시

사랑하는 야이에게,

정말 이상한 시간이었어. 보름 동안 깃털로 된 침대에 누워 실크로 만든 이불을 덮고 누군가 내 방에 가져다주는 아침을 먹으며 지냈어. 발효 우유와 갓 구운 빵, 잼과 버터, 포리지, 돼지고기 구이도 있었지. 게다가 아마 소 한 마리 값은 거뜬히 나갈 것 같은 드레스를 입고 여왕과 귀족들과 함께 식사도 했어. 그들이 내게 조언도 청했다니까! 변방의 로바스와 메노스 출신인 내게 말이야.

하지만 나는 보름 동안 밖에 나가지 못해서 거의 미치기 직전이야. 겨울이 지나고 봄이 오는 것도 보지 못했지. 잠시라도 틈이 생긴다면 뜰에라도 나가보겠지만 여왕께서 지시한 일이 너무 많아 그것마저 거의 못 하고 있어. 물론 이 성에서 보는 풍경도 나쁘지 않아. 그래도 우리 마을을 둘러싼 아름다운 숲에 비할 수는 없지. 집이 무척 그리워.

어제 아침, 나는 차후에 임명될 나도르를 위한 새로운 법령을 손보는 중이었고 여왕은 이린디불에서 온 서신에 답하느라 바쁜 시간을 보내고 있었어. 이린디불 사람들이 여왕을 무척 기다리고 있나 봐. 그런데 그때 밖에서 하인이 문을 두드리고 들어와 여왕께 아뢰었지.

"폐하, 마녀—" 잠시 얼굴이 붉어진 하인이 말을 더듬기 시작했어. "아니, 서리 추방자이자 붉은 망토를 입은, 또, 음…… 죽은 자들과 말하는 여자를 찾아온 사람이 있습니다."

여왕이 마음에 들지 않는다는 듯 손을 휘저어 얼른 나가라 일렀어.

"내 수많은 사촌 중 한 명의 아들이야. 완전히 쓸모없는 녀석이지. 배우고 싶대서 하인으로 두고 있는데 뭘 배우기는 하는 건지, 원."

잠시 후 문이 열렸는데 누가 들어온 줄 알아? 바로 카룬이었어. 차가운 겨울바람에 얼굴이 빨개진 카룬이 평소처럼 가죽조끼를 입고 긴 부츠를 신고 내 앞에 있었어. 그 순간 나는 당장 달려가 카룬을 끌어안고 키스를 퍼붓고 싶었지만 꾹 참고 자리를 지켰어. 그동안 종종 우리의 입맞춤이 꿈이었다거나 카룬이 후회한다고 할까 봐 두려웠는데 카룬이 내 눈앞에 나타난 거야.

카룬이 여왕에게 고개를 숙여 절을 했어. 그는 그동안에도 내게서 눈을 떼지 않았지. 그의 열렬한 눈빛에 내 뺨이 달아올랐어. 여왕은 한숨을 내쉬며 깃펜을 내려놓았어.

"카룬 에이민손. 마레시를 데려가려고 온 것이겠구나."

"네, 그렇습니다, 폐하. 폐하께서 허락하신다면요. 마을 사람들이 마레시를 기다리고 있습니다."

"왜? 무슨 일 있는 거야?"

나는 갑자기 불안해졌지.

"아니, 그건 아냐." 카룬이 내게 오려다가 여왕을 보고는 걸음을 멈췄어.

"하지만 아이들이 네 수업을 기다리고 있어. 지금부터 봄에 파종하기 전까진 시간이 있으니까. 아키오스 손은 많이 나았고 얀날 어머니의 무릎도 좋아지셨어. 하지만 네가 와서 봐주면 좋을 거야. 아버지도 널 걱정하고 계시고."

카룬이 여왕을 흘깃 보고는 내 쪽으로 한 걸음 더 가까이 다가왔어. "그리고 나도 네가 그리워, 마레시."

카룬의 다정한 마지막 말에 나는 숨이 멎는 줄만 알았어.

"나도 마레시가 필요하다." 여왕이 손가락 사이로 깃펜을 돌리며 말했어요. "마레시처럼 훌륭한 조언자는 흔치 않거든. 성가실 만큼 고집 센 조언자라고 해야 하나. 이렇게 재미있는 대화 상대도 없고 말이야."

여왕이 작게 한숨을 내쉬며 일어섰지. "하지만 나도 이린디불로 돌아가야 할 때가 됐구나. 이 서신들을 보아하니 일이 엉망으로 돌아가고 있어. 음모에, 반역에. 내가 자리를 비우니 게으름이나 피우는 모자란 왕으로 아는 모양이야. 가서 그들이 틀렸다는 걸 보여줘야겠지."

여왕은 나를 보며 미소를 지었어. "네 짐은 싸놓으라고 하마, 마레시. 오후에 떠나라. 어차피 할 일은 길게 끌 필요 없지." 여왕이 미소를 거두며 카룬을 보았어. "자네, 마레시와 결혼할 생각인가?"

"마레시가 원한다면, 네, 그렇습니다, 폐하. 마레시와 인생을 함께하는 것, 저는 그것만 있으면 됩니다."

"이 아이가 어떤 사람인지 알고도? 너는 무슨 일을 한다고 했지? 나무꾼이라고 했나? 이 아이는 죽은 자들의 땅으로 가는 문을 열고 폭풍을 불러오고 사나운 들짐승도 길들이지. 그런 여자를 네가 어떻게 다룰 수 있겠느냐?"

"폐하." 카룬이 머뭇거리자 여왕이 말해도 좋다는 고갯짓을 했어.

"편하게 말해보거라."

"저는 마레시를 제 뜻대로 다루고자 하는 마음이 없습니다. 마레시는 뭐든 스스로 할 수 있는 사람이지요." 나를 칭찬하는 카룬의 말을 들으니 왠지 모르게 뿌듯해졌어. 뱃속이 따뜻해지는 기분이었지.

"제가 마레시에게 줄 수 있는 것은 이 두 손뿐입니다. 손에 든 것은 없지만 제 손은 강해요. 마레시가 무엇을 하든 이 손은 그를 도울 것입니다. 아주 작은 일이라도 마레시에게 필요한 것이 분명 있을 거예요. 가령 다정한 심성 때문에 집으로 돌아오지 못하고 있을 때 그를 데려오는 일 같은 것 말이지요."

여왕이 웃음을 터뜨렸어.

"마레시, 로바스 남자들이 훌륭하다는 걸 이제 알겠구나." 여왕이 말했어. "그들을 세금으로 좀 거둬가야겠어."

여왕이 내가 좋아하는 그 장난꾸러기 같은 미소를 지으며 말했지. 그러고는 내게 와 양쪽 뺨에 입을 맞췄어.

"마레시 엔레스다욱테르. 나의 친구. 네가 보고 싶을 거다. 원할 때 언제든 이린디불로 와 나를 찾으려무나. 네가 그 지팡이를 들고 붉은 망토를 휘두르며 궁에 나타나면 아마 다들 야단법석을 떨 거야!"

여왕이 호탕하게 웃으며 말했지.

"새로 오는 나도르에게 너무 골칫거리를 안겨주진 말고. 하지만 그의 행적은 계속 보고해 주길 바란다. 내가 이 땅을 통치하는 한 마레시 너는 나의 신임을 받을 것이다."

"폐하." 나는 여왕에게 깊이 고개를 숙여 인사했어. "저와 로바스 사람들의 이야기를 들어주셔서 감사합니다."

이윽고 여왕이 방을 나가고 문이 닫히자 카룬과 나 단둘이 남았어. 나는 카룬에게 다가가 그의 얼굴을 어루만졌지.

"그래서, 정말 마녀를 원해?"

내가 물었어.

"응, 세상 그 무엇보다." 카룬이 속삭여 말했지.

"넌 진심이야? 내가 여태껏 내 감정을 말하지 못했던 건 네가 남편이나 아이들이 아니라 학교에 헌신하는 삶을 살겠다고 누누이 말해 와서야. 나는 네 의견을 존중해, 마레시. 그런 너를 존경해. 내가 네 길에 방해가 되는 건 원치 않아."

카룬이 내 허리에 손을 얹자 다리에 힘이 풀려 쓰러질 것만 같았어. 내가 말했지.

"넌 내 길을 막지 않아. 너와 나, 우리가 함께 이 길을 가면 돼."

"마레시."

카룬이 내 이름을 부르는 내 이름이 마치 처음 듣는 것처럼 낯설게 들렸어.

그리고 우리는 아주 오랫동안 말이 없었지.

– 너의 친구, 마레시

사랑하는 엔니케에게,

내가 칸드팔에 머무는 동안 겨울이 가고 봄이 왔어. 여전히 눈이 내리고 밤은 춥지만 한 달 전에 비하면 낮이 온화해졌고 해도 길어졌지.

카룬과 나는 집에 도착하는 데 이레가 걸렸어. 그보다는 좀 더 빨리 올 수 있었지만 우리에겐 데려가야 할 가축과 물건도 많았고 다른…… 일도 좀 있었거든.

보란네 여왕은 내게 멋진 작별 선물들을 주셨어. 황소도 한 마리 하사하셨지 뭐야. 카룬이 나를 데리러 온 날 오후에 뜰로 나갔더니 수레 옆에 커다란 황소가 서 있었어. 그 옆에는 또 다른 소 네 마리와 여물도 수북이 쌓여 있었는데, 우리 마을 사람들에게 한 집에 한 마리씩 나눠 주라고 주신 거였어. 그리고 집에 도착해서야 알았지만 수레에는 그보다 훨씬 더 많은 것이 실려 있었어. 뭐가 있었는지는 오 수녀님께 보내는 편지에 쓸 테니 그 편지를 읽어줘. 지금은 집으로 돌아오는 길이 얼마나 멋졌는지 말하고 싶어.

카룬과 내가 서로의 마음을 고백하고 난 뒤 단둘이 있는 건 처음이었어. 우리는 아무것도 아닌 사소한 일부터 커다란 일까지 모든 걸 말했지. 황소가 끄는 수레 위에 나란히 앉아 깊은 숲속의 눈길을 미끄러져 갔고 그 위에서 입술이 아플 때까지 입을 맞췄어. 그러다 더는 참을 수 없어지자 결국 수레를 멈추고는 이른 봄 푸른 하늘 아래 건초더미 위에서 사랑을 나눴어.

아아, 로즈, 인간의 몸은 정말 놀라워. 우리가 가진 힘은 무한한 것 같아. 난 언제나 태초의 어머니의 모습 중 크론이 제일 강하다고 생각해 왔거든? 그런데 수도원에서는 알지 못했던 새로운 사실을 이제 막 깨달았어. 주어진 순간에 마주하고 있는 신의 모습이 가장 강력하다는 사실을 말이야. 그러니까, 어려서 수도원에 있을 때 내게 제일 강력한 건 크론이었지. 그때 나는 죽음과 지식에 사로잡혀 있었으니까. 하지만 지금 내게 가장 강한 건 메이든이야. 카룬이 곁에 있거나, 그를 생각하거나, 그에게 손이 닿거나, 그를 바라보기만 해도 강한 열망에 휩싸이고 전율이 내 몸을 스쳐. 그를 영원히 내 안에, 내 품에 안고 싶어. 그의 무게를 느끼고 싶어. 귓가에 울리는 그의 목소리를 듣고 싶어.

집에 도착하고 나니 온몸이 아파. 수레가 불편해서는 아냐.

우리는 오늘 사루에 도착해 각자의 집으로 헤어졌어. 나는 소들을 데리고 집으로 갔고 카룬은 학교로 갔지. 헤어지는데 너무 슬펐어. 카룬과 떨어지고 싶지 않아. 그리고 이제 그래야 할 이유도 없지.

- 너의 친구, 마레시

오 수녀님께,

여왕께서 제게 커다란 보물 상자를 주셨어요! 철제 장식이 달린 진짜 궤 안에 나도르의 개인 서재에서 꺼낸 책들을 가득 넣어주셨어요. 궤를 연 순간 제가 얼마나 기뻤는지 모르실 거예요. 책 위에는 종이 한 묶음과 깃펜, 유리로 만들어진 잉크병도 여러 개 놓여 있었어요. 이것만 빼고는 여왕에게 받은 선물을 사루와 욜라 사람들과 모두 나눴어요. 이 선물은 그들 것이기도 하니까요. 마을 사람들은 처음부터 숲에서 저와 함께 싸웠어요. 하지만 책과 종이는 다 제가 가질 거예요. 모두 제 거예요! 책들은 학교에 가져다놓으려고요. 집에 오자마자 수업을 시작했어요. 저를 보는 아이들의 초롱초롱한 눈을 다시 마주하니 얼마나 기쁜지 몰라요. 몇몇은 자기 지팡이를 만들어 들고 다니는데 저처럼 되고 싶은가 봐요.

그중 가장 값나가는 선물은 단연 소예요. 소는 집집마다 한 마리씩 가지기로 했고 황소 한 마리는 마을의 땅을 경작하는 데 함께 쓰기로 했어요. 어차피 파종할 때는 서로 도와 함께 일하니 황소는 모두의 것이나 마찬가지예요. 여왕은 그 외에도 여러 가지를 주셨어요. 저희의 염색 기술로는 절대 얻을 수 없는 색색의 최고급 모직, 너무 얇아서 투명하기까지 한 리넨, 도끼, 칼, 뜨개바늘, 은과 뼈로 만든 단추, 쇠못. 여왕은 분명 실용적인 분이세요.

제 삶은 이제 새로운 단계에 접어들고 있어요. 로바스에 돌아온 지 거의 2년이 됐고 이제 이곳이 제 집처럼 아늑하고 편안해요. 올해 저희는 굶주릴 걱정은 없을 거예요. 새로 부임할 나도르도 나쁜 사람은 아닐 거라고 믿어요. 그렇기만 하다면 굶주릴 일은 없겠죠. 저희는 늘 바삐 일해야 하겠지만 그런 삶에는 익숙해요. 저는 이제 마을을 보호하는 일을 하지 않아도 되니 이곳에 온 진짜 목적을 위해 일할 수 있어요. 아이들을 가르치는 일 말예요. 올 여름에는 다른 마을에도 방문해 글을 가르쳐볼 생각이에요. 카룬은 계속해서 나무 베는 일을 하겠지만 뗏목 일은 하지 않을 거예요. 여기서 할 일이 많거든요. 장작을 패거나 눈을 치우는 등 학교에 필요한 일들을 처리해 줘요. 그래서 저는 가르치는 일에만 집중할 수 있어요. 그리고 카룬은 제가 길을 나설 때면 책이나 종이, 주판 같은 것을 챙겨주고 저와 늘 동행해요. 저희 둘의 생활은 제가 가르치는 일을 해서 버는 걸로 충분하고요. 아이들의 부모들이 음식이나 생필품을 주시거든요. 카룬이 나무를 해서 버는 수입도 있고 이따금 사냥도 하니 그럴 땐 식탁이 더 풍성해질 거예요.

아버지와 아키오스는 계속해서 농장을 꾸려갈 거예요. 아버지는 제가 떠나고 나면 집이 적적할 거라고 하시지만요. 봄이 완연해지면 학교로 들어가 카룬과 함께 살기로 했거든요. 농장이 한창 바쁠 때는 일을 돕고 빵을 얻을 수도 있을 거예요.

보란네 여왕은 새로운 나도르를 임명하고 나면 제게 전령을 보내 알려주시기로 했어요. 나도르가 성에 도착하고 나면 분명 이곳에 사람을 보내 저를 부를 거라고 여왕이 미리 경고해 주셨어요. '폭풍을 불러오고, 눈사태를 일으키고, 들짐승을 길들이고, 인간의 땅에 정령을 불러내는' 여자를 자기 두 눈으로 직접 보기 위해서라나요. 여왕의 말을 그대로 옮기자면 그래요. 극적으로 말하는 데 재주가 있는 분이에요.

지금까지는 이곳에 적응하느라 힘들었지만 앞으로는 잘 지낼 수 있을 거라는 믿음이 생겼어요. 즐겁고 좋은 날들이 될 거예요. 수녀님이 말씀하신 것처럼 뭐든 혼자 하지 않고 사람들과 함께할 거예요. 제가 가진 것을 최대한 많은 사람과 나눌 거예요. 그리고 삼위이신 태초의 어머니께, 로바스의 땅에 기도할 거예요. 그들은 하나예요, 같은 존재지요.

수녀님께 감사한 일이 무척 많아요.

– 마레시

사랑하는 야이에게,

이곳엔 봄이 왔어. 땅은 여전히 검고 헐벗었지만 새싹이 움트며 생명이 자라나길 기다리고 있지. 낙엽수들은 아직 싹을 틔우지 않았지만 내 허브 정원의 식물들은 조금씩 땅 위로 고개를 내밀고 있어.

카룬은 학교에 침실을 따로 만드는 중이야. 방이 완성되는 대로 우리는 함께 살 거야. 결혼을 하는 건 아냐. 그래야 할 이유를 찾지 못했어. 하지만 내 남은 인생은 카룬과 함께 살고 싶어. 혼자 살아도 괜찮지만 카룬과 함께 살고 싶어. 언니도 이제 날 이해해 주는 것 같아. 내가 이사하는 걸 거들어주고 있거든. 곧 아기가 태어날 예정이라 언니는 움직이기가 쉽지 않아서 주로 집에 머물면서 내 이불 같은 것들을 만들어주고 있어.

"하지만 아이는 미뤄둬." 언니가 대단히 단호한 얼굴로 말했지. "그래, 넌 학교도 잘 꾸려나갈 거야. 그건 믿어. 하지만 아이를 갖는다는 건 완전히 다른 차원의 일이라고. 이것만 말해둘게."

그래서 난 언니의 조언을 따르기로 했어. 엄마가 되기는 아직 이르다고 생각해. 여신의 혀를 늘 잊지 않고 끓여 마시고 있어. 나는 아직어리고 지금 하고 싶은 일이 너무 많으니까.

난 내가 이 모든 일을 정말 할 수 있을 거라고 생각해. 카룬이 내 옆에 있으니까. 카룬은 강철처럼, 바위처럼 나를 지지해 줘. 카룬은 기꺼이 나를 돕고 싶어 하고 나는 그런 카룬의 도움을 기꺼이 받을 만큼 강하지. 우리가 가고자 하는 길이 평탄하지만은 않겠지만 카룬과 함께라면 할 수 있을 것 같아.

야이, 이제야 내 집을 찾은 기분이 들어. 늘 로바스와 메노스 사이 어딘가에서 어느 곳이 내 집인지 몰라 혼란스러웠거든. 하지만 이제 알 것 같아. 카룬이 나의 집이야. 그가 있는 곳이 내 집이야. 카룬은 내가 진짜 나 자신으로 있게 해줘. 로바스의 마레시, 메노스의 마레시, 크론의 문을 여는 자, 신의 발자국을 좇는 자, 들짐승을 길들이고 땅을 울리고 바람과 폭풍을 일으키고 어둠 속에 빛을 퍼뜨리는 자, 이 모습 전부로 말이야. 카룬은 그런 내 모습들을 두려워하지 않지. 사람들은 다들 내가 특별하다고 하지만 난 알아. 사실은 카룬이야말로 정말 특별한 사람이야. 나로서는 이해하기 어려울 정도로 놀라운 일들을 해내지. 카룬은 사랑을 주고, 그리고 사랑을 받는 법을 스스로 깨달았어. 그에게는 그런 걸 가르쳐준 사람도 없었는데. 뭘 하든, 얼마나 멀리 있든 상관없이 아낌없는 사랑을 보내주는 부모가 카룬에게는 없었잖아. 어머니는 일찍 돌아가셨고 아버지는 매정한 사람이었지. 그런데도 카룬은 차가운 사람으로 자라지 않았어. 세상에 존재하는 아름다움과 사랑을 발견하는 법을 배웠지. 카룬은 매일 하루를 성실히 임해. 우리가 조금씩 더 앞으로 나아가기를 기도하듯 그렇게. 우리에게 아이들이 생겨도 카룬은 지금과 똑같이 애쓸 거라는 걸 난 알아. 카룬을 보고 있으면 나도 그를 닮고 싶어 조금 더 노력하게 돼.

그동안 그런 계획을 세운 적은 없는데도 내 마음 한구석에서는 늘 메노스로 돌아가자는 속삭임이 들려왔어. 마음 깊은 곳에서는 너희를 다시 볼 수 없을 거라는 걸 알면서도 그럴 수 있기를 바라왔지. 하지만 이제 난 이곳에 뿌리를 뻗고 있어. 아이를 갖고 싶어, 야이. 나중에 딸이 태어나면 수도원 이야기도 전부 들려줄 거야. 어쩌면 내 딸들이 메노스로 갈 수도 있겠지. 만약 그런 날이 온다면, 내 딸들이 너희를 만나게 된다면 난 무척 기쁠 거야. 실라가 메노스로 떠날 날도 얼마 남지 않았어. 천방지축인 아이지만 금방 배울 거야. 수도원에는 이곳에 없는, 그 애에게 필요한 모든 것이 있으니까. 실라를 잘 돌봐줘! 물론 네가 그럴 거라는 걸 알아.

로바스로 돌아오고 나면 자주 편지하겠다고 내가 약속했었지? 하지만 이제는 전보다는 조금 덜 쓰게 될 것 같아. 이제 뒤를 돌아보는 일은 그만두고 새로운 삶을 시작할 거야. 학교 일도 더 바빠질 테고. 벨라도 잘 크고 있어. 아버지와 아키오스, 내가 돌아가며 벨라를 돌보고 있고 미크와 에이나는 계속 언니네 식구들과 함께 지내고 있는데, 언니는 아이들을 친자식처럼 아껴. 나랑 카룬이 미크랑 에이나를 맡겠다고 했더니 불같이 화를 냈어.

내 사랑하는 친구 야이, 그래도 계속해서 편지해 줄 거지? 네가 잘 지내고 있는지 늘 알고 싶어. 나도 열심히 일하며 지낼게. 수도원 사람들도 다들 열심히 일하며 잘 지내고 있다는 소식을 전해줘. 내 생각을 자주 해주길 바라는 건 아냐. 아주 가끔, 달의 무도 때나 혹은 아름다운 봄날에 다 같이 핏빛 달팽이를 채집하러 바다로 나갈 때, 그럴 때 종종 나를 떠올리며 편지해 줘.

　야이, 넌 언제나 내 마음속에 있을 거야.

– 마레시

마지막 서신

존경하는 원장 수녀님이자 내 사랑하는 친구에게,

그렇게 되었구나……. 사실 난 어쩐지 오 수녀님을 다시는 볼 수 없을
거란 생각을 하고 있었던 것 같아. 네가 보내준 편지는 로바스 남쪽을
지나는 첫 상인 행렬이 어제 전해주고 갔어. 오 수녀님은 자신의 죽음
이 다가오고 있다는 사실을 알고 계셨던 것 같아. 오 수녀님께서 돌아
가시기 전 며칠 동안 쓴 편지들을 네가 보내줬잖아. 편지에서 수녀님
은 건강 얘기 같은 건 하지 않으셨지만 어떤…… 간절함 같은 게 느껴
졌어. 그리고 크론께서 여전히 수련 수녀를 지명하지 않았다는 점을
강조해 말씀하셨지. 그건 나만이 할 수 있는 일이라고. 지난겨울, 특히
추웠던 어느 밤 침대에 누워 있는데 크론께서 나를 지켜보시는 듯한
느낌이 아주 강렬히 들었어. 이제 그것이 징조였다는 걸 알겠어.

그래, 나는 너의 요청을 받아들일 거야. 이제 집으로 돌아갈게. 오 수
녀님의 자리를 이어받을게. 마침내 내 차례가 돌아와 내가 크론의 문

을 넘게 되는 그 순간까지 크론의 종으로 살게. 내 아들의 아내는 이제 나 없이도 훌륭하게 학교를 운영하고 있어. 칸드팔에도 학교를 세우자는 이야기가 나오고 있지. 벌써 몇 년째 칸드팔에 살고 있는 벨라가 이제 그곳에도 학교를 세울 때가 되었다고 우리를 설득하고 있어. 곧 세 번째 손주도 태어날 거야. 메노스로 돌아가면 그 아이들이 커가는 모습을 볼 수 없다는 점이 가장 마음이 아파.

하지만 이곳에서 내 일은 끝났어. 다른 일이 나를 기다리고 있지. 나는 일이 좋아. 일하지 않는 내 모습은 잘 그려지지도 않아. 나는 아주 늙진 않았지만 그래도 이제 젊다곤 할 수 없는 나이가 됐지. 그러니 어차피 긴 여행길에 올라야 한다면 지금이 좋을 거야.

이곳 사람들이 나를 그리워할 거라는 사실이 다소 위안이 돼. 하지만 그들이 나 없이도 잘 살 거라는 사실은 더 큰 위안이 돼. 나는 오랫동안 아들들과 행복한 시간을 보냈어. 이제는 수도원에 있는 나의 자매들을 위해 내 삶을 헌신할 때가 됐어.

로바스 사람들이 무척 그리울 거야. 그건 분명해. 마레사는 일이 무척 바빠서 그 애를 보지 못한 지도 벌써 몇 년이 지났어. 마을에 들를 시간도 나질 않는 모양이야. 그 애가 얼마나 자랑스러운지 몰라. 마레사의 이동식 학교 덕분에 로바스 북쪽에는 글을 모르는 아이가 거의 없어. 그 애는 돈을 버는 족족 새로운 책을 사서 마을을 떠나면서 아이들에게 선물해 줘서, 그 아이들이 계속해서 책을 읽을 수 있게 하고 있어. 마레사는 신과 가까운 아이야. 신을 느끼고 보통 사람들은 듣지 못하는 음성을 듣지. 마레사가 수도원에 살았다면 달의 수련 수녀가 되었을지도 모르겠어. 하지만 마레사는 그런 부름 없이도 어디를 가든 무엇을 하든 신께서 하시는 일을 하고 있지. 수도원에도 로바스의 신앙에도 큰 관심이 없는 아이지만 자기만의 길을 만들며 뚜벅뚜벅 걸어가고 있어. 그리고 그 길을 통해 무엇보다 훌륭한 일들을 이루고 있어.

나라에스는 둘란과 헬론의 아이들을 돌보느라 바쁘게 지내고 있어. 둘란에게 자식이 둘, 헬론에게 자식이 넷 있거든. 미크는 결혼하지 않고 여전히 나라에스와 얀날과 함께 살고 있는데 농장 일을 하는 얀날에게 큰 도움이 되고 있어. 헬론도 제 아버지의 집으로 들어가 가족들과 함께 살고 있지. 미크의 여동생 에이나는 무리크에서 고아들을 돌보며 학교를 운영하고 있어. 나라에스는 에이나를 몹시 자랑스러워해.

나라에스는 자식들과 손주들, 그리고 얀날과 함께 늙어갈 거야.

가을이 끝나갈 즘에는 아키오스에게서 소식이 왔어. 지금은 발레리아에 머물면서 바다에서 소금을 얻는 법을 배우고 있대. 그 아이는 어딜 가든 배울 것을 찾아내지. 아키오스가 메노스로 와서 자기가 본 것들을 수련 수녀들에게 가르쳐줘도 좋을 거야. 우리가 적당한 의식과 제를 지낸다면 그 애가 무사히 섬에 발을 들일 수 있지 않을까? 메노스로 내려가는 길에 아키오스를 만날 수 있을지도 몰라. 아키오스에게서 온 편지를 읽으면 그 애가 지금 얼마나 행복한지가 느껴져. 세상을 탐험하고 그 안에 풍덩 빠지는 일, 그렇게 꿈꿔 왔던 일을 하고 있으니 그럴 만도 하지.

나는 벌써 필요한 것들을 챙겼어. 오 수녀님의 반지, 네가 오래전 만들어준 망토로 만든 작은 주머니. 빗은 마레사에게 줬어. 나보다는 그애에게 더 필요할 테니까. 마레사의 이동식 학교가 다니는 길에는 여전히 위험이 도사리고 있어. 하지만 메이든께서 그 아이의 손을 잡아주시고 크론께서 그 아이의 귀에 대고 속삭이시지. 그러니 마레사는 괜찮을 거야. 내 서신이 수도원에 언제 도착할지는 모르겠어. 나보다는 상인들의 걸음이 더 빠르겠지? 이번 여정에서 나는 가능한 한 많은 걸 보고 싶어. 아마도 이 여행이 내 마지막 여행이 될 테니까 말이야.

이곳 사람들과 작별 인사를 나눴어. 사랑하는 아들들을 꼭 안자 아들들의 눈물로 내 머리카락이 젖었지. 아들들의 아내에게도 뺨에 입을 맞추고 둘란과 헬론, 조카 손주들도 차례로 꼭 품에 안았어. 그 작은 아이들을 만지고 입을 맞추는 일이 가장 힘들었지.

오늘 저녁에는 내가 가장 사랑했던 세 사람에게 인사를 하러 갈 거야. 그들은 이제 이곳에 없어. 저녁 햇살이 한 줌 남은 숲속으로 말을 타고 갈 거야. 묘지의 숲에 도착하고 나면 나무에 내 말을 묶은 뒤 골짜기로 들어갈 거야. 그리고 어머니와 아버지의 나무를 찾아 그 앞에 앉아 기도를 드리겠지. 내게 이렇게 멋진 삶을 주셔서 감사하다고. 아버지는 몇 해 전에 돌아가셨어. 하지만 지금도 때때로 아버지가 내 옆에 없다는 사실이 믿기지 않아. 아버지는 늘 같은 자리에 있어주셨으니까. 하지만 우리 인간은 그게 언제든 결국 크론께서 부르시는 때를 맞잖아. 아버지에 대한 기억이 내 안에 살아 있어. 그리고 아버지의 자식들과 그 자식들도 여기에 있지. 아버지는 떠나신 게 아니야.

마지막으로 카룬의 나무 옆에 앉을 거야. 카룬, 나의 카룬. 나의 바위, 나의 힘, 나의 집. 카룬의 이름을 종이 위에 적을 때마다 그를 불러낼 수 있을 것만 같아. 카룬을 불러내고 싶어. 그렇게 계속해서 그의 이름을 써서라도 그에게 영원한 생명을 주고 싶어. 처음에 난 카룬 없이 살 수 없을 것 같았어. 그가 떠난 첫해 나는 견딜 수 없이 괴로웠지. 그를 떠올릴 때마다 실제로 가슴이 에이는 고통이 영영 사라지지 않을 것 같았어. 하지만 두 해가 지났고 지금도 여전히 카룬이 그립지만 이제는 그를 떠올리면 슬픔보다 더 큰 행복을 느껴. 오늘 나의 모습은 전부 카룬 덕분이야. 그의 사랑이 나를 이렇게 멀리까지 오게 해줬어. 내가 강해질 수 있게 해주었지. 나라에스는 한때 사랑이 내 일을 망쳐버릴 거라고 했지만 결국 사랑이 내가 소명을 다할 수 있게 해줬어.

카룬의 나무, 우리 집, 우리가 함께 머물고 사랑했던 공간을 떠나는 일이 쉽지 않을 거라고 생각했어. 하지만 나는 그것들을 전부 가지고 갈 거야. 그것들은 어딜 가든 내 안에 머물 거야. 카룬이 세상을 떠난 날은 내 인생을 통틀어 가장 어두운 날이었어. 하지만 그렇다 해도 그와 함께했던 기억들을 이 세상 그 무엇과도 바꾸지 않을 거야.

야이, 내 친구, 어떤 사람들은 다른 이들보다 훨씬 무거운 짐을 지고 사는 것 같아. 그걸 모르고 살 수 있었다면 아마 더 좋았을 거야.

만약 카룬이 여전히 내 곁에 있다면 나는 집으로 돌아가지 않았겠지. 하지만 나라에스처럼 자식들과 손주들에 둘러싸여 늙어가는 대신 너와 엔니케, 헤오와 함께 여생을 보내고 싶어.

이제야 네게 진실을 털어놔. 너희가 너무나 그리워 가끔은 숨 쉬는 것조차 힘들 때가 있었어. 겨울철이면 남쪽으로 날아가는 새들을 시기하며 그들을 따라 훨훨 날아갈 수 있기를 간절히 바랐지. 이 마음은 오랜 세월이 흘러도 옅어지지가 않았어.

그래, 야이, 이제야 나는 집으로 돌아가. 집으로 가.

- 마레시

감사의 말

당신들에게 감사의 말을 전해요.

제니 쉴빈과 포르홀멘, 노라 가루시와 된스비.

겨울 스키 여행을 도와준 시몬 룬딘.

지난 학교생활에 대해 알려준 시브 사루카.

이 책이 나올 수 있게 해준 핀란드 국립도서관.

내 글을 읽고 의견을 준 네네 오르메스.

나와 함께 머리를 맞대고 아이디어를 모아준 비밀오소리협회.

머리를 식힐 수 있게 해준 헬베테스그루펜.

매일 나를 지켜봐 주고 마음을 편히 가질 수 있도록 배려해 준 말린 클링엔베리.

내가 늘 앞으로 나아갈 수 있게 격려해 준 사라 엔홀름 히엘름.

글이 막힐 때마다 내 대화 상대가 되어준 사라 티우라니에미.

재능 넘치는 나의 멋진 번역가들.

그리고 이 책을 쓰는 동안 세상을 떠난 나의 사랑하는 어머니에게 가장 큰 감사의 말을 전해요.

내 어머니는 마레시의 어머니가 아니고 우리 사이엔 그 어떤 거리도 없었지만,

이 책에는 여전히 어머니의 존재가 크게 새겨져 있어요.

옮긴이의 말

〈집으로 돌아가는 길〉

이제야 나는 집으로 돌아가. 집으로 가.

수도원으로 돌아가는 마레시는 야이에게 쓰는 마지막 서신에서 이렇게 말한다. 소설 속 그녀의 여정은 마침내 그렇게 끝이 난다. 아니, 또 다른 시작이라고 말해야 할까? 세 권에 걸친 마레시의 여정은 집을 찾는 과정이었다고 해도 과언이 아니다. 굶주림을 피해 수도원으로, 지식을 나누기 위해 다시 고국의 집으로, 그리고 크론의 부름을 받아 다시 메노스로. 마레시는 그제야 말한다. 이제야 나는 집으로 돌아간다고. 어쩌면 우리 인생은 집을 찾아가는 여정일지도 모르겠다. 내가 안전히 있을 수 있는 곳, 내가 사랑하는 사람이 있는 곳, 내가 온전히 나 자신으로 있을 수 있는 곳. 집을 찾는 여정은 나를 찾는 여정과 다르지 않을 것이다.

《레드 수도원 연대기 3 : 붉은 망토의 마레시》에서 마레시는 평화롭고 안전한 수도원을 떠나 자신이 배운 지식을 고국 사람들과 나누기 위해 로바스로 돌아간다. 완전히 다른 사람이 되어 고향으로 돌아간 마레시는 그곳에서 사랑에 눈을 뜨고, 편견과 싸우고, 가까운 사람의 상실을 겪고, 자신의 소명을 찾는다. 이 과정이 마법 가루가 뿌려진 한 편의 좋은 성장소설로 읽히기도 한다. 마레시는 수도원을 떠날 때는 전혀 상상도 하지 못했던 일을 마주한다. 사랑에 빠지게 되는 것이다. 처음엔 예로스, 다음엔 카룬을 만나며 사랑에 눈을 뜨고 결국 카룬과 사랑에 빠져 한동안 그로 인한 혼란을 겪는다. 사람들을 돕기 위해 고국으로 돌아간 건데 카룬을 사랑하게 됐다고 해서 평범한 로바스 여자들처럼 결혼을 하고 아이를 갖게 되면 애초에 계획했던 일을 이루지 못할 테니 말이다. 마레시는 그렇게 크론으로 상징되는 '소명'과 메이든과 마더로 상징되는 '사랑과 결혼'을 양립할 수 없는 것으로 받아들인다. 하지만 이야기가 진행되면서 카룬의 따뜻한 마음과 한없는 사랑에 마레시는 서서히 마음이 움직이고 결국 카룬과 함께라면 일과 사랑, 이 둘을 이룰 수 있을 거라는 믿음을 갖게 된다. 이 두 가지를 잘해내기란 대단히 힘든 현실 세계에서의 어려움은 차치하고라도, 이는 꽤나 고무적인 이야기다.

작가 투르트샤니노프는 여자가 일도 가사와 육아도 다 잘해야 한다는 슈퍼우먼 신드롬을 우려케 하는 이야기를 쓰지 않았다. 오히려 사회적으로 여성 청소년이나 젊은 여성들에게 지나치리만큼 강조되는 여성성(그러한 것이 존재한다면)의 사회적 굴레에서 벗어나라고, 그렇게 자기 자신이 되어 마레시처럼 하고 싶은 일을 마음껏 해보라고, 그것을 도와줄 이상적인 사랑을 찾으라고 말하고 있다(여기서 사랑은 이성 간의 사랑에만 국한되지 않는다. 수도원 자매들의 우정, 오 수녀님의 사랑, 제2권에 등장하는 에스테기와 술라니의 사랑 등 다양한 모습의 사랑이 나온다). 자신을 있는 그대로 받아들여 주고 오히려 더 멀리 나아가게 하는 그런 사랑을 찾으라고 말하고 있는 것이다.

또, 책에서 나라에스는 동생 마레시에게 계속해서 경고한다. 아이를 가지면 인생이 완전히 달라진다고, 백번 양보해서 연애하고 결혼하는 건 다 네 마음대로 하더라도 아이만은 절대 가지면 안 된다고 엄포를 놓는다. 출산 자체에 대한 반대가 아니라 출산, 육아에 직면한 여성이 다른 일을 해나가기 어려운 현실을 우려한 자매의 목소리다. 현실의 우리에게도 큰 사회적 문제가 되고 있는 여성의 커리어 단절과 돌봄 문제가 나라에스의 말 위로 겹쳐 보이는 것은 괜한 오해일까? 판타지 소설에서는 다소 생경한 장면일 수도 있지만 이것이 이 책의 큰 미덕이다. 1950년 스무 살의 실비아 플라스가 "아무튼 너는 한마디로 정의될 수 있는 하나의 인생을 살고 싶지는 않은 것이다"(《실비아 플라스의 일기》, 김선형 옮김, 문예출판사)라고 외쳤던 그 말이 지금까지도 유효한 이 시대에, 현실을 반영한 판타지 소설을 읽을 수 있다는 건 기쁜 일이다. 이 책에 쓰인 어느 이야기도 현실 세계와 그다지 동떨어져 있지 않다. 이처럼 시대상이 반영된 고대 판타지를 즐길 수 있다는 점 때문에 이미 많은 사람이 이 책을 좋은 페미니즘 도서로 꼽고 있다.

3권 《붉은 망토의 마레시》에는 이상적이라고 말할 만한 사랑이 여러 차례 등장한다. 오 수녀님과 카룬이 그 예다. 마레시가 편지에 썼듯 오 수녀님은 아끼는 제자가 가려는 길이 자신과 멀어지는 길임에도 제자의 용기 있는 행보를 진심으로 응원하고 지원한다. 수도원에서는 마레시의 안식처가 되어주고 어머니와 헤어진 그의 머리를 다정히 쓰다듬어준다. 어머니와 같은 수녀님을 다시는 볼 수 없음을 자각한 마레시가 수녀님께 편지를 써 마음을 전하는 장면에서는 짙은 그리움과 슬픔이 생생해 마음이 아프기도 했다. 아마 많은 독자의 마음을 빼앗았을 카룬 또한 마레시에게 거의 완벽에 가까운 사랑을 쏟는다. 카룬은 마을 사람들의 빚을 갚느라 은화를 다 써버린 뒤 좌절한 마레시에게 통나무집을 지어주며 학교로 쓰라고 내민다. 별거 아니라는 듯. 이보다 더 멋진 사랑의 언어가 있으랴! 괴짜에 고집불통, 이상한 능력을 지닌 마레시를 사랑하는 이 남자는 마레시를 제 뜻대로 다루고자 하는 마음이 없다며 사람들의 편견 속에서도 그녀가 온전히 자기 자신으로 살 수 있도록 스스로를 헌신한다. 마레시가 무엇을 하든 자기의 두 손이 그녀를 도울 것이라고 한다. 사랑하는 상대가 온전히 자기 자신이 되게 하는 사랑, 이보다 더 완벽한 사랑의 정의가 있을까? 어머니에게도 이웃들에게도 인정받지 못하고 별종 취급 받으며 움츠러든 마레시가 결국 자기 뜻을 펼칠 수 있었던 데는 한결같이 마레시를 믿고 사랑해 준 카룬과 오 수녀님, 수도원 자매들의 역할이 크다. 한 사람의 성장에 사랑과 우정, 연대가 얼마나 중요한지 다시금 생각하게 된다.

제3권에는 그리움과 죽음의 정서가 특히나 짙게 깔려 있다. 언니의 조카가 죽고, 어머니가 죽고, 오 수녀님과 카룬도 세상을 떠나며 마레시는 차례로 가까운 사람들의 상실을 겪는다. 자식을 잃고 슬퍼하는 와중에도 밥을 먹고 밭을 걱정하는 자신을 탓하는 나라에스에게 어머니가 말한다. 그건 자연스러운 일이라고, 삶은 그런 거라고. 사랑하는 이가 떠났다고 해서 삶이 끝난 게 아니며 밥을 먹고 다른 일을 하는 게 그를 잊었다는 증거는 아니라고 말한다. 우리는 마레시가 겪는 상실을 함께 통과하며 애도하는 법을 배우고 사랑하는 사람이 남긴 기억과 살아가는 법을 배운다. 하늘이 무너지고 영원히 끝나지 않을 것 같은 고통도 차츰 사그라들고 결국 괜찮아질 거라는, 누구나 알지만 겪어보지 않으면 아무도 모를 그 진실을 다시금 떠올리게 된다. 카룬을 떠나보낸 마레시는 이렇게 회상한다. 카룬이 세상을 떠난 날은 인생을 통틀어 가장 슬픈 날이었지만 그렇다고 해도 그와의 기억을 세상 어떤 것과도 바꾸지 않을 거라고, 어딜 가든 그 기억이 마음속에 살아 숨 쉴 거라고 말이다. 그 끝에 필연적으로 죽음을 맞이하게 될 우리 인간이 살아 있는 동안 어떻게 살 것인가에 대한 생각을 곱씹게 하는 대목이다. 우리는 한껏 사랑하며 살아가야 할 것이다. 그래야 한다고 마레시가 말한다.

이 책은 믿음에 관해서도 꽤 자주 언급한다. "크론과 정령, 땅의 부름을 듣고 왔어요. 그중 무엇이었는지는 저도 모르겠어요. 하지만 중요한 건 사람들이 오고 있다는 거예요." 마레시의 이 말 속에 믿음의 본질이 담겨 있는 게 아닐까 하는 생각을 한다. 크론과 칼마, 땅, 늑대, 이들은 모두 하나일지도 모른다. 은빛 나무 아래 혹은 구름 위에 사후 세계가 있다고 믿는 우리는 각자의 방식으로 자신의 신을 믿는다. "나약한 우리 인간이 이 거대하고 난폭하며 혼란스러운 세상에서 최선을 다하고 있다는 사실을 잘 알고" 계신 신이 인간의 어리석음과 서툰 믿음을 자애로운 눈으로 내려다보고 계실 거라는 상상도 하게 된다. 여기서 잊지 말아야 할 것은 우리가 서로 돕고 사랑하고 진실로 중요한 것을 함께 지켜나가야 한다는 것이다. 마레시는 크론이 자기 손을 잡고 이끌어 주리라는 것을 확신하면서도 행동은 자신의 몫이라는 점을 분명히 알고 있었다. 자기 행동에 따르는 책임과 비난은 자신이 감당해야 하는 몫이라는 것이다. 제1권에서도 원장 수녀님이 크론께서 어린 마레시에게 너무 큰 지혜를 주셨다고 탄식하자 오 수녀님은 '용기는 전적으로 마레시의 것'이라며 이에 항변한다. 입으로는 사랑을 말하면서도 손으로는 다툼을 일삼는 자들이 있고, 서로 다른 신을 부르면서도 함께 손을 잡고 사랑을 실천하는 사람들이 있다. 신의 이름으로 악행을 일삼는 자들의 행위가 결코 정당화될 수 없으며 인간의 행동에 대한 책임은 인간이 감당해야 할 몫이라는 점을 작가는 분명히 전하고 있다.

처음 이 책의 검토를 의뢰받던 날이 여전히 기억에 또렷하다. 후쿠오카에 살고 있던 나는 그날 아침 마감을 하나 끝낸 뒤라 잠을 별로 자지 못한 상태로 이른 점심을 먹을 겸 집 허기를 달래러 집 앞에 있는 좋아하는 우동 집에 들어가려던 참이었다. 늘 든든한 힘이 되어주시는 에이전시 대표님의 반가운 전화가 한 통 왔고 멍한 와중에도 판타지, 소녀들의 모험, 수도원 같은 단어들이 드문드문 들려와 정신이 번쩍 들었다. 나는 단번에 "네! 저 판타지 소설 좋아해요!"라고 답했다. 하마터면 얼마나 좋아하는지 읊을 뻔했지만 다행히 그러지 않았다. 그때의 눈부신 햇살과 동네의 거리가 지금도 머릿속에 생생하다. 어쩐지 무척이나 재밌을 것 같다는, 내게 맞는 책이 찾아온 것 같다는 대책 없는 예감이 들었다. 식당에서 무심결에 파일을 연 나는 우동 한 줄기를 후루룩 넘기면서도 글에서 눈을 떼지 못했다. 낮에 잠시 쉬고 오후 즘에야 책을 읽어보려고 했는데 뒷이야기가 너무 궁금해 참을 수 없어 큰 결심 없이 곧바로 집으로 올라가 파일을 프린트한 뒤 집 앞에 있는 카페로 달려가 책을 읽어 내려가기 시작했다. 그리고 마지막 장을 덮고 나서야 카페를 나섰던 기억이 난다. 서사도 재밌는 데다 특히 지금 이 시점에 한국의 젊은 독자들이 많이 읽으면 좋지 않을까 하는 생각을 했다.

그렇게 시작된 여정이 1년여 만에 끝이 났다. 지난 시간 혼자 《레드 수도원 연대기》를 우리말로 옮기며 다른 독자들은 이 소설을 어떻게 읽을까 종종 궁금해지는 순간들이 있었다. 이제는 나도 한 명의 독자로 돌아가 다른 독자들의 이야기도 들어볼 수 있을 테니 설레기도 한다. 글을 옮기는 사람의 마음도 이럴진대 작가의 마음은 어떨까? 이 멋진 작가의 작품을 옮기게 되어 기쁘다. 덧붙이자면 작가 마리아 투르트샤니노프는 다음 작품에서 환경을 주제로 하는 이야기를 쓰고 싶다고 밝힌 바 있다. 《레드 수도원 연대기》 시리즈에서도 책 전반에 걸쳐 숲과 산, 강, 바다의 아름다움을 찬미하고 자연 안에서의 공생을 추구하는 작가의 의식이 뚜렷이 드러나 있으니 이는 아주 자연스러운 행보로 보인다. 개인적으로는 올겨울 이 시리즈의 마지막 권을 번역하는 동안, 책에서 그려지는 로바스의 눈 덮인 산과 따뜻한 난롯불, 추운 겨울의 초록빛 숲, 그리고 작가의 모국인 핀란드의 겨울까지 떠올리며 또 다른 즐거움을 누릴 수 있었다. 독자들도 마레시가 이끄는 손을 잡고 이 이국적인 세계에 풍덩 빠져 즐거웠기를 바란다.

마지막으로 이 책을 번역할 수 있도록 내게 선뜻 손을 내밀어 주신 손유리 편집자님과 김영사에 진심 어린 감사의 말을 꼭 전하고 싶다.

2023년 가을 김은지

옮김 **김은지**

영어번역가. 고려대학교 화학과를 졸업하고 대기업 해외영업팀에서 13년간 근무했다. 분야는 달랐지만 늘 경계에서 사람들 사이를 연결하고 본 것을 전하는 일을 해왔다. 어린 시절부터 읽는 일을 사랑해 읽는 기쁨을 전하고 싶어 번역가의 길로 들어섰다. 현재 글로하나 출판번역 에이전시에서 소설과 에세이를 중심으로 영미서를 리뷰, 번역하고 있다. 역서로는 《레드 수도원 연대기 1》, 《레드 수도원 연대기 2》, 《하루 5분 UX》 등이 있다.

그림 **산호**

두 권의 만화책 《장례식 케이크 전문점 연옥당》과 《비와 유영》을 출간하였다. 현재 만화 《그리고 마녀는 숲으로 갔다》를 연재 중이며 그림 속에 이야기를 담는 작업을 계속하고 있다.

레드 수도원 연대기 3

1판 1쇄 인쇄 | 2023. 09. 13.
1판 1쇄 발행 | 2023. 10. 10.

마리아 투르트샤니노프 글 | 김은지 옮김 | 산호 그림

발행처 김영사 | **발행인 고세규**
편집 손유리 | **디자인** 홍윤정 | **마케팅** 이철주 | **홍보** 조은우, 박다솔
등록번호 제 406-2003-036호 | **등록일자** 1979. 5. 17.
주소 경기도 파주시 문발로 197(우10881)
전화 마케팅부 031-955-3100 | 편집부 031-955-3113~20 | 팩스 031-955-3111

값은 표지에 있습니다.
ISBN 978-89-349-1367-2 04850

좋은 독자가 좋은 책을 만듭니다.
김영사는 독자 여러분의 의견에 항상 귀 기울이고 있습니다.
전자우편 book@gimmyoung.com | 홈페이지 www.gimmyoungjr.com